SPIELTHEORIE

EIN KATERINA CARTER WIRTSCHAFTSTHRILLER

COLLEEN CROSS

Übersetzt von
ELKE WILL

SPIELTHEORIE

Ein Katerina Carter Wirtschaftsthriller

Colleen Tompkins schreibt als Colleen Cross

Copyright © 2019 von Colleen Cross, Colleen Tompkins

Diese Geschichte ist frei erfunden. Namen, Charaktere, Orte und Ereignisse sind entweder das Produkt der Fantasie des Autors oder fiktiv eingesetzt, und jede Ähnlichkeit mit realen Personen, lebendig oder tot, Geschäftsunternehmungen, Veranstaltungen, oder Schauplätze sind rein zufällig.

ISBN: 978-1-989268-34-6 Taschenbuch

ISBN: 978-1-989268-33-9 E-Book

Herausgegeben von Slice Thrillers

Weitere Informationen finden Sie unter http://ColleenCross.com

AUSSERDEM VON COLLEEN CROSS

Verhexte Westwick-Krimis
Verhext und zugebaut
Verhext und ausgespielt
Verhext und abgedreht
Die Weihnachtswunschliste der Hexen
Hexenstunde mit Todesfolge

Wirtschafts-Thriller mit Katerina Carter
Exit Strategie: Ein Wirtschafts-Thriller
Spelltheorie
Der Kult des Todes
Greenwash
Auf frischer Tat
Blaues Wunder

Zu Neuigkeiten über Colleens Bücher, besuchen Sie ihre Website: http://www.colleencross.com

Einfach für den Neuerscheinungen Newsletter anmelden, um immer direkt über die Neuerscheinungen informiert zu werden!

SPIELTHEORIE

Ein Katerina Carter Wirtschaftsthriller

Wirtschaftsermittlerin Katerina Carter deckt im Rahmen einer Ermittlung ein massives Schneeballsystem auf, das mit dem undurchsichtigen World Institute in Verbindung steht, eine globale Denkfabrik mit erschreckenden Hintergedanken.
Kat sitzt in einer politischen Verschwörung mit hohem Einsatz fest, bei der die Spieler vor nichts Halt machen, um zu bekommen, was sie wollen, in einem Spiel, dass sie unter keinen Umständen verlieren darf.

MEINUNGEN ZU SPIELTHEORIE

»Wenn Sie eine gute Verschwörungstheorie mögen, dann werden Sie Colleen Cross Wirtschaftsthriller *Spieltheorie* LIEBEN. Wirtschaftsermittlerin Katerina Carter wird in diesem intelligent aufgebauten und fesselnden Buch mit der sehr realen Möglichkeit einer Verschwörung der Weltordnung konfrontiert, die eindringlich einen Zusammenhang mit der aktuellen weltwirtschaftlichen und -politischen Lage herstellt. Wurde die Wirtschaftskrise künstlich hervorgerufen? Werden die Nachrichten, mit denen wir tagtäglich gefüttert werden, dazu entwickelt, um unsere Meinungen und Handlungen zu beeinflussen? Sind wir alle nur Schachfiguren im Spiel eines fragwürdigen Individuums? Sie werden sich einige Fragen stellen, nachdem Sie *Spieltheorie* gelesen haben. Regt zum Nachdenken an und ist wunderbar unterhaltsam!«
   —Karen Cantwell, Autorin

»Ein weiteres fesselndes Buch von Colleen Cross. Spannungsgeladen mit einem Plot-Twist nach dem anderen. Diese glaubwürdige Geschichte über weltweiten Betrug und die Währungsherrschaft packt Sie und lässt Sie nicht mehr los! Eine intelligente und spannende Lektüre!«
   —Sandra Nikolai, Autorin

EPIGRAF

Gesetze sind wie Spinnennetze - die dicken Fliegen fallen durch, die kleinen bleiben hängen.
Honoré de Balzac (1799-1850)

SPIELTHEORIE

Wirtschaftsermittlerin Katerina Carter deckt im Rahmen einer
Ermittlung ein massives Schneeballsystem auf, das mit dem
undurchsichtigen World Institute in Verbindung steht, eine globale
Denkfabrik mit erschreckenden Hintergedanken.
Kat sitzt in einer politischen Verschwörung mit hohem Einsatz fest,
bei der die Spieler vor nichts Halt machen, um zu bekommen, was sie
wollen, in einem Spiel, dass sie unter keinen Umständen verlieren
darf.

KAPITEL 1

Er sah nicht aus wie ein Mann, der bald sterben würde. So sahen sie nie aus. Ein Teil des Nervenkitzels war es, über ihre Schicksale zu entscheiden. Es bedurfte nur ein wenig Planung.

»Geh weiter zurück. Nur ein klein wenig. Sie fokussierte das Objektiv auf ihn. Er war mindestens doppelt so alt wie sie, aber überraschend fit für seine sechzig Jahre. Er hatte sich ihr beim Ski laufen Schritt für Schritt angepasst und dann wanderten sie mit den Schneeschuhen den steilen Gipfelpfad hinauf. Er wollte unbedingt mit ihr ins Bett gehen, wie fast jeder andere Mann. Sie hatte sich schon vor langer Zeit entschieden, dies zu ihrem Vorteil zu nutzen.

Er machte einen Schritt zurück, bewegte sich näher ans Schneebrett heran, das völlig lose über den Felsen ragte. Sie hatte vorsichtshalber den östlichen Zugang gewählt, damit er den gefährlichen Überhang nicht bemerken würde. Ihr Puls beschleunigte sich, als sie voraussah, was nun kommen würde. Kleine graue Meisenhäher flogen im Erkundungsflug an ihnen vorbei und versuchten ein paar Muffinkrümel aus der ausgestreckten Hand des Mannes zu erhaschen.

Es war ein Mittwochmorgen und das Hinterland war menschenleer. Ein anderer Mann auf Schneeschuhen war bereits eine Stunde zuvor in der entgegengesetzten Richtung an ihnen vorbeigelaufen. Sie waren allein.

»Bitte lächeln«. Sie zoomte ihn heran, drückte den Auslöser und fühlte einen Ansturm von Heiterkeit. Ihres wäre das letzte Gesicht, das er sehen und ihre Stimme, die letzte, die er hören würde.

Er grinste während er sein Gewicht verlagerte und den Reißverschluss seiner Gore-Tex-Jacke öffnete. Die Sonne schien durch die niedrigen Wolken und warf seltsame Schatten über den Schnee.

Ein Bruchteil einer Sekunde später verzog sich sein Gesicht und Vertrauen wurde durch unmaskierte Angst ersetzt. Seine Kinnlade klappte herunter und seine Augen waren starr vor Entsetzen. Es war ihr bevorzugter Part: der Jäger war nun die Beute und ihr Opfer wusste, dass sie etwas damit zu tun hatte.

Sein Gesicht erstarrte, als ihm die Situation bewusst wurde, der Boden unter ihm in Stücke brach und sein Gewicht nicht halten konnte. Der Schneeüberhang knickte vom Felsen ab und stürzte den Mann zweihundert Meter ins Tal hinunter.

Man hörte seine Schreie die ganze Schlucht hinunterhallen. Dann Schweigen, mit Ausnahme der Meisenhäher, die wieder ein paar Sekunden lang umherkreisten.

Sie lächelte. Fast zu einfach. Sie warf die Kamera hinunter. Keine Kugeln, kein Schmutz. Keine Spuren, es sei denn, jemand hätte vor dem nächsten Schneefall in ein paar Stunden die glorreiche Idee, herumzuschnüffeln. Selbst wenn sie ihn noch vor der Frühjahrsschmelze finden würden, sähe es wie ein Unfall aus, ein dilettantischer Skitourengeher, der sich nicht mit den hiesigen Schneeverhältnissen auskannte. Sie verstreute die Reste des Muffins für die Vögel. Sie pickten sich gegenseitig an, um für die letzten Krümel zu kämpfen.

Genau wie sie es einst getan hatte. Nie wieder. Sie würde ihren gerechten Anteil bekommen, auch wenn sie dafür töten müsste.

KAPITEL 2

Katerina Carter rutschte nervös auf dem Hartplastikstuhl herum und steckte ihre Hände unter die Oberschenkel. Sie hatte die Finger beider Hände gekreuzt und die Knöchel wurden auf dem gnadenlosen Stuhl zerquetscht. Es trotzte jeder Logik, aber sie tat es trotzdem. Was hatte sie zu verlieren?

Onkel Harry beugte sich zu ihr vor und mit den Ellbogen auf den Knien war er bereit für Dr McAdams nächste Frage. Seinen ersten kleinen psychischen Gesundheitstest hatte er vor sechs Monaten, direkt nach dem Unfall. Das Frühstadium der Alzheimer-Diagnose bedeutete den Verlust seines Führerscheins und der Unabhängigkeit, die damit einherging. Seitdem litt er unter Depressionen und sein Gedächtnis verschlechterte sich dramatisch.

Der winzige Untersuchungsraum war viel zu klein für alle drei. Seit der Diagnose hatte der Arzt darauf bestanden, dass Harry von einem Familienmitglied begleitet wird. Nachdem Tante Elsie letztes Jahr plötzlich an einem Herzinfarkt gestorben war, hatte er nur noch Kat.

»In welcher Stadt sind wir Harry?« Dr McAdam lehnte sich auf dem Stuhl zurück und wartet auf die Antwort.

»Vancouver.« Ihr Onkel zog ein Taschentuch aus der Hosentasche und wischte sich die Augenbraue. Ein dünner Schweißfilm bedeckte seine Stirn.

»Gut. Wie lautet Ihre Wohnadresse?«

»Einfach – 418 Maple.« Harry strahlte.

»In Ordnung. Welches Jahr haben wir denn heute?«

»1989.«

»Hmmm. Welcher Monat?«

»Juni.«

»Welcher Wochentag?«

»Samstag.«

5. Dezember 2012, ein Mittwoch. Der Wetterkanal hatte heute endlich einmal das richtige Wetter vorausgesagt. Nasser Schnee, am Abend voraussichtlich gefrierender Regen.

Kat warf einen Blick auf ihre Armbanduhr. Der Nachmittag war schon fast vergangen und es wartete eine Menge Arbeit auf sie im Büro. Wie die meisten Tage in letzter Zeit – Pläne durchkreuzt, ganze Tage und Wochen in einem Augenblick verpufft. Harry beschützen, füttern und beruhigen, das war praktisch ein Vollzeit-Job.

»Sie sollten sich einen Kalender zulegen, Doc. Helfen Sie mir jetzt, meinen Führerschein zurückzubekommen?«

»Beschäftigen wir uns erst einmal hiermit Harry.« Dr McAdam deutete auf eine Zeichnung. »Was sehen Sie auf diesem Bild?«

Harry warf einen verstohlenen Blick auf Kat. »Eine Uhr.«

»Und hier?« Dr McAdam lächelte ihn an.

»Einen Stift. Sehen Sie? Haha kinderleicht.«

»Nun rechnen wir ein wenig. Beginnen Sie mit Hundert, zählen Sie zurück und ziehen Sie jedes Mal sieben ab.«

Harry rang die Hände. »Bekomme ich so meinen Führerschein wieder?«

»Haben Sie ein wenig Geduld mit mir Harry.« Dr McAdam warf Kat einen Blick zu.

»Onkel Harry, entspann dich. Lass dir Zeit.« Kats Mutter war zwanzig Jahre zuvor an einem ähnlichen Test gescheitert, als sie zum ersten Mal mit Alzheimer diagnostiziert wurde. Der Stimmungswechsel und die zunehmenden Gedächtnisstörungen waren unübersehbar, auch für ein vierzehn Jahre altes Kind.

Kats Vater hatte ihre Mutter zu den Arztbesuchen begleitet. Kurz darauf hatte er sie beide einfach sitzenlassen. Deshalb ist sie bei den Dentons eingezogen. Alzheimer war ein grausames Todesurteil.

Zumindest hatte man Harry zwanzig Jahre geistige Zurechnungsfähigkeit länger als seiner Schwester gegönnt. Frühes Einsetzen von Alzheimer wie bei ihrer Mutter schien in der Familie zu liegen. Hatte sie die Gene geerbt? Sie wollte es lieber nicht wissen.

»Einhundert«

Schweigen.

»Dreiundneunzig« Harry zog die Augenbrauen hoch.

Kat drückte ihre Finger zusammen, während ihr Magen knurrte. Kats Pläne für ein Mittagessen waren durch eine zweistündige Verzögerung durchkreuzt worden, die sie gebraucht hatte, um Harry dazu zu bringen, das Haus zu verlassen. Harry nahm jetzt alle seine Mahlzeiten mit ihr und Jace ein, zum Teil, weil er vergaß, sie zu essen.

»Dreiundzwanzig.«

Sie zog eine Hand frei und warf einen kurzen Seitenblick auf Harry. Eigentlich hatte sie gar keinen Hunger mehr. Tatsächlich fühlte sie sich ein bisschen krank in ihrem Magen. Harry hatte bereits in den letzten Tagen über Magenkrämpfe geklagt. Wahrscheinlich geht die Grippe um.

Harry zählte bis drei zurück und wandte seinen Blick zur Tür. Er summte vor sich hin.

»Harry?«

»Doktor? Sind wir jetzt fertig?«

»Nicht ganz.« Dr McAdam seufzte und reichte ihm einen Bleistift mit einem Papierklemmbrett. »Ich möchte, dass Sie das Ziffernblatt einer Uhr zeichnen. Dann zeichnen Sie die Zeiger, die auf zehn vor zwei stehen.«

Ganz einfach. Harry hatte aufgehört zu lesen und machte auch keine morgendlichen Kreuzworträtsel mehr, aber er wusste noch immer, wie spät es war. Er tadelte Kate immer, wenn sie zu spät kam.

Harry tippte sich mit dem Bleistift an die Lippen und starrte die leere Seite auf dem Klemmbrett an. Langsam senkte er den Arm und begann zu malen.

Ein wackeliger, länglicher Kreis, aber es *war* ein Kreis.

Kat atmete aus.

Harry legte den Bleistift auf dem Klemmbrett ab und brachte seine Hand ins Gesicht. Er strich mit dem Zeigefinger auf den Lippen hin und her. Schließlich nahm er den Bleistift wieder auf und drückte die Mine ans Papier. Eine Linie. Noch eine.

Von oben nach unten, und es kam dabei *6.35* heraus.

»Kriege ich jetzt endlich meinen Führerschein zurück?«

»Harry, erinnern Sie sich an Ihren Autounfall?« Dr McAdam holte einen Stift aus seiner Tasche. »Sie können Ihren Führerschein erst dann wiederbekommen, wenn Sie Fahrstunden nehmen und die Führerscheinprüfung wiederholen.«

Harry war mit seinem wertvollen 1970er Lincoln durch die Frontscheibe von Carluccis Pasta House gerast, nachdem er das Gaspedal mit der Bremse verwechselt hatte. Zum Glück geschah der Unfall kurz nach dem Mittagessen und es waren kaum noch Gäste da. Niemand wurde verletzt, aber es gab eine Menge Sachschaden.

Seither war sein Leben rapide bergab gegangen. Er hatte zahlreiche Termine verpasst, seinen Nachbarn des Diebstahls bezichtigt und kürzlich sogar seine Küche in Brand gesetzt, nachdem er vergessen hatte, den Herd auszuschalten. Glücklicherweise war Kat rechtzeitig gekommen, um das Feuer zu ersticken und so den Schaden auf eine geschwärzte Wand zu begrenzen. Sie schauderte bei dem Gedanken daran, was hätte passieren können.

Harry drückte dem Arzt wieder das Klemmbrett in die Hand. »Ein einziger Unfall in fast 60 Jahren! Dafür haben Sie mir den Führerschein entzogen? Das ist unfair. Ich habe die Reflexe eines Dreißigjährigen.« Harry gestikulierte in Kats Richtung. »Sag's ihm Kate.«

Kat tat so, als würde sie ihr Handy in der Handtasche suchen.

»Kat?«

»Kein Grund zur Sorge Onkel Harry. Ich kann dich zu deinen Terminen fahren.«

»Ich will aber nicht, dass du mich irgendwohin fährst. Ich bin durchaus in der Lage, selbst zu fahren.«

«Nein, das bist du nicht. Du verfährst dich und ...« Die Worte sprudelten ihr aus dem Mund noch bevor sie sie zurückhalten konnte. »Ich denke, es wäre einfacher für dich, das ist alles.«

»Also steckt ihr beide zusammen unter einer Decke? Ich bin vielleicht im Ruhestand, aber nicht tot. Und schon gar nicht blöde.« Er wurde rot und drehte sich zu Dr McAdam um. »Lassen Sie mich die Fahrprüfung wiederholen.«

Dr McAdam spitzte die Lippen. »Ich bin mir nicht sicher, ob das eine gute Idee ist.«

»Du bist da draußen nicht sicher, Onkel Harry. Was ist, wenn es wieder passiert?«

»Wird es nicht. Wenn du mir nicht helfen willst, in Ordnung. Hillary wird.«

Kat öffnete den Mund, hielt sich aber noch rechtzeitig zurück.

Dr McAdam runzelte die Stirn. »Hillary?«

»Harrys Tochter.« Sie schauderte bei dem Gedanken an Hillary. Ihre Cousine war vor zehn Jahren verschwunden, kurz nachdem sie ein Versprechen zu einem sechsstelligen Darlehen von Harry und Elsie gebrochen hatte. Sie hatten sich geweigert, ihr noch mehr Geld vorzuschießen. Sie hätten es sowieso nicht gekonnt, weil dadurch ihre Ersparnisse vernichtet waren und sie Jahre gebraucht haben, um sich davon zu erholen. Harry erzählte in letzter Zeit viel über sie. Alzheimer radierte die neuesten Erinnerungen aus und regenerierte die alten, wie Flussfelsen unter Wasser erodieren.

Dr McAdam stand auf und rieb seine Handflächen am weißen Laborkittel. »Ihre Probleme sind viel größer als das Fahren selbst, Harry. Ich schlage vor, Sie bringen Ihre Angelegenheiten in Ordnung, und zwar bald. Alzheimer kann sehr schnell fortschreiten.«

»Alzheimer? Das ist lächerlich. Ich habe kein Alzheimer.« Harry sprang vom Stuhl auf und hastete an Dr McAdam vorbei. Am Eingang drehte er sich um. »Schert euch zur Hölle. Alle beide!«

Er riss die Tür auf und schlug sie hinter sich zu.

Der Harry, den sie kannte, hätte das nie getan. Kat blinzelte ihre Tränen zurück und stand auf. Sie griff nach der Stuhllehne, weil ihr plötzlich schwindlig wurde und sie nur noch schwarze Punkte sah.

Dr McAdam hob seine Hand, ohne Notiz von ihrem Zustand zu nehmen. »Warten Sie – er wird sich im Wartezimmer beruhigen. Wir müssen sowieso miteinander reden. Was haben Sie sonst noch bemerkt?«

Kats Sicht klärte sich und ihr Zustand wurde wieder stabil. »Er hat Wahnvorstellungen. Er spricht über Tante Elsie, als ob sie noch immer leben würde. Er denkt, dass Hausbesetzer in sein Haus eingedrungen sind und versuchen, ihn umzubringen.«

»Typisch.« Dr McAdam kritzelte etwas auf seinen Rezeptblock und reichte es Kat. »Geben Sie ihm das hier. Das sollte gegen die Halluzinationen helfen und könnte das Fortschreiten der Krankheit verlangsamen. Sie müssen jetzt auch beginnen, andere Pflegemöglich-keiten in Betracht zu ziehen, denn diese Krankheit erfordert eine Menge Fachkenntnisse und Aufmerksamkeit. Die besseren Plätze haben Wartelisten, auf die sie sich unbedingt eintragen müssen. Rufen Sie morgen in meiner Praxis an und wir werden für Harry einen Termin mit einem anderen Arzt ausmachen.«

»Ein Facharzt?«

Er stand an der Tür und starrte auf seine Schuhe. »Ich bin nicht mehr in der Lage, Harry zu behandeln. Mit Alzheimer und all seinen ...«

»Sie lassen ihn als Patienten hängen? Gerade, wenn er Sie am meisten braucht?« Kat schluckte den Klumpen in ihrer Kehle runter.

»Es ist kompliziert. Er ist bei einem Geriater sowieso besser aufgehoben.«

»Aber er ist schon seit fast vierzig Jahren Ihr Patient. Was soll denn das geben, einen Arzt zu besuchen, der ihn überhaupt nicht kennt?«

»Das macht sowieso keinen Unterschied mehr. Aber ich werde Ihnen jemanden empfehlen – rufen Sie morgen die Praxis an.« Er blickte auf die Armbanduhr. »Ich bin ein wenig im Hintertreffen mit meinen Terminen, würden Sie mich jetzt bitte entschuldigen ...«

»Aber –«

»Viel Glück.« Dr McAdam zog die Tür hinter sich zu.

Nach vierzig Jahren war das eine merkwürdige Verabschiedung

KAPITEL 3

*D*er Nassschnee am Nachmittag hatte sich mit Einbruch der Dunkelheit in Eisregen verwandelt. Er prasselte wie Nadelstiche auf Kats Gesicht und Hände und durchnässte ihre Ledersohlen. Sie wählte Jaces Handynummer, erreichte aber zum x-ten Male die Voicemail. Wo war er?

Sie legte auf, ohne eine weitere Nachricht zu hinterlassen. Zunächst hatte sie absichtlich eine unkonkrete Nachricht hinterlassen und ihn gebeten, sich mit ihr vor dem medizinischen Gebäude zu treffen.

Harry war nur weniger als fünf Minuten allein im Wartezimmer gewesen. Jetzt war er verschwunden und es war alles ihre Schuld.

»Kat.«

Sie erschrak, als sie seine Stimme vernahm, die durch den peitschenden Regen kaum hörbar war.

Jace winkte ihr von einem halben Block entfernt zu, während er in ihre Richtung eilte. Selbst in seiner sperrigen Skijacke sah er groß und sportlich aus. »Tut mir leid, aber ich hatte einen Notfall. Ich kam so schnell her wie ich nur konnte.«

Er zog sie an sich heran und küsste sie. »Skitourengeher. Gebrochenes Bein – glücklicherweise haben wir ihn noch vor dem Schneesturm gefunden. Er hätte nie die Nacht überlebt.« Als Freiwilliger der Bergrettung in den North Shore Mountains wurde Jace oft zur Suche von verirrten Skiläufern und Wanderern gerufen.

Das gleiche Wettersystem in der Stadt bedeutete sintflutartigen Regen. Der Regen in Vancouver ist erstickend, es regnet dort Wochen und Monate, was der Stadt den wohlverdienten Spitznamen Raincouver eingebracht hat. Langsam, aber unerbittlich übermannt dich das Westküstenwetter, bevor du es überhaupt merkst. Deshalb gab es hier auch mehr Selbstmorde als anderswo.

Es regnete in Strömen und der Wind bahnte sich einen Weg zwischen den Hochhäusern der Innenstadt. Kat konnte sich nicht erinnern – trug Onkel Harry einen Regenmantel oder eine nicht wasserdichte Windjacke?

Jace musterte sie. »Was gibt's? Wo ist Harry?«

Sie wich seinem Blick aus. »Weg.«

»Weg? Wie, weg?«

Sie löste sich aus seiner Umarmung und deutete auf das Hochhaus hinter ihnen, indem sich die Arztpraxis befand. »Wir waren bei seinem Arzt. Er ist aus dem Wartezimmer verschwunden.«

Jace wusste nichts von Harrys Alzheimer-Diagnose, die man bereits vor sechs Monaten erstellt hatte. Nur ein paar Monate vorher hatten sie sich ineinander verliebt und sie wollte auf den richtigen Zeitpunkt warten. Leider schien es nie den richtigen Zeitpunkt zu geben und es war so einfach gewesen, Harrys gravierendes Problem zu vertuschen – ältere Leute hatten nun mal seltsame Verhaltensweisen.

»Ist er immer noch krank? Die Grippe müsste doch schon vorbei sein.«

Sie wechselte das Thema. »Er ist schon seit vier Stunden verschwunden. Ich habe keine Ahnung wo er sein könnte.« Kat erklärte, wie sie das Gebäude und die umliegenden Straßen mehrmals durchsucht hatte. Sie hatte überall gesucht. Aber kein Harry in Sicht.

Vier Stunden später war ihre Suche wie eine Stecknadel im Heuhaufen erfolglos geblieben. Sie war völlig durchnässt, erschöpft und wusste nicht mehr weiter.

Ihr Magen krampfte und sie verzog das Gesicht. Wahrscheinlich hatte sie Harrys Grippe erwischt.

»Warum hast du Harry nicht in deiner Nachricht auf der Voicemail erwähnt? Ich hätte viel früher hier sein können. Vier Stunden sind eine lange Zeit. Er könnte jetzt überall sein.«

Kat stieß ihn weg. »Meinst du, du kannst es besser?«

Jace presste die Lippen zusammen. »Nein. Ich wollte nur sagen, dass zwei Köpfe besser sind als einer. Du solltest mich miteinbeziehen, bevor die Dinge außer Kontrolle geraten.«

Sie machte einen Schritt zurück und verschränkte die Arme. »Die Dinge sind nicht außer Kontrolle geraten. Ich schaff das schon.« Je mehr sie Jace aus der Sache heraushielt, desto besser. Männer gingen, wenn Dinge unbequem wurden. So wie ihr Vater nach der Alzheimer-Diagnose ihrer Mutter.

»Nein, du schaffst das eben nicht allein. Du bist nervlich am Ende.« Er berührte ihre Wange. »Warum darf ich dir nicht helfen?«

Jace machte bei Harry bereits Reparaturen zu Hause, er ging für ihn einkaufen und vieles mehr. Würde ihre Beziehung überleben oder würde sie die Last seiner Pflege überstrapazieren und zerbrechen?

Sie zuckte mit den Schultern und wusste nicht, was sie sagen sollte. Jace hatte recht. Sie hatte nie gedacht, dass Harry plötzlich aus ihrer Sichtweite verschwinden würde. Vor allem war dieser Arztbesuch der einzige Grund für den Ausflug. Jetzt war er fort, einen Fehler, den sie nicht mehr rückgängig machen konnte.

Er dämpfte seinen Ton. »Hast du dem Arzt erzählt, dass er Dinge vergisst?«

Kat nickte. Jace dachte nur, Harry sei vergesslich.

Das endlose Krisenmanagement der letzten Monate hatte an ihr gezehrt und sie war durch den Mangel an Schlaf erschöpft. Für Harry zu sorgen und nebenbei einen Vollzeitjob als Wirtschaftsermittlerin auszuüben, war fast unmöglich. Sie befürchtete, sie würde bei ihrer Arbeit schwere Fehler begehen. Sie konnte es sich nicht leisten, Kunden oder ihren Ruf zu verlieren. Und schon gar nicht wollte sie Harry verlieren.

Kat stopfte eine Haarsträhne hinters Ohr, während sie sich

anstrengte, Jaces Worte zu verstehen, die sich im Wind zerstreuten. Er pfiff durch die Hochhaustürme und die Böen wurden mit jeder Stunde stärker. Sie machte sich immer mehr Sorgen um Harry. War er in Sicherheit?

Kat musterte Jace. Seine innere Ruhe zog sie an und umhüllte sie wie eine Aura. Sein fester Blick ruhte auf ihrem als würde niemand anderes um sie herum existieren. Das liebte sie am meisten an ihm. Erst jetzt machte er ein sorgenvolles Gesicht, trotz seiner Bemühungen, es nicht zu zeigen.

Dr McAdam wollte Harry in die Langzeitpflege stecken. Kat sträubte sich bei dem Gedanken. Harry hatte für sie gesorgt, jetzt musste sie das gleiche für ihn tun. Sie wollte es so lange wie möglich tun. Kat ließ ihren Blick von Jaces hellblauen Augen ab und beobachtete das Rinnsal auf seiner wasserdichten Jacke.

»Ich wollte dich nicht nerven. Außerdem arbeitest du gerade an der Story, die du bald abgeben musst.« Sie musste ihre Stimme anheben, um im Wind gehört zu werden.

»Mich nerven? Bin ich nicht wichtig genug für dich, um an deinem Leben teilzunehmen?«

»Ich habe das nicht so gemeint Jace. Es ist nur so, dass ich – ich wusste einfach nicht, was ich tun sollte.«

»Du hättest mich wirklich anrufen sollen.« Jace zog sie näher an sich heran. Selbst durch seine Jacke hindurch fühlte sie die Kraft seiner Umarmung. Ihre Fingerspitzen zeichnete die Kurve seines Bizeps, während sie seine starken Arme umschlangen.

Nicht mehr lange und sie würde auseinanderbrechen und in kleine Teile zersplittern. So kleine Teile, die man nicht mehr zusammenfügen kann. Sie löste sich aus Jaces Umarmung. »Das werde ich. Aber wir können jetzt keine Zeit mehr verschwenden. «

Wo würde sie hingehen, wenn Demenz ihren Verstand trübte? Nach Hause. Aber Onkel Harry würde sich nicht mehr an den Weg erinnern und es war zu weit, um aus der Innenstadt von Vancouver zu Fuß nach Hause zu gehen. Nicht, dass es ihn aufhalten würde. Er dachte nicht logisch.

»Werde jetzt bitte nicht böse auf mich.« Jace trat einen Schritt zurück und wandte sich ab. »Ich versuche nur ihr zu helfen.«

Jetzt fühlte sie sich sogar noch schlimmer.

Die Straßenlaternen warfen ein kaltes gelbes Licht auf Jace, als er sie mit verschränkten Armen betrachtete.

Gore-Tex und Timberlands, bereit für alles, immer unter Kontrolle. Sie spürte einen Anflug von Groll, obwohl sie dankbar war. Niemand anderes hätte alles stehen und liegen lassen, wenn sie Hilfe brauchte.

»Sorry«, sagte sie. »Ich bin verloren. Die Barron-Anhörung ist morgen und ich bin noch nicht fertig.« Zachary Barrons zukünftiges Reinvermögen hing ganz von ihr ab.

Wirtschaftsermittler wie Kat waren darauf spezialisiert, Betrug und versteckte Vermögen aufzudecken. Oder bei hochkarätigen Scheidungsfällen wie seinen, wurden sie gerufen, um Schätzungen und Gutachten abzugeben. Ein übler Scheidungskampf, ein Hedge-fonds-Tycoon, dem leicht die Sicherung durchbrennt, mit unmöglichen Erwartungen und Millionen, die auf dem Spiel stehen und keinen Raum für Fehler lassen.

»Das klappt schon.«

»Ich weiß nicht – ich habe noch ein paar Stunden Arbeit vor mir.« Wenn die Sache schief ging, könnte ihr Zachary Barron mit einem einzigen Anruf den guten Ruf ruinieren. Wenn er aber gewinnen würde, wäre die Publicity für sie von unschätzbarem Wert.

»Es wird funktionieren.«

Das tat es immer für Jace. Ihre Gedanken wanderten zur Arzt-praxis zurück. Was wäre, wenn sich Harry irgendwo verletzt hätte, oder noch schlimmer? Sie würde Jace über die Alzheimer-Diagnose erzählen – sobald sie Harry sicher und gesund gefunden hätten. Sie zuckte zusammen, als ihr Magen erneut krampfte.

»Kat?«

»Hä?«

»Ich sagte, ja – lass uns nach Hause gehen. Aber zunächst sollten wir die Polizei verständigen. Sie sind viel effektiver als wir beide zu Fuß. Ich weiß, dass du nicht willst …«

Harry hatte letzte Woche mindestens zweimal die Polizei wegen eingebildeter Einbrüche und Diebstähle gerufen. Nicht alle Polizisten waren sympathisch, wenn man sie für etwas anrief, das sich als Hirngespinste eines alten Mannes, als ein falscher Alarm erwies. Harry wollte in seinem Haus wohnen bleiben und so lange Kat ein Auge auf ihn hielt, dachte sie, wäre er sicher. Bis jetzt. Leider wurde alles immer schlimmer und schritt schneller voran, als sie es sich jemals vorgestellt hätte.

»Nein, schon gut. Ruf sie an.«

Jace tippte die Rufnummer in sein Handy ein, während sie in die Tiefgarage gingen.

Kat schaute erneut auf die Uhr, während sie die Rampe heruntergingen. Die Anhörung war in weniger als 11 Stunden.

Als sie um die Ecke gingen und auf die erste Parkebene kamen, warf das Licht der hellen Leuchtstoffröhren Schatten an die grauen Betonwände.

Dann sahen sie ihn. In der hintersten Ecke hockte jemand zusammengekauert an der Wand. Er drehte sich zu ihnen um, blieb aber starr in der Ecke sitzen. Sein Oberkörper war teilweise mit einem Stück Karton bedeckt. Sie war sich nicht sicher, aber er schien eine graue Windjacke zu tragen.

»Onkel Harry?« Sie stürmte los.

Der Mann setzte sich auf und zog den Karton weg. Er grinste.

Es war Harry.

Kat näherte sich und reichte ihm die Hand, um ihm zu helfen, aufzustehen.

»Können wir jetzt nach Hause gehen?«, sagte Harry, ohne zu zögern.

KAPITEL 4

*D*er Richter gähnte, während Kat ihre Aussage beendete. Schlechtes Zeichen. Eine Finanzanalyse war bei hochkarätigen Scheidungen oft der Unterschied zwischen unerwarteten finanziellen Einnahmen und vollständigem finanziellem Ruin. Als Wirtschaftsermittlerin wusste sie, dass es immer ein Zahlenspiel war. Hohe Einsätze wurden durch den Schlag des Richterhammers beschlossen. In diesem Fall durch einen gelangweilten Richter.

Ganz gleich, wie oft Kat schon als Finanzsachverständige ausgesagt hatte, sie wurde immer nervös. Und sie fühlte sich persönlich verantwortlich, wenn es für ihren Klienten nicht wunschgemäß ausging. Zachary Barrons Fall machte hier keinen Unterschied. Sie verfluchte sich selbst wegen ihrer mangelnden Vorbereitung. Sie war heute völlig neben der Spur. Einen solchen hochkarätigen Fall zu verlieren, würde ihren guten Ruf und womöglich auch ihr Geschäft ruinieren. Das konnte sie sich weiß Gott nicht leisten. Sie brauchte für Harrys Pflege mehr Geld als je zuvor, deshalb durfte sie diese Sache nicht einfach wegen Schlafmangel vergeigen.

Zachary Barron sah sie eindringlich an. Warum starrte ihr Klient sie so an? Hatte sie irgendwas vergessen? Irgendwas Falsches gesagt? Nein. Sie musste aufhören, sich selbst unnütze Fragen zu stellen.

Endlich wendete Zachary seinen Blick ab.

Sie atmete erleichtert aus. *Ganz ruhig!*

Vor Gericht konnten die Dinge in nur weniger als zehn Minuten aus der Kontrolle geraten.

»Scheint, als hätten Sie ein paar Nullen auf Ihrem Rechner vergessen, Ms Carter.«

Kat hatte schon fast mit einer dummen Bemerkung von Connor Whitefall gerechnet – als ob sie gerade versucht hätte, sich zu profilieren – ein grauhaariger Anwalt, der eine viel jüngere Gerichtssachverständige tadelt. Durch seine äußere Erscheinung, wie die eines alternden Nachrichtensprechers, mit teuren Anzügen und dreißig Jahre älter als sie, machte er durchaus einen gewaltigen Eindruck. Einen Eindruck, den er nutzte, um sie zu diskreditieren.

»Ich habe gar nichts vergessen.« Kat versuchte, nicht zu angriffslustig zu klingen. Sie drückte fest ihre Hände zusammen, als sie auf der Zeugenbank saß. Der Gerichtssaal war leer, was ein willkommenes Geschenk für das streitlustige Ehepaar Barron und seine Anwälte war. Victoria und Zachary Barron saßen auf gegenüberliegenden Seiten im Gerichtssaal und versuchten jeglichen Blickkontakt zu verhindern.

Whitehall schüttelte den Kopf. Er drehte sich zum Richter um und schlenderte auf ihn zu. Der Richter zuckte zusammen und hob den Kopf von seinem aktuellen Lesestoff an, als Whitehalls Schritte hallten, während er durch den stillen Gerichtssaal ging.

Kat dachte, die beiden hätten Blicke ausgetauscht. Der Richter hatte wahrscheinlich auch keine positive Meinung von ihr. Wahrscheinlich hatte er deshalb nicht zugehört.

Ob sie vielleicht doch einen Fehler gemacht hatte? Mit weniger als drei Stunden Schlaf und keine Zeit, noch einmal alles durchzugehen, war sie ziemlich neben der Spur. Sie hatte keine andere Wahl gehabt, als Onkel Harry wieder einmal mit ins Gericht zu nehmen. Es wäre einfach zu gefährlich gewesen, ihn allein Zuhause zu lassen. Er war davon überzeugt, dass Hausbesetzer in sein Haus eingedrungen waren, um ihn zu töten. Diesmal stellte sie ihn im Coffeeshop in der Lobby ab und steckte der Kellnerin ein paar Scheinchen zu, um auf ihn aufzupassen. Sie hatte deswegen Schuldgefühle, aber sie hatte alle Alternativen aufgebraucht.

Nein, sie hatte nichts vergessen, dessen war sie sich sicher. Whitehall versuchte schlicht und ergreifend mit einem alten Anwalttrick, sie zu verunsichern. Sie war die einzige Wirtschaftsermittlerin im Gerichtssaal und die einzige qualifizierte Betrugsexpertin. Dennoch war es nie einfach, das Vermögen eines Tycoons nachzuverfolgen.

»Sie haben Hunderte Millionen Dollar unter den Tisch fallen lassen!« Whitehall drehte sich um und hatte seine Mundwinkel zu einem schelmischen Grinsen gezogen. »Dennoch nennen Sie sich Wirtschaftsermittlerin?«

Whitehall machte eine Pause, bevor er wieder zu Kats Zeugenbank zurück schlenderte. Er beugte sich zu ihr vor und hauche ihr seinen Kaffeeatem ins Gesicht. Kat hielt die Luft an. Warum fühlte sie sich, als ob sie die Angeklagte wäre?

»Einspruch!« Zachary Barrons Anwalt trat in Aktion. Na endlich. Kat hatte den Eindruck als wäre sie den Wölfen zum Fraß vorgeworfen worden oder noch schlimmer, einem räuberischen Anwalt.

»Stattgegeben.« Die Stimme des Richters war emotionslos, während er auf die Armbanduhr sah. Er zählte wohl die Minuten bis zum Mittagessen.

Scheidungen brachten das Schlechteste im Menschen hervor, schlechter als krimineller Betrug, Wirtschaftskriminalität, oder irgendetwas anderes. Aber mit diesen kleinen Kriegen verdiente sie nun mal ihr Brot in ihrer Wirtschaftsermittlungspraxis.

Ausnahmsweise stand sie an der Seite eines Kunden mit Geld. Er würde ihre Rechnung pünktlich, in voller Höhe bezahlen. In ihrer wochenlangen Vorarbeit hatte sie alle Vermögenswerte identifiziert, die Wertansätze, Bewertungen und Rechtstitel überprüft und sogar noch ein paar Überraschungen zum Vorschein gebracht. Sie musste einfach nur konsequent die Dinge bis zum Ende durchgehen und alles wäre in zwanzig Minuten erledigt.

Kat warf einen Blick auf ihren Klienten. Zachary Barron schaute auf sein Handy und tippte mit dem Daumen eine Nachricht nach der anderen ein. Er war Mitte Dreißig, genau wie sie, aber mit mehr Geld, als sie je im Leben sehen würde. Er könnte möglicherweise das meiste davon in den nächsten zehn Minuten verlieren, wenn sich Whitehall beim Richter durchsetzte. Obwohl so viel auf dem Spiel stand, behandelte er die Anhörung wie eine Art Abwechslung. Sie dagegen war schweißgebadet, dabei ging es noch nicht einmal um ihr eigenes Geld.

»Ms Carter?«, sagte Whitehall.

»Haben Sie eine Frage?«

»Ja, ich habe eine Frage an Sie. Ich bestreite die Bewertung, die Sie dem Ehevermögen zugeordnet haben.«

»Das hört sich nicht wie eine Frage an.« Kat antwortete auf Whitehalls starrem Blick mit einem ihrer besten Gesichtsausdrücke der Verwirrung und Bestürzung. *Ein wenig frech vielleicht, aber zu diesem Spiel gehörten immer noch zwei.*

»Ms Carter! Wir sind hier nicht in der Quizshow *Jeopardy*. Sie haben das Ehevermögen auf dreißig Millionen geschätzt. Warum haben Sie das Familienunternehmen ausgeschlossen?« Er tippte energisch mit dem Kugelschreiber auf ihr Beweisstück, um sein Argument anzubringen.

Gut. Sie hatte es geschafft, Whitehall zu verärgern.

Selbst Zachary blickte von der Akte auf, die er gerade las und lächelte. Einer Sache, war sie sich sicher – wenn für sie Millionen auf dem Spiel stünden, würde sie sich todsicher nicht damit beschäftigen, Papierkram aufzuarbeiten.

Victoria Barron, Zacharys Ex-Frau, Ex-Teilzeit-Finanzmanagerin, und lebendes Beispiel für plastische Chirurgie, saß am gegenüberliegenden Tisch und hörte nicht auf, die Beine übereinanderzuschlagen. Ihr Gesichtsausdruck blieb ungerührt, mit Ausnahme eines leichten allgegenwärtigen Lächeln. Kat schloss daraus, dass dies ein Überbleibsel aus zu viel plastischer Chirurgie war.

»Darf ich?«, fragte Kat.

Sie stand auf und schlenderte zur Staffelei, an der ihre Aufstellung mit Barrons Vermögenswerten hing. Kat richtete ihren Laserpointer auf Zacharys Seite des Finanzorganigramms.

Auf Edgewater Investments.

Es war kompliziert. Betreibergesellschaften, Holdinggesellschaften und Offshore-Trusts. Zachary hatte darauf geachtet, nur sehr wenig in seinem eigenen Namen zu halten. Sie verbrachte die nächsten zehn Minuten damit, das komplexe Netzwerk von Vereinbarungen und Beziehungen zwischen den einzelnen Entitäten zu erklären.

Whitehall hob die Augenbrauen, ging weg und ließ sich auf den Stuhl neben Victoria Barron fallen. Er verschränkte die Arme und warf Kat einen verächtlichen Blick zu.

Sie lächelte zurück. »Soll ich weitermachen?«

Er starrte sie an.

Victoria Barron, Zacharys baldige Ex-Trophäen-Frau hatte es nicht nur auf die Hälfte des Ehevermögens, sondern auch auf die Hälfte von Zacharys Geschäfte abgesehen. Ein hundert Millionen hingen von Kats Interpretation ab, was oder was nicht zum Ehevermögen gehört. Aber Zachary hatte einen Ehevertrag.

»Edgewater Investments ist Mr Barrons Unternehmen. Es ist sicherlich nicht Gemeinschaftseigentum, sodass ich es von dem zu teilenden Ehevermögen ausgeschlossen habe.« Sie fuhr mit dem Pointer auf das Edgewater-Kästchen und auf zwei weitere Kästchen, in denen ebenso Unternehmen enthalten waren. Eines davon gehörte Zachary Barron, das andere seinem Vater, Nathan Barron.

»Stimmt nicht. Meine Klientin hat Anrecht auf die Hälfte davon.«

»Wenn das der Fall ist, sollten wir die gleiche Logik auf Mrs Barrons Geschäfte anwenden.«

»Das ist hypothetisch«, schnaubte er. »Sie hat kein Geschäft.«

Eigentlich war sie im Heiratsgeschäft tätig. Und Ehe Nummer drei neigte sich gerade dem Ende zu. »Sind Sie sich da ganz sicher?«, fragte Kat.

»Selbstverständlich bin ich mir sicher!« Whitehall sprang von seinem Stuhl hoch und marschierte auf sie zu. »Und ich bin hier derjenige, der die Fragen stellt, nicht Sie.«

»Sie sollten wirklich einmal mit Ihrer Klientin sprechen. Nach meinen Aufzeichnungen zu urteilen hat sie beträchtliche Investitionen, sowie ein gesundes Einkommen. Hat sie ihn nichts davon erzählt?«

Whitehall machte offensichtlich überrascht, einen Schritt zurück.

Er warf Victoria Barron einen wütenden Blick zu. Ihre Augen weiteten sich und ihr Mund öffnete sich in ein perfektes rundes Botox O .

Kat blätterte zu einem zweiten Diagramm und rollte durch die Details von Victoria Barrons gekrönten Wein- und Immobilieninvestitionen, Werbeverträgen aus ihrer Realityshow plastischer Chirurgie, und der neuesten Parfumverträge mit einer Kosmetikfirma. Sie hatte alles gut verborgen und die Gewinne zu Offshore-Gesellschaften auf die Kaimaninseln geschleust. Aber eine Tabelle war eine tödliche Waffe in den Händen eines guten Wirtschaftsermittlers.

»Das sind keine Investitionen«, spottete Whitehall. »Das ist persönliches Eigentum.«

Kat warf einen Blick auf Victoria. Ihre perfekt geformten Schultern hingen herunter und sie hatte die Augen für einen Moment geschlossen. »Ein paar Flaschen Wein, vielleicht. Aber sie hat im vergangenen Jahr allein mit ihren Weininvestitionen einen Gewinn von über zweihunderttausend Dollar gemacht. Und ihr Immobilienportfolio ist achtstellig. Das ist ein schönes Hobby.« Ihre Analyse hatte den Mythos der abhängigen Hausfrau gesprengt – jetzt lag es am Richter, eine Entscheidung zu treffen.

»Das ist doch kaum mit hundert Millionen zu vergleichen.« Whitehalls Ton klang flach und besiegt.

»Was hat sie uns denn noch alles verschwiegen?« Kat drehte sich um und wollte dem Richter ein Lächeln schenken, aber der war damit beschäftigt, die Zeitung zu lesen, die Kat vorher bemerkt hatte. Er hatte sie unter einem Dateiordner auf der Seite seines Schreibtisches versteckt.

Whitehall errötete und ging wortlos zu seinem Platz zurück. Er hatte nach Gefühl und Intuition gehandelt, wahrscheinlich unter der Annahme, dass man ihn niemals befragen würde. Unvorbereitet. Sie hatte ihn in die Enge getrieben und er wusste es.

»Das ist nur einer der dutzenden Umsätze, die sie im letzten Jahr erzielt hat. Oder hat sie ihn nichts davon erzählt?«

Er errötete immer mehr. Selbst aus einer Entfernung von sechs

Metern sah Kat seine weißen Knöchel, die er krampfhaft in den verwitterten Eichentisch drückte.

Schweigen.

»Fragen Sie Ihre Klientin doch mal.« Kat deutete mit ihrem Laserpointer. »Wie man hier sehen kann, schuldet sie Mr Barron etwas, nicht umgekehrt.«

Keine Reaktion.

Zachary zappelte.

Kat spürte, dass sie rot anlief. Hatte sie sich zu weit aus dem Fenster gewagt?

»Fehlanzeige, Ms Carter. Ihre Zahlen sind fingiert.«

Kat holte tief Luft und blätterte zu ihrer letzten Tabelle. Sie war gerade dabei, zu erklären, warum Whitehall unrecht hatte, als sich die Gerichtstür mit einem Knall öffnete. Sie sah erschrocken auf.

»Kat!«

Onkel Harry stand im Eingang und winkte mit seinen Schlüsseln.

»Du musst mir helfen! Ich habe den Lincoln verloren.«

Onkel Harry – hatte schon wieder den Unfall vergessen.

Kat gab Harry ein Zeichen, er solle sich setzen. Richter waren nicht vorhersehbar. Solch ein Vorfall konnte alles für ihren Klienten zunichtemachen.

Onkel Harry hob die Hände theatralisch an, ließ sich aber dann auf einen Stuhl in der zweiten Reihe fallen. Sie hoffte, dass er sich in den nächsten Minuten ruhig verhalten würde.

»Ein Freund von Ihnen?« Whitehall hob die Augenbrauen an.

Kat ignorierte ihn.

Harrys Stimme erhob sich wieder als eine unglückliche Folge der Akustik des Raumes.

»Verdammte Abschleppunternehmen! Warum können sie nicht einfach einen Zettel oder eine Telefonnummer oder so etwas hinterlassen?«

Der Richter gestikulierte zum Gerichtsdiener hinten im Raum.

»Euer Ehren, es tut mir leid. Einen Moment bitte.« Wenn sie es nicht bereits vermasselt hatte, jetzt mit Sicherheit. Mit forschem Schritt ging sie auf Harry zu.

»Wo, Onkel Harry? Am Bordstein?« Sie flüsterte und tätschelte seinen Arm. »Gib mir noch zehn Minuten. Danach suchen wir dein Auto.« Der Lincoln stand in Harrys Garage. Sie hatte den Garagentoröffner als zusätzliche Vorsichtsmaßnahme abgeklemmt, da er sich geweigert hatte, sich von seinem Autoschlüssel zu trennen.

»Sie hätten mich wenigstens anrufen können.« Er schmollte und verschränkte die Arme.

Whitehall wandte sich an den Richter. »Euer Ehren, müssen wir uns noch mehr anhören?«

»Nein, Herr Rechtsanwalt, das müssen wir nicht.«

Whitehall freute sich hämisch.

Kat kehrte wieder in den Zeugenstand zurück. Sie warf einen Blick auf Victoria Barron, die sich in einem Handspiegel zulächelte und ihr Make-up überprüfte.

Victorias Lächeln verschwand, als der Richter sprach.

»Das Urteil lautet auf ein Ehevermögen von drei Millionen, das zu gleichen Teilen aufgeteilt wird. Klage abgewiesen.«

Zachary Barron klappte seine Akte zu, richtete sich auf und war plötzlich ganz Ohr. Als ob jemand einen Schalter umgelegt hätte.

Kat hätte sich gut fühlen müssen, aber Scheidungsfälle zogen sie immer nach unten. Wie konnten sich zwei Menschen ineinander verlieben und sich dann innerhalb von drei Jahren hassen? Geld brachte das Schlechteste im Menschen hervor. Sie würden dafür sterben, lügen und sogar töten. Sie hatte es unzählige Male in ihrer Berufslaufbahn erlebt.

Deshalb würde sie niemals heiraten. Nicht einmal Jace, trotz seines Heiratsantrags. Sie hatten darüber hitzige Diskussionen geführt und sich vor zwei Jahren sogar deswegen getrennt. Letztes Jahr hatten Sie es wieder einmal miteinander probiert und getestet, wie sie es zusammen aushalten würden und Sie hatte nicht die Absicht, es durch eine Heirat zu vermasseln.

Sie schob ihre Papiere in die Aktentasche und ging auf kürzestem Weg zu Harry.

»Lass uns nach draußen gehen.« Sie hakte sich bei ihrem Onkel unter und führte ihn in die Lobby hinaus. Es war das zweite Mal heute, dass Harry gedacht hatte, seinen Lincoln verloren zu haben. »Onkel Harry, vielleicht ist es Zeit, dass du ...«

Harry streckte seinen Arm aus Protest hoch.

»Hörst du auf, Kat? Es ist mein Gott verdammtes Recht zu fahren. Ich fahre besser als all die anderen Saukerle auf der Straße. Sie sind diejenigen, die Probleme schaffen.«

»Fahren ist ein Privileg und eine Bequemlichkeit. Aber wenn wir älter werden, ist es manchmal besser, zu ...«

»Gebrauche nicht den ›wir‹ Ton mit mir, junge Dame! Ich mag ja alt sein, aber ich möchte nicht bevormundet werden!«

Harrys ansteigende Stimme hallte durch das höhlenartige Marmorfoyer. Gruppen von Rechtsanwälten, Klägern und andere Personen drehten sich um und straften uns mit bösen Blicken.

»Bitte reg dich nicht auf, Onkel Harry. Ich mache mir einfach nur Sorgen um dich.«

»Ich weiß.« Seine Stimme krächzte. »Aber es ist frustrierend. Was ist denn mit mir los Kat?«

Harry rieb sich mit der Hand über den kahlen Kopf.

»Es ist schon in Ordnung, Onkel Harry.« Kat berührte seinen Arm. »Du warst einfach nur zu sehr beschäftigt. Wir sind alle mal vergesslich.«

Tante Elsies unerwarteter Herzinfarkt direkt nach dem Fall mit der Liberty-Diamantenmine hatte Harry hart getroffen. Dr McAdam führte die schnelle Verschlechterung seines geistigen Zustands auf den Stress zurück. Nun war Kat seine einzige Familie. Was als Nächstes auf der Reise der Demenz steht, machte ihr ebenso Angst.

»Es ist einfacher, den Bus zu nehmen. Kein Problem einen Parkplatz zu finden, keine lästigen Parkscheine.« Kat drückte seine Hand. »Ich kann dich überall hinfahren.«

»Nachdem du dein Auto letztes Jahr ins Fraser River gefahren hast?« Harry zog seine Hand weg. »Nein, danke.«

Sein Langzeitgedächtnis war noch erstaunlich intakt.

»Kat – warten Sie.«

Kat drehte sich um. Zachary Barron trat aus der Menge und marschierte auf sie zu. Menschen trennten sich auf beiden Seiten, um einen Weg für ihn zu öffnen, als ob er eine hohe Persönlichkeit wäre. Ein adretter Man im Ermenegildo Zegna-Anzug als Zeichen für Erfolg und Macht. Kat versuchte, sich mit Ellbogen und Zickzacklaufend einen Weg durch die Menge zu bahnen. Dagegen war ihre Arm-in-Arm-Reise mit Harry ein Ritterspiel gewesen.

Zachary konnte unmöglich über das Urteil verärgert sein. Oder vielleicht doch? Rette einem Klienten hundert Millionen und er wird immer noch etwas zu meckern haben. Er hatte ja noch nicht einmal ihre Rechnung gesehen.

»Kat? Wir müssen reden.«

»Sicher. Es ist Ihnen schon klar, dass wir ein gutes Urteil erreicht haben? Es ist schwierig, zu…«

»Es geht nicht um die Scheidung.« Er blickte um sich, um festzustellen, wer in Hörweite war und kam näher. »Sie ermitteln auch in Betrugsfällen, nicht wahr?«

»Ja, sicher.« Unternehmensbetrug und Scheidung waren beides große Bereiche ihrer Wirtschaftsermittlungspraxis. Aber Harry wurde ungeduldig; sie musste ihn beruhigen und ihn von seinem Lincoln ablenken.

Harry. Kat schnellte herum, aber er war verschwunden. Die Menschenmenge zur Mittagszeit hatte Harrys Spur verschlungen. Ihre Augen suchten in der Menge nach einem lebensgroßen *Wo-ist-Walter?* - Puzzle. Nichts.

Plötzlich hatte sie einen Anflug von Panik. Wie kann sie einen kleinen, kahl werdenden Achtzigjährigen in diesem Menschenmeer finden?

Aus dem Augenwinkel sah sie ihn. Schüttere graue Haare, ein beigefarbener Regenmantel. Harry – oder zumindest jemand, der ihm ähnelte – verschwand gerade um eine Ecke.

»Zachary – kann ich Sie am Spätnachmittag anrufen? Es ist mir gerade etwas dazwischengekommen.«

Sie drückte die Kurzwahl auf ihrem Handy und versuchte Onkel Harry anzurufen, um ihn wieder einzufangen. Auch wenn er sein Handy hätte, würde er wahrscheinlich nicht antworten, aber es war ein Versuch wert.

»Es ist dringend«, sagte Zachary. »Ich komme heute Nachmittag in Ihr Büro. Vierzehn Uhr.«

Es klang eher wie ein Befehl als eine Frage. Kat sah von ihrem Handy auf, um zu protestieren, aber Zachary Barron war schon gegangen.

KAPITEL 5

Kat **und Harry stocherten** in den Resten eines chinesischen Imbiss herum, den sie bestellt hatte, nachdem sie Harry zwei Stunden zuvor an der Treppe zum Gerichtssaal gefunden hatte. Das Essen schien ihren Magen zu beruhigen und sie war froh, nach dem Gerichtsdrama am Morgen, endlich wieder in ihrer Kanzlei Carter & Associates zu sein. Die hundert Jahre alten Backsteinmauern ihres Büros würden keinem starken Erdbeben standhalten, aber heute kamen sie ihr wie eine Festung vor. Sie fühlte sich wohl in der kleinen, dürftigen Umgebung mit der rustikalen Einrichtung, vor allem weil ihr Onkel schließlich heil und gesund zu Hause war.

»Sie ist wieder da, Kat. Es ist, als ob sie nie weggewesen wäre.« Harrys Augen leuchteten, als er sprach.

Hillarys Rückkehr war eine von Harrys Täuschungen, auf die Kat verzichten konnte.

Sie schauderte bei der Erinnerung an die erste Woche, die sie bei den Dentons verbracht hatte. Sie war von der Schule nach Hause gekommen und Hillary stand grinsend am Kamin. Sie stand vor dem prasselnden Feuer, Kat hatte Fotos in der Hand und sie winkte Kat zu ihr herüber. Dann warf sie ein Foto nach dem anderen in die Flammen. Die Bilder von ihrer Mutter waren für immer verloren. Alles, was ihr blieb, waren Erinnerungen und diese verblassten mit jedem Jahr weiter.

»Ehrlich?« Kat spielte mit. Trotz ihrer Gefühle würde es nur seelischen Schmerz verursachen, wenn sie Harry widersprechen würde. Niemand wollte damit konfrontiert werden, seinen Verstand zu verlieren.

»Jep! Toll, nicht wahr?«

Kat langte nach einer zweiten Frühlingsrolle. »Wann ist sie denn zurückkommen?«

»Vor einiger Zeit. Sie zieht wieder ins Haus. Ich wünschte Elsie könnte sie sehen. Sie wäre so stolz.«

Harry besetzte die Rezeption, während Kat im Schneidersitz auf dem Sofa saß und sich nach einer Runde Jogging auf der Tretmühle wesentlich entspannter fühlte. Sie hatte ein Laufband in ein leeres Büro gestellt, damit sie trotz einer Trainingseinheit ihren Onkel im Auge behalten konnte.

»Stolz?« Stolz, dass seine Tochter die Frechheit hatte, noch einmal ihr Gesicht zu zeigen, nach dem, was sie ihnen angetan hatte?

»Sie hat einen neuen Job.«

»Als was?« Hillary hatte noch nie in ihrem Leben gearbeitet. Es sei denn, man würde das Betrügen und Manipulieren von mittellosen Menschen eine Karriere nennen. Sie hatte Harry und Elsie dazu überredet, ihr die gesamte Altersvorsorge zu leihen und versprochen, sie zurückzuzahlen. Sie haben nie wieder was von ihr gehört. Manches vergaß man besser.

»Ich kann mich nicht daran erinnern. Aber es ist etwas wirklich Bedeutendes.«

»Ich bin sicher, dass es das ist.«, sagte Kat. Wenn es das nicht wäre, würde es Hillary schnell ins richtige Licht rücken oder, was wahrscheinlicher ist, das Ganze fabrizieren.

»Und sie freut sich darauf, dich wiederzusehen.«

Kat erschrak. Bei allem, was sie tat, führte Hillary etwas im

Schilde. Aber nein, so etwas Blödes – Hillary existierte doch nur noch in Harrys Fantasie.

»Geschäftsessen?«

Kat kam wieder zu sich, als sie die Stimme des Mannes vernahm. Sie hatte niemanden in der nächsten Stunde erwartet.

Zachary Barron stand in der Tür und starrte sie an. Plötzlich war ihr bewusst, wie sie aussah: strähniges kastanienbraunes Haar, getrockneter Schweiß von ihrem Training auf dem Gesicht. Wenn er näher käme, würde er ihre feuchten, stinkenden Trainingsklamotten riechen. Sie kaute ihr Chow Mein, so schnell sie konnte, und dann kam ihr Harry zu Hilfe.

Harry kam schwungvoll von der Rezeption hervor – für einen achtzig Jahre alten Mann überraschend schnell.

»Ich denke, wir kennen uns noch nicht. Darf ich mich vorstellen, ich bin Harry Denton, Kats Teilhaber.«

Harry hielt ihm die Hand hin. Zachary schüttelte sie und hatte den Anstand, ihre Treffen am Vormittag nicht zu erwähnen.

Auf dem Namensschild an der Bürotür stand zwar Carter & Associates, aber in Wirklichkeit war Kat seit der Eröffnung ihres Büros vor zwei Jahren teilhaberlos. Dennoch hatte Onkel Harry immer wieder Ausreden gefunden, hereinzuschauen, also hatte Kat es offiziell gemacht.

Seine Anwesenheit im Büro ermöglichte ihr zumindest, ein Auge auf ihn zu haben, seit er sein Interesse an so ziemlich allem und jedem verloren hatte. Seine Kumpels von der Eisstockbahn fegten das Eis jetzt ohne ihn und Unkraut war alles, was in seinem einst gut gepflegten Garten wuchs.

Je mehr Zeit sie zusammen verbrachten, umso mehr wurde ihr sein schwindender Geisteszustand bewusst. Auf jeden Fall war sie froh, ihn im Büro zu haben und vermutete, dass der Kontakt zu Menschen gut für ihn ist.

»Mmmm, ’tschuldigung.« Kat schluckte einen Mundvoll Nudeln herunter. Sie stand auf und wischte sich die Hand an ihren Shorts ab. »Normalerweise bin ich nicht …«

»Sie brauchen nichts zu erklären. Ich mache es kurz.«

Schneller Reichtum, schnelle Ehen, schnelle Scheidungen. Funktionierte Zachary Barron immer so?

»Hatten Sie nicht gesagt vierzehn Uhr?«

»Eigentlich mache ich niemals Termine aus. Können wir reden oder nicht?«, fragte Zachary.

KAPITEL 6

Zachary Barron setzte sich auf die Kante des Ledersessels gegenüber von Kats Schreibtisch, wobei sein Designer-Anzug mit passender Krawatte im Widerspruch zu ihrer Büroeinrichtung im Shabby-Chic-Stil stand. Er schien blind für die Einrichtung und der Millionen-Dollar-Aussicht durchs Fenster zu sein.

Kats Bürofenster hatte eine Aussicht auf den Hafen von Vancouver, die sogar im Regen spektakulär war. Allerdings standen die Docks leer. Die riesigen Kreuzfahrtschiffe in Alaskas Inside Passage waren für diese Saison bereits beendet. Die einzigen Aktivitäten, die man zu dieser Jahreszeit am Wasser beobachten konnte, waren ein Dutzend fülliger Möwen, die nach Nahrung tauchten.

Zachary beugte sich vor und stützte die Ellbogen auf Kats Schreibtisch. »Ich möchte, dass sie gegen meinen Partner ermitteln.«

»Ihr Partner? Aber ist es nicht Ihr …«

Zachary spitzte den Mund. »Nathan Barron. Ja, er ist mein Vater. Das macht ihn nicht weniger betrugsverdächtig.«

»Er hat Edgewater gegründet.« Kat wusste aus Zacharys Scheidungsverfahren über das Vater-Sohn-Wirrwarr mit verschiedenen miteinander verknüpften Unternehmen.

»Vor zwanzig Jahren. Aber die Firma, die er damals startete, ist mit dem Edgewater von heute nicht vergleichbar. Damals waren es nur kleine Geschäfte, meistens Kleinvieh, das ihm seine Kumpels von der Uni zugeschoben haben. Und das Geschäft versiegte nach und nach.«

»Was hat sich verändert?«

»Vor zehn Jahren trat ich in die Firma ein. Ich habe Edgewater zu dem gemacht, was es heute ist.«

Bescheidenheit ist eine Zier, doch besser lebt man ohne ihr. »Wieso?«

Zachary lehnte sich zurück und rückte seine Krawatte gerade. »Mein Eigenhandelsmodell hat Edgewater zum zweitgrößten Hedgefonds weltweit gemacht. Die finanziellen Ergebnisse weisen auf unseren Erfolg hin, aber wo ist das Geld? Letzte Woche hatte ich Probleme, einen Handel durchzuziehen. Die Bank sagte, wir hätten nicht genug Geld. Wie kann das sein?«

»Falsches Timing vielleicht?«

»Auf keinen Fall. Für einen Multi-Milliarden-Dollar-Hedgefonds ist unser Geschäft sehr einfach. Wir kaufen und verkaufen Währung mithilfe meines eigenen Modells. Der Handel wird ein paar Tage später beglichen und die Vermittlungsgebühren im Rahmen der Geschäftsabwicklung gezahlt. Neben Büromiete, Gehälter und Gemeinkosten haben wir keine Ausgaben.« Zachary gab Kat die neueste Bilanz von Edgewater.

»Nathan hat sich immer um die Backoffice-Sachen gekümmert und ich habe den Handel übernommen. Ich habe nie auf die administrative Seite geachtet, bis letzte Woche, als mir die Bank sagte, wir wären knapp bei Kasse. Wohin ist das ganze Geld gegangen?«

Kat kannte die vorläufigen Jahresergebnisse: sie sind; sie waren Teil von Barrons Scheidungsverfahren gewesen. Sie blätterte durch die Bilanz bis zur Gewinn- und Verlustrechnung. Ihre Kinnlade klappte herunter. Bis heute hatte sie nie die endgültigen auditierten Ergebnisse gesehen.

»Edgewater hat einen Reingewinn von zwei Milliarden Dollar nach Abzug der Steuern gemacht? Viel höher als ich dachte.«

Hatte Zachary die Freigabe des Jahresberichts zugunsten seines

Scheidungsverfahrens verzögert? Ob er es tatsächlich hat oder nicht, bleibt dahingestellt, auf alle Fälle hat es funktioniert.

»Genau das ist mein Problem! Wo ist das ganze Geld hin?« Zwei Milliarden Gewinn und nur ein paar Millionen auf dem Konto. Edgewater hat seinen ganzen Kreditrahmen ausgeschöpft. Warum ist so wenig Bargeld vorhanden, obwohl die meisten unserer Geschäfte über Hunderte von Millionen Dollar laufen?«

»Das muss nicht unbedingt Betrug bedeuten, Zachary. Es könnte auch eine schlechte Geschäftsführung sein.« Kat wurde plötzlich bewusst, dass Onkel Harry vor ihrem Büro wartete. Er lief auf und ab und hatte die Stirn gerunzelt.

»Soll ich mich jetzt besser fühlen?«

»Nein, aber wir müssen alle Möglichkeiten in Betracht ziehen. Ich werde es auf alle Fälle überprüfen. Wann brauchen Sie das?« Kat hoffte, die Frist etwas in die Länge ziehen zu können. Sie warf einen Blick auf den Flur. Sie brauchte dringend eine Ablenkung für Harry.

»Gestern. Ohne Zugang zu Bargeld kann Edgewater nur noch ein paar Tage arbeiten.«

»Haben Sie mit Nathan darüber gesprochen?« Kat wusste, dass seit Zacharys Scheidungsverfahren die Lage zwischen Vater und Sohn gespannt war. Ihre Bewertung von Edgewater Investments hatte eine gleichwertige Partnerschaft zur Grundlage. Damit war Nathan jedoch nicht einverstanden und wollte sogar ein Gerichtsverfahren gegen seinen Sohn einleiten.

»Nein. Ich möchte, dass Sie erst einmal überall herumstochern, bevor ich mit ihm rede. Ich brauche alle Fakten.«

»Das ist kein Problem. Wie steht es mit den Investitionsverlusten? Die könnten Ihr Barguthaben auch auslöschen.« Kat streckte ihren Hals in Richtung Flur, weil Harry schon wieder verschwunden war.

»Unmöglich. Wir hatten ein großartiges Jahr. Mindestens drei Homeruns und zweistellige Renditen. Wir müssten eigentlich über Bargeld stolpern. Stattdessen sind wir praktisch pleite. Ich bin nicht an den täglichen Operationen beteiligt. Dafür ist Nathan zuständig, aber auf der Handelsebene weiß ich genau, auf was ich gesetzt habe und kenne die prozentuale Rendite.«

»Was ist mit Tilgungen? Einige große Investoren auszuzahlen könnte Ihr Bargeldvermögen vermindern.« Onkel Harry war wieder draußen und klammerte sich an sein Scheckheft. Sie hätte es wissen müssen. Er hatte schon wochenlang versucht, es auszugleichen, aber jede Hilfe verweigert.

Zachary verzog das Gesicht. »Nein, genau das Gegenteil geschieht. Die Investoren kriechen auf den Knien vor uns, um sich an unserem Fonds zu beteiligen. Tatsächlich überwiegen Neuinvestitionen die Tilgung von mehr als zwei zu eins. Der Evergreen-Fonds hat kometenhafte Rendite – alles dank meines Handelsmodells. Unsere Anlagerendite ist viel besser als die unserer Konkurrenten.«

Onkel Harry blickte ängstlich um den Türrahmen herum.

»Onkel Harry? Alles in Ordnung?«

»Äh, ja.« Harry warf einen Blick auf die Uhr und verschwand abermals im Flur.

Kat wandte sich wieder Zachary zu. »Ich brauche Zugang zu Ihrem Büro und zu sämtlichen Finanzaufzeichnungen, Gehaltsabrechnungen – alles, was mit Einnahmen und Ausgaben zu tun hat. Und Zugriff auf das Buchführungssystem.« Sie sah auf die Uhr. Es war kurz nach drei. »Ich kann heute Abend anfangen.«

»Großartig. Ich werde bis etwa zehn im Büro sein. Nathan ist wieder weg, also kommen Sie bitte so schnell es geht.« Zachary stand auf. »Ich sollte jetzt besser gehen.«

»Bevor Sie gehen – warum sind Sie so sicher, dass es sich um Betrug handelt? Nathan hat Edgewater gegründet. Warum sollte er die Firma bestehlen?«

»Wie sollte denn sonst das ganze Geld verschwinden? Nathan ist ein Dieb.« Zachary spuckte die Worte aus.

Offensichtlich nicht auf gutem Fuß. Wie haben es Vater und Sohn geschafft, jeden Tag zusammen zu arbeiten? Kürzlicher oder sogar langjähriger Groll?

»Irgendwelche Beweise für Ihren Verdacht?« Kat lehnte sich zurück und beobachtete Zachary. Wirtschaftsermittler waren ein wenig wie kleine finanzielle Psychotherapeuten. Ihre Psychoanalyse basierte auf offenen Fragen. Wenn Menschen frei von der Leber weg redeten, dann enthüllten sie immer mehr, als sie tatsächlich wollten.

»Nein, aber Sie werden es herausfinden. Da bin ich mir ganz sicher.«

»Wenn es wirklich Betrug ist, warum erst jetzt und so plötzlich? Warum nicht vor fünf oder zehn Jahren?«

»Je erfolgreicher ich bin desto nachtragender wird er. Er kann nicht das Geld selbst sein. Er hat alles was er braucht. Sie können noch nicht einmal die Art des Geldes ausgeben, das wir einbringen.«

Harry war wieder da. Nur dieses Mal wartete er nicht im Flur. »Kat – Ich muss dich leider unterbrechen. Du musst mir helfen. Wir müssen zur Bank, bevor sie zumacht. Ich brauche einen Kredit.«

»Onkel Harry, gib mir eine Minute.« Kat fühlte sich unwohl dabei, Harry zu bitten, sich zu gedulden, aber es saß gerade ein zahlender Kunde vor ihr. Sie drehte sich wieder zu Zachary um. »Wenn Nathan stiehlt, dann ist es vielleicht seine Art und Weise, mit Ihnen gleichzuziehen. Wie Sie bereits sagten brauchen Milliardäre wie Nathan mehr Geld.«

»Eigentlich müsste er dankbar sein. Die Geldmittel sind astronomisch angestiegen, nachdem ich zu Edgewater gekommen bin. Mein Eigenhandelsmodell zieht Gewinner und unsere Leistung ist besser, als die von jemand anderem. Er kann sich ohne jegliche Anstrengung im Glanz des Ruhmes sonnen.«

»Was ist denn so Besonderes an Ihrem Modell? Warum könnte er es nicht ohne sie schaffen?«

»Währungsspekulation ist ein Teil technischer Analyse und ein Teil Intuition. Mein Modell sitzt über den Zahlen – BIP, Staatsschulden, Zinsen und andere Wirtschaftsdaten. Dann benutzt es die Spieltheorie, um jede Möglichkeit einzuschätzen.«

»Spieltheorie?« Kat erinnerte sich an die mathematische Methode aus der Schule. Spieler konkurrierten oder kooperierten, um ihre eigenen individuellen Gewinne zu maximieren.

»In einfachen Worten ausgedrückt, bedeutet dies, jeder ist auf seinen eigenen Gewinn erpicht, auch auf Kosten anderer.«

»Ich verstehe, was Sie meinen,« Kat versuchte krampfhaft, ihren

Ärger zu kontrollieren. »Meine Frage war eigentlich, wie dies in ihrem Modell einbezogen wird.«

»Sie müssen nicht jedes Detail verstehen. Zachary wies diesen Kommentar abwinkend zurück. »Mein Modell bestimmt die Wahrscheinlichkeit, ob ein Ereignis geschieht oder nicht, je nachdem, wie lohnend es für die beteiligten Spieler ist. Dann schließe ich die Wette ab und beherrsche den Markt. Allein meine Einlage führt zur Bewegung der Währung, weil unser Fonds riesig ist. Aber der eigentliche Gewinn ist der, wenn die Trader der Bewegung folgen, weil sie davon überzeugt sind, dass es eine sichere Sache ist. Dies wird zu einer sich selbst erfüllenden Prophezeiung, und beschert Edgewater noch größere Gewinne. Die anderen Trader punkten weiter, sofern sie aussteigen, bevor ich meine Position verkaufe. Danach kehrt sich das Vermögen um.«

»Sie manipulieren die Währung.«

»Auf gar keinen Fall. Ich gehe nur eine Position ein. Eine riesige, das gebe ich zu. Aber ich bin kein Rattenfänger; andere Spekulanten müssen mir ja nicht blind folgen. Nur weil sie es tun, bedeutet nicht, dass ich sie manipuliere.«

»Aber die meisten dieser Anhänger verlieren. Wie eine heiße Kartoffel heimsen die großen Spieler oder Insider Profite auf Kosten derjenigen ein, die kaufen, wenn Sie wiederum bereit sind, zu verkaufen. Wer zu spät zum Spiel kommt, leidet. Ist das denn gerecht?« Zachary und sein Vater waren beide eigenständige Milliardäre. Sie hatten mehr Geld als neunundneunzig Prozent der Weltbevölkerung. Was brauchten sie denn noch?

»Es gibt hier keine Opfer. Sie wissen alle, dass ich nur darauf aus bin, Profit zu machen.«

»Wodurch die Währung weiter geschwächt wird.«

»Wir leben in einer freien Welt, Kat. Freie Wahl, freier Wille.«

»Und dann greift die Regierung ein?«

»Theoretisch. Sie kaufen ihre Währung auf, um sie zu stützen. Aber sie können sie nicht wirklich kontrollieren – der Devisenmarkt tut es. Die Märkte handeln mit etwa vier Billionen US-Dollar –

hauptsächlich durch Spekulanten wie ich es bin. Die Währungsreserven der Regierung betragen weniger als ein Zehntel.«

»Enorm«, stimmte Kat zu. »Also, Sie platzieren eine Wette, sagen wir mal, der US-Dollar fällt. Was passiert als Nächstes?«

»Alle Devisengeschäfte werden in Währungspaaren gehandelt. Nehmen wir an, ich wette gegen den US-Dollar. Ich verkaufe ihn und gleichzeitig kaufe ich eine andere Währung – oder aber ich wette, dass sie steigt. Nehmen wir den Euro. Der US-Dollar wird fallen, weil ich mehr verkauft habe, als andere Leute kaufen. Der Euro steigt gegenüber dem US-Dollar, ganz einfach, weil ich gerade einen großen Posten davon gekauft habe.«

»Angebot und Nachfrage«, sagt Kat. »Ein exklusives Spiel, das nur ein paar spielen können.«

»Jeder kann es spielen.«

»Nur mit genügend Geld. Sie benötigen eine große Menge, um den Markt zu bewegen. Kleine Spieler können nur Anhänger sein.«

»Technisch gesehen, ja. Aber die Leute, die mir folgen, können potenziell eine Menge Geld verdienen.«

»Wenn sie das richtige Timing haben.«

»Natürlich. Timing ist alles. Oder sie können stattdessen in Edgewaters Hedgefonds investieren.«

»Beträgt die Mindestinvestition denn nicht fünfhunderttausend?«
»Das ist für die meisten Anleger zu viel.«

»Möglich.« Zachary stand auf. »Ich kann mich nicht um andere Leute kümmern. Ich konzentriere mich auf das, was ich am besten kann – Geld verdienen.«

»Sind Sie sicher, dass Sie nicht zuerst mit Nathan sprechen wollen? Vielleicht gibt es eine logische Erklärung.«

»Kommt nicht in Frage – er ist ja nie da. Er ist auf einem seiner Segeltörns oder vielleicht auf der Großwildjagd in Afrika. Er sagt mir nicht unbedingt, wann oder wo er hingeht.«

Zachary war das höchstwahrscheinlich auch recht. Er managte das Geschäft ohne große Einmischung von seinem Vater. Der meiste Betrug wurde verschwiegen. Niemand wollte sich für Diebstahl verantworten müssen und sofern es nicht die Geschäfte und Gewinne ihrer Aktionäre erheblich beeinträchtigte, würde das Management üblicherweise den Täter dazu zwingen, auf leisen Sohlen zurückzutreten. Vergeltung war selten: In der Regel war das Geld bereits ausgegeben.

Kat kritzelte etwas auf ihren Notizblock. »Was passiert, wenn sich Ihre Vermutungen bewahrheiten und ich tatsächlich einen Betrugsfall herausfinde? Was passiert dann?«

»Dann werde ich ihn zerstören.«

KAPITEL 7

Kat und Harry warteten in dem winzigen fensterlosen Büro, während die Bankleiterin Harrys Bankdaten abrief. In einem Posteingang links auf dem abgenutzten Holzschreibtisch lag ein fünfzehn Zentimeter hoher Stapel mit Akten und Dokumenten mit Büroklammern. Daneben war auf einem Messingschild der Name *Anita Boehmer* zu lesen. Mehrere Diplome und eine Kinderzeichnung hingen an der einzigen Wand. Drei Glaswände mit halbgeöffneten Jalousien umrahmten den Rest des Raumes.

Kein Wunder, dass Harry so unruhig war. Nach seinem Kontoauszug zu urteilen war er arm wie eine Kirchenmaus. Kat zeigte auf eine Transaktion weiter unten auf der Seite. »Hier steht, dass du bereits ein Darlehen hast.«

»Wirklich? Lass mich mal sehen.« Harry fuhr mit seinem Finger neben Kats bis zur besagten Stelle. »Zehntausend Dollar? Das muss ein Irrtum sein.«

Das dachte Kat auch. Onkel Harry war bescheiden bis zum Gehtnichtmehr. Er kaufte in Secondhandläden, verwendete Frischhaltefolie wieder und trug dieselben neu besohlten Schuhe seit eh und je.

Sie prüfte den Rest des Kontoauszugs. Eine Reihe von Schecks mit Beträgen in den Tausenden wurden ebenfalls aufgeführt. Sie blätterte durch den Stapel von stornierten Schecks. Alle waren bar ausgezahlt worden. Ihr Puls beschleunigte sich. Das sah Harry nicht ähnlich.

Anita Boehmer kam mit ein paar Pappordnern wieder. Sie ließ sie auf ihren Schreibtisch fallen und lächelte Harry zu. Sie setzte sich auf ihren Bürostuhl mit hoher Lehne. »Ich sehe, was das Problem ist.«

»Ich auch.«, sagte Harry mit verschränkten Armen. »Ihre Aufzeichnungen sind falsch. Ich habe keinen Kredit aufgenommen.«

»Ich fürchte, das haben Sie doch, Mr Denton. Ich erinnere mich, weil ich ihn genehmigt habe. Letzten Monat. Sie sagten, Sie bräuchten das Geld für Renovierungen. Erinnern Sie sich nicht?«

»Das ist unmöglich«, sagte Kat. Harry hat niemals etwas finanziert. Und schon gar nicht renoviert.

»Hier ist der Kreditvertrag.« Die Bankleiterin holte ihn aus der Datei und drehte ihn um, damit ihn Kat lesen konnte. Tatsächlich befand sich Harrys Unterschrift darunter und dies von vor einem Monat. Harry hatte wirklich einen Kredit aufgenommen. Aber warum? Wohin war sein ganzes Geld geflossen?

Kat studierte das Dokument. Es *war* seine Unterschrift, obwohl sein großes geschnörkeltes *y* jetzt etwas zittriger war. »Das ist deine Unterschrift, Onkel Harry. Ich denke, du hast es vergessen.«

Harry beugte sich vor, um das Dokument zu studieren. »Nein, das habe ich nicht.« Seine Stimme erhob sich und er errötete.

Sie tätschelte seine Hand. Sie fühlte sich spröde an und zitterte unter ihrer Berührung. »Schau auf die Unterschrift.«

»Mal sehen.« Harry riss Kat das Papier weg. »Es sieht tatsächlich aus wie meine Schrift. Aber das kann nicht sein. Sie muss geschnörkelt sein.«

Kat seufzte. Harry wurde schon wieder paranoid und glaubte, von jemandem bestohlen zu werden, noch so eine Begleiterscheinung von Alzheimer. Aber seine Unterschrift stand auf diesem Formular, in blauer Tinte. Die eigentliche Frage war, wofür er das Geld gebraucht hat. Und wer ihn zur Bank gefahren hat. Sie drehte sich wieder zu Anita um. »Das ist absolut nicht Harrys Charakter. Haben Sie nicht daran gedacht, ihn zu fragen, warum er zum ersten Mal in seinem Leben einen Kredit aufnimmt?«

»Katerina, es tut mir wirklich leid, aber wir können nicht alle befragen, die um Geld bitten. Wir nehmen sie für bare Münze, es sei denn es gäbe einen eklatanten Fehler.«

Sie hatte natürlich recht. Harrys Demenz war nicht offensichtlich. Es sei denn, man spricht mit ihm länger als zwei Minuten. Sicherlich hatte der Kreditantrag länger als das gebraucht. Hatte Anita nicht bemerkt, wie oft sich Harry wiederholte? Es war zu spät, um etwas daran zu ändern.

Kat konzentrierte sich erneut auf den Kontoauszug. Sie deutete auf die nächste Zeile auf dem Kontoauszug. Dieselben zehntausend Dollar wurden am nächsten Tag weiter überwiesen. »Anita, wohin ist dieses Geld gegangen?«

»Es wurde auf eine andere Bank überwiesen. Alles, was wir haben, ist der Name der Bank und die Kontonummer. Ich fürchte, Sie werden sie persönlich kontaktieren müssen. Tut mir leid.«

Kat kringelte die Transaktion mit ihrem Stift ein. Wenn Sie den Empfänger identifizieren könnte, wäre sie einen Schritt näher, herauszufinden, was los war.

KAPITEL 8

Kat folgte Harry auf den knackenden Treppenstufen ihrer Eingangstür. Kat und Jace hatten das alte viktorianische Haus in einer Zwangsversteigerung erstanden. Die Stufen gehörten zu einer der vielen Reparaturen, die auf ihrer niemals endenden To-do-Liste standen.

Während ihre Renovierungen nicht auf Eis lagen, das Schild *Zu verkaufen* jedoch war es. Ursprünglich hatten Kat und Jace geplant, es zu reparieren und schnellstmöglich gewinnbringend zu verkaufen, aber dann war ihnen das viktorianische Haus ans Herz gewachsen. Es war eines der ältesten Häuser im Queens Park-Viertel und nur zwei Blöcke von Harrys entfernt.

»Jace? Wir sind zu Hause.« Sie hielt inne, um den wohltuenden Duft von Basilikum, Oregano und Tomaten einzuatmen.

»Ich bin hier. Ich hoffe, ihr habt Hunger.«

Kat folgte Jaces Stimme in die Küche. Er stand am Herd, an dem er die Quelle dieses wunderbaren Geruchs rührte. Kats Blick wanderte von seinen muskulösen Armen zu seinem eng anliegenden schwarzen T-Shirt. Selbst in einer Schürze sah er heiß aus.

Er zwinkerte ihr zu. »Spaghetti?«

»Unbedingt.« Sie küsste ihn und wünschte sich bleiben zu können. »Du scheinst glücklich zu sein.«

»Bin ich auch. Meine erste Story über Immobilienbetrug steht auf der Titelseite. Auf der morgigen Zeitung.«

»Hmmm, wunderbar. Bekommst du jetzt den Rockstar-Status im *Sentinel*?« Jace hatte schon unzählige Betrugsfälle bei Luxusimmobilien von Vancouvers wohlhabender Westseite aufgedeckt. Der Trick lag darin, überhöhte Gutachten zu verwenden, um Immobilien zu kippen.

»Nicht ganz. Aber ich stehe bei McCleary wieder in den guten Büchern. Er meint, ich könne eine ganze Serie daraus machen.« Jaces hart gesottener Redakteur war notorisch schwer zufriedenzustellen.

»Gute Nachrichten.« Kat warf einen Blick auf Harry. Er saß am Küchentisch und ließ den Kopf hängen, als ob er schnarchen würde.

Sie erzählte Jace leise über den Bankkredit und die nie endende Suche nach dem Lincoln. Aber nicht über seine Alzheimer. Noch nicht. Es laut auszusprechen, würde es nur viel zu reell machen. »Harrys Probleme sind viel schlimmer als ich dachte.«

»Kann die Bank herausfinden, wo das Geld hingegangen ist?«

»Nein und ich weiß nicht, was ich tun soll. Harry kann sein Leben nicht mehr selbst verwalten. Erst der Brand und jetzt das.« Sie spürte einen Knoten in der Kehle und wandte sich ab, in der Hoffnung, dass es Jace nicht bemerkt hatte. Allein zu leben wurde zu einem ernsthaften Sicherheitsproblem.

Er ließ den Löffel auf den Tresen fallen und legte die Arme um ihre Taille.

»Er könnte hier einziehen. Wir haben eine Menge Zimmer.«

»Ich – ich weiß nicht, Jace. Das wird das eine große Veränderung für dich.« Kat löste sich aus seiner Umarmung. Jace wusste nicht, was er ihr da anbot, auf was er sich da einließ. Über Nacht würde er in Harrys paranoide Welt gestürzt werden. Eine Welt, die sich mit jedem Tag der Demenz verschlechtert. Es könnte zu viel für Jace sein.

»Das ist doch kein Problem. Wir sind doch sowieso dauernd bei Harry.« Jace klopfte den Löffel am Topfrand ab. »Es könnte sogar einfacher für uns beide sein.«

Kat ging auf Zehenspitzen zum Küchentisch, um Onkel Harry nicht zu wecken. Sie machte einen Umweg um den Teil im Boden, der knarrte, aber es war zwecklos. Harry zuckte auf, als sie gerade ihren Stuhl unter dem Tisch hervorzog. »Schläfrig?«

»Warum sollte ich schläfrig sein? Er ist noch nicht einmal Mittag.« Harry stand auf und schlurfte in Richtung Bad. »Ich mache mich ein wenig frisch.«

Es war bereits nach achtzehn Uhr, aber Kat wollte ihn nicht korrigieren. »Ich weiß. Ich bin schon hungrig.« Harry hatte bereits seinen Tag vor Gericht und in Kats Büro vergessen.

Jace brachte zwei gehäufte Teller mit Spaghetti und stellte sie auf den Tisch.

»Ich kann nicht lange bleiben, Jace.« »Ich fange heute Abend an, am Kingsley-Fall zu arbeiten.«

»Arbeitest du neuerdings nachts? Zachary Barron vergeudet keine Zeit, nicht wahr? «

»Ich schätze nicht.« Kat nahm die Gabel und wickelte ein paar Spaghetti drumherum. Die Portion auf ihrem Teller konnte eine kleine Armee ernähren.

»Wie auch immer, es wird gut sein, einen Vorsprung zu bekommen und zu sehen, um was es hier überhaupt geht. Vor allem während Nathan Barron unterwegs ist.« Sie erzählte ihm von den Barrons und Zacharys Verdacht sowie von Edgewater Investments.

Harry kam aus dem Bad zurück. »Erzählst du Jace gerade von meinem Bankkredit? Meine Güte, die Bank ist dabei, mich auszurauben. Kannst du dir das vorstellen, Jace, zehntausend Dollar? Kriminelle!«

Kat warf Jace einen Blick zu und hob die Augenbrauen, überrascht, dass sich Harry noch daran erinnerte.

»Wir waren gerade auf der Bank. Sie sagten, Harry hätte letzten Monat einen Kredit aufgenommen.«

»Ehrlich?« Jace sah Kat an. »Was hast du gekauft, Harry? Immobilien?«

»Ich habe gar nichts gekauft. Diese Gauner haben meine Unterschrift gefälscht! Wisst ihr was? Ich kann nicht mehr warten – ich rufe die Polizei an.« Harry griff nach dem Küchentelefon.

»Wie lautet die Rufnummer, Jace?«

»Äh, Harry, wollen wir nicht erst essen?« Jace ging zum Herd zurück und servierte einen weiteren Teller Spaghetti. Er setzte sich Kat und Harry gegenüber an den Tisch.

»Wir rufen die Polizei nach dem Abendessen an.«

»Hmmm, die sind aber gut, Jace.« Kat hatte gar nicht bemerkt, wie hungrig sie war. In ein paar Minuten würde Harry vergessen, die Polizei anzurufen. Aber das war keine Lösung für das Problem, wer ihm diesen Kredit aufgehalst hat. Harry konnte unmöglich auf eigene Faust zur Bank gefahren sein. Er verließ nur selten das Haus. Er ging niemals irgendwo allein hin, mit Ausnahme zum Supermarkt oder Coffee Shop. Hatte er jemanden an einem dieser Orte kennengelernt?

»Ich habe einen Betrugsring gesprengt, Harry. Morgen steht es ganz groß auf der Titelseite.« Jace grinste. »Sie haben Häuser gekauft und Immobiliengutachten gefälscht, um die Eigentumswerte aufzublasen. Sie haben riesige Kredite für die Häuser aufgenommen und sind dann mit dem ganzen Geld abgehauen.«

Kat machte eine Schnittbewegung über ihren Hals. Kredit war ein Schimpfwort.

Jaces Lächeln verschwand und er formte mit den Lippen ein *Sorry*. Aber dann fuhr er trotzdem fort. »Sie ließen die Banken zwangsversteigern. Ich habe bei mindestens zwei Dutzend Luxusvillas auf der Westseite recherchiert und sie entlarvt. Bis zu meiner Story wurden sie noch nicht einmal von den Polizisten überwacht.

»Hm«, sagte Harry und wickelte Nudeln um die Gabel. »Weißt du, mir ist ein wenig übel. Ich glaube, ich habe genug gegessen.«

»Iss Onkel Harry.« Kat betrachtete ihren Onkel. Kein Wunder, dass ihm übel war - er aß ja so gut wie nichts. Sein Gesicht war gezeichnet und blass; die kürzliche Grippe hatte ihn wirklich mitgenommen. Er brauchte alle Kalorien, die er kriegen konnte.

»Also gut.«

Schweigend aßen sie den Rest der Mahlzeit. Trotz ihres Berufs dachte Kat oft, dass Geld die Wurzel allen Übels ist, zumindest meistens. Dies war einer dieser Momente.

»Ich bin einfach nur glücklich, dass ich meine Geschichte endlich fertig habe.« Jace legte die Gabel hin und sah auf die Uhr. »Jetzt kann ich entspannen. He, das Hockeyspiel läuft gerade. Willst du das Spiel sehen, Harry?«

»Und ein paar unbeschwerte Millionäre, wie sie einem Puck hinterherjagen? Nein, danke.«

KAPITEL 9

Kat folgte Zachary durch die schweren Holztüren von Nathans Büro. Sie kam mit Absicht nach den Bürostunden, damit ihr Besuch bei den Edgewater-Mitarbeitern keinen Verdacht erweckte.

Ein massiver, stark geschnitzter Mahagoni-Schreibtisch dominierte die Mitte des Raumes. Auf der linken Seite eingebaute Bücherregale überschwemmt mit ledergebundenen Bänden und auch neuere Ausgaben. In der rechten Ecke standen ein dunkelbraunes Ledersofa mit passendem Sessel vor einem Tisch mit einem Alabaster-Schachbrett. An der Wand hingen jede Menge Fotos in schweren Holzrahmen. Die Fenster waren mit teilweise geschlossenen, schweren Damastvorhängen umrahmt.

Obwohl sie sich im zwanzigsten Stockwerk befand, fühlte sich Kat wie in ein Studierzimmer eines Landhauses aus dem neunzehnten Jahrhundert transportiert. In der Luft schwebte ein Hauch von Zigarrengeruch. Trotz Zacharys Gegenwart fühlte sie sich unwohl, als ob sie in die Höhle eines Jägers eingedrungen wäre. Ein Jäger, der jeden Augenblick zurückkehren könnte.

Kats Schuhe versanken im dicken Berberteppich, als sie zu den Fotos ging. Nathan Barron war auf jedem davon zu sehen. Verschiedene Orte, Posen und Schauplätze, aber auf jedem einzelnen posierte Nathan mit etwas, das er gerade erschossen oder aufgespießt hatte. Meistens Bären, Löwen und andere Wildkatzen. Ein Räuber unter Räubern.

Kat ging an der Wand entlang zum letzten Foto, das, dem Rahmen nach zu unterteilen, das neueste war. Ein stämmiger sechzig Jahre alter Mann stand neben einem Nilpferd. Mit nacktem Oberkörper, nur mit Kakihosen bekleidet und einem Gewehr über der Schulter. Mit einem Grinsen, das sagte *Spitze der Nahrungskette*. Das ließ Kat schaudern.

»Letztes Jahr. Selous-Reservat. Tansania. Es wird als Wilderei angesehen, ein Nilpferd zu töten, aber das ist ihm völlig egal.«

Kat schreckte bei Zacharys Stimme auf. »Ich muss eine offensichtliche Frage stellen. Warum sollte ein Milliardär seine eigene Firma bestehlen? Er hat das nicht nötig.«

»Ganz einfach. Nathan ist ein billiger Bastard. Edgewater gehört zu fünfzig Prozent mir. Wenn er über Edgewater zahlt, bekommt er fünfzig Prozent Rabatt.«

»Und riskiert ins Gefängnis zu gehen?« Das kaufte ihm Kat nicht ab. Da gab es etwas Anderes als nur Geld, das ihn zum Betrug verleitet hatte. »Weswegen? Er hat doch jetzt schon mehr Geld, als er in seinem restlichen Leben ausgeben kann.«

Kat setzte sich auf Nathan Barrons Stuhl und versuchte, ein Gespür für diesen Mann zu bekommen, den sie noch nie zuvor gesehen hatte. Der Schreibtisch war blank, mit Ausnahme eines leeren Posteingangs und einem Telefon. Ganz anders sah es in Zacharys Büro aus, wo unordentliche Stapel von Papier herumlagen und drei Computer-Bildschirme miteinander um Aufmerksamkeit wetteiferten.

Kat öffnete die seitliche Schreibtischschublade. Sie zog eine dicke Hülle mit Dokumenten aus einer kartonierten Aktenmappe heraus. Sie studierte das oberste Blatt, eine Tabelle. Eine Reihe von Zahlen waren am Ende jeder der etwa zwölf Spalten addiert und subtrahiert worden.

Sie blätterte durch die Seiten darunter. Sie waren alle im gleichen

Format, nur die Überschriften und Zahlen waren unterschiedlich. »Was ist das?«

»Ich weiß es nicht«, sagte Zachary. »Gestern war ich zum ersten Mal hier drin. Sonst ist sein Büro immer abgesperrt.«

»Haben Sie denn keinen Generalschlüssel?« Seltsam, dass Zachary, als Mitinhaber, keine Schlüssel zu jedem Büro haben soll. Sie wandte ihre Aufmerksamkeit wieder auf die erste Tabelle. Die Überschrift jeder Spalte bestand aus Initialen und Zahlen. Es war eine Art Verschlüsselung. Wenn ja, dann musste es einen Grund dafür geben. Was hatte Nathan Barron zu verbergen?

Zachary schüttelte den Kopf. »Nathan hatte ein besonderes Schloss für seine Bürotür anfertigen lassen. Ich hatte gestern einen Schlosser gebeten, mir einen Schlüssel zu machen.«

Kat legte die Tabelle zur Seite. Sie war vor fast zwei Stunden bei Edgewater angekommen. Bevor Sie Nathans Büro durchsuchte, hatte sie alle Schecks überprüft, die von Edgewater Investments selbst und von ihrem Hedgefonds Evergreen ausgestellt worden waren. Es war seltsam gewesen, sie zu betrachten, weil auf vielen Victorias Unterschrift war – sie hatte erst die Firmenbuchhaltung nach der formellen Trennung von Zachary verlassen. Neben den üblichen Zahlungen für Ausgaben wie Miete, Bürobedarf, und Gehaltsabrechnung, bemerkte Kat einige sehr große Rechnungen und stornierte Schecks für Anlageforschungen. Sie zog die Akte mit den Dokumenten aus ihrer Aktentasche und reichte sie Zachary. »Was wissen Sie darüber?«

Zachary setzte sich an den Schreibtisch seines Vaters und öffnete die Akte. Er durchforstete die ersten Seiten. »Research Analytics? Nie davon gehört.«

»Sollten Sie nicht eigentlich darüber Bescheid wissen?«

Zachary blickte von den Rechnungen auf und war deutlich verwirrt. »Warum sollte ich?«

»Sie sind Edgewaters größten Ausgaben«, erklärte Kat. »Sie liefern Währungsanalysen, das ist doch Ihr Fachgebiet. Sollte Ihnen der Name nicht vertraut sein?«

»Sie haben recht. Ist er aber nicht.« Zachary entriegelte die unterste Schublade von Nathans Schreibtisch und kramte durch die Dateien.

»Darf ich?« Kat tauschte die Plätze mit Zachary und startete Nathans Computer. Dann steckte sie eine externe Festplatte in den USB-Anschluss und begann mit einem Mausklick, Nathans Dateien zu kopieren. Während sie auf die Datenübertragung wartete, holte sie die Akten eine nach der anderen aus dem Schreibtisch heraus, um nach weiteren Hinweisen zu suchen. Mit Ausnahme seiner Akten und Büromaterial, lagen in den Schreibtischschubladen noch ein paar Kreditkarten und etwas Kleingeld. Sie hatte nicht viel Hoffnung – Nathan verbrachte kaum Zeit im Büro. Dies bedeutete wahrscheinlich auch, dass sich auf seinem Computer nur sehr wenig Daten befanden.

Nachdem Sie Nathans Dateien erfolgreich auf ihre externe Festplatte kopiert hatte, öffnete sie ein paar davon. Auf dem ersten Blick nichts Besonderes, nur ein paar Marketing-Briefe über Edgewaters Fondsleistung.

Zachary stand hinter ihr, als sie die letzte Datei schloss. »Nichts?«

»Nichts. Aber da gibt es noch etwas Anderes, was ich gerne überprüfen würde.« Sie öffnete Nathans E-Mail und seine Kontaktliste. Hunderte von Kontakten kamen zum Vorschein, in starkem Gegensatz zu den spärlichen Computerdateien. Sie scrollte die Liste nach unten und fand die Adressen von wohltätigen Milliardären, Mitgliedern von Königshäusern und Staatsoberhäuptern. Nathan verkehrte in einer äußerst exklusiven Gesellschaft.

Ganz unten in der Liste fiel ihr etwas ins Auge. Eine Gruppe mit Adressen unter *W* für etwas mit der Bezeichnung *World Institute*.

»Zachary, was ist das World Institute?«

Er beugte sich vor und schielte auf den Bildschirm. »World was? «

Sie klickte auf den Eintrag und öffnete eine Liste mit Namen. »Diese World Institute-Liste, schon mal davon gehört?«

»Nicht sicher ... Ich denke, es ist eine Art von globalem Think Tank, zu der Nathan gehört.«

»Was genau machen die?« Sie durchsuchte die Liste. Aktuelle und ehemalige Staatsoberhäupter. Der Chef des Internationalen

Währungsfonds – zusammen mit Mitgliedern aus mindestens zwei königlichen Familien.

»Sie haben etwas mit Währungstheorie zu tun, denke ich. Nathan erwähnte es ein- oder zweimal, als wir noch miteinander gesprochen haben.«

»Währungstheorie, wäre das nicht interessant für Sie?« Warum wusste Zachary nicht mehr über etwas, das klar im Zusammenhang mit seinem Fachgebiet stand?

»Nicht wirklich. Ich handle mit Währung – ich theoretisiere nicht darüber. Theorie ist für Akademiker.« Er legte eine Hand auf ihren Stuhlrücken, als er die Liste der Namen durchsuchte.

Kat kritzelte eine Notiz, dass sie mehr darüber herausfinden muss. Sie zog die Festplatte heraus und steckte sie in ihre Aktentasche. Sie würde die restlichen Datensätze Byte für Byte in ihrem Büro durchsuchen.

»Schauen Sie sich das an.« Zachary beugte sich vor und zupfte ein Papier aus Nathans Papierkorb. »Er hat es noch nicht einmal versteckt.«

Kat blickte auf das Papier.

»Was ist denn mit einem Flug nach London verkehrt?« Es war ein Reiseplan. Ein Flug und sechs Nächte in einem Luxushotel.

»Zunächst einmal sollte er sich eigentlich mit unseren New Yorker Bankern treffen. London hat absolut nichts mit unserem Geschäft zu tun. Aber das ist ihm natürlich einerlei.«

»Die Grenzen zwischen privaten und geschäftlichen Reisen sind manchmal verworren. Das ist in Familienunternehmen üblich.«

»Familienunternehmen?« Diese Worte spuckte Zachary wie vom Ekel befallen aus. »Wir sind nur dem Namen nach eine Familie.«

»Der Flug war gestern. Eine Idee, was da in London los ist?«

KAPITEL 10

*K*ats Atem beschleunigte sich, als sie den Hügel hinauf lief, unfähig, sich auf etwas Anderes zu konzentrieren als auf ihr langsames Joggen der zehnprozentigen Steigung. Onkel Harrys Haus befand sich auf halber Höhe, ganz in der Nähe, aber diese dreißig Meter kamen ihr endlos vor.

Ihre Beine brannten, weil sie es nicht gewohnt waren, eine solch lange Steigung zu laufen. Es war schon Freitag und es war ihr erster Lauf in dieser Woche. Mit Harrys erhöhtem Bedarf an Pflege und ihrer wachsenden Arbeitsbelastung war es schwierig, genügend Energie und Kraft für einen anständigen Lauf oder ein paar Minuten Zeit für sich selbst zu finden. Dies könnte ihr längster Lauf für eine Weile gewesen sein, daher wollte sie, dass er wehtut und ihrem Körper etwas bringt.

Die Steigung kam ihr vor wie eine Straße nach nirgendwo, fast vertikal, bis sie den Horizont berührt und abrupt endet. Zumindest war das die Ansicht von ganz unten. In ihrer Kindheit, nachdem ihr Vater sie verlassen hatte und sie zu Harry und Elsie zog, wollte sie einfach nur, dass die Straße immer weiter führt. Bis zur Spitze des Hügels, wo sie dann so tun würde, als gäbe es nichts anderes über dem Asphalt außer Himmel. Dann würde sie vom Erdboden verschwinden – von ihrer Vergangenheit, Gegenwart und vor allem weg von Hillary.

Sie hatte ihren zweistündigen Lauf gestartet, bevor Harry aufwachte. Der stetige Regenguss tröpfelte wie eine Dusche. Im Prinzip war das eigentlich egal. Ihre Kleidung war durchnässt, und ihre Laufschuhe von der Landung in zu vielen Pfützen zermatscht.

Endlich hatte Kat den Hügel erobert und verlangsamte ihr Lauftempo auf einen Spaziergang bis ganz nach oben. Harrys Cape Cod-Haus kam in Sicht und war nur einen halben Block entfernt. Es war weit entfernt von dem einwandfreien Zustand, in dem es Harry immer gehalten hatte. Moos hatte sich auf dem Rasen angesiedelt und die Farbe blätterte von den Fensterrahmen ab.

Nach dem Autounfall kam sie jeden Morgen, um bei Harry nach dem Rechten zu sehen, machte ihm das Frühstück, brachte ihn ins Büro oder an den Wochenenden zu ihrem Haus. Sie klopfte an die Tür und wartete ein paar Minuten. Keine Reaktion. Der Fernseher plärrte. Richter Judy debattierte gerade mit ein paar Personen über ein Cabriolet, das ihnen nicht gehörte.

Sie bückte sich und klappte den Briefschlitz auf.

»Onkel Harry? Ich bins, Kat.«

Sie hörte Schritte hinter der Tür. Metall klickte, während Harry ein halbes Dutzend Bolzen entriegelte.

»Schön, dich zu sehen!« Harry lächelte sie an.

Als ob sie sich schon seit Jahren nicht mehr gesehen hätten. Als ob sie diese Visiten nicht jeden Morgen machen würde.

»Was führt dich her?« Harry trug ein kurzärmeliges Hawaii-Hemd und eine Wollhose, die er mit einem Gürtel geschnürt hatte. Er hatte seit Elsies Tod im letzten Jahr unglaublich abgenommen.

»Ich wollte nur mal nach dir schauen. Fühlst du dich besser als gestern?«

»Wieso? Was war denn gestern?«

»Dir war übel.« Kats Blick fiel auf Harrys Unterarm, lila mit blauen Flecken. »Bist du hingefallen?«

»Nein, warum fragst du?« Harry schloss die Tür und runzelte die Stirn.

»Dein Arm.« Sie hielt ihn hoch und deutete auf die blauen Flecken.

Harry starrte verwundert auf den Arm. »Ja, das bin ich wohl. Aber ich denke, jetzt ist wieder alles in Ordnung.«

Harry winkte Kat hinein. »Es wird Zeit, dass du kommst, Kat. Ich habe dich schon seit Wochen nicht mehr gesehen!«

Sie folgte Harry in den Flur, wo ihr eine Hitzewelle entgegenkam. Ein Stapel mit Post lag auf dem Beistelltisch. Sie nahm die Umschläge, blätterte durch und suchte nach Rechnungen, die sofort bezahlt werden müssen. Zwei Visa-Abrechnungen, eine Master Card-Rechnung, eine Telefonrechnung, und sein letzter Kontoauszug.

Sie öffnete die erste Visa-Abrechnung und keuchte fast, als sie die Summe sah.

Zweiundzwanzigtausend Dollar und ein paar Zerquetschte. Die beiden anderen Kreditkartenabrechnungen hatten ähnliche Transaktionen. Insgesamt beliefen sie sich auf dreißigtausend Dollar. Da gingen viele Monatsrenten den Bach hinunter.

Ihr Herz schlug ihr bis zum Hals, als sie die Abrechnungen in ihre Tasche steckte. Sie ging ins Badezimmer und schloss die Tür hinter sich, damit sie sie gründlich untersuchen konnte, ohne dass Harry Verdacht schöpfte.

Sechstausend bei Tiffany. Was um alles in der Welt hatte Harry bei Tiffany gekauft? Weitere viertausend in verschiedenen Designer-Bekleidungsgeschäften. Beunruhigend, da Harry nur in Second Hand Läden kaufte. Zinsen und ein Übertrag führten zum Rest des geschuldeten Betrages. Handelte es sich um einen Irrtum? Wahrscheinlich nicht, angesichts des verdächtigen Darlehens. Und nun entdeckte sie drei verschiedene Kreditkarten-Abrechnungen.

Sie öffnete den neuesten Kontoauszug und prüfte den Endstand. Harry hatte sein Konto weitaus mehr überzogen, als die Summe, die sie in Anita Boehmers Büro gesehen hatte. Das würde aber bedeuten, dass der Kontoauszug, den Harry mitgebracht hatte, ein Monat alt war.

Sie hielt den Atem an und blätterte zur letzten Seite. Eine Hypothek, vor fast 3 Wochen aufgenommen, wurde zusammen mit dem

Renovierungskredit für das Haus aufgeführt. Die hatte Anita Boehmer überhaupt nicht erwähnt. Was zum Teufel ging hier vor?

Kat seufzte. Das Darlehen, die Bargeldausgaben und nur die Kreditkartenabrechnungen und eine Hypothek. In nur wenigen Monaten waren Harrys Finanzen völlig außer Kontrolle geraten.

Sie verließ das Badezimmer und überprüfte den Thermostat. Achtundzwanzig Grad Celsius. Sie drehte ihn auf zweiundzwanzig herunter und stapfte in die Küche.

Der kleine Fernseher auf dem Tresen schmetterte die Morgennachrichten aus. »... stürzte Fredrick Svensson bei einem Schneeschuhunfall in den Tod.« Die CBC-Reporterin hob die Hand, um sich in dem peitschenden Wind ein paar Haare aus dem Gesicht zu streichen.

»Man vermutet, dass sich der Unfall in den Bergen vor zwei Tagen ereignet hat. Zu diesem Zeitpunkt hatte man Svensson zuletzt gesehen. Ein Such- und Rettungstrupp fand seinen Körper am frühen Morgen, aber die Bergungsaktion wird aufgrund der herannahenden Sturmfront bis mindestens morgen verzögert.«

Der Himmel hinter dem Reporter war dunkel, mit niedrigen Wolken, die die Gipfel der schneebedeckten Berge dahinter verbargen. Mehrere Männer mit Rucksäcken und Skiern auf dem Rücken standen rechts von der Kamera.

Kat drehte die Lautstärke herunter und setzte sich zu Harry an den Küchentisch. Eine Menge Bücher waren auf dem Tisch gestapelt und ließen kaum Platz für sein Orangensaftglas.

»Hast du gegessen, Onkel Harry?«

Er nippte an seinem Saft. »Klar, schon 'ne Weile her.«

Die Hitze im Inneren des Hauses war bedrückend. Wie üblich waren alle Fenster dicht geschlossen. Kat klinkte das Fenster in der Essecke aus und stieß es auf.

»Was hast du gegessen?« Sie steckte ihren Kopf hinaus und atmete die kühle Luft ein.

»Ich kann mich nicht erinnern. Öffne dieses Fenster nicht, sonst kommen Einbrecher herein.«

»Es ist stickig hier drin. Wie kannst du nur atmen?« Irgendwas roch faul. Sie öffnete jeden Schrank einen nach dem anderen. In der dritten Tür fand sie einen angebissenen Hamburger mit grauem Pelzbesatz. Sie nahm ihn mit einem Papiertuch auf und trug ihn behutsam zum Mülleimer.

»Willst du Orangensaft, Kat?« Harry hob sein Glas an und gestikulierte damit zu Kat.

»Gerne.« Kat griff nach einem Glas im Schrank und ging zum Tisch. Die Karaffe mit Orangensaft stand hinter einem Zeitungsstapel und sie schenkte sich ein Glas ein. Sie erstarrte, als sie seinen nackten Ringfinger bemerkte. »Wo ist dein Ring, Onkel Harry?« Er hatte seinen Ehering nicht abgenommen, seit Elsie gestorben ist, oder in den vierzig Jahren Ehe davor.

»Oh.« Harry hob die Hand an den Mund. Die Mundwinkel verzogen sich zu einem schelmischen Grinsen. »Ich denke, er ist in den Abfluss gefallen.«

»Wirklich? In welchem Waschbecken?« Wenn er immer noch im Siphon liegt, könnte Jace ihn herausfischen. Sie würde ihn bitten, heute Abend nachzuschauen.

»Äh, die Küchenspüle. Nein, es war das Bad.«

Kat schlang ihren Saft hinunter. Normalerweise erfrischte er sie nach einem Lauf, aber dieser hier schmeckte schon etwas Merkwürdig. Harry hatte ihn wahrscheinlich zu lange aus dem Kühlschrank draußen gelassen. Sie schob einen Stapel Bücher zur Seite und stellte ihr leeres Glas auf den Tisch. »Kommst du heute ins Büro?«

»Na klar.«

»Großartig. Wir können gemeinsam fahren. Wir halten bei mir zu Hause an und frühstücken. Ich muss noch ein paar Sachen holen.« Jace könnte Harry im Auge behalten, während sie eine Dusche nahm und sich für die Arbeit umzog. Es war Teil ihrer Routine, um sicherzustellen, dass Harry etwas aß. Essen könnte auch ihren Magen beruhigen. Sie zuckte zusammen, als ihr Magen erneut krampfte.

Kats dachte plötzlich wieder an Harrys Visa-Abrechnung. Es war unerklärlich, genau wie die Hypothek, der Renovierungskredit und Tausende von Dollars in Schecks, die als Bargeld abgehoben wurden. Alles war außer Kontrolle geraten und sie fühlte sich machtlos, es zu stoppen.

KAPITEL 11

Kat gähnte noch ganz verschlafen nach ihrem Nickerchen. Die Prüfung von Edgewaters finanziellen Aufzeichnungen vom Vormittag hatten nichts gebracht. Sie fühlte sie sich körperlich und geistig erschöpft. Einerseits musste sie Harry ständig im Auge behalten und andererseits versuchen, sich einen Reim auf Edgewater zu machen.

Sie warf einen Blick auf Harry. Er saß an der Rezeption und kritzelte etwas in dieses verdammte Scheckheft. Diese Sache hatte ihn vollständig verzehrt. Sie sollte ihn lieber ablenken, sonst könnte es ihn sogar noch umbringen.

Die Mittagssonne schien durch die hohen Fenster und beleuchtete die aufgewirbelten Staubkörner, die wie Sternchen in der Luft schwebten. Diese Research Analytics gingen ihr einfach nicht aus dem Kopf. Edgewater hatte dem Unternehmen in diesem Jahr bereits fünfzig Millionen gezahlt und 220 Millionen im letzten Jahr. Dennoch wusste Zachary angeblich nichts davon. Welchen Service auch immer diese Firma zur Verfügung stellte, er war ganz offensichtlich lukrativ.

Sie wählte die Rufnummer, die sie auf der Rechnung von Research Analytics fand und schaute aus dem Fenster. Die Gewitterwolken hatten sich endlich verzogen und die verschneiten North Shore Mountains erschienen in ihrer ganzen Pracht.

Kat ließ es sechs Mal klingeln und wollte gerade auflegen, als eine Frau antwortete und scheinbar außer Atem war. Ein leichter Akzent? Kat wusste nicht woher.

»Ja, ich hätte gerne etwas über ihre Anlagenforschung gewusst.«

Lange Pause und am anderen Ende nur Atem zu hören.

»Ich könnte vorbeikommen, heute Nach ...«

Klick.

Kat wählte erneut. Diesmal hob niemand ab und dies bestätigte ihren Verdacht. Seriöse Unternehmen ignorieren ihre Kunden nicht oder legen einfach den Telefonhörer auf.

Sie blätterte ein zweites Mal durch die Rechnungen von Research Analytics. Viele der Rechnungsnummern hatten eine fortlaufende Nummer. Ein weiteres Betrugssignal. Die meisten echten Unternehmen hatten mehr als einen Kunden. Vor allem Unternehmen mit Hunderten von Millionen Jahresumsatz.

Entweder hatte Research Associates keine anderen Kunden oder ihre anderen Kunden erteilten nur selten Aufträge. Kat hätte wetten können, dass es der erste Grund war.

Auf den Rechnungen von Research Analytics stand eine Adresse von East Broadway, nur wenige Autominuten von ihrem Büro entfernt. Sie würde am späten Vormittag einen Abstecher dorthin machen. Sie suchte online, um mehr über das Unternehmen herauszufinden. Nichts, noch nicht einmal eine Website.

»Probleme?«

Kat war so tief in ihren Gedanken versunken gewesen, dass sie noch nicht einmal gehört hatte, dass Jace hereingekommen war. Er stand hinter Harry und beugte sich vor.

»Es ist genau hier.« Jace deutete auf Harrys Scheckheft. »Du hast den hier vergessen.«

Harry murmelte etwas vor sich hin. Kat warf Jace einen warnenden Blick zu. Harry erzürnte sich, wenn jemand versuchte, ihm zu helfen.

Kat lenkte ihre Aufmerksamkeit wieder auf Nathans Computerdaten. Obwohl sie den ganzen Morgen die restlichen Computerdaten durchforstet hatte, war nichts dabei herausgekommen. Mit Ausnahme seiner beeindruckenden Kontaktliste, ein Who is Who der weltweit einflussreichsten Personen. Das World Institute faszinierte sie ganz besonders. Abgesehen von Reichtum und Macht, was haben all ihre Mitglieder gemeinsam?

Sie warf einen Blick auf Harry, der sein Scheckbuch mit dem rechten Arm abgeschirmte. Jace schaute Harry über die Schulter. Aber jetzt wurde Harry lebhafter.

Kat wartete auf Harrys unvermeidlichen Gefühlsausbruch. Dr McAdam hatte zumindest in einem Punkt recht: es ist besser zuzustimmen, auch wenn es einem gegen den Strich ging.

»Hör auf, Jace«, knurrte Harry. »Du bringst mich zum Haare raufen.«

Kein guter Zeitpunkt, um Harry daran zu erinnern, dass er schon seit Jahrzehnten eine Glatze hatte.

»In Ordnung.« Jace gab vor, zu schmollen. »Ich wollte nur helfen.«

»Hör doch auf, Onkel Harry«, sagte Kat. »Lass mich helfen.«

»Verdammte Bank! Das Darlehen war schlimm genug. All diese anderen Abgaben sind auch nur ein völliger Irrtum. Hier steht, dass ich mein Konto überzogen haben, aber das kann nicht sein. Warum können sie ihre Auszüge nicht weniger kompliziert machen? Das ist Fachchinesisch!«

Harry warf den Stift hin und stand auf. »Lasst mich alle beide in Ruhe!«

»Onkel Harry, ich kann das innerhalb von einer Stunde klären. Reichs 'rüber!« Kat stand von der Couch auf und ging zum Schreibtisch. Sie warf einen Blick auf seine Schreibtischschublade. Sie stand ganz offen und diente als eine Art rote Linie, die man nicht überschreiten darf. Sie war voll mit Gummibändern und Papierbündeln mit Briefklammern. Und natürlich gab es auch eine Schatulle aus Metall, seine Version eines Safes.

»Nein.« Er verschränkte die Arme und starrte sie an. Das möchte ich selbst erledigen. Es schärft meine Sinne.«

»Aber du hast doch schon seit Wochen daran gearbeitet. Es ist meine tägliche Arbeit, Kontoauszüge zu prüfen. Lass mich dein Scheckheft in Ordnung bringen. Ich werde alle Bankfehler auflisten, damit du sie anrufen kannst.«

»Ich bin fast fertig. Nur noch ein paar Stunden …«

»Ich brauche dich aber für etwas Anderes«, sagte Kat. »Es ist zeitkritisch.«

»Wenn das so ist, sollten wir uns beide auf unser Fachgebiet konzentrieren.« Er betonte die letzte Silbe in einem langen *iiiiiieeet* und sammelte seine Papiere zusammen.

»Prima. Kannst du mir bitte diese Rechnungen in chronologische Reihenfolge bringen?« Kat reichte ihm die Research Analytics-Datei, weil es wichtig für Harry war, sich Unentbehrlich zu fühlen.

»Aye aye, sir.« Sein finsterer Blick verschwand. »Wenn du noch was brauchst, einfach nur brüllen.«

Kate streckte die Hand aus. »Gib mir das mal her.«

Harry reichte ihr nur ungern sein Scheckheft und die Kontoauszüge. »Versprichst du mir, dass du meine bisherige Arbeit nicht durcheinanderbringst? Ich muss wissen, wo ich aufgehört habe.«

Kat lächelte ihn an, war aber insgeheim darüber besorgt, welche weiteren finanziellen Überraschungen sein Scheckbuch enthalten könnte. »Versprochen.«

Sie blickte verstohlen auf Jace, aber er vermied jeden Blickkontakt. Stattdessen stapfte er niedergeschlagen und in zusammengesunkener Haltung zur Couch im Empfang. Er setzte sich und löste seine Krawatte. Irgendetwas stimmte nicht. Der schön gebügelte Anzug, in dem er diesen Morgen das Haus verlassen hatte, war jetzt zerknittert. Sein hundert Ampere-Lächeln war auch verschwunden.

»Ist das dein zerzauster Journalistenlook? Wenn ja, dann ist er perfekt.«

Keine Reaktion.

»Jace, ich muss wirklich mit dir reden.« Sie gab ihm ein Zeichen, er solle ihr folgen. Sie gingen in ihr Büro und Jace trottete schwerfällig hinter ihr her.

»Hast du für mich auch einen Auftrag?«

»Es geht um Harry.« Sie sprach leiser. »Harry hat große finanzielle

Schwierigkeiten – größer, als ich gestern dachte. Er hat hohe Kreditkartenabrechnungen. Er ist praktisch pleite. Schau dir das an.« Sie reichte ihm eine Kopie von Harrys Kontoauszügen mit der massiven Hypothek für den vollen Wert von Harrys Haus. »Er ist völlig mit Hypotheken belastet und hat keinen Cent auf der Bank. Jedes Mal, wenn ich mich umdrehe, kommt plötzlich ein neuer Kredit oder neue Ausgaben auf der Kreditkarte zum Vorschein. Und dass, obwohl er rund um die Uhr mit uns zusammen ist. Wo findet er die Zeit, um diese Dinge zu tun?«

Jace zuckte mit den Schultern. »Vielleicht online?«

Kat schüttelte den Kopf. »Er ist drauf und dran sein Haus zu verlieren.«

»Wie ich schon sagte, Harry kann bei uns einziehen. Er kann sein Haus verkaufen.«

Jace hätte das mit Sicherheit nicht gesagt, wenn ihm klar wäre, was auf ihn zukommt. »Er weigert sich. Er behauptet, ich würde ihn betrügen. Er versteht nichts mehr, und erinnert sich nicht daran, eine Hypothek aufgenommen zu haben. Inzwischen sind seine Finanzen außer Kontrolle geraten. Was soll ich tun, Jace?«

»Ich weiß es nicht.« Jace ließ sich auf den Stuhl ihr gegenüber fallen und seufzte.

Irgendwas *war* im Gange. Jace hatte bisher immer eine Antwort für alles gehabt. Und jetzt sah er elend aus. Es machte sie traurig, ihn in diesem Zustand zu sehen. »Was ist denn los mit dir? Du siehst aus, als wäre jemand gestorben.«

Kat machte Platz für Harrys Papierkram auf dem Schreibtisch. Der konnte noch ein paar Minuten warten.

Jace beugte sich vor mit den Ellbogen auf den Knien. Er stützte die Stirn in die Hände und schwieg noch immer.

»Jace? Was ist los?«

» *The Sentinel* hat mich entlassen.«

»Nein! Warum dich?«

Jace lehnte sich zurück und strich sich mit den Fingern durch die Haare. »Ich glaube, ich weiß, warum. Diese Immobiliengeschichte? Da muss eine wichtige Persönlichkeit ihre Finger im Spiel haben.«

»Wer?« Sie fühlte sich egoistisch, ihren Problemen Vorrang gegeben zu haben.

»Das ist ja genau das, was ich nicht herausfinden kann. Nicht nur, dass sie meinen Artikel von der Titelseite genommen haben – sie haben mir sogar verklickert, dass meine Dienste nicht mehr benötigt werden.«

»Das ist ja Wahnsinn. Dein Redakteur mochte diesen Artikel.« Jace hatte seit über einem Monat Nachforschungen über das Unternehmen angestellt. Kat hatte ihm bei den Analysen geholfen, die letztendlich diesen Immobilienbetrug zum Vorschein brachten.

»Ich glaube nicht, dass es seine Entscheidung war. Jemand aus höherer Ebene muss das angeordnet haben. Niemand will mir etwas dazu sagen. Sie begleiteten mich aus dem Gebäude, Kat. Nach zehn Jahren. Zu umstritten, denke ich.«

»Ist das denn nicht der eigentlich Sinn solcher Artikel? Bewegung in die Sache bringen, zur Diskussion anregen? Fehlverhalten ans Tageslicht bringen?«

»Anscheinend nicht beim *Sentinel*. Aber warum ermutigen sie mich erst, den Artikel zu schreiben, wenn sie von vornherein geplant haben, ihn doch nicht zu bringen?« Er ließ die Zeitung auf den Schreibtisch fallen. »Siehst du das? Sie machen lieber Reklame für Immobilienprojekte, als nur einen Hauch von Kontroverse zu veröffentlichen. Ganzseitig war ein junges Ehepaar auf einer Couch, mit einem gedeckten Tisch und einer Gourmet-Küche im Hintergrund, zu sehen.

»Sie erzählen mir noch nicht einmal die Wahrheit darüber. Sie sagten, sie würden Reporter mit Syndikation ersetzen. Aber ich war der einzige, den man rausgeschmissen hat.«

Das Reporterteam von *The Sentinel* war bereits verkleinert worden, als sie im vergangenen Jahr von einer globalen Mediengruppe aufgekauft wurden.

»Sie können dich nicht feuern. Du bist kein Angestellter, du bist freier Mitarbeiter.« Kat sprang von ihrem Stuhl auf und ging um den Schreibtisch herum. Sie beugte sich vor und küsste Jace auf den Kopf.

Sie verabscheute es, ihn so niedergeschlagen zu sehen. Journalismus war sein Leben.

»Semantik. Es ist das gleiche Endergebnis – keine Einkünfte mehr. Und als freier Mitarbeiter bekomme ich keine Abfindung. Diese Zeitung ist schon seit mehr als einem Jahrzehnt mein einziges Einkommen. Was soll ich nur tun, Kat? Sie sind meine einzige Chance in dieser Stadt.«

Da hatte er recht. Niemand las heutzutage noch Zeitungen. Alles war online, verdummt zu einsilbigen Worten und kostenlos.

Kat saß auf dem Rand von Jaces Stuhl und umarmte ihn.

»Es gibt eine Menge Online-Zeitschriften.« Kat versuchte optimistisch zu klingen, obwohl sie selbst nicht daran glaubte. »Du könntest es dort versuchen.«

»Ich wage es zu bezweifeln. Alles ist jetzt syndiziert und sie zahlen nur ein paar Cent pro Wort. Das ist nicht genug, um davon leben zu können. Ich muss Rechnungen bezahlen.«

»Du wirst schon etwas finden. Du bist ein guter Journalist.« Jace hatte in den vergangenen drei Jahren mehrere Preise in seiner Branche gewonnen.

»Da wäre ich mir nicht so sicher. Bei all den Fusionen gehört das meiste nur noch vereinzelten Menschen. Niemand stellt mehr Personal ein.«

»Ich kann für unsere Unkosten aufkommen, Jace. Ich habe gerade einen schönen Vorschuss auf meinem neuen Fall bekommen. Du wirst sicher bald wieder Arbeit finden.«

Er schüttelte den Kopf. »Ich hätte einen anderen Beruf wählen sollen. Wer hätte gedacht, dass die Welt irgendwann Kopf steht und Journalisten zum Schmied werden und Schreibmaschinen Menschen reparieren? Überflüssig,«

»Du bist nicht Überflüssig; Die Menschen müssen immer noch die objektive Wahrheit hören.«

»Es kommt noch schlimmer.« Jace öffnete den Finanzteil der Zeitung. »Lies mal?«

Kat überflog die Schlagzeile. *Gelegenheiten im Überfluss auf dem lokalen*

Immobilienmarkt. »Das ist das genaue Gegenteil deines Artikels über die gefälschte Bewertung und einem überhitzten Markt.« Sie schüttelte den Kopf. »Es spielt keine Rolle, Jace. Sie werden daran scheitern.«

»Natürlich spielt es eine Rolle. Sie haben mich gefeuert, weil sie etwas vertuschen wollten. Ich möchte alles darüber erfahren.«

»Es ist besser für deinen Seelenfrieden, es fallen zu lassen.« Jace wusste nie, wann es Zeit war, aufzuhören. Er war so zäh wie ein Hund mit einem Knochen. Manchmal war es gut, so wie bei den Bauunternehmen mit ihren niemals endenden Hausrenovierungen. Aber zu versuchen, sich mächtigen Personen zu widersetzen, zahlte sich nur selten aus.

»Das ist genau das, was sie wollen. Da steckt offensichtlich mehr dahinter, als ich bereits entdeckt habe. Ich werde herausfinden, was es ist. Sie können mich nicht mundtot machen. Es lohnt sich immer, für die Wahrheit zu kämpfen.«

»Manchmal hat das aber seinen Preis, Jace.« Kat wollte glauben. Aber rücksichtslose Menschen gewannen um jeden Preis, und oftmals auf Kosten von Idealisten wie Jace. Sie dachten nur daran, auf anderer Leute Körper, Herzen und Köpfen herumzutrampeln, um voranzukommen, koste es, was es wolle. Konfrontiere sie und sie werden dich lebendig begraben, in einem Loch, das manchmal zu tief für dich ist, um wieder herauszukommen.

Genau wie Onkel Harry mit seinem Geld. Oder wie jene kleinen Investoren, die Zacharys Währungszockerei folgten. Jace wäre besser beraten, seine Verluste zu begrenzen und weiterzuziehen, anstatt es noch schlimmer zu machen. Beschränke dich auf das Wesentliche. Du musst wissen, was auf dem Spiel steht. Es gibt Dinge, die zu kostbar sind, um sie zu verlieren.

KAPITEL 12

Kat marschierte kampfbereit in die Bank. Sie ignorierte die Blicke der Kassenbeamten und ging schnurstracks in Anita Boehmers Büro. Jace hatte recht. Manche Dinge sind es wert, dafür zu kämpfen. Und da es Harry nicht selbst konnte, würde sie es tun. Wie konnte die Bank es wagen, ihre eigenen Interessen einem himmelschreienden finanziellen Missbrauchs voranzustellen? Sind sie wirklich nur darauf aus, Kohle zu machen? Das war kriminell. Sie holte tief Luft, sammelte ihre Gedanken und versuchte, Ruhe zu bewahren Der Kampf mit Banken hatte heute eigentlich nicht auf ihrer Liste gestanden.

Jace hatte Harry zum Einkaufen mitgenommen, wodurch Kat in der Lage war, an Harrys Scheckheften zu arbeiten. Sie wollte alles für ihn in Ordnung gebracht haben, bevor die beiden wieder zurückkamen. Seine Finanzen waren viel schlimmer als sie gedacht hatte.

Nachdem sie die Kontoauszüge der letzten sechs Monate durchgeackert hatte, stellte sie noch etwas anderes fest. Beide Hypothekenzahlungen waren wegen ungenügender Deckung abgelehnt worden. Harry war schon immer ein Sparer gewesen und plötzlich hatte er seinen Überziehungskredit ausgeschöpft.

Kat schaute auf die Bankleiterin Anita Boehmer herab. »Warum haben Sie nicht Harrys Hypothek erwähnt, als wir gestern hier waren?«

»Wir sprachen über seinen Renovierungskredit. Es gab keinen triftigen Grund, die Hypothek zu erwähnen.« Anita stand von ihrem Schreibtisch auf.

»Keinen triftigen Grund?« Kat warf Harrys Kontoauszüge auf den Schreibtisch der Bankleiterin. »Wir sind hierher gekommen, um über eine unübliche Transaktion zu reden. Was wäre denn für Sie ein triftiger Grund, andere verdächtige Transaktionen auf dem Konto eines achtzig Jahre alten Rentners zu erwähnen?«

Anita seufzte und setzte sich. Sie deute Kat an, sie möge sich ebenso setzen. »Wie ich bereits gestern gesagt habe, schien er völlig normal zu sein, als er den Kredit aufgenommen hat. Was die Hypothek anbelangt, so wurde diese von dem Kreditsachbearbeiter erstellt.« Anita hielt die Arme in abwehrender Haltung hoch. »Ich weiß nicht, was da so verdäch …«

»Er ist achtzig Jahre alt, Anita! Er lebt von einem festen Einkommen und hat Geld auf der Bank. Plötzlich ist sein ganzes Feld verschwunden und er hat Schulden. Würden Sie Ihre Eltern im hohen Alter eine Hypothek auf ihr Haus aufnehmen lassen?«

»Ich kann ihn nicht daran hindern – das geht mich nichts an.«

»Er hat Alzheimer. Wenn Sie ihm nicht helfen, wer dann?«

Anita schaute einfach nur starr in die Luft, als ob sie dies jeden Tag hören würde.

»Schweigen ist genauso schlimm. Aber ich nehme an, dass sie jetzt ein paar Punkte mehr für ihre monatliche Quote gesammelt haben.« Kat hatte absolut keine Ahnung, ob Bankangestellte Prämien bekamen oder nicht.

Anita errötete. »Es tut mir *wirklich* leid, dass sich seine Finanzen in einem so desolaten Zustand befinden. Wirklich, glauben Sie mir. Es geht uns einfach nur nichts an, das Geld anderer Leute zu verwalten.«

»Ach nein? Wann geht es Sie denn etwas an? Nachdem Sie ihm jeden einzelnen ihrer Ladenhüter verkauft haben? Kat zeigte auf Harrys Kontoauszug. »Nachdem Sie ihn ruiniert haben?«

»Es tut mir leid, aber ich weiß nicht, inwiefern die Bank dafür verantwortlich sein soll.«

»Anita – Sie haben ihm beim Ausfüllen des Kreditantrags geholfen.« Kat deutete auf das Formular. »Das ist nicht die Handschrift meines Onkels.«

»Ich erinnere mich in der Tat, dass er Schwierigkeiten beim Ausfüllen hatte.« Anita biss sich auf die Lippe.

»Genau das ist es! Er kann sich von einer Stunde auf die andere an nichts mehr erinnern. Er kann sein Scheckheft nicht ausgleichen und kann seine Unterlagen nicht verwalten. Trotzdem haben Sie ihm ohne mit der Wimper zu zucken einen Kredit genehmigt?« Harrys Scheckheft war bespickt mit Fehlern. Seine Berechnungen ergaben einen Kontostand, der mehrere Tausend Dollar höher war, als auf seinem Auszug stand.

»Ich konnte es ihm nicht verweigern. Er hatte alle Anforderungen erfüllt und die Zahlen waren korrekt. Aber das hier auf dem Kreditantrag ist auch nicht meine Handschrift. Es muss ihm jemand anderes geholfen haben.«

»Wer?« Sie würde mit dieser Person ein ernstes Wörtchen reden.

»Niemand aus der Bank. Er hat das Formular mit nach Hause genommen.«

„»Das ergibt doch keinen Sinn.« Kat sagte das eher zu sich selbst als zu Anita. Auch wenn sich Harry daran erinnert hätte, den Antrag auszufüllen, hätte er vergessen, ihn zur Bank zu bringen. Abgesehen von der Tatsache, dass er nicht mehr selbst fuhr und sie fast rund um die Uhr mit ihm zusammen ist. »Wer ist mit ihm hierher gekommen?«

»Niemand. Er war allein. Beide Male.« Anita überreichte Kat wieder Harrys Kontoauszug. »Ich weiß, dass das für Sie hart klingt, aber die Bank hat nichts Falsches getan.«

Kat stand auf. »Vielleicht nicht in gesetzlicher Hinsicht. Aber moralisch. Ich würde niemals einem Rentner mit Demenz eine Hypothek und einen Kredit gewähren, um Kohle zu machen. Wenn Sie und die Bank kein Gewissen haben, wer dann?«

Anita starrte sie nur sprachlos an.

»Wer achtet schon auf wehrlose Menschen wie Harry?« Sie musste nicht nur Harry aus seinem Finanzdesaster helfen, sondern auch herausfinden, wem er es zu verdanken hatte.

Fünf Minuten später saß Kat wütend in ihrem Subaru auf dem Bankparkplatz. Wie die meisten Leute hatte auch Anita ihre eigenen Interessen vorangestellt – ihre Quote war wichtiger als das Wohlbefinden einer anfälligen, schutzlosen Person. Technisch gesehen hatte Anita recht; sie tat nur ihren Job. Von Rechts wegen konnte sie sich keine moralische Beurteilung ihrer Kunden leisten. Aber das war Teil des Problems. Gesetze und Vorschriften wurden erst dann angewendet, wenn sich jemand die Finger verbrannt hatte. Leute wie Harry, die wehrlosesten der Gesellschaft, wurden mehrfach schamlos benutzt und ausgenutzt, bevor irgendjemand daran dachte, Gesetze für sie zu erlassen.

Ihre Schlüssel baumelten am Zündschloss während sie versuchte, sich zu beruhigen. Obwohl sie nicht mit der Bank einer Meinung war, hätte sie Anita vielleicht nicht so in die Mangel nehmen sollen. Es wäre besser, sich auf denjenigen zu konzentrieren, der das getan hat, um das Geld zurückzuholen. Aber bei Harrys Gedächtnislücken und ohne den geringsten Hinweis, wo sollte sie beginnen?

Als Wirtschaftsermittlerin zog Kat stets das Betrugsdreieck Motiv, Rationalisierung und Gelegenheit in Betracht. Dies führte meistens zum Betrüger. Mit Ausnahme in Harrys Fall, denn hier fehlte die Gelegenheit. Harry war permanent mit ihr oder Jace zusammen, mit Ausnahme, wenn er zum schlafen nach Hause ging. Sie war sich ziemlich sicher, dass sie schon seit vielen Monaten niemanden aus seinem Gesellschaftskreis gesehen hatte. Die meisten hatten angerufen, um ihre Betroffenheit über sein Fehlen und seine Vergesslichkeit zu äußern.

Zumindest hatte sie in ihrem Edgewaterfall einen wahrscheinlichen Verdächtigen. Aber ein Gedanke nagte an ihr seit sie die geprüften Belege am Vormittag gesehen hatte. Selbst wenn Zachary das fehlende Geld nicht bemerkt hatte, wie konnte es der Aufmerksamkeit der Wirtschaftsprüfer entgehen? Bei so viel nicht belegtem Geld hätten bei der Jahresbilanz die Alarmglocken läuten müssen. Wirtschaftsprüfer genehmigten niemals eine Firmenbilanz ohne vorher die Kontostände gründlich überprüft zu haben. Entweder hatten sie das Bankguthaben nicht geprüft, oder sie haben den Schwindel absichtlich verschleiert.

Sie nahm die Jahresbilanz von Edgewater vom Beifahrersitz und öffnete sie. Die Bilanz war von Beecham & Company abgezeichnet worden. Seltsam, dass eine Firma in der Größe von Edgewater von einem kleinen Steuerberatungsbüro vor Ort anstatt von einem großen internationalen Wirtschaftsprüfungsunternehmen kontrolliert wurde.

Sie suchte die Anschrift. Nur ein paar Blocks von der Bank entfernt. Sie beschloss, bei Beecham vorbeizuschauen. Sie legte den Gang ein und fuhr vom Parkplatz.

Ein paar Minuten später hatte sie eine Antwort, aber nicht die erwartete. Sie parkte am Straßenrand der 422 Cedar Street und stieg aus. Anstatt eines Hochhauses aus Glas und Metall fand sie ein leeres Grundstück hinter einem abgesperrten Stacheldrahtzaun.

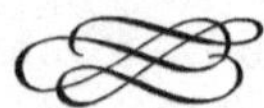

KAPITEL 13

Am späten Nachmittag verließ Kat den Aufzug und betrat Edgewaters exklusive, ruhige Büros. Die Empfangsdame rief Zachary an und gab Kat ein Zeichen, sich auf einen dieser dick gepolsterten Sessel im Wartebereich zu setzen. Zachary hatte sie nicht erwartete, aber die Enthüllung hinsichtlich der Steuerberater erforderte seine unmittelbare Aufmerksamkeit.

Wenn Beecham nicht existierte, dann waren Edgewaters Bilanzen niemals ordnungsgemäß auditiert worden. Vorsätzlicher Betrug bedeutete nur eines: Gefälschte Bilanz. Irgendjemand verbarg etwas. Sie griff nach dem Mobiltelefon und tippte Jaces Rufnummer. Sie hinterließ eine Nachricht und bat ihn, eine Hintergrundprüfung über Beecham anzustellen.

Zehn Minuten später begrüßte sie Zachary an der Rezeption und er führte sie in sein riesiges Büro. Er schob einen Stapel Papier auf dem Schreibtisch zur Seite und gab ihr ein Zeichen, sich zu setzen. Kat erzählte ihm über die fiktive Adresse von Beechams und ihrem Verdacht.

»Das ist unmöglich. Die Aufsichtsbehörde verlangt geprüfte Finanzabschlüsse. Ganz zu schweigen von unseren Kunden. Sie würden niemals in ungeprüfte Fonds investieren.« Zachary schüttelte den Kopf.

»Haben Sie die Wirtschaftsprüfer niemals persönlich getroffen? Sie niemals geprüft?«

»Brauchte ich nicht. Wie bereits gesagt, Nathan kümmerte sich um diese Angelegenheiten.«

»Aber Sie sagten, dass Ihr Handelsmodell kompliziert sei. Die Wirtschaftsprüfer müssten zunächst einmal das Prinzip verstehen, um Edgewater prüfen zu können. Wer hat es ihnen erklärt? Nathan?«

Nachtigall, ick hör dir trapsen. Plötzlich zischte es aus Zachary heraus.

»Nathan hat mich nie darüber informiert. Und er hat Beecham schon seit Jahren benutzt, noch bevor ich an Bord gekommen bin.« Er hielt sich die Stirn und stützte sich mit den Ellbogen auf den Schreibtisch. »Das darf doch alles nicht wahr sein.«

»Ist es aber. Es sei denn Beecham arbeitet auf einem leeren Grundstück.«

»Vielleicht sind sie umgezogen?« Zachary wischte sich einen dünnen Schweißfilm von der Stirn.

Kat hob die Augenbrauen an. »Beecham gibt es wahrscheinlich gar nicht. Ich habe gerade jemanden beauftragt, das zu überprüfen.«

»Aber die Unterschrift des Steuerberaters ist doch auf der Bilanz. Wollen Sie mir erzählen, dass sie nicht echt ist?«

»Jeder kann eine Unterschrift überkopieren. Edgewaters Geschäftsjahr war schon vor ein paar Monaten beendet. Sind denn keine Prüfer ins Büro gekommen? Wirtschaftsprüfer arbeiten normalerweise in den Räumen der Kunden, zumindest für einen Teil der Bilanz. Für ein Unternehmen in Edgewaters Größenordnung würde die Arbeit vor Ort mindestens ein paar Wochen dauern.«

»Nicht, dass ich wüsste. Wir haben nicht viele Besucher und schon gar nicht Wirtschaftsprüfer. Verwaltungskram ist nicht meine Stärke, dennoch frage ich mich, wie das unter meinen Augen passieren konnte.« Er klopfte mit der Faust auf den Schreibtisch, während er aufstand. »Wie konnte ich nur so bescheuert sein?«

»Im Nachhinein scheint alles so offensichtlich zu sein. Aber als Sie noch jede Menge Bargeld hatten, gab es keinen Grund, etwas infrage zu stellen.« Genau wie Onkel Harry mit seinen Darlehen.

Selbst Zachary sah vernichtet aus, während er von einem Fenster zum anderen auf und ab lief. »Ich muss das irgendwie aufhalten. Wie geht es weiter?« Er ließ die Schultern hängen.

»Überlegen Sie mal, warum die Jahresabschlüsse gefälscht wurden. Ich werde die Ergebnisse von ihrem Buchhaltungssystem rekonstruieren, um die tatsächlichen Zahlen herauszufinden.«

«Die tatsächlichen Zahlen?« Er stoppte abrupt und starrte in die Luft.

»Wenn die Jahresabschlüsse gefälscht sind, können Sie sicher sein, dass die tatsächlichen Zahlen unterschiedlich sind. Ich vermute, nicht auf positive Weise. Ich brauche vollständigen Zugriff auf Ihre Bücher und Aufzeichnungen. Wir werden abends arbeiten, nachdem Ihre Mitarbeiter gegangen sind.« Als ob sie selbst Mitarbeiter hätte, die ihr helfen würden. Das Rekonstruieren von Finanzen konnte unglaublich zeitaufwendig sein. Vielleicht könnte Jace einspringen.

Zachary zog die Stirn in Falten. »Heiliger Strohsack. Kein Wunder, dass Edgewater kein Geld hat Ich werde meinen Anwalt anrufen, eine gerichtliche Verfügung zu erwirken. Die Bankkonten und die Geldmittel einfrieren.«

»Zachary, das wäre auch meine erste Reaktion gewesen, aber –«

»Sagen Sie mir jetzt bloß nicht, ich soll warten und Tee trinken. Ich muss ihm unbedingt das Wasser abgraben.« Zachary ging in Richtung Bürotür mit dem Handy in der Hand.

»Okay, rufen Sie Ihren Anwalt an. Aber auch er wird Beweise wollen. Etwas, das Nathan nicht wegerklären kann. Vor allem, wenn Sie ihn festnageln wollen.«

»Das könnte Tage dauern. In der Zwischenzeit wird Edgewater geplündert?« Zachary drehte sich abrupt um und sah Kat direkt ins Gesicht »Das kann ich mir nicht leisten. Wir nehmen das, was Sie bis zum Montag herausgefunden haben.«

»Montag?« Der Freitag war schon fast vorbei. Wenn man sich vorstellte, dass Zacharys gesamte Zukunft auf ihrer Untersuchung ruhte, waren ein paar Tage lächerlich. »Ich brauche mindestens ein bis zwei Wochen, um die Finanzen zu rekonstruieren. Edgewater ist ein Multi-Milliarden-Dollar-Unternehmen.«

»Montag.« Zachary verließ den Flur, bevor sie auch nur die geringste Chance hatte, zu antworten.

KAPITEL 14

Kat verbrachte die Abendstunden in Nathans Büro und extrahierte Daten aus Edgewaters Kundenaufzeichnungssystem, der erste Schritt zur Bestätigung der Unternehmenseinnahmen. Edgewater verdiente seine Gebühren in Form von einer prozentualen Beteiligung an der Leistung der Kundeninvestition. Je höher die Investitionen der Kunden wuchsen, umso höher waren auch Edgewaters Umsätze. Aber wenn sie Geld verloren oder sogar scheiterten, verdiente der Hedgefonds nichts.

Genau das war das Problem. Nach ihren Berechnungen belief sich Edgewaters Gebühren auf einen Bruchteil von dem, was auf dem Jahresabschluss stand. Abgesehen von einer unentdeckten Einnahmequelle, waren die Umsätze des Unternehmens in Milliardenhöhe zu hoch angesetzt worden. Hatte sie irgendetwas übersehen? Nach dieser erschöpfenden Analyse unwahrscheinlich. Irgendetwas war hier faul. Sie musste mit Zachary sprechen, bevor sie weitere Schritte unternahmen.

Da war auch noch das Problem mit Beechams Baustellenadresse. Intuitiv tippte Kat Beechams Anschrift 422 Cedar Street in Snoopy, ihrer eigenen Audit-Analyse-Software, ein. Sie drückte die Eingabetaste und wartete, während die Software alle Kreditorendaten von

Edgewater durchsuchte. Sie war überrascht, die Ergebnisse zu sehen, die nicht nur einen, sondern gleich zwei Anbieter mit derselben Adresse zum Vorschein brachten. Der zweite Name klang vertraut, aber sie konnte sich nicht erinnern, woher.

»Zachary?«

Keine Reaktion. Sie würde in einer Minute zu seinem Büro gehen. Aber zunächst würde sie noch etwas mehr graben. Zwei Edgewater Anbieter auf einer nicht existierenden Adresse zu finden war ein ganz klares Betrugssignal.

Sie starrte einen Moment lang auf den Bildschirm und fragte sich, wo sie den Namen *Svensson* schon einmal gehört hatte. Dann fiel es ihr wie Schuppen von den Augen: Fredrick Svensson war der Mann, der in diesem Schneeschuhunfall gestorben ist. Sie war sich sicher, dass sie den Namen heute Morgen in Harrys Radio gehört hatte.

Sie tippte *Svensson* in eine Suchmaschine ein und betätigte die Eingabetaste. Auf der ersten Seite fand sie ein halbes Dutzend Artikel über den Schneeschuhunfall am Mittwoch. Sie klickte auf den ersten. Ein grauhaariger Mann um die Sechzig mit einem gestutzten Bart und John Lennon Brille war auf dem Foto zu sehen. Auf der Bildunterschrift war zu lesen *Nobelnominierter Wirtschaftswissenschaftler stirbt in Schneeschuhtragödie.*

Warum sollte Edgewater einen Nobel-Ökonomen bezahlen? Sie rief Svenssons Kreditorendaten in Edgewaters Buchhaltungssystem auf und klickte auf die Transaktionsdetails. Eine Reihe von Rechnungen waren in den letzten zwei Jahren bezahlt worden, alle für ähnliche Beträge über jeweils acht- oder neuntausend Dollar. Sie klickte auf einen Betrag und las die Beschreibung: Beratungskosten. Beratung für was? Was hatten Svensson und Beecham miteinander gemein?

Noch wichtiger, was hatten Svensson und Edgewater miteinander gemein? Kat scrollte durch die restlichen Artikel. Neben seiner Liebe zur Natur hatte Fredrick Svensson ganz besondere Ansichten über Währungen.

Sie klickte auf einen Artikel aus dem letzten Jahr.

Eine Weltwährung – macht es wirtschaftlich Sinn?

Fredrick Svensson, der Nobelnominierte Wirtschaftswissenschaftler und Pionier in der Währungsreform, sprach heute auf dem Weltwirtschaftsgipfel in Davos. Seine Arbeiten zur Währungsreform sind bekannt und umstritten, denn er argumentiert, dass zahlreiche Währungen Ineffizienzen und Barrieren für den Welthandel und das allgemeine gesamtwirtschaftliche Wohlbefinden schaffen. Svensson sagt, dass diese Barrieren zu höheren Transaktionskosten führen und Entwicklungsländer benachteiligen. Er sprach über die Notwendigkeit einer Weltwährung als Schritt zum globalen Wohlstand.

Kat überflog den Rest des Artikels. Edgewater und Svensson hatten die Währung als gemeinsamen Nenner. Edgewater handelte mit Währungen und Svensson war der herausragende globale Experte. Aber ihre Ansichten zur Währung unterschieden sich drastisch. Svenssons Theorien würden, falls verabschiedet, direkte Konsequenzen für Edgewater haben. Edgewater nutzte die Wechselkurse, genau das, was Svensson beseitigen wollte. Warum also sollte Edgewater Svensson Beratungskosten bezahlen?

Kat drückte auf Ausdrucken und schnappte sich den Artikel aus dem Drucker. Sie blieb einen Augenblick andächtig vor Nathans massivem Marmorschachspiel stehen und ging dann in den Flur hinaus. Zachary könnte sich möglicherweise einen Reim darauf machen. Er hatte sich vor ein paar Stunden in sein Büro zurückgezogen.

Sie bemerkte zum ersten Mal, dass die Wände mit dunklen Holzrahmen ausgekleidet waren, wobei jeder eine antiquierte Banknote oder eine Art Wertpapier enthielt. Sie überprüfte die Namen – Mississippi, die South Sea Company und andere. Wertlos, mit Ausnahme als Sammlerstücke. Welch eine Ironie, dass Edgewaters Wände mit finanziellen Instrumenten von Finanzbetrügen aus früheren Zeiten gesäumt waren. Hatten Nathan oder Zachary sie ausgewählt? Der Flur war gespenstig still. Keine Stimmen, kein Tippen, nur den Klang ihrer Schuhe, wie sie in den dicken Teppich versinken.

»Zachary?«

Keine Reaktion. Sie rief erneut, diesmal lauter. Sie hatte angenommen, dass Zachary irgendwo anders im Büro wäre, denn sie hatte niemanden kommen oder gehen gehört. Kat ging um die Ecke in Zacharys Büro. Er war nicht da. Da hatte sie sich wohl geirrt.

Sie griff nach dem Mobiltelefon und tippte Zacharys Rufnummer. Sie erschrak, als sie es klingeln hörte. Zacharys Handy lag auf dem Schreibtisch, aber sein Mantel war verschwunden.

Kat fluchte leise vor sich hin. Warum hatte ihr Zachary nicht gesagt, dass er das Büro verlassen würde? Kam er noch mal wieder oder hatte er erwartet, dass sie hier die ganze Nacht arbeiten würde? Sie hatte noch nicht einmal einen Schlüssel zum Absperren. Sie hinterließ ihm eine Nachricht, sie doch so bald wie möglich anzurufen, obwohl sie wusste, dass es wahrscheinlich nichts nützte.

Sie kehrte in Nathans Büro zurück und klappte ihren Laptop zu. Sie sammelte Edgewaters Jahresabschlüsse, Kontolisten, Kundenauszüge zusammen. Obwohl sie noch nicht einmal begonnen hatte, sämtliche Kundenbeträge mit den Finanzwerten in Einklang zu bringen, gab es da eine ganz bestimmte Summe, die sie beunruhigte.

Auf dem Bankkonto von Edgewater waren nur noch weniger als hunderttausend Dollar. Für einen Milliardär, der stark in sein eigenes Unternehmen investierte, war dieser Betrag undenkbar. Nicht nur das, aber er unterschied sich von dem Betrag auf Zacharys Reinvermögen, das er für die Scheidung angegeben hatte. Wenn der Kontostand falsch war, dann würde dies bedeuten, dass sein Reinvermögen geringer ist, als er glaubt, weil es vollständig in Edgewater eingebunden war. Das bedeutete, dass Victoria Barrons Scheidungsvereinbarung auf Geld basierte, das es eigentlich gar nicht gab.

Könnte Zachary wirklich so blind gegenüber dem Wert seiner eigenen Besitztümer sein? Wie würde er reagieren, wenn er die Wahrheit herausfände?

Sie stopfte die Dokumente in ihre Aktentasche und griff nach ihrem Mantel. Obwohl Zacharys gesetzte Frist bald abgelaufen war, konnte sie sich nicht mehr konzentrieren. Abgesehen von ihren Magenschmerzen, fühlte sie sich fiebrig. Sie brauchte unbedingt Schlaf, bevor sie von dieser Grippe übermannt würde. Sie wollte es auch vermeiden, Harry und Jace anzustecken.

Sie hielt an der Tür einen Augenblick lang inne und ging wieder in Nathans Büro zurück. Sie öffnete erneut ihre Aktentasche und untersuchte den heutigen Kontostand. Nach ihren groben Berechnungen hätte Edgewater am Dienstag kein Barvermögen mehr – d. h. in nur wenigen Tagen, ein Tag nach Zacharys Frist.

Zachary hatte recht, es war höchste Eisenbahn. Montag könnte sogar zu spät sein, wenn sie die Zeitspanne bis zum Verbrauch des Kapitals und Nathan Barrons Habsucht unterschätzt hätte.

Ein Schlüssel klickte in der vorderen Eingangstür.

Jetzt bot sich die Gelegenheit, es ihm zu sagen. Kat ließ ihren Mantel und die Aktentasche auf Nathans Couch fallen und ging zur Tür.

Aber es war nicht Zachary. Das Lachen einer Frau brach die Stille.

Kat erstarrte. Ihr Herz klopfte, während sie verzweifelt nach einem Versteck im Büro suchte. Dann wurde ihr bewusst: sie kannte diese Stimme. Es war Victoria. Aber warum war sie denn hier? Warum hatte Zachary nach einem solch hässlichen Gerichtsstreit nicht die Schlösser austauschen lassen?

Die Vordertür knallte zu. Kat drehte sich um und suchte nach Deckung. Die einzige Tür führte direkt in die Rezeption und zu Victoria. Hinter dem Sofa? Nein. Victoria könnte ins Büro kommen. Wenn sie sich setzte, wäre es auf dem Sofa oder an den Schreibtisch.

Victorias Stilettos klickten über den Marmorboden der Rezeption und verstummten schließlich, als sie den dicken Berberteppich im Flur erreichte. Plötzlich drang ein penetranter Parfumduft in Kats Nase und sie musste ein Niesen unterdrücken. Sie tauchte hinter den schweren Damastvorhängen ab. Sie waren derzeit aktuell und lang genug, um darunter ihre Füße zu verbergen.

Victoria flüsterte etwas – scheinbar in ihr Handy. Sie war jetzt in Nathans Büro, kam bedrohlich nahe.

Kat schaute entsetzt nach unten. Licht sickerte unter dem Vorhang durch und beleuchtete ihre Füße, wobei sich ein Zeh ihres Schuhs vor dem Teppich befand. Langsam zog sie den Fuß ein, in der Hoffnung, dass die Bewegung keine Aufmerksamkeit erregte.

Wer begleitete Victoria? Sie hatte keine anderen Schritte gehört. Eine Schublade wurde geöffnet und Papiere raschelte.

Kat lehnte sich flach an die Wand und wünschte sich, sie hätte nicht so viel zu Mittag gegessen. Sah man ihren gewölbten Bauch durch die Vorhänge? Keine Ahnung.

»Okay, ich habs. Ich ruf dich später an.«

Kat nahm die geflüsterten Worte kaum wahr. Victoria sprach eindeutig ins Handy. *Sie hat was?*

Sie atmete erleichtert auf, als Victoria kehrt machte und die Absätze wieder auf dem Marmorboden hallten. Sie hatte wirklich Nerven, einfach hierher zu kommen, obwohl sie seit der Trennung nicht mehr bei Edgewater arbeitete. War es ihr denn völlig egal, Zachary zu treffen? Oder wusste sie sogar, dass er gar nicht da ist?

Die äußere Bürotür knallte zu. Kat hielt den Atem an, als der Schlüssel im Schloss klickte.

Sie wartete auf das Klingeln der Aufzugsglocke, wartete dann genau fünf Minuten und kam hinter dem Vorhang vor. Victorias schweres Parfum kitzelte in der Nase. Sie nieste.

Während Kat nach einem Papiertaschentuch suchte, bemerkte sie ihren Mantel und ihre Aktentasche auf der Couch. Ist Victoria das aufgefallen? Sie sprang auf, als ihr Handy klingelte. Sie schaute auf die Rufanzeige, weil sie den Rufton abgeschaltet hatte. Es war Jace. Sie wagte es nicht, ihn von hier zurückrufen. Victoria würde womöglich zurückkommen und Kat wäre sowieso in 20 Minuten zu Hause.

KAPITEL 15

Kats Augen zuckten vor Müdigkeit. Es war fast drei Uhr. Wie gerne hätte Sie etwas geschlafen, aber sie konnte nicht ruhen, bis sie Zacharys Schaden zusammengerechnet hatte. Edgewater schien das Opfer eines massiven Betrugs zu sein, größer als alles, was sie je gesehen hatte.

Seit sie vor ein paar Stunden von Edgewater nach Hause gekommen war, hatte sie nicht aufgehört, die einzelnen Kundenkonten mit den Kopien der Kontoauszüge, die Sie in Nathans Büro gefunden hatte, zu vergleichen. Es war ein mühsamer Prozess, der die Augen belastete. Sie hatte über hundertfünfzig Konten geprüft, bisher aber noch kein einziges Konto gefunden, das zwischen den Papierauszügen und den Computeraufzeichnungen übereinstimmte. Die Papierauszüge prahlten mit zweistelligen Renditen, während die meisten Konten im Computer bei Null standen und eher Investitionsverluste statt Gewinne aufwiesen.

Die Anlageerträge der Papierkonten waren auch bemerkenswert konsistent. Zu konsequent, um ehrlich zu sein. Jedes Konto, das sie überprüfte, hatte einen Ertrag von genau zwölf Prozent Rendite, unabhängig vom Zeitpunkt der Investition des Kunden. Eine solche Konsistenz war statistisch unmöglich, weil der Fonds selbst schwankte. Er investierte in unterschiedlichen Währungen mit sich ständig ändernden Gewinnen und Verlusten.

Der Wind heulte draußen und sie sehnte sich nach der Wärme ihres Bettes.

»Immer noch dran?« Jace stand in der Tür vom Arbeitszimmer im ersten Stock und hielt zwei Tassen mit dampfendem Kaffee in der Hand.

»Komm, schau dir das mal an, Jace.« Sie winkte ihn zu ihrem Computer-Bildschirm. »Die Kundenkonten belaufen sich insgesamt auf nur etwa 150 Millionen US-Dollar. Nicht die Milliarden, die in Edgewaters Bilanz stehen. Ich habe sie mit den Kontoauszügen, die ich gefunden habe, verglichen. Es sieht nicht gut aus.« Sie hatte Aktenordner mit Papierauszügen in einem verschlossenen Aktenschrank bei Edgewater gefunden. Nichts davon passte zu den Salden im Computersystem.

Jace reichte ihr den Kaffee und zog einen Stuhl heran. »Hundertfünfzig Millionen statt drei Milliarden? Willst du damit sagen, dass 2,8 Milliarden fehlen? Wie kann das sein?«

»Es scheint, als ob Nathan ein Riesen-Ponzi-System betrieben hat. Er nimmt Geld des Anlegers und überweist es weiter, sobald es eingegangen ist. Diese hier müssen Kopien der gefälschten Auszüge sein. Auf diese Weise behält er den Überblick. »Siehst du das?« Kat deutete auf den Computer-Bildschirm, wo sie Anlagerenditen für eine Probegruppe von zwanzig Edgewater- Investoren rekonstruiert hatte. »All diese Investoren verdienten genau zwölf Prozent pro Jahr in den letzten drei Jahren.«

»Das ist beeindruckend. Ich bekomme weniger als zwei Prozent bei der Bank. Vielleicht sollte ich mein Geld anderweitig anlegen?«

»Es ist eine Fälschung, Jace. Alles fingiert. Jeder dieser Kunden hat zu unterschiedlichen Zeiten investiert. Einige waren die ganze Zeit über im Fonds gewesen, und andere haben nur im letzten Jahr investiert. Und dennoch haben sie genau die gleiche Rendite.«

»Möglicherweise Zufall?«

»Nein. Ich habe Dutzende von Kunden und ihre Investitionen im Fonds verglichen. Der Fonds investiert angeblich in allen Arten von

Währungsspekulation, aber ich kann die Transaktionen auf keinem ihrer Konten oder in irgendeinem der anderen Handelsgeschäfte des Edgewater-Hedgefonds nachvollziehen. Ich habe alle Geschäftsabwicklungen aus den Kontoauszügen verfolgt *und* den Gewinn oder Verlust in jeder Währung, die in Edgewater gehandelt wird, rekonstruiert. Weißt du, zu welchem Ergebnis ich komme?«

»Was?«

»Verlust, Jace. Da gibt es keine zwölf Prozent Rendite. Zachary glaubt, sein Währungsmodell funktioniert, aber das tut es nicht. Es gibt keinen Handel. Nathan führt ihn einfach nicht durch. Er investiert das Geld nicht, und Zachary ist blind gegenüber dieser Tatsache, weil er sich nie die Kontenbewegungen ansieht.«

»Du meinst, es ist alles gefälscht? Arbeiten denn nicht noch andere Leute hier? Wie konnte das unbemerkt bleiben?«

»Nathan ist ein sehr praxisorientierter Manager, was jedoch bei seinen häufigen Reisen und Abwesenheiten überraschend ist. Ein leitender Angestellter der Verwaltungsarbeit macht, ist ein weiterer Hinweis auf einen Betrug. Die Arbeit ist viel zu minderwertig für einen millionenschweren Unternehmensgründer.« Irgendjemand anderes muss da noch seine Hände im Spiel haben. Das Ausmaß der manuellen Kontenmanipulation ist viel zu viel Arbeit für eine einzelne Person.

»Zachary hatte wirklich keine Ahnung davon?«

»Er sagt, nein. So schwer es auch zu glauben ist, aber ich glaube, er sagt die Wahrheit«, sagte Kat.

»Aber wie konnte Nathan so viel Geld einheimsen, ohne dass es Zachary oder jemand anderes bemerkt hat?«

»Ich weiß es nicht. Dieser Betrug läuft schon seit mindestens zehn Jahren. Schau mal.« Kat hielt einen Kontoauszug hoch. Es stand Edgewaters Namen und das Logo drauf, aber es war in einem anderen Format als die computergenerierten Auszüge. Der Kundenname war auf den Kontoauszug geklebt.

Jace nahm den Auszug und rieb den Finger über das Logo. »Schlamperei. Diese Bastelarbeit würde doch niemanden täuschen.«

»Er hat ja auch nicht diese Ausgabe verwendet, sondern er scannt die E-Mails in eine elektronische Kopie, sodass niemand merkt, dass es frisiert worden ist. Er zählt alles auf einer Kalkulationstabelle zusammen und fügt in jedem Quartal nur noch eine prozentuale Erhöhung pro Konto hinzu. »Jeder ist glücklich.« Die kryptischen Tabellen, die Kat in Nathans Büro gefunden hatte, ergaben endlich einen Sinn. Es war irgendwie sein eigenes manuelles Abrechnungssystem.

»Wie schafft er es, dass die richtigen Kontoauszüge nicht abgeschickt werden?«

»Es muss jemanden geben, der sich darum kümmert. Wenn das System die tatsächlichen Auszüge ausdruckt, werden sie vernichtet. Dann werden die manipulierten Auszüge an die Kunden geschickt.«

Jack pfiff zwischen den Zähnen. »Das ganze Geld geht wohin?«

»Ein Großteil davon ist zu einer Firma namens Research Analytics gegangen. Ich werde ihnen morgen einen Besuch abstatten.« Kat zeigte auf den Stapel der Rechnungen von Research Analytics. »Edgewater hatte dem Unternehmen in diesem Jahr bereits fünfzig Millionen gezahlt und 220 Millionen im letzten Jahr. Ich suche immer noch den Rest.«

»Was wäre passiert, wenn sich ein Kunde seine Investition in Bargeld auszahlen lassen wollte? Hätte das nicht den Betrug aufgedeckt?«

»Nur, wenn ihm Nathan sein Geld nicht zurückzahlen würde. Solange neues Geld hereinkommt, kann er die Anleger, die es wünschen, auszahlen, ohne dass der Fonds pleite geht. Er bewegt nur das Geld von einem Investorkonto auf das andere, um es abzudecken.« Kat fing eine Bewegung im Augenwinkel auf. Sie drehte sich um und entdeckte Harry auf dem Flur, in Shorts und einem Golf-Shirt gekleidet. »Gehst du weg, Onkel Harry?«

»Nur für einen Spaziergang.«

»Es ist Mitten in der Nacht. Es regnet.« Harry hatte sich entschlossen, über Nacht zu bleiben, nachdem er mit Jace das Spiel angesehen hatte. Hatte Harry früher schon einmal solche nächtlichen Ausflügen gemacht?

»Wirklich? Dann bleibe ich lieber drin.«

Kat und Jace wechselten Blicke miteinander. Was wäre passiert, wenn sie nicht wach gewesen wäre? Harry wäre ohne Mantel in die Minusgrade hinausspaziert. »Okay, Onkel Harry. Bis morgen früh.«

Harry schlurfte durch den Flur zurück. Der Arzt hatte recht. Harry war allein nicht sicher. Aber ihn in ein Pflegeheim zu bringen, stand außer Frage. Sie würde morgen darüber nachdenken. Sie drehte sich wieder zu Jace um.

»Würdest du deine Investition zurücknehmen wollen, wenn du fünf Jahre hintereinander zwölf Prozent daran verdient hast?«

Jace schüttelte den Kopf. »Auf keinen Fall. Diese Rendite bekomme ich auf keiner Bank oder anderswo.«

„Das ist genau das, was die Edgewater-Kunden auch denken. Jahr für Jahr haben sie fantastische Renditen verdient. Niemand tilgt seine Investitionen, es sei denn, man befindet sich in einer Notlage. Sie wären verrückt, auf ein solches Einkommen zu verzichten. Nathans setzt auf sehr wenige Tilgungen. Anleger tilgen zunächst einmal weniger gewinnbringende Investitionen.«

»Also musste Nathan nur genügend Geld haben, um ein paar wenige Konten abzudecken, die tatsächlich ausgezahlt wurden.«

Kat nickte. »Ja, und das war eigentlich kein Problem gewesen. Die Anleger hämmerten praktisch an die Tür, um in den Hedgefonds zu investieren. Der Fonds hat irgendwie einen Hauch von Exklusivität für sie. Nathan lässt nicht jeden investieren, also fühlen sich diese Leute gebauchpinselt, dass sie hier investieren dürfen. Wenn sie ihre Investition tilgen würden, hätten sie womöglich keine Chance mehr hineinzukommen. Und man muss schon verdammt reich sein, um in einen Hochrisiko-Hedgefonds mit mindestens fünfhunderttausend Tacken zu investieren.«

»Es klingt, als gäbe es überhaupt kein Risiko. Die Anleger erhalten eine saftige Rendite, Jahr für Jahr. Die Märkte haben so etwas noch nicht gesehen. Es ist einfach zu schön, um wahr zu sein.«

»Das ist es – solange Edgewater diese stellaren Gewinne weiter erwirtschaftete. Zachary denkt, dass es seinem geheimen Handelsmodell zu verdanken ist.«

»Klingt, als würdest du das anzweifeln.«

Kat nippte am Kaffee. „»einer Ansicht nach glaubt *er*, dass sein Modell funktioniert. Das Problem ist, dass es ist nie bewiesen worden ist, da Nathan diesen Handel ja gar nicht durchführt. Und Zachary prüft es nie. Ich vermute mal, er denkt, dass zwölf Prozent völlig korrekt sind. Allerdings hatte Zachary recht mit seinem Verdacht. Nathan betrügt Edgewater ganz eindeutig. Die gefälschten Kundenauszüge und das Steuerbüro Beecham & Company beweisen es. Aber was ich einfach nicht verstehe, ist die Tatsache, dass Zachary so naiv sein konnte.« Da steckt mehr dahinter.« Sie erzählte ihm von der unwahrscheinlichen Zusammenarbeit zwischen Edgewater und Fredrick Svensson.

»Der Wirtschaftsnobeltyp?« Vielleicht gibt es einen guten Grund, ihn zu zahlen. Auch mit verschiedenen Ansichten, könnte er einige gute Währungsprognosen haben.«

»Das ist zu seltsam, Jace. Svensson wollte unbedingt eine gemeinsame Währung, so ähnlich wie der Euro, nur auf weltweiter Ebene. Edgewater nutzt und profitiert gerade von diesen Diskrepanzen, die Svensson mit seinem Modell beseitigen wollte. Das ergibt keinen Sinn.«

»Vielleicht hat Zachary ein paar Ideen. Er ist ja so furchtbar klug.« Jace grinste.

»Ich wage es zu bezweifeln, Jace. Zachary betont, dass alle Geschäfte auf seinem Eigenhandelsmodell basieren. Er sagt, dass sie keine außerbetrieblichen Forschungsunternehmen beauftragen. Es gibt da noch etwas, was ich nicht herausfinden kann.«

»Das wäre?«, fragte Jace.

»Wie zieht Nathan das durch?« Zachary sagt, dass er seine Geschäfte selbst ins System eingibt. Aber bei der Überprüfung habe ich festgestellt, dass diese Geschäfte nicht ins Abrechnungssystem gelangen. Es ist, als ob es mit keinem System und nichts verbunden ist.«

Jace konnte diese Frage nicht mehr versuchen, zu beantworten.

Beide erstarrten, als sie im Erdgeschoss ein lautes Krachen, gefolgt von zerschmettertem Glas hörten.

Kat ließ den Stift fallen. Schwere Schritte stapften die Eingangstreppe hinauf. Sie sprang auf und spähte aus dem Fenster des Arbeitszimmers. Eine dunkle Gestalt rannte den Gehweg zu einer schwarzen Limousine hinunter, die am Straßenrand wartete. Sie konnte nicht erkennen, ob es ein Mann oder eine Frau war, die gerade die Beifahrertür zuknallte. Das Auto fuhr mit quietschenden Reifen davon.

Sie rannte auf den Flur, Jace dicht hinter ihr her. Beide stoppten abrupt am Treppenabsatz, als Benzingeruch in ihre Nasen stieg.

KAPITEL 16

Kat und Jace standen am Treppenabsatz und schauten wie gebannt auf das Schauspiel, das sich vor ihnen bot. Die Reste eines selbst gemachten Molotowcocktails schwelte auf der Mitte ihres Flurteppichs. Benzindämpfe vermischt mit Rauch und Glas vom Seitenfenster bedeckten den Holzfußboden.

Plötzlich explodierte die Flasche.

Feuer spritzte in alle Richtungen. Innerhalb von Sekunden konnten sie durch den aufsteigenden Rauch die Haustür nicht mehr erkennen. Flammen zogen sich am Treppengeländer hoch.

Benzingeruch brannte in Kats Nasenschleimhäute. Sie sprang auf, als eine zweite Explosion folgte, die sich in einen Feuerball verwandelte.

»Oh mein Gott. Onkel Harry – raus hier, schnell! Beeilung!« Kat drehte sich blitzschnell um und wollte gerade ins Gästezimmer laufen.

Aber Harry stand bereits im Flur. »Was geht hier vor?« Harry rieb sich die Augen. Seine Augen weiteten sich, als er die Flammen sah. »Ach du Scheiße!«

Kat rannte ins Büro, um die Feuerwehr zu rufen. Aber das schnurlose Telefon stand nicht in der Ladeschale. Sie fluchte, lief zurück in den Flur und fragte sich, wo es sein könnte.

»Ich werde versuchen, das Feuer zu ersticken.« Jace rannte die Treppe hinunter und zog sein Sweatshirt aus.

»Jace! Sei vorsichtig.« Kat schaute vom Treppenabsatz zu. In weniger als einer Minute hatten sich die Flammen schon mehrere Meter ausgebreitet. Es war zu spät, um etwas daran zu ändern. Bald würde es das Treppenhaus und ihre Flucht nach draußen blockieren.

Sie drehte sich um. »Harry. Lass uns verschwinden!« Sie winkte ihm und ging die Treppe hinunter mit Harry im Schlepptau.

»Ich helf dir, Jace.« Harry zog sein Golf-Shirt über den Kopf und wollte gerade zu Jace gehen.

„Nein!« Kat packte den Arm ihres Onkels und zog ihn zurück. Sie drehte ihn zur Küche und vom Feuer weg. »Geh weiter Harry, geh durch die Hintertür. Jace du auch. Vergiss das alles.«

Das Feuer verschlang nun die gesamte Eingangshalle, zu groß, um unterdrückt zu werden. Es war außer Kontrolle.

Plötzlich erinnerte sich Kat an die Papiere, oben im Arbeitszimmer. Nathans Kalkulationstabellen und die Kundenauszüge. Sie hatte die Originalausgaben.

Wenn sie jetzt nach oben lief, könnte sie sie noch retten. Nein – das war dumm. »Jace, vergiss es!«.

Ihr Gesicht war krebsrot von der Hitze.

»Ich kann es löschen.« Jace zuckte zusammen, als er sein verschmortes Sweatshirt vom Teppich nahm. Er kroch weiter und warf es aufs Feuer. Er trampelte mit seinen Stiefeln auf ihm herum und versuchte, die Flammen zu löschen.

Kat hielt an der Küchentür an. Jaces Aktionen hatten zwar noch vor einer Minute funktioniert, aber nun waren die Flammen doppelt so hoch. Nun hatte es wenig Wirkung und war verdammt gefährlich.

»Es ist zu viel, Jace. Lass uns gehen.«

Jace sprang zurück und schirmte sein Gesicht ab, als eine dritte Explosion die Flammen erhöhte. Die Flammen blockierten jetzt die Treppe, die sie gerade hinuntergegangen waren. Jace drehte sich um, fiel direkt hinter Kat hin, aber winkte sie weiter.

Kat bog in die Küche ab und fand Harry regungslos und händeringend am Ofen sitzen. Er schien sich verloren zu fühlen. »Wir verschwinden über die Hintertreppe, Harry. Folge mir einfach nur zur Küchentür.« Im Hinausgehen griff Kat nach dem schnurlosen Telefon auf der Küchentheke und versuchte, ruhig zu bleiben. Sie öffnete die Küchentür und atmete die kühle, saubere Luft ein. Sie tippte die 9-1-1 ein, ging die Treppe hinunter und zog Harry hinter sich her. Als sie sich umdrehte, blieb ihr das Herz stehen.

Wo um alles in der Welt war Jace? Er hätte direkt hinter ihr und Harry sein müssen. Aber das war er nicht.

»Warte hier. Sprich mit ihnen.« Sie drückte Harry das Telefon in die Hand und rannte zurück.

»Was meinst du mit warte hier?« Harry streckte die Hand aus. »Geh da nicht rein, Kat.«

Sie drehte sich um. »Ich muss Jace finden.« Der Regenguss betäubte Harrys Flehen, oder auch nicht.

»Nein!« Harry schrie lauter und rang die Hände. »Warte auf die Feuerwehr.«

Aber Kat war schon wieder die Treppe zur Küchentür hinaufgegangen. An der Türschwelle kamen ihr dicke Rauchschwaden entgegen. Sie keuchte und duckte sich, in der Hoffnung, weiter unten frischere Luft zu finden. Warum war ihr Jace nicht nach draußen gefolgt? Er war direkt hinter ihr gewesen. Es war offensichtlich, dass das Feuer zu groß war, um gelöscht zu werden – was hatte er sich dabei gedacht? Sie kroch am Küchenboden entlang, kämpfte gegen den dichten Rauch an.

Harry hatte recht – es war ein Fehler gewesen, zurückzugehen. Aber ein paar Sekunden konnten einen gewaltigen Unterschied machen, bevor die Feuerwehr eintraf. Ihre Edgewater-Dokumente waren eine Sache, aber sie konnte Jace nicht im Stich lassen. Sie hustete, weil der Rauch in ihre Lungen eindrang. Ihre Augen brannten und sie blinzelte Tränen weg.

Sie kroch durch die Küche in den Flur und war nicht in der Lage, mehr als einen Fuß vor ihr zu sehen. Während die Flammen nachließen, hatte sich der dicke Rauch im Korridor festgesetzt und blockierte jede Sicht.

Sie näherte sich der Stelle, an der sie Jace zuletzt gesehen hatte, sie atmete schwer und war erschöpft. Sie konnte nicht genug Luft bekommen.

Dann hörte sie die Sirenen der Feuerwehr, während sie nach Luft rang. Der Feuerwehrwagen blieb quietschend stehen. Türen knallten und man hörte Männerstimmen durch das zerbrochene Fenster. Sie hatte immer noch Hoffnung, bis die Blinklichter des Feuerwehrwagens die Dunkelheit durchdrangen. Der Flur war leer. Jace war verschwunden.

KAPITEL 17

Kat fröstelte **und zog die** Wolldecke fest um ihre Schultern. Sie saß auf der Vordertreppe und lauschte dem Wasser, wie es die Dachrinne heruntertropfte. Der Regen hatte nachgelassen und das Feuer war aus. Sie hatte immer noch krampfartigen Husten, ein Ergebnis der Rauchvergiftung. Harry setzte sich neben sie und nickte, während der Feuerwehrchef mit ihr schimpfte, weil sie ins Haus zurückgegangen war. Einer nach dem anderen kehrten die Nachbarn in ihre Häuser zurück und löschten die Lichter, erleichtert, dass sich das Feuer nicht ausgebreitet hatte.

Jace stapfte über den Rasen, an ein paar Feuerwehrleuten vorbei, die eifrig ihre Ausrüstung einpackten. Seine rechte Hand und der Arm wurden bandagiert und in weiße Gaze gehüllt. Er hatte das Wohnzimmerfenster zertrümmert und war in den Vorgarten gesprungen. Kat stand auf und stieg die Treppe zu ihm hinab.

Sie umarmte ihn, dankbar, dass er dem Feuer entkommen war. »Mach das bloß nicht noch mal mit mir, Jace. Ich dachte, du wärst im Feuer gestorben.«

Jace zog sich zurück und musterte sie. Seine Augen verengten sich. »Du hättest nicht wieder zurückgehen sollen. Ich kann selbst auf mich aufpassen.«

Kat war da ganz anderer Meinung, aber sie schwieg. Sie war nur erleichtert, dass er nicht ernsthaft verletzt ist. Sie hakte sich in seinen nicht bandagierten Arm ein. Gemeinsam stiegen sie die Treppe zur Haustür hinauf. Sie blieb kurz stehen und spähte in die Eingangshalle.

»Warum tut jemand so etwas?« Kat untersuchte die glimmenden Reste des Molotowcocktails. Er schien selbst gemacht zu sein, es ragte noch eine geschwärzter Lappen aus dem Hals der zerbrochenen Weinflasche heraus.

Jace antwortete nicht. Er ging in die Hocke und betrachtete den beschädigten Boden.

Ein verbrannter schwarzer Kreis war alles, was von dem antiken Teppich aus Britsch-Indien übrig war. Es war so alt wie das Haus gewesen. Das Treppengeländer und die Flurvertäfelung waren geschwärzt und verkohlt, und die Holzdiele, die Jace so mühsam restauriert hatte, war voller Wasserpfützen. Die Feuerwehr hatte den Brand zwar schnell gelöscht, aber der Schaden war angerichtet.

»Ich weiß es nicht.« Jace stand auf und drehte sich zu ihr um. »Vielleicht ist es ein Irrtum. Sie haben das falsche Haus getroffen.«

»Die meisten unserer Nachbarn sind über siebzig, Jace. Ich kann sie mir nicht als Zielscheibe vorstellen.« Die Rentner in der Queens Park-Siedlung stellten alkoholfreie Cocktails und keine Molotowcocktails her.

»Irgendjemand hat es auf euch abgesehen, Leute.« Harry tauchte hinter ihnen auf. Er spähte ins Chaos hinein. »Vielleicht sollte ich besser nicht bleiben.«

»Was ist das?« Jace stieß mit der Spitze seines Stiefels an einen Metallbehälter. Er lag teilweise unter dem Flurschrank versteckt und war von den Brandermittlern unentdeckt geblieben. Er bückte sich und hob ihn auf. Er schraubte den Deckel ab und zog einen Zettel heraus.

»Was ist das?«, fragte Kat. »Vielleicht solltest du es lassen, wo es ist.«

Jace ignorierte sie. Sein Gesicht verdunkelte sich, als er das Papier las und steckte es in die Tasche.

»Lass mich mal sehen.« Kate streckte die Hand aus.

Jace schüttelte den Kopf. »Es ist nichts.«

»Was meinst du damit, es ist nichts?« Der Metallbehälter muss sich im Inneren des Molotowcocktails befunden haben. »Ich lebe auch hier. Ich möchte wissen, was draufsteht.«

Jace zuckte mit den Schultern und zog das Papier aus der Tasche. Er gab es ihr.

Kat las Sie die maschinengeschriebene Notiz. *Stopp den Artikel.* »Also geht es um deine Story. Aber hat sie der *Sentinel* denn nicht zurückgezogen?«

»Ja, das haben sie.«

»Gibt es noch eine andere Story, von der ich nichts weiß?« Kat zitterte, als sie ihm den Zettel zurückgab. Sie zog die Decke noch enger um ihre Schultern.

»Nein, das ist der einzige, an dem ich gerade arbeite. Aber es ist nicht in Druck gegangen. Niemand weiß davon.«

»Niemand außer den Leuten beim *Sentinel*. Die gleichen Leute, die dich gefeuert haben.«

»Glaubst du, dass wir die Feuerbombe jemandem von der Zeitung zu verdanken haben? Das ist doch der reinste Wahnsinn.«

»Vielleicht ist es nicht der *Sentinel*. Vielleicht hat jemand deine Story durchsickern lassen. Womöglich zu den Leuten, die du anklagst?«

»Warum sollten sie das tun?« Jace warf einen Blick auf das Papier, bevor er es wieder in die Tasche stopfte.

»Wer weiß? Vielleicht aus dem gleichen Grund, aus dem dein Artikel zurückgezogen wurde. Das würde bedeuten, dass der *Sentinel* irgendwie in deine Story verwickelt ist. Sie meinen wahrscheinlich, dass du den Artikel auch ohne sie veröffentlichen wirst.«

»Weißt du was? Das ist gar keine schlechte Idee. *The Sentinel* ist ja nicht nicht die einzige Zeitung in der Stadt.«

»Das ist es nicht wert, Jace.«

»Warum nicht? Ich werde die Geschichte an jemand anderen verkaufen. Da steckt offensichtlich mehr dahinter und sie werden mich nicht mundtot machen. Vielleicht sollte ich mal ein wenig tiefer graben und sehen, wo ich lande.«

»Um erneut Zielscheibe zu spielen?« Kat wünschte, sie hätte es nie erwähnt. Jace war wie ein Bluthund, der etwas witterte. Er würde nie aufhören, bis er herausgefunden hätte, wer hinter dem Brandanschlag steckte.

»Wer auch immer es ist, er muss gestoppt werden, Kat. Besonders brutale Angriffe wie diese. Wenn ich sie nicht stoppe, was kommt als Nächstes? Wird man alles, was umstritten ist, im Keime ersticken? So fängt Unterdrückung an.«

Kat seufzte. Sie wollte auch wissen, wer hinter dem Angriff steckte und sie wollte Gerechtigkeit. Aber manchmal war es besser, schlafende Hunde nicht zu wecken. Das hatte sie in ihrer Kindheit bei den Dentons gelernt.

Sie hatte keine Lust zu streiten, nach allem, was geschehen war. Sie wechselte das Thema. »Hast du gestern Abend etwas über die Steuerberater von Edgewater herausgefunden, während ich bei ihnen im Büro war?«

»Allerdings, das habe ich«, sagte Jace. »Beecham & Company ist ein eingetragenes Unternehmen, auch wenn es auf leerem Baugrund betrieben wird.«

Na, das war doch wenigstens etwas. Feuer oder kein Feuer, sie hatte noch immer einen Job zu erledigen.

»Also existieren sie tatsächlich.«

»Beecham existiert, ja, aber nur mit dem Namen. Das Unternehmen gehört zu einer Holding, welche wiederum Nathan Barron gehört.«

Kats schlimmsten Befürchtungen wurden bestätigt. »Das erklärt, warum die Wirtschaftsprüfer den Betrug unter den Tisch fallen ließen. Es gibt nämlich gar keine Wirtschaftsprüfer. Es ist alles nur eine Farce.«

Natürlich konnte Nathan Barron nicht die Gefahr eingehen, dass ein öffentlich bestellter Wirtschaftsprüfer diesen Betrug aufdeckt. Aber warum hat er, bei all den Milliarden, die auf dem Spiel stehen, seine Spuren nicht besser verwischt? Eine Adresse in einer Baulücke und eine getrennte Telefonleitung, das war einfach nur schlampig.

»Sind denn Milliardenanleger nicht vorsichtiger als Otto Normal-
verbraucher?«, fragte Jace.

»Müsste man meinen, aber mit zwölf Prozent Rendite Jahr für Jahr
vielleicht auch nicht. Zachary hat mir erzählt, dass sich die Anleger
die Klinke in die Hand geben, um in den Fonds zu investieren. Und
noch etwas – jemand anderes in Edgewaters Daten hat die gleiche
Adresse wie Beecham.«

»Wirklich? Wer?«

»Fredrick Svensson. Du musst mir unbedingt helfen, herauszufinden, wofür sie ihn bezahlt haben.« Das, und wie es möglich war, dass
Zachary ohne Geld Geschäfte abschließen konnte. Etwas war nicht
ganz koscher.

KAPITEL 18

Kat und Jace saßen in Kats Innenstadtbüro, erschöpft vom Feuer der vorherigen Nacht. Abgesehen von dem zerbrochenen Fenster, hatte das Feuer hunderte von Stunden sorgfältiger Restaurierung der geschnitzten Geländer und Vertäfelungen zunichtegemacht. Zum Glück gab es keine Bauschäden, aber es war einfach zu hart, gerade jetzt danach zu suchen. Ganz früh am Samstagmorgen waren sie dann endlich fertig mit den Aufräumarbeiten und auch das Fenster war wieder repariert. Sie waren ins Büro gegangen, um der rauchigen Luft, die noch immer im Erdgeschoss ihres Hauses verweilte, zu entkommen.

»Sag mir, dass ich nicht verrückt bin, Jace.« Kat deutete auf die Geschäftsbestätigungen für die letzten zwei Monate. »Edgewater ist pleite und es steht kein weiteres Geschäft in Aussicht. Wie konnte Zachary davon keine Ahnung haben?« Kat verzog das Gesicht, als sie am Kaffee nippte. Es war eiskalt.

»Du bist wirklich sicher, dass er nichts damit zu tun hat? Natürlich wäre er lebensmüde, dich anzuheuern, wenn er es hätte.« Jace zuckte zusammen, als er den verletzten rechten Arm auf sein Knie stützte.

»Genau. Aber warum hat er nicht bemerkt, dass seine Geschäfte nicht laufen? Edgewater Investments scheint völlig anders zu sein, als er es beschrieben hat. Das Unternehmen ist dabei, zu implodieren.«

»Könnten die Geschäftsbestätigungen auch gefälscht sein?«, fragte Jace.

»Ja, aber hat Zachary nicht mit anderen Leuten gesprochen? Anderen Tradern? Seinem Broker? Trotz des Feuers hatte sich die Arbeit vom Vorabend gelohnt. Mit dem Nachweis, dass das Geld umgeleitet wurde, konnte Kat die von Zachary gesetzte Frist spielend einhalten. Wenn sie das Geld bis zu seinem ultimativen Ziel folgen könnte, hätte Zachary handfeste Beweise gegen seinen Vater. Aber diese letzte Frage machte sie ratlos. »Führt er denn seine Geschäfte nicht auf einer computergestützten Handelsplattform durch? Das wäre aber eine starkes Stück, wenn das auch alles auch gefälscht wäre. Ich muss ihn mal dabei beobachten.«

»Du sagtest, Edgewater hätte der Research Analytics im letzten Jahr über 220 Millionen gezahlt?« Jace kratzte sich am Kinn.

»Stimmt genau.«

»Das ist fast genau der Jahresumsatz von Research Analytics. Ich habe ihren Jahresbericht heruntergeladen.«, sagte Jace. »Er war überraschend leicht zu bekommen.«

»Das bedeutet, dass Edgewater ihr einziger Kunde sein könnte.« Kat dachte an Beechams Baustellenadresse und ihrem Telefonanruf, der sofort wieder aufgelegt wurde. Research Analytics war wohl auch nur eine Tarnung. Aber eine Tarnung für was? Was verbarg Nathan und wofür brauchte er das ganze Geld?

Kat erhob sich vom Schreibtisch und schnappte sich eine dicke Akte ganz oben auf ihrem Aktenschrank. »Das sind Kopien aller Bankeinlagen im vergangenen Jahr. Fast alle der Einlagen kamen von Kunden, die ihr Geld investiert haben. Kein Währungshandel, soweit ich sehen kann.«

»Ein weiterer Beweis, dass es überhaupt keinen Handel gibt.«

Kat nickte. Sie setzte sich auf den Arm von Jaces Polstersessel. »Es sei denn, es gibt es noch eine weiteres Bankkonto, von dem ich nichts weiß.« Sie schlug die Akte auf. »Die Einlagen werden sofort wieder ausgeschleust, fast so schnell wie sie hereingekommen sind. Alle auf dieselbe Kontonummer bei der Bank of Cayman.«

»Ich wette, das ist das Konto von Research Analytics.« Jace schaute sie an. »Soll ich mal nachhaken?«

»Sicher. Ich möchte auch die Beziehungen untereinander überprüfen.« Kat stand auf und ließ die Akte auf den Schreibtisch fallen. Sie ging zum Whiteboard. »Es hilft, zu verdeutlichen, wer mit wem, was zu tun hat.«

Sie deutete auf ein Diagramm, das darauf skizziert war. Ganz oben war ein Kästchen mit der Bezeichnung *Edgewater*. Die beiden folgenden Kästchen waren mit *Research Analytics* und *Svensson* gekennzeichnet. Linien markierten *Zahlungen,* die diese beiden mit Edgewater verknüpften. Eine Linie mit der Bezeichnung *Berichterstattung* verlief nach rechts und verband *Edgewater* mit einem Kästchen, in dem *Beecham* stand.

»Was soll der Unsinn?« Jace stand auf und hielt sich den Arm, als er ihr zum Whiteboard folgte.

»Um eine Vorstellung von den Cash-und Informationsflüssen zu erhalten. Was haben sie alle gemeinsam?« Kat fuhr mit dem Zeigefinger am oberen Rand des Diagramms entlang.

Jace hob die Augenbrauen, sagte aber nichts.

»Wir wissen, wie viel Edgewater Research Analytics gezahlt hat. Und aus ihrem Jahresbericht wissen wir, wie viel Geld sie insgesamt besitzen.« Kat tippte auf das Dokument auf ihrem Schreibtisch. Zusammen mit dem Handelsregister der Kaimaninseln und Onlinesuchen stellte das Diagramm alle Informationen dar, die sie über das Unternehmen herausbekommen konnte.

Sie deutete auf das Kästchen mit der Bezeichnung *Research Analytics.* »Fast das ganze Geld, das Research Analytics erhält – das sind rund 220 Millionen jährlich – geht zu einer einzigen gemeinnützigen Organisation. Das World Institute. Nathan ist Mitglied.« Glücklicherweise hatte das World Institute eine Website. Eine Website, die stolz ihre Spender und Mitglieder aufführte.

Sie malte einen Kreis unter das Diagramm und schrieb *WI* hinein. Dann zog sie Pfeile von *Research Analytics* zu diesem Kreis. »Research

Analytics ist einfach nur eine Zweckgesellschaft für The World Institute.«

»Das ist ein Heidengeld. Wenn das alles an eine einzige Stelle geht, warum zahlen die Spender nicht direkt ans World Institute?«

»Du meinst, so wie Edgewater?« Kat tippte auf die Tafel.

Jace nickte.

»Gute Frage. Es ist gemeinnützig, also gibt es keinen Steuervorteil, wenn es durch die Kaimaninsel oder eine andere Steueroase geschleust wird.«

»Research Analytics ist nur Tarnung.« Jace hielt sich den Arm, als er wieder zu seinem Stuhl zurückging. »Edgewaters Geld endet beim WI, ohne dass es dort jemand zurückverfolgen würde.«

»Genau. Ich wette, einige Spender haben etwas zu verbergen. Vielleicht wollen sie anonym bleiben.«

»Offensichtlich verdecken sie ihre Spuren aus einem ganz bestimmten Grund.« Jace rutschte auf dem Stuhl herum und zuckte zusammen. Er rieb sich den verletzten Arm.

»Ist es so schlimm? Du solltest zum Arzt gehen, Jace.«

Jace winkte mit der linken Hand ab. »Das ist schon ok.«

»Wie du willst.« Kat setzte sich wieder an den Schreibtisch und tippte *World Institute* in die Suchmaschine ein und betätigte die Eingabetaste. Es kamen ein Dutzend Einträge zurück abgesehen von WIs offizieller Website. Sie klickte auf den ersten. »Anscheinend halten sie auch eine alljährliche Tagung ab.«

»Ich dachte, es wäre eine geheime Organisation.«

"Ist es auch. Niemand weiß, was sie bei dieser Tagung diskutieren, noch nicht einmal, wo sie abgehalten wird. Nur, dass sie jedes Jahr eine abhalten.« Für eine solche Geheimorganisation war es überraschend, wie einfach es war, Informationen online zu finden. Vielleicht um weitere Investoren zu begeistern.

»Wer sind die Mitglieder? Investmentheinis?«

»Nein, das ist ja gerade das Interessante. Es ist absolut jeder. Industriemagnate, Menschenfreunde, Mitglieder von Königshäusern, zukünftige Präsidenten und sogar Talkshow-Moderatoren mit guten Beziehungen. Leute mit Geld.«

»Zukünftige Präsidenten? Wie können sie den nächsten Staatschef vorhersagen, bevor es passiert?«

»Sie müssen nicht die Zukunft voraussehen«, sagte Kat. »Sie entscheiden sie. Zumindest ist es das, was manche Leute behaupten.« Sie scrollte zur Seite mit den Jahresabschlüssen. »Siehst du das? Insgesamt sind im vergangenen Jahr vierhundert Millionen eingeflossen. Das bedeutet, dass die zweihundertzwanzig Millionen, die Edgewater über Research Analytics eingebracht hat, mehr als die Hälfte ihres Barmittelzuflusses ist.«

«Wow. Sehr einflussreich Wer schießt denn den Rest zu?« Jace beugte sich vor.

Kat runzelte die Stirn. Wie ein Hund mit einem Knochen, roch er eine Story. Dennoch war Jace der Beste, um Geheimnisse auszuschnüffeln.

»Ich weiß es nicht. Kannst du bitte auch noch prüfen, wer sonst noch mit ihnen verbunden ist?« Kats Nachforschungen hatten zu alle möglichen Verschwörungstheorien in Zusammenhang mit dem World Institute geführt. Während sich das WI selbst in ihrem Jahresbericht als *Denkfabrik* bezeichnete, waren andere weniger schmeichelhaft. Bestenfalls wurde es als eine geheime Gesellschaft der globalen Eliten, der Reichen und Mächtigen angesehen, die, so wie sie es brauchen, über Politik und Gesetze entscheiden. Im schlimmsten Fall wurde es als globale Schattenregierung beschrieben, die die nationale Souveränität untergräbt und Politiker unterstützt, die freundlich zur Großindustrie sind.

Aber Jace sollte sich seine eigene Meinung bilden. Niemand konnte schmutzige Angelegenheiten besser aufdecken als er. Sie musste nur sicherstellen, dass man ihn nicht ablenkte, sobald ihm klar würde, welches Potenzial diese Story hätte.

»Ja, ich kümmere mich sofort darum.« Jace lehnte sich im Ledersessel zurück und streckte seine langen Beine vor sich aus. Er zog einen Laptop aus seiner Aktentasche und ließ ihn hochfahren.

Kat warf einen Blick auf ihren Posteingang, wo ihr Harrys Kontoauszug auffiel. Er lag auf seinem Scheckheft und anderen Auszügen. Eine weitere Aufgabe, die sie schnell bewältigen musste. Derjenige, der hinter seinem finanziellen Schlamassel steckte, musste gestoppt werden, aber sie musste auch Zacharys Frist einhalten und die Zeit lief ihr davon. Sie würde noch eine Stunde an Edgewater arbeiten und sich dann auf Harrys Sachen konzentrieren. Sie musste seine Angelegenheiten noch heute Abend ein für alle Mal in Ordnung bringen. Sie nahm den Stapel, um ihn in ihre Aktentasche zu legen, als ihr eine bestimmte Zeile ins Auge stach. Es war eine monatliche Überweisung auf dasselbe Konto wie das jüngste Darlehen.

Jace rutschte auf dem Stuhl hin und her. Er war still und tippte nur auf seiner Tastatur herum.

Sie wandte sich wieder Harrys Kontoauszug zu. Soweit sie es in Harrys Scheckheft zurückverfolgen konnte, waren in den letzten sechs Monaten regelmäßig Überweisungen gemacht gemacht worden. Aber, nach dem was sie wusste, hatte er kein anderes Konto bei derselben Bank. Sie notierte sich, dass sie unbedingt Anita Boehmer danach fragen muss.

Dreißig Minuten später winkte Jace Kat zu ihm rüber. »Kat, das ist faszinierend. Ich fasse es nicht, dass ich noch nie etwas über das World Institute gehört habe. Angeblich versuchen sie, eine neue Weltordnung einzuführen.«

Kat überflog die Schlagzeile. Unter dem Foto des Autors stand: *Roger Landers. Autor von Währungsverschwörung und die Neue Weltordnung.*

»Wir können später herausfinden, was hinter dem World Institute steckt«, sagte Kat. »Da wir nicht viel Zeit haben, müssen wir uns darauf konzentrieren, wie Edgewaters Zahlungen dorthin kommen.«

»Die Mitgliederliste ist beeindruckend«, sagte Jace. »Ich habe alle Teilnehmer seit dem ersten Treffen im Jahr 1954 zurückverfolgt. In diesem bestimmten Jahr haben sich hunderte von der Weltelite getroffen, mit dem alleinigen Ziel, eine Weltregierung zu etablieren. Seither haben sich jedes Jahr etwa hundert mächtige Leute versammelt, um diese Sache voranzutreiben.«

»Das ist eine Verschwörungstheorie, von der ich noch nie gehört habe.« Kat erkannte ihren Fehler zu spät. Jace schweifte bereits ab.

»Es gibt eine Menge interessanter Fakten, um sie zu stützen. Zum Beispiel haben die letzten drei amerikanischen Präsidenten, der britische Premierminister, und der kanadische Premierminister alle diesem Treffen beigewohnt. Kurz bevor sie wiedergewählt wurden.«

»Sie wurden von der Bevölkerung gewählt, Jace. Demokratisch.« Wie konnte sie ihn wieder auf den richtigen Weg bringen?

»Stimmt«, sagte Jace. »Aber wer hatte beschlossen, welche Personen an erster Stelle stehen?«

»Du glaubst, dass diese Nominierungen festgelegt wurden?«

»Zumindest stark beeinflusst. Dreiundneunzig Prozent der politischen Teilnehmer des World Institute endeten ein oder zwei Jahre später in Amt und Würden. Das ist mehr als ein Zufall. Aber wie und warum verbunden sind sie mit dem WI verbunden? Bis heute habe ich noch nie etwas von dieser Organisation gehört.«

»Was hat das mit dem Geld zu tun?«

»Hintergrund, Kat – Hintergrund. Ich vermute, der einzige Grund, warum wir noch nie zuvor etwas von der WI gehört haben, ist, dass sie es nicht wollen, dass jemand davon erfährt. Natürlich schreiben ein paar Journalisten *tatsächlich* eine Menge von dem Zeug, was ich hier lese, aber sie waren alle als Spinner entlassen worden.«

»Aber du bist der Meinung, dass sie keine Spinner sind, nicht wahr?« Kat seufzte.

»Es muss ein Fünkchen Wahrheit dran sein. Soweit ich das beurteilen kann, ist das WI streng geheim. Die Sitzungen werden alle unter Ausschluss der Medien abgehalten. Zumindest der üblichen Medien. Einige hochkarätige Journalisten wurden eingeladen, aber unter der Voraussetzung, dass sie zum Schweigen verpflichtet sind. Wenn sie das Schweigen brechen, werden sie nicht mehr eingeladen – oder sie schreiben ein Buch wie Landers und dann werden sie völlig abgeschoben. Keiner der anpassungsfähigeren Journalisten hat jemals etwas durchsickern lassen. Nicht in mehr als fünfzig Jahren. Jeder Journalist, der etwas taugt, würde eine Geschichte zu diesem Thema schreiben.«

»Bisher hat sich aber noch kein Massenjournalist gewagt.« Kat sah ihn an. »Nun sag schon, woran liegt das?«

»Man hatte sie zum Schweigen gebracht.« Jace hob die Augenbrauen. »Ausgezahlt oder noch schlimmer.«

»Oder es gibt vielleicht gar nichts darüber zu schreiben.«

»Vielleicht ... vielleicht auch nicht.« Mach dir doch nichts selbst was vor, Kat. Das ist eine Wahnsinnsstory. Es gibt einen Grund dafür, warum wir bis jetzt noch nichts davon gehört haben. Hier haben wir ein paar der reichsten, mächtigsten Menschen der Welt. Sie kontrollieren Banken, Regierungen und sogar Länder. Ihr Ziel ist es, die Macht immer weiter zu festigen. Die Europäische Union? Das war der erste Schritt. Als Nächstes haben sie Pläne für eine asiatische Union und eine nordamerikanische wird folgen.«

Jace wies auf den Jahresbericht des World Institute auf Kats Bildschirm. »Ihre Aufgabe ist es, eine Weltwährung zu schaffen. Edgewater ist einer der größten globalen Devisenhändler.«

»Das ergibt keinen Sinn«, sagt Kat. »Weniger Währungen ruinieren Edgewaters Geschäft. Sie hätten nichts mehr zu handeln.«

Sie drehte sich wieder zu ihrem Computer um. »Auf jeden Fall müssen wir nicht unbedingt herausfinden, warum Nathan Geld auf die Seite schafft. Nur beweisen, dass er das Geld veruntreut.«

»Willst du nicht wissen, welches Motiv hinter diesem Verbrechen steckt?«

»Gewiss ist es ist interessant, aber dafür haben wir leider keine Zeit, Jace. Ich muss das bis zum Montag auf die Reihe kriegen, um Zacharys Frist einzuhalten.«

Es war, als ob Jace nicht zuhörte. »Perfektes Beispiel – die EU. Was ist danach passiert? Der Euro. Eine Währung.«

»Und?«

»Kat, das ist nur der Anfang. Was passiert, wenn die Kreditkrise absichtlich eingeleitet wurde?«

»Du meinst, man hätte es geplant?«

»Genau. Was, wenn die Währung wertlos wäre? Was würdest du tun?«

»Ich würde mein Geld in eine stärkere Währung investieren. Oder, wenn das nicht genug wäre, in so etwas wie Gold oder Diamanten. So wie jeder andere auch. Aber warum sollte jemand die Abwertung einer Währung orchestrieren? Das schadet doch jedem.«

»Nicht jedem – nur denjenigen, die es nicht kommen sehen.«

»Hört sich wie eine stinknormale Verschwörungstheorie an«, sagte Kat. »Und hat nichts mit Edgewater und Zacharys Aufgabe zu tun.«

»Genau damit liegst du verkehrt, Kat. Unabhängig von Zacharys geringschätziger Meinung zu seinem Vater, ist Nathan Barron ein angesehener Währungsexperte. Was, wenn das Ziel ist, auf eine Weltwährung zu wechseln? Wie würdest du Menschen oder Regierungen dazu bewegen, das zu tun?«

»Du müsstest die Währung wertlos machen«, sagte Kat. »Dann würde jeder aus der schwachen Währung aussteigen. Sie würden sie in eine sicherere, stabilere Währung umtauschen.«

»Genau. Entwertung von Dollar, Pfund, Yen. Jeder gerät in Panik, und *voilà*, man bietet dir eine globale Währung an, um sie aus dem Schlamassel herauszuholen. Selbstredend zu ihren Bedingungen.«

»Wo holst du denn dieses Zeug her, Jace? Du bist doch völlig von der Rolle.«

»Absolut nicht. Schau dir diese Listen an.« Jace reichte Kat einen Ausdruck der Teilnehmer jeder Tagung. Jedes Jahr war wie ein Billboard Top 100. Mit dem kleinen Unterschied, dass es sich hier nicht um die besten Hits des Jahres handelt. Hier werden jedes Jahr die besten Prominenten – die reichsten, mächtigsten, einflussreichsten Menschen in der Welt aufgeführt und das reicht bis ins Jahr 1954 zurück.

»Die Königin der Niederlande? Sie ist eine Wohltäterin. Das World Institute ist ein Think Tank. Nichts Ungewöhnliches daran.« Kat überflog die Liste. Prominente, das stimmt, aber nichts, was Anzeichen für finstere Motive wäre.

»Sie leitet eine der größten Ölgesellschaften der Welt«, sagte Jace.

»Es ist mehr als nur ein Interesse an der Menschheit. Es ist eine Machtkonzentration.

»Angenommen, du hättest recht, was genau hat das mit Nathan Barron und Edgewater zu tun?« Kat fühlte sich plötzlich selbst hineingezogen.

»Damit kann man eine Menge Kohle machen, Kat. Wenn du weißt, dass eine Währung fällt, kannst du von diesem Wissen profitieren.«

»Du meinst spekulieren? So wie bei den Geschäften von Edgewater?«

»Richtig«, sagte Jace. »Deshalb müssen wir den Bereich auf das World Institute erweitern. Wir wissen, dass Research Analytics eine wesentliche Rolle in Nathans Betrugssystem spielt.« Zumindest sollten wir die Beziehung von Research Analytics zum World Institute untersuchen.«

»Nein, Jace. Wir brauchen nur den Hintergrund über das World Institute zu liefern und zu beweisen, dass das Geld dorthin geht. Alles andere geht über unseren Kompetenzbereich hinaus.«

»Wieso? Abgesehen von der Tatsache, dass das Geld, das Nathan zuschießt gar nicht seines ist, muss es einen Grund geben, warum er es heimlich tut. Würde es Zachary denn nicht interessieren, dass Nathan eine Organisation finanziert, die ihrem Unternehmen schadet?«

Kat seufzte. »Gut, dafür brauchen wie aber Zacharys Zustimmung.« Sie war jetzt schon sicher, dass Zachary alles genehmigen würde, nur um Nathans Missetaten anzuprangern. »Behalte es einfach im Auge.«

»Wir müssen zu dieser Tagung gehen.«

»Nein, Jace.« Kat hielt die Arme hoch, um zu protestieren. »Ich helfe dir gerne mit einer Story, aber wir kommen gerade von unserem eigentlichen Ziel ab. »Wir müssen nicht zu dieser Tagung gehen.«

»Aber ich denke, es ist schon in ein paar Tagen. Zumindest den Informationen nach, die du in Barrons E-Mail und im Terminkalender gefunden hast. Sie wird jedes Jahr irgendwo anders abgehalten, in der Regel in einem Urlaubsort am Rande einer Großstadt. Im vergangenen Jahr war sie in einem Schweizer Ferienort, im Jahr zuvor, etwas außerhalb von New York.«

Kat tippte sich an die Stirn, in der Hoffnung auf einen Geistesblitz. »Nathans Reise nach Genf im letzten Jahr genau in dieser Zeit.« Sie erinnerte sich an einen Eintrag in seinem Terminkalender.

»Genau. Das Treffen findet jedes Jahr zur gleichen Zeit statt. Ich wette, wenn du ein Jahr zurückgehst, dann findest du auch eine Reise nach New York.«

»Meine Gebühren enthalten keine internationalen Reisen, Jace. Wenn du willst, kannst du gerne auf eigene Faust gehen. Wo ist es denn dieses Jahr?«

»Ich bin mir nicht sicher. Die Geheimhaltung geht so weit, dass selbst die Teilnehmer es erst im letzten Moment erfahren. Sie wollen vermeiden, dass ein paar Journalisten dort herumschnüffeln« Jace lächelte. »Aber es sind die allerbesten Orte – offensichtlich haben sie etwas zu verbergen.«

KAPITEL 19

Auch nach einer Stunde hatte es Kat immer noch nicht geschafft, Jace vom Thema abzubringen.

Es war schon Mittag, und Kat war immer noch nicht weitergekommen. Sie starrte auf das Diagramm auf dem Whiteboard und versuchte, sich einen Reim auf den Geldfluss zu machen und wie das alles mit Edgewater zusammenhängt.

Jace war jedoch Experte in Sachen World Institute geworden.

»Wo genau ist Nathan Barron?«, fragte Jace. »Das könnte ein Anhaltspunkt für unsere Suche sein.«

»Ich weiß es nicht. Auf seinem Terminkalender stand ein Flug gestern nach London. Aber Zachary hat das mit seiner Sekretärin kontrolliert und festgestellt, dass er nicht ins Flugzeug gestiegen ist. Allerdings ist er verreist.«

»Wohin?«

»Ich weiß es nicht. Seine Sekretärin wusste es auch nicht. Zumindest ist es das, was sie Zachary erzählt hat. Und Zachary hat ihn schon fast eine Woche nicht gesehen.«

»Glaubst du, dass er abgehauen ist?«

„Das bezweifle ich.« Kat erinnerte sich an die Trophäen in Nathans Büro. Sein Ego war zu groß, sie hinter sich zu lassen. »Er macht das schon seit über einem Jahrzehnt. Ich bin sicher, dass er keine Ahnung hat, dass wir Nachforschungen über ihn anstellen. Für ihn geht alles den gewohnten Gang.«

»Angenommen, das stimmt, und gehen wir auch davon aus, dass er Mitglied des World Institute ist. Es geht gar nicht anders, als dass er sein ganzes Geld dorthin schickt. Das heißt, dass er an der Tagung teilnehmen wird.«

»Vielleicht ist es das, was dort in London stattgefunden hat«, sagte Kat.

»Wann wurde das Ticket gebucht?«

Kat holte eine Kopie von Nathans Flugticket heraus. »Es wurde vor sechs Monaten ausgestellt. Wieso spielt das eine Rolle?«

»Kann nicht für das World Institute sein. Sie organisieren alles in letzter Minute – ein oder zwei Monate vor der eigentlichen Tagung. Um den Ort streng geheim zu halten. Aber sie findet immer um diese Jahreszeit statt. Ich glaube, er ist nicht nach London geflogen, weil er etwas wichtigeres vorhatte. Die jährliche Konferenz des World Institute.«

»Mag sein, aber wie finden wir heraus, wo?«, fragte Kat.

»Es gibt da noch eine andere Möglichkeit, das herauszufinden. Gib mir mal die Tagungsliste.« Jace nahm eine Hand voll Stecknadeln. »Wenn ich jemandem im Hinterland suche, beginne ich mit seinem zuletzt bekannten Aufenthaltsort. Das gibt mir ein Muster zur Festlegung unseres Suchbereichs. Danach ist alles nur noch ein Ausschlussverfahren.«

»Dies ist keine Such- und Rettungsmission.«

»Nein, aber das Prinzip ist das Gleiche.«

Eine Stunde später standen sie in Kats Ersatzbüro in der Innenstadt und starrten an die Wand vor ihrem Laufband. Hier hatten sie Platz, die Karte anzupinnen, die Jace im Ramschladen gekauft hatte.

Die Stecknadeln markierten die Lage der etwa fünfzig Tagungen, die bis dato stattgefunden hatten. Die meisten waren auf Europa konzentriert, aber es gab auch eine Menge an der Ostküste der USA und Kanada. Blau gekennzeichnete Nadeln waren Tagungen, die in den letzten zehn Jahren stattgefunden hatten, gelbe zehn Jahre davor und so weiter.

Die Karte ähnelte einer billigen Ausgabe von etwas, das man im Kriegsraum im Pentagon findet.

»Interessantes Konzept.«, sagte Kat. »Aber wie hilft uns das, den diesjährigen Standort zu finden?«

»Ich vermute, es ist wie bei den Olympischen Spielen. Du wählst nicht immer und immer wieder denselben Kontinent oder dasselbe Land. Um jedem eine Chance zu geben.«

»Das schließt Europa aus.«

»Nordamerika scheint etwas spärlich«, sagte Jace.

Stimmt. Es gab nur sieben Nadeln, alle im östlichen Nordamerika.

»Sie werden immer in exklusiven, stark bewachten Urlaubsorten abgehalten – mit bewaffneten Wachleuten, Soldaten, Geheimdienst, Polizei«, fügte Jace hinzu.

»Leuchtet ein. Irgendwo, wo sie den Umkreis absichern können.«

»Und die Umgebung von Anwohnern und Besuchern räumen können.«

»Ehrlich?« Kat hob die Augenbrauen überrascht an. »Soweit gehen die?«

Sie betrachteten schweigend die Karte. Während die Orte und die Spieler im Laufe der Jahre gewechselt hatten, waren die Drahtzieher hinter den Kulissen noch immer die Gleichen. Regierungswechsel, Bürgerkriege und sogar Demokratie hatten die wirkliche Machtstruktur nicht verändert. Das Spiel war das Gleiche, nur wurde es durch andere Schauspieler auf der Bühne ersetzt. Manche Dinge veränderten sich nie.

KAPITEL 20

Kat starrte auf Jaces Karte. Diese Gruppen und Netzwerke erinnerten sie an Nervenbahnen und die Demenz, die dabei war, Harrys Gehirn zu ereilen. Alzheimer-Plaques und Fibrille, die sich durch seine letzten Verteidigungslinien bahnen, ersticken Synapsen und zerstören das Gedächtnis. Es wurden täglich neue Kampflinien gezeichnet, während die Demenz weiter in seinen Körper und Geist vordrang.

Harry schlug einen Aktenschrank im Vorzimmer zu und murmelte etwas Unverständliches.

Kat sprang auf.

»Was ist denn los mit dir?«, fragte Jace. »Hallo, hörst du mir nicht zu?«

Kat schaute ihm in die Augen und konnte nicht antworten. Ihre Unterlippe zitterte.

»Warum starrst du mich so an?«

Kat brach in Tränen aus. »Harry hat Alzheimer.«

Jace zögerte nicht. Er zog sie an sich heran, drückte sie an seine Brust, während Tränen ihre Wangen hinunterflossen. »Also ist die Diagnose jetzt offiziell.«

»Du scheinst nicht überrascht zu sein.«

Jace zog sich zurück und blickte Kat in die Augen. Er streichelte ihre Wange. »Komm schon Kat. Wir wissen doch beide, was mit ihm los ist. Er hat Halluzinationen und Unfälle. Es ist mehr als nur reine Vergesslichkeit. Aber warum hast du vorher nicht mit mir geredet?« Er zog sie an sich heran. »Du wusstest es schon vorher – in der Arztpraxis?«

»Ja.« Sie hatte den ersten Termin niemals erwähnt. Ihre Tränen tränkten sein Hemd als sie ihr Gesicht in seine Brust grub.

»Aber warum hast du es vor mir geheimgehalten? Wieso?«

Welche Erklärung könnte sie ihm jetzt geben? Ihm sagen, dass sie Angst hatte, er würde sie deswegen verlassen? Es würde ihn beleidigen. Aber ihr Vater hatte sie damals verlassen. Vielleicht würde es Jace auch.

»Ich wollte auf den richtigen Zeitpunkt warten.«

»Der richtige Zeitpunkt war die Minute, in der du es erfahren hast, Kat. Du wolltest es mir nicht sagen – weißt du, wie *ich* mich jetzt fühle?« Jace drehte sich mit einem verletzten Ausdruck in den Augen ab.

»Ich wusste nicht, was ich sagen sollte.« Natürlich hatte er recht, aber sie hatte Angst gehabt.

Er zog sie an sich heran und küsste sie. »Kat, ich liebe dich. Ich habe ein Recht darauf, das zu erfahren. Du kannst mich nicht einfach aus solchen Sachen heraushalten.«

»Ich weiß, aber darüber zu reden – es erschreckt mich einfach. Es macht es zu wirklich. Ich kann im Augenblick nicht damit umgehen.« Kat zwang sich dazu, nicht mehr zu weinen. Weinen hatte noch nie Probleme gelöst.

»Deine Mutter hatte Alzheimer.«

Sie nickte und die Tränen flossen noch mehr als zuvor.

Jetzt hatte er es laut ausgesprochen – an ihrer Stelle. Sie war gerade vierzehn, als ihre Mutter starb und sie bei den Dentons eingezogen ist. Onkel Harry und Tante Elsie. Und Hillary.

»Weiß es Harry?«

»Ich bin mir nicht sicher. Er schien zu verstehen, aber jetzt hat er alles wieder vergessen.«

»Alles wird gut, Kat. Wir schaffen das.« Jace streichelte ihre Wange und wischte eine Träne weg.

»Ich will nicht, dass Harry so wie sie endet, Jace.«

Sie hatte immer noch Hoffnung, dass die Diagnose ein Irrtum war. Aber in ihrem Herzen wusste sie, dass sie sich nur etwas vormachte.

»Ich werde Harry helfen. Mach dir keine Sorgen.«

Plötzlich wurden sie durch einen Lärm unterbrochen, der von der Rezeption kam.

»Onkel Harry?«

Sie rannte auf den Flur, Jace dicht hinter ihr her.

Harry lag auf dem Boden. Sein Stuhl lag umgedreht neben ihm und die Räder drehten sich noch. Er hielt sich die Schulter und verzog das Gesicht vor Schmerzen.

»Alles in Ordnung.« Ich habe nur das Gleichgewicht verloren.«

»Man stellt sich doch auch nicht auf einen Stuhl mit Rädern, Onkel Harry.«

»Ich musste ihr helfen. Die Akte war auf dem obersten Regal.« In Kats Büro war vorher eine Zahnarztpraxis, mit Aktenregalen vom Boden bis zur Decke. Sie verwendete niemals die obersten Reihen, war aber noch nicht dazu gekommen, alles zu renovieren.

»Ihr Helfen? Wem? Außer dir ist niemand hier.«

»Hillary«, erklärte Harry. »Sie brauchte eine Datei für ihr Schulprojekt. Morgen ist Abgabetag.«

»Gut«, sagte Kat. »Ich sehe sie nicht. Wo ist sie jetzt?«

»Sie musste weg. Sonst würde sie zu spät zur Schule kommen.«

Kat kämpfte gegen den Drang zu weinen an. Jace hatte keine Ahnung, auf was er sich da einließ und sie konnte nicht von ihm erwarten, dass er ihr langfristig half. Das war zu viel verlangt.

KAPITEL 21

Endlich fand Kat Zeit, um zu Research Analytics zu fahren. Sie hielt am Straßenrand an und parkte den Lincoln. Der einzige Platz, der groß genug war, um Harrys Straßenkreuzer zu parken, war einen Block entfernt. Im Grunde genommen, war es eine gute Idee, am Straßenrand zu parken, denn dadurch konnte sie Research Analytics besser beobachten, ohne Aufmerksamkeit zu erregen.

Harry bestand darauf, sein Auto zu nehmen, was natürlich bedeutete, dass sie fahren musste. Trotzdem er seinen Führerschein verloren hatte, bestand er darauf, den Lincoln nach dem Unfall zu reparieren und weigerte sich, ihn zu verkaufen. Er saß neben ihr auf dem Beifahrersitz und drehte Däumchen. Er zappelte jetzt ständig, auch wenn er sich dessen nicht bewusst war.

»Pass auf die Weißwandreifen auf, Kat. Du wirst sie sonst zerkratzen.« Harry hielt den Atem an. »Warum parkst du immer so nah an der Bordsteinkante?«

Kat drehte sich zu Harry um. »Ich stehe fünfzehn Zentimeter davon weg. Öffne die Tür und schau selbst.« Sie parkte immer weiter weg, um diese endlose Debatte zu vermeiden, aber Harrys Wahrnehmung von Raum und der Nähe zu Dingen schien nicht mehr zu funktionieren.

Harry wandte den Blick ab und drehte die Daumen schneller. »Warum streitest du mit mir, Kat?«

»Nein, du hast recht, Onkel Harry. »Ich stehe zu nah dran.« Kat wurde plötzlich klar, warum er so aufgeregt war - der Türgriff. Die psychische Erosion der Demenz war uneben. Harry erinnerte sich an Texte aus den Hits seiner Jugend, vergaß aber, wie man einen Türgriff benutzt. Selbst in einem Auto, das ihm schon seit über dreißig Jahren gehörte. »Ich werde versuchen, das nächste Mal vorsichtiger zu sein.«

Kat sprang aus dem Auto und lief auf die Beifahrerseite, um die Tür zu öffnen. Sie beobachtete die Straßenfront, während sie darauf wartete, dass er ausstieg. Dieser Teil der Stadt war ein Wirrwarr von Ladenfassaden und dreistöckigen Mehrfamilienhäusern aus den vierziger bis siebziger Jahren. Mit Ausnahme der verblassten Farbe und einem schlechten Zustand, waren sie seit ihrer Blütezeit fast unverändert geblieben. Selbst die Menschen hier verbreiteten Müdigkeit. Sie schloss die Autotür. »Fertig?«

Harry nickte und sie stapften die Straße hinauf. Es war seine alte Siedlung, nur drei Blocks vom Haus entfernt, indem er aufgewachsen war.

»Wo sind wir hier, Kat?« Harry schaute sich verwundert um. »Hier war ich noch nie. Hier ist ganz schön was los.«

»Ich weiß.« Kat korrigierte ihn nicht. Es würde ihn nur aufregen, und sie waren bereits an ihrem Bestimmungsort angekommen. Der Geschäftssitz von Research Analytics befand sich in einem Stuckgebäude, vor dem ein Schild ›Wohnung zu vermieten‹ stand. Sie ging zur Haustür und inspizierte die Liste der Mieter. Keiner der Namen ähnelte Research Analytics auch nur im Entferntesten. Die Wohnung, die einer Luxussuite am Nächsten kam war Nummer zwölf, angeblich einem A. Knopf gehörend.

Genau wie sie vermutet hatte, war Research Analytics ein Lügenmärchen. Die Telefonnummer funktionierte auch nicht – es handelte sich um eine abgemeldete Leitung. Fiktive Anbieter waren eine gängige Methode bei Unterschlagungen. Kat holte ihr Handy heraus und fotografierte das Gebäude als Beweis für ihren Bericht.

Eine Stunde später saßen sich Kat und Zachary im Sitzungssaal von Edgewater Investments gegenüber. Obwohl es Samstag war, arbeiteten die Hälfte der Mitarbeiter, und telefonierten oder tippten etwas in die Computer ein. Bruchteile von Flurgesprächen trieben durch die offene Tür im Sitzungssaal, während Leute mit ihrem Morgenkaffee vorbeischlenderten.

Sie zog einen dicken Stapel mit Dokumenten aus ihrer Aktentasche und legte sie auf den Tisch.

»Was haben Sie herausgefunden? Genug, um ihn zu festzunageln, hoffe ich.« Zachary machte einen fast glücklichen Eindruck. Eine seltsame Reaktion seit der Entdeckung, dass ihn sein Partner und Vater bestahl.

Kats Nachforschungen hatte mehr Fragen als Antworten hervorgebracht. Doch eines war sicher: Edgewater und die Barron-Familie wäre nie wieder dasselbe.

Sie holte tief Luft. Zachary würde das, was sie zu sagen hatte, nicht mögen. »Ich arbeite daran. Hier ist, was wir bisher haben.« Kat erzählte, wie das Geld von Edgewater zu Research Analytics bewegt worden war.

»Diese Investmentforschungsfirma von der Sie mir erzählt haben? Über wie viel Geld reden wir? « Zachary starrte sie an.

»In diesem Jahr sind es bereits fünfzig Millionen. Zweihundertzwanzig Millionen im letzten Jahr.« Sie hob die Hände gen Himmel und zuckte mit den Schultern. »Aber ich arbeite noch immer an den Zahlen.«

Wie von der Tarantel gestochen stand er auf. »Das ist unmöglich. Ich weiß, dass irgendwas im Busch ist, aber eine Viertel Milliarde? Das kann doch wohl nicht sein, oder?«

»Erinnern Sie sich, dass Sie mir sagten, es läge kein Geld auf dem Konto?«

»Aber so viel? Das ist unmöglich.«

»Ich fürchte doch, Zachary.«

Sein selbstgefälliger Ausdruck verwandelte sich in Panik. »Wie holen wir es zurück?«

»Genau das versuche ich gerade, herauszufinden. Soweit ich weiß, ist Research Analytics eine Farce. Die Adresse auf der Rechnung befindet sich in einem schäbigen, heruntergekommenen Wohnhaus auf der Ostseite.« Sie drehte ihr Handy um und zeigte ihm das Foto des verlassenen Gebäudes.

Mit einem verächtlichen Blick sagte Zachary: »Ich wusste es. Nathan ist ein Dieb. Ich werde Anklage erheben, ihn aus Edgewater werfen.«

»Nathan hat nicht allein gehandelt, Zachary.«

Er erstarrte und verengte die Augen. »Was meinen Sie damit?«

»Er hatte Hilfe. Jemand muss die Schecks für Research Analytics ausgestellt haben. Er hatte nicht den Sicherheitscode dafür.«

»Und wer hat ihn?«

Wir kommen nicht um die Tatsache herum. »Victoria hat ihn. Edgewaters Steuerberater sind auch verdächtig.« Kat erklärte die fortlaufenden Rechnungsnummern und Beecham, einschließlich deren Verbindung zu Nathan. Victoria war die einzige andere Person bei Edgewater mit Zugriff auf die Schecks.

»Sie existieren nicht? Nathan hat eine fiktive Prüfungsfirma gegründet?« Er schien nicht überrascht zu sein. Zacharys Emotionslosigkeit beunruhigte sie. Hatte er die Verwicklungen nicht verstanden? Oder vielleicht tat er nur so und wollte es nicht wahrhaben.

»Die Sache ist sehr ernst, Zachary. Alles bei Edgewater ist verdächtig. Die Finanzen, das Anlageergebnis, einfach alles.« Hier kann man nichts mehr schönreden. »Edgewater ist bankrott und Sie auch.«

»Was soll das heißen, bankrott?«

Kat holte den Kontoauszug aus ihrer Aktentasche und schob ihn über den Besprechungstisch.

Zachary schnappte sich das Papier und war für einen Moment still, als er ihre Analyse las. »Ich bring diesen Scheißkerl um.« Er schlug mit der Faust auf den Tisch.

Kat sprang auf, obwohl sie seine Reaktion erwartet hatte. »Das Schwierige ist nun, das Geld zurückzuholen. Haben Sie Rücklagen? Dispositionskredite?«

Zachary schüttelte den Kopf. »Ist denn gar nichts mehr da?«

Kat schüttelte den Kopf.

»Wollen Sie damit sagen, dass ich ruiniert bin?« Zachary sprang vom Tisch auf und lief nervös hin und her.

Zachary war wesentlich mehr pleite als Harry. Nur wusste er es noch nicht.

KAPITEL 22

Kat und Jace saßen im Büro und starrten auf die siebenundzwanzig Namen auf der Tafel. Viele der World Institute-Tagungsteilnehmer standen auf auf Nathans Kontaktliste. Rechts davon waren Spalten, eine pro Jahr für jede einzelne der letzten fünf Tagungen. Der Samstagnachmittag war schon fast vorbei und Zacharys Frist vom Montag rückte immer näher.

Draußen kreischten Möwen, die im bewölkten Himmel umherkreisten, auf der Suche nach Essensresten auf den Hafendocks. Eine große Möwe stürzte sich am Kai auf einen kleineren Vogel und stahl ihm seinen Fang.

Sie hatten beschlossen, sich auf Research Analytics zu konzentrieren. Aber das bedeutete nur, das Geld bis zu seinem endgültigen Bestimmungsort, d.h. dem World Institute, weiterzuverfolgen. Jeder Schritt brachte mehr Fragen hervor und Zachary verlangte Antworten für jede einzelne.

»Wer *sind* diese Leute?« Kat fragte sich genauso viel wie Jace. Sie stand auf und ging zur Tafel.

Die Teilnehmerliste der World Institute-Tagung war nicht schwer zu bekommen. Verschwörungstheoretiker hatten das Kommen und Gehen der Teilnehmer seit Jahren dokumentiert, folgten ein paar

Hauptakteuren, um den Standort herauszufinden. Das war aber auch schon alles, was sie hatten. Da Nicht-Mitgliedern der Zugang verwehrt war, hatten sie auch keinen Einblick auf die Besprechungsprogramme. Das Sicherheitsniveau für eine World Institute-Tagung konkurrierte mit dem eines G8-Gipfels, vollgestopft mit Sondereinsatzkommandos, Luft- und Bodenüberwachung, nicht zu vergessen, den Personenschutz eines jeden Teilnehmers.

»Die meisten sind reich«, sagte Jace. Fast alle von ihnen sind berühmt. Alle sind wichtige Persönlichkeiten des öffentlichen Lebens. Abgesehen davon, dass sie geladene Gäste des World Institute sind, haben all diese Namen etwas mit Geld zu tun.«

»Das stimmt.« Kat überflog die Liste. »Finanzminister, Zentralbankchefs, Vorstandsvorsitzenden von Banken und Hedgefonds-Vorsteher. Entweder entwickeln sie Politik, regulieren sie oder sind von den Regeln betroffen.«

»Ich stimme zu.«, sagte Jace. »Und sie sind alle globale Experten in Sachen Währungspolitik. Aber weshalb die Geheimniskrämerei? Warum treffen sie sich als supranationale Gruppe, außerhalb der Regierung?«

»Regierungen sind Hindernisse für sie. Sie involvieren Wähler, Gesetze und Diskussionen. Demokratie und Konsens. Mächtige Leute wie Nathan Barron und der Rest des World Institute wollen, dass die Dinge so laufen, wie sie es wollen, zu ihren Bedingungen. Als Block sind ihre multinationalen Unternehmen sowieso größer als die meisten Regierungen.« Manchmal war es besser, nicht zu wissen, wie die Welt wirklich funktionierte.

Jace erwiderte nichts.

»Das klingt irgendwie paranoid, nicht wahr?«, fragte Kat.

»Gewiss, aber es ist irgendwie logisch. Immer mehr große multinationale Unternehmen machen die Regeln. Sie nutzen bezahlte Lobbyisten, um Gesetzgeber zu beeinflussen und durch das Beseitigen von Handelsbarrieren erzielen sie höhere Gewinne. Fremdwährungstransaktionen sind einfach eine weitere Hürde, die sie Zeit und Geld kostet.«

Dies war die einzige Verbindung, die sie in der letzten Stunde herstellen konnten, und beunruhigte sie. Kat konnte immer noch nicht verstehen, warum Nathan dazu gehören sollte. Weniger Währungen bedeutete geringere Möglichkeiten zur Arbitrage, und genau damit machte Edgewater Investments Gewinne.

»Was für eine Tagung wird in letzter Minute organisiert?«, fragte Kat.

»Eine geheime; Eine, die ihre Ziele ohne Einmischung von außen erreichen will.«

»Richtig.« Kat tippte mit einem Whiteboard-Marker auf die Tafel. »Lass uns jeden einzelnen Namen überprüfen und sehen, was sie gemeinsam haben.«

»Jason Blackstone«, sagte sie, »US-Notenbankpräsident.«, las Jace vom Laptop ab. »Er hat in den letzten drei Jahren an der Tagung teilgenommen.«

Kat schrieb drei X neben Blackstones Namen.

»Jean-Claude Bruneau.«

Nahm im letzten Jahr zum ersten Mal teil. Er leitet den internationalen Währungsfonds.«

»Seit wann?«, fragte Kat.

»Seit sechs Monaten. Vor dem Beitritt zum IWF war er in Frankreich Finanzminister.« Jace leerte ein Päckchen Zucker in den Kaffee und rührt mit dem Ende eines Bleistifts um.

Kat warf ihm einen missbilligenden Blick zu. »Du wirst Bleivergiftung bekommen. Kannst du nicht einfach einen Löffel nehmen?«

»Keine Zeit.« Er lächelte sie süß an.

»Was auch immer. Das Timing ist sicher interessant. Bruneau wurde kurz vor seiner Ernennung zum IWF-Chef eingeladen. Genau wie der aktuelle US-Präsident und der kanadische Premierminister.«

»Eingeladen, bevor sie Staatsoberhäupter wurden«, rekapitulierte Jace.

„»Das ist richtig. Und Finanzminister wie Bruneau nehmen in der Regel nicht daran teil.«

»Es sei denn, das World Institute hatte größere Pläne für ihn.«

»Es sieht ganz so aus. Das World Institute entscheidet, wer

welchen Posten besetzt. Man wählt für dich, bevor du wählst.« Kat fuhr fort:

»Gordon Pinslett.«

Jace verschluckte sich am Kaffee. »Wer?«

»Gordon Pinslett. Er ist ein Medien-Tycoon – Weltfinanzen.«

»Ich weiß, wer es ist. Ihm gehört der *Sentinel*.«

»Wirklich? Du hast ihn mir gegenüber nie erwähnt.«

»Er hat nie einen Fuß in unser bescheidenes Büro gesetzt. Technisch gesehen, besitzt er das Konglomerat, das Eigentümer des *Sentinel* ist.«

»Oh. Was macht der denn im World Institute?«

»Weiß nicht, aber ich bin mir sicher, ich finde es heraus.« Jace kratzte ich am verbundenen Arm. »Vielleicht ist er der Grund, warum der Herausgeber meinen Artikel gestoppt hat. Kritisieren der Reichen hat ihn vielleicht beleidigt. Aber wenn Artikel wie meine nicht gedruckt werden, erfahren die Menschen nie die Wahrheit. Was für eine Welt ist das?« Er wartete nicht auf ihre Antwort. »Eine zensierte.«

Kat zuckte mit den Schultern und lächelte, in der Hoffnung, ihn von seiner dunklen Stimmung abzubringen. »Nichts davon ist jetzt von Bedeutung, da du dort nicht mehr arbeitest.«

»Für mich ist es von Bedeutung, Kat. Leute wie Pinslett können uns nicht einfach alle Medien aufkaufen und uns ersticken. Schlagzeilen wie meine müssen raus.«

Kat seufzte. »Okay, aber jetzt wollen wir uns auf unsere Story hier konzentrieren. Warum unterschlägt Nathan Geld und überweist es zu Research Analytics und dem World Institute.« Diskussion über Demokratie mit Jace könnten stundenlang dauern. Wenn sie Zacharys Frist einhalten wollte, müsste sie ihn in die richtige Richtung lenken. Pinsletts Namen zu sehen, hatte bei Jace alles wieder durcheinander gebracht und er ärgerte sich. »Du bist jetzt besser dran, Jace. Du hast doch selbst gesagt, dass in der letzten Zeit beim *Sentinel* alles den Bach runtergegangen ist. Dies ist eine Chance für einen Neuanfang.«

Jace zuckte mit den Schultern. »Ja, ich denke schon. Aber ich muss immerhin noch meinen Lebensunterhalt verdienen.«

»Ich schaff das schon.« Das war fraglich. Sie hatten das heruntergekommene denkmalgeschützte Haus im vergangenen Jahr in einer Zwangsversteigerung gewonnen. Gewonnen war das falsche Wort. Das alte viktorianische Haus war eine Fass ohne Boden, das unendlich viel Zeit und Geld für Reparatur und Umbau kostete. Die Stadt hatte strenge Regeln für denkmalgeschützte Häuser, was teure und intensive Renovierungen bedeutete. Es war eine ständige Herausforderung mit den sich ständig ändernden Bauverordnungen mitzuziehen.

»Kehren wir zur Liste zurück.«

Sie prüften die restlichen Namen während sich der Himmel draußen verdunkelte. Es fing an zu regnen.

»Svensson«, sagte Jace. »Wurde in den vergangenen drei Jahren jedes Mal eingeladen. Seine Nobel-Nominierung war die Grundlage für die meisten der Eine-Welt-Währungstheorie.«

Kat schrieb Edgewater- *Zahlung* und *Schneeschuh-Unfall* neben seinen Namen.

»Der Mann, der in den Bergen gestorben ist, nicht wahr?«

Kat nickte.

Jace tippte auf der Tastatur. »Er ist durch einen Schneeüberhang gefallen.« Schneeüberhänge bilden sich unter starken Schneebedingungen und rufen eine meterhohe Schneedecke hervor, die über eine Felskante hinausragt. Man konnte es nur von unten sehen, dass kein ausreichender Boden vorhanden war, um ihn zu stützen. Oberhalb schien es schneebedeckte Erde zu sein. Es war eine häufige Ursache beim Skitourengehen.

»Ich erinnere mich, vom Unfall gehört zu haben, nur keine Details«, sagte Kat.

»Die Details wurden auch nicht in den Nachrichten bekannt gegeben. Kurt hat es mir erzählt. Er hat bei der Bergung teilgenommen.« Jaces Freund Kurt war auch ein Freiwilliger der Rettungsmannschaft. Kurt arbeitete an der Sunshine Coast, während Jaces Gebiet die Nordküste war.

Jace tippte etwas auf der Tastatur. »Warte mal – hier steht, dass der Gerichtsmediziner einen Selbstmord vermutet.«

»Selbstmord? Obwohl er für den Nobelpreis nominiert ist?«,

fragte Kat. »Einen Nobelpreis zu gewinnen wäre der Höhepunkt jeder Karriere. Die Vergabe findet in nur zwei Wochen statt. Auf jeden Fall lohnt es sich zu warten, auch mit einer Depression.«

»Depressionen lassen Menschen seltsame Dinge tun. Sie haben Betäubungsmittel in Svenssons Blut gefunden. Zu viel für eine Skitour. Er muss es genommen haben, nachdem sie die Stelle erreicht haben, an der er gestürzt ist. Im Artikel steht, dass er Geldsorgen gehabt hätte.«

»Viele Menschen haben finanzielle Schwierigkeiten, Jace. Das Nobelpreisgeld hätte es in Ordnung gebracht.«

»In diesem Artikel steht, dass er eine Nachricht hinterlassen hat. Sie fanden sie kürzlich in seinem Hotelzimmer.« Jace trommelte mit den Fingern am Computer-Bildschirm.

»Ich möchte gerne diesen Abschiedsbrief sehen«, sagte Kat. »Er ist mitten im Winter in einem fremden Land, wandert stundenlang bergaufwärts im Schnee, nur um sich in den Tod zu stürzen? Das ist eine Menge Arbeit für jemanden, der mit allem Schluss machen will.«

»Stimmt«, sagte er.

Kat starrte aus dem Fenster. Ein alter Mann in einem Friesennerz verstreute Brotkrumen auf dem Kai. Ein paar Dutzend Tauben schwärmten um seine Füße herum und pickten die Krumen auf.

»Moment mal – das ist nicht nur ein durchschnittlicher Abschiedsbrief. Hier steht, dass er sich entschuldigt.«

»Entschuldigt? Wofür?«

Jace drückte auf den Tasten rum. »Svensson hat seine Meinung geändert. Er sagte, dass eine Weltwährung doch verkehrt wäre.«

»Aber das war doch die ganze Grundlage seiner Nobel-Nominierung.«

Jace hob die Hand und las weiter. »Ein Auszug aus seinem Abschiedsbrief ist heute im *Herald* erschienen.«

Kat eilte zu Jaces, um ihm über die Schulter zu schauen und las laut:

Eine einzige globale oder supranationale Währung untergräbt die souveräne Herrschaft der Nationen. Geld ist ein wichtiges Instrument in der Geld- und Währungspolitik. Die Regierungen brauchen es zum

Anpassen von Zinsen, Schulden und Geldumlauf, um ihre Wirtschaften zu verwalten.

The Herald war die andere Tageszeitung in der Stadt, die dem *Sentinel* Konkurrenz machte.

»Ich muss ihm zustimmen«, sagte Kat. »Nimm die Werkzeuge weg und plötzlich verlierst du die Kontrolle über die Wirtschaft und zu einem gewissen Grad über dein Schicksal.«

„Natürlich steht seine neue Theorie völlig im Widerspruch mit dem World Institute. Eine globale Währung ist die *Daseinsberechtigung* des World Institute.«

»Ich frage mich, was Svenssons Meinung geändert hat?« Kat starrte aus dem Fenster. Zwei der größeren Tauben hatten einen kleineren Vogel angegriffen. Er flog einen Pfosten hinauf und beobachtete hilflos, wie die beiden größeren Vögel seinen Anteil verschlangen.

»Weiß nicht, aber ich habe die Absicht, es herauszufinden.« Das gibt eine Bombenstory – das fühle ich.« Jace tippte ein paar Tasten auf dem Laptop. »Eine andere Sache – Svensson ist jetzt für den Nobel aus dem Rennen. Offensichtlich kannst du als Toter nicht gewinnen.«

»Gehört zum Nobelpreis nicht auch ein Geldgewinn?«

»Zehn Millionen Kronen. Eineinhalb Millionen Dollar.«

»Das ist eine Stange Geld«, sagte Kat. »Manche Leute würden dafür töten.«

»Glaubst du, dass er ermordet wurde?«

»Womöglich. Ich weiß es nicht. Auf jeden Fall müssen wir den Austragungsort der diesjährigen Tagung finden, um den Nachweis für Nathans Teilnahme zu bekommen. Svensson war schon bei den letzten drei Tagungen, also wurde er wahrscheinlich auch zu dieser Tagung eingeladen, auch, wenn er seine Meinung geändert hat. Ich glaube, ich weiß, wo sie stattfindet.«

»Wo?«

»Genau hier bei uns«, sagte sie. »Siehst du diese Punkte auf der Karte? Es ist wieder eine Tagung an der Westküste fällig. Das erklärt auch, warum Svensson hier war. Sieh mal, ob du herausfinden kannst, ob einer der anderen hier ist. Überprüfe alle Luxushotels. Sie kommen vielleicht einen Tag vorher und bleiben in einem Hotel im Stadtzentrum. Dann prüfst du alle lokalen Tagungszentren. Orte außerhalb der Stadt, wo der Umkreis gesichert werden kann. Vorzugsweise solche mit eingeschränktem Zugang. Wir haben nicht viel Zeit, wenn sie bereits hier sind.«

»Verstanden.«

Das war der einfachste Teil. Der schwierige Teil kam noch.

KAPITEL 23

Kats Vermutung bestätigte sich zehn Minuten später.

»The Tides Resort in Hideaway Bay«, sagte Jace. »In der Nähe, aber schwer erreichbar.«

»An der Sunshine Coast? Ich kann mir diese VIPs nicht auf der Fähre vorstellen.«

Die Sunshine Coast befand sich etwa 16 Km nördlich von Vancouver, war aber nur per Boot erreichbar. Um dorthin zu kommen, brauchte man zwei kurze Fahrten und dazwischen eine vierzigminütige Überfahrt mit der Fähre.

Die Einheimischen nahmen öffentliche Fähren um mit der Provinz in Verbindung zu bleiben – allerdings waren die British Columbia Fähren nur für das Proletariat und eigneten sich nicht für die weltweite Elite, die einen Fünfsterne-Service gewohnt ist. Kat konnte sich nicht vorstellen, dass diese Leute hinter SUVs und Minivans zwei Stunden lang Schlange stehen, billigen Kaffee aus dem Pappbecher schlürfen, um sich warumzuhalten, nur um mit der Fähre zu fahren.

»Sie müssen die Fähre nicht nehmen«, sagte Jace »Sie können vom Flughafen in Vancouver mit einem kleinen Charter-Flugzeug oder

Hubschrauber fliegen und in wenigen Minuten da sein. Das Tides Resort verfügt über eine Landebahn.«

»Wir müssen irgendwie herausfinden, ob das stimmt.«

»Ist schon erledigt. Ich habe bereits das Hotel angerufen, weil Monsieur Bruneau seine Medikamente vergessen hat.« Jace grinste. »Ich habe alles organisiert, dass man sie ihm sofort per Kurierdienst bringt.«

„Du bist ganz schön schlitzohrig.« Kat legte die Arme um seine Taille und umarmte ihn.

Jace senkte den Kopf, um sie zu küssen. »Ok, wann gehen wir? Bruneau kommt morgen früh an.«

Zwei Stunden später saßen Kat, Jace und Harry auf einer abgenutzten Sitzbank in der Vorderkabine der Sunshine Coast Fähre. Das Innere des Schiffes hatte sich nicht verändert, seit es in den sechziger Jahren zum ersten Mal zu Wasser gelassen wurde, mit Ausnahme der Vernarbung des taubenblauen Kunstleders, auf dem bereits Generationen von Passagieren gesessen haben und es so gut wie gar nicht gepflegt wurde. Die Kabinenfenster waren beschlagen, ein Ergebnis der feuchten Kleidung und der Wärme auf dem Schiff.

»Das ist er.« Kat ließ ihre Zeitung fallen und deutete auf den Gang auf der gegenüberliegenden Seite des Schiffes. Ein großer, dünner Mann balancierte eine Kaffeetasse mit einer Hand, während er ein Notebook aus einem Tornister fischte.

Jace näherte sich, während die aufgezeichnete Sicherheitsnachricht durch die verzerrten Fährenlautsprecher knisterte. »Wer?«

»Roger Landers.« Kat fixierte Landers. Er trug Jeans und unter seiner geöffneten Skijacke kam ein Fleece-Pullover zum Vorschein. »Wir sind definitiv am richtigen Ort.«

Kat war überrascht, dass ihn Jace nicht zuerst bemerkt hatte. In den letzten zwölf Jahren oder so, hatte Landers die Tagungsorte vom World Institute ausfindig gemacht, und versucht, an jeder einzelnen teilzunehmen. Es gab nur einen Grund für seine Anwesenheit auf der Fähre.

Der Journalist blickte auf und fixierte Kat. Er sprang auf und zuckte zusammen, als er Kaffee auf seiner Hand verschüttete. Er ließ den Becher fallen und rieb die Hand an seiner Jacke ab. Dann drehte er sich um und ging zurück in Richtung der Schiffsmitte zur Treppe, die zum Parkdeck führte.

»Ich muss ihn unbedingt sprechen.« Kat stand auf und folgte.

Jace runzelte die Stirn und schüttelte den Kopf, sichtlich verlegen. Sie ignorierte ihn.

Harry drehte sich blitzartig um. »Wo geht ihr hin, Kat?«

Kat antwortete nicht.

Landers drehte sich zu ihr um. Er erreichte die Treppe und fing an, zu laufen und zwei Stufen auf einmal zu nehmen.

»Warten Sie!«, rief Kat. »Ich muss ganz kurz mit Ihnen reden.«

Landers Tempo beschleunigte sich und schon war er um die Ecke verschwunden. Kat rannte die Treppe hinunter, erreichte die Tür zum Parkhaus, die sich gerade schloss. Sie drückte sie auf und blickte auf ein Meer von Fahrzeugen. Landers war verschwunden.

Irgendwo inmitten der langen Schlangen von Autos und Lastwagen bellte ein Hund und der Lärm hallte unter den niedrigen Decken des Autodecks. Mit Ausnahme des Hundes war es ziemlich still, ein starker Kontrast vom Chaos 30 Minuten zuvor, als sie an der Horseshoe Bay an Bord gingen. Wenn sie mit ihm sprechen wollte, musste sie Landers zu fassen kriegen, noch bevor das Boot in 20 Minuten anlegte. Vielleicht konnten sie ihre Kräfte vereinen.

Sie erschrak, als sie vor ihr Schritte hörte. Landers Silhouette erschien unter einem Scheinwerfer mit kaltweißem Neonlicht. Er entdeckte sie und duckte sich hinter einem Pick-up. Sie lief durch sämtliche Autoreihen und versuchte, die Stelle zu finden, an der sie ihn zuletzt gesehen hatte.

»Mr Landers? Bitte laufen Sie nicht weg. Wir können uns gegenseitig helfen.«

Schweigen.

Kat lief zum Wagen, aber Landers war schon weg. Sie lauschte nach Schritten, hörte aber nur ein Tropfrohr neben ihr. Wieso lief er vor ihr davon? Er kannte sie noch nicht einmal. Noch wichtiger war, wo ging er hin?

Kat erschrak, als etwas an der Vorderseite des Bootes krachte. Es klang, als käme es aus dem Abschnitt, in dem die Fahrräder standen, aber natürlich waren dort keine zu dieser Jahreszeit.

Dann erblickte sie Landers. Er drehte sich zu ihr um und zeichnete sich als Silhouette gegen einen Meereshintergrund ab. Die Vorderseite der Parkplatzebene stand völlig offen, mit Ausnahme einer Sperre durch Doppelseile, die entfernt wurden, wenn die Fahrzeuge herausfuhren; Er drehte sich um und fixierte sie für den Bruchteil einer Sekunde. Dann sprang er.

KAPITEL 24

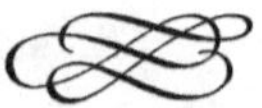

Die Umleitung der Fähre, das bedeutete wütende Passagiere und einen Zeitplan, den es aufzuholen galt. Die Lautsprechermitteilung des Fährenkapitäns beschuldigte Kat fast, einen Scherz zu inszenieren. Die Polizei schien ebenfalls skeptisch zu sein, denn es wurden keine Hinweise auf einen Mann gefunden, der über Bord gegangen ist.

Kat konnte es nicht erwarten, von Bord zu gehen, um den erzürnten Blicken der verzögerten Passagiere zu entkommen. Sie fuhr den Subaru von der Fährenrampe und folgte dem Fahrzeugverkehr aus dem Fährhafen hinaus und den steilen Hügel hinauf, der auf die Autobahn führte. Es war die gleiche Route, die sie oft nahmen, um zu Kurt Ritters Blockhütte zu fahren. Jaces Freund Kurt war auch ein Freiwilliger der Rettungsmannschaft.

»Warum hätte Landers springen sollen?« Bald öffnete sich ein wunderschöner Panoramablick auf die Howe Sound Bucht, aber Kat bemerkte dies kaum. Sie konnte immer noch nicht verstehen, wie sich Roger Landers direkt vor ihren Augen in Luft aufgelöst konnte.

»Angst«, sagte Jace. »Ich hätte auch Angst, wenn du mir so hinterherlaufen würdest.«

Kat verdrehte die Augen. »Ich wollte nur mit ihm reden. Ich verstehe nicht, warum er deswegen abgehauen und gesprungen ist.«

»Er hat dich offensichtlich mit jemandem verwechselt«, sagte Jace.

»Er wollte lieber ertrinken als gefangen werden?« Landers würde es keine fünf Minuten in dem eisigen Wasser des Ozeans aushalten. »Vor was, um alles in der Welt, ist er davongelaufen?«

Mehrere Passagiere in der Nähe hatten sie praktisch körperlich angegriffen, als sie den Notfallalarm zog. Anscheinend waren ihre Zeitpläne wichtiger als ein Seeunfall. Aber die Tatsache war nicht von der Hand zu weisen: Landers ist über Bord gegangen. Sie wusste, was sie gesehen hat, auch wenn sie die einzige Zeugin war. Hatte man denn nicht die moralische Verpflichtung, einem Mann zu helfen, der über Bord ging?

»Wir wissen nicht, ob er wirklich tot ist. Nur, dass er verschwunden ist.«

»Jace, er war plötzlich wie vom Erdboden verschluckt. Er könnte nirgendwo hin schwimmen. Kein Land, keine Schiffe.« Landers war spurlos verschwunden, trotz des Kapitäns Bemühungen, mit der Fähre kehrt zu machen. Außerdem war die Küstenwache fast unmittelbar da.

Kat blickte verstohlen ins Wasser, während der Subaru die Kurven an der Küstenstraße entlangfuhr. Welche Geheimnisse die Gewässer verbargen bliebe wohl zunächst unentdeckt. Sie verließ die Autobahn und fuhr auf eine ungepflasterte, hügelige Forststraße. Eine Stunde später kam sie nach einigem Geholper endlich auf eine glatte Straße und das Hotelgelände kam in Sicht.

Das Tides Resort war wie eine Festung an einem Hang gelegen. Große Steinblöcke hielten stämmige Zedernbalken über drei Stockwerke hinweg, mit einem atemberaubenden Panoramablick. Kat sah eine große Empfangshalle durch die breiten Glasscheiben und dahinter lag der Ozean. In der großen Halle thronte ein massiver Steinkamin, indem ein wärmendes orangefarbenes Feuer brannte. Mehrere Leute saßen um ihn herum und nahmen Getränke zu sich.

Auf der linken Seite war ein zweites Gebäude, von dem Kat annahm, dass es das Tagungszentrum ist. Jenseits der Glas- und Stahlfassade konnte man das Meer sehen, sonst nichts. Hohe Douglasien standen an beiden Gebäuden wie Wächter. Dazwischen war ein Gehweg, der bis zu einer Felsklippe führte, die bis in den tief darunter liegenden Ozean reichte. Selbst an einem Wintertag, nahm es ihr den Atem.

»Erinnerst du dich an den Plan, Jace?«

»Ich bin der Techniker; der die audio-visuellen Geräte einrichtet. Ein Last-Minute-Ersatz.«

Kat hatte das Unternehmen und den Namen des Technikers sowie seine dortigen Aufgaben, über einen einfachen Telefonanruf im Hotel ausfindig gemacht.

Dann rief sie das Video-Unternehmen an und annullierte den Auftrag. Nun hatten sie freie Bahn und handelten im Namen dieses Unternehmens. Es war die perfekte Tarnung. Sie bekamen ein Zimmer, und niemand hatte jemals die Mitarbeiter des tatsächlichen Unternehmens gesehen. Sofern das A/V-Material einfach wäre, hätten sie keine Probleme.

Allerdings war Jace beunruhigt. »Ich bin mir da nicht so sicher, ob das gut geht, Kat.«

»Bist du nicht ein investigativer Reporter?« Sie fuhr die lange kreisförmige Auffahrt hinauf und hielt an.

»Warum ich?« Jaces Gesicht verdunkelte sich, als sich der Hoteldiener dem Auto näherte. »Das geht nicht gut. Ich weiß ja noch nicht mal, wie der Typ aussieht. Wie kann ich mich maskieren, damit ich ihm ähnlich sehe?«

»Brauchst du nicht. Das Hotelpersonal hat ihn auch noch nie gesehen. Außerdem bist du ein Mann. Ich würde wohl kaum für diesen Dingsbums durchgehen. Und Harry ist zu alt.«

Das hatte Harrys Aufmerksamkeit auf dem Rücksitz erweckt.

»Zu alt für was?«

»Vergiss es.« Kat übergab dem Hoteldiener den Schlüssel zum Parken des Wagens und öffnete die Tür.

»Oh. Wohnen wir hier?« Harry machte große Augen. »Wow.«

»Schnapp dir deine Sachen, Harry.« Jace öffnete die Beifahrertür. »Lass uns gehen.«

»Denk dran«, flüsterte sie Jace zu, als sie hineingingen. »Du bist müde und wir wollen so schnell wie möglich einchecken. Wirke ein wenig gereizt, damit sie nicht mit dir reden wollen.«

Kat steuerte Harry zu ein paar niedrigen Ledersofas. Ihre Augen folgten Jace, als er zum Einchecken an die Rezeption ging. Sie hatte darauf bestanden, dass er einen Anzug trug. Auch wenn er nur der A/V-Techniker ist, war es wichtig, sich mit dem Publikum zu vermischen. Sie dachte, globale Super-Broker-Typen schliefen wahrscheinlich in ihren Anzügen.

Sie war froh, dass sie darauf bestanden hatte. Jace war genauso gekleidet wie die beiden anderen Männer in der Lobby-Bar, mit Ausnahme der Tatsache, dass Jace entschieden fitter und heißer aussah. Sie konnte nicht umhin, als zu bewundern, wie gut die Jacke seine breiten Schultern und die schlanke Taille definierte. Mit Sicherheit kein doofer A/V-Techniker.

Sie betrachtete die beiden Männer, die an der Bar saßen. Sie waren in einem Gespräch vertieft, saßen im Winkel zueinander, sodass es nur schwer war, einen guten Blick darauf zu werfen. Offensichtlich zwei von Hunderten von Gästen. Einer von ihnen gestikulierte nachdrücklich und verschüttete damit fast die Getränke an der Bar. Kat holte ihr Handy heraus und hielt es hoch.

»Ist das nicht schön?«, sagte sie laut zu Harry in einem, so hoffte sie, europäischen Akzent. Sie machte ein Foto und achtete darauf, dass die beiden Männer drauf waren. Es könnte später nützlich sein.

Zehn Minuten später bewunderten Kat, Jace und Harry den Meerblick vom Balkon ihrer Suite im dritten Stock. Sie saßen eingemummelt in ihren Winterjacken, mit dem Rücken zum Heizstrahler, den Jace auf volle Leistung gestellt hatte.

»Bist du dir dessen wirklich sicher, Kat?« Sie haben noch nicht einmal meine Kreditkarte verlangt. Früher oder später wird es jemand herausfinden.«

»Nicht, wenn wir den Ball flach halten. Die Leute, die diese Vorkehrungen getroffen haben, sind wahrscheinlich noch nicht einmal vor Ort. Auch wenn sie sind, mit so vielen anderen Details und den vielen Menschen, die sie im Auge behalten müssen, ist die Raumbelegung womöglich das Letzte, das sie jetzt interessiert. Außerdem haben sie das gesamte Hotel gemietet, also spielt es keine Rolle. Niemand wird es merken.«

»Da wäre ich mir nicht so sicher. Was passiert, wenn wir erwischt werden?« Jace spähte über das Balkongeländer.

»Werden wir nicht. Wir werden den Beweis bekommen, dass Nathan hier ist, vielleicht sogar, inwiefern er damit verwickelt ist. Wir können morgen schon wieder weg sein und haben dann immer noch genügend Zeit, um alles unter Dach und Fach zu bringen.« Plötzlich war sie hungrig. Sie stand auf und schaute in die Mini-Bar. Sie wählte ein Paket gerösteter Mandeln, drei Mokka-Crisp-Schokoriegel und eine Flasche Merlot.

Sie brachte den Wein mit drei Gläsern, zusammen mit den Snacks nach draußen.

»Lasst uns etwas beim Zimmerservice bestellen, damit sich niemand wundert, warum wir nicht mit den anderen Gästen im Restaurant essen.«

»Ich vermute mal, dass ich das wieder machen muss?« Jace wickelte einen Schokoriegel aus.

»Du bist der Boss.« Kat schleuderte das Zimmerservice-Menü über den Tisch. Sie schenkte den Wein ein.

»Nicht für mich.« Harry stand auf. »Ich bin fix und fertig. Ich muss wirklich ein Nickerchen machen.«

Kat stand auf und zeigte Harry sein Zimmer. Die Suite hatte zwei angrenzende Zimmer, jeweils mit einem Kamin.

»Denk dran, du gehst nirgendwo ohne uns hin.«

»Das werde ich nicht. Gute Nacht, Kat.«

Kat schloss die Tür und kehrte zur Hauptsuite zurück. War es richtig, ihren Onkel hierher zu bringen? Wahrscheinlich nicht, aber sie konnte Harry nicht tagelang allein lassen, schon gar nicht nach seinem Küchenbrand.

Jace kam vom Balkon hinein und sie schaute gerade auf die Uhr. Es war achtzehn Uhr, sie schaltete den Fernseher ein, in der Hoffnung, etwas über das Verschwinden von Roger Landers zu erfahren. Der Nachrichtensprecher ratterte die lokalen Nachrichten herunter, ohne etwas über den vermissten Journalisten zu sagen. Weltnachrichten dominierten die Übertragung. Griechenland und Portugal hatten die Bedingungen der Anleihe des Weltwährungsfonds, die man ihnen als Teil eines Rettungsplan gewährt hatte, nicht eingehalten.

»Nimmt denn nicht der IWF-Chef an der Tagung teil?«. Jace setzte den Telefonhörer wieder auf die Ladeschale zurück. Er hatte Steaks für die beiden und ein Monte Cristo Sandwich für Harry bestellt.

»Jean-Claude Bruneau.« Kat mochte Jaces Gesichtsausdruck nicht. »Denk nicht mal dran, ihm hinterherzustiefeln, um mit ihm zu reden oder ihn zu konfrontieren, Jace.«

»Ich werde diskret sein. Es ist die Gelegenheit meines Lebens.«

»Auf keinen Fall. Nicht bevor ich handfeste Beweise gegen Nathan gefunden habe. »Versprochen?«

Jace schmollte. »Also gut. Wenn's denn sein muss.«

»Ich frage mich, wie er über diese Bedingungen bezüglich der Sanierungsaktionen anderer Länder denkt.« Das Schicksal von so vielen in den Händen einiger wenigen. Es erinnerte Kat an die Feudalherren im Mittelalter, wo die Elite in Schlössern, und die Sklaven außerhalb der Mauern lebten. Ein paar Glückliche schaffen es innerhalb der Burgmauern zu leben, während der Rest ungeschützt und verwundbar draußen bleiben muss.

»Bruneau? Es ist ihm so oder so egal. Es ist Aufgabe des IWF. Er selbst hat es nicht nötig.«

»Das stimmt, aber man muss sich doch fragen, ob das globale Finanzsystem nicht in erster Linie daran schuld ist, dass diese Länder gescheitert sind. Einige Länder machen die Regeln und alle anderen müssen folgen. Regeln, die diese Länder begünstigen.« Kat wandte ihre Aufmerksamkeit wieder dem Fernsehen zu. Die Wettervorhersage für den nächsten Tag lautete Schneeregen. Immer noch keine Erwähnung von Landers und dass er von der Fähre verschwunden ist.

»Kreditausfälle stärken nicht unbedingt ihren Fall«, sagte sie. »Es sei denn natürlich, sie wollten sie zum Scheitern bringen.« Die Zahlungen an die Research Analytics bewiesen, dass das Geld für andere Zwecke als für legitime Forschungsgebühren umgeleitet wurde. Unter der Annahme, dass die Research Analytics eine Tarnung ist, für welchen Zweck benutzte das World Institute das Geld? War es wirklich eine Verschwörung, die Währungen der Welt zu zerstören?

Kat griff nach der Fernbedienung, als sie plötzlich die Stimme eines Mannes vor ihrem Zimmer hörte. Ihr Puls beschleunigt sich. Es war zu früh für den Zimmerservice. Sie schaltete die Lautstärke herunter und stellte fest, dass die Stimmen nicht aus dem Flur kamen. Es war nur Onkel Harry, der nebenan im Schlaf redete.

KAPITEL 25

Kat erwachte zu einem Klopfen an der Tür. Jace hatte wohl Frühstück beim Zimmerservice bestellt. Das Wasser lief ihr im Mund zusammen, als sie sich Eier Benedict und Waffeln vorstellte. Sie drehte sich um und langte übers Bett.

Sie legte ihren Arm auf Jaces Magen und fuhr mit den Fingern über seine straffen Bauchmuskeln. Wenn Jace noch im Bett war, dann hatte er wohl keinen Zimmerservice gerufen. Ihre Enttäuschung verwandelte sich in Besorgnis. Waren sie bereits entdeckt worden?

»Jace«, flüsterte sie. »Da ist jemand an der Tür.«

»Hmmm.« Er drehte sich zu ihr um und streichelte ihre Schulter. Ihre Haut kribbelte, als er seinen Arm nach unten bewegte. Das Klopfen wurde lauter. Das brachte sie wieder zur Realität zurück.

»Jace, antworte.«

»Okay. Bleib wo du bist.« Jace stand auf und zog sich schnell Hemd und Hose über. Er ging zur Tür und spähte durch das Guckloch. Er drehte sich um, trottete ins Bett zurück, setzte sich und schüttelte den Kopf.

»Du wirst es nicht glauben.« Er knöpfte sein Hemd zu.

»Was soll ich nicht glauben?« Kat sprang aus dem Bett und zog in Windeseile eine Jogginghose und ein T-Shirt an.

Das Pochen wurde noch lauter, als ob jemand die Tür einrammen wollte.

»Es ist deine Cousine Hillary.« Hillary, Kat, und Jace waren in der Schule in dieselbe Klasse gegangen. Jace hatte eine sofortige Abneigung gegen sie gehabt, trotz Hillarys besten Anstrengungen, ihn zu bezirzen.

Kats Puls beschleunigte sich, als sie plötzlich an ihre letzte Auseinandersetzung mit Hillary dachte. Tante Elsies Diamantringe waren gestohlen worden. Hillary behauptete stur und steif, es habe einen Einbruch gegeben, aber Kat vermutete etwas Anderes. Kurz nach dem Raub trug Hillary eine neue Rolex, ohne Zweifel hatte sie dafür die fehlende Ringe verschachert. Sie bedeutete nichts als Ärger. »Unmöglich. Sie ist seit zehn Jahren verschwunden. Davon abgesehen, woher sollte sie wissen, dass wir hier sind?«

»Ich weiß, aber ich bin mir ganz sicher, dass sie es ist. Vielleicht hat sich Harry doch nichts eingebildet. Komm her und überzeuge dich selbst.«

Kat ging auf Zehenspitzen zum Guckloch und hielt den Atem an, als sie hindurch schaute.

Sie hatte jetzt einige Falten im Gesicht, ein schlaffes Kinn und eine Tonne Make-up. Hillarys Augen waren hinter einer Chanel-Sonnenbrille mit übergroßem Logo verborgen. Getragen wie ein Statussymbol mit luxuriösem Geschmack, obwohl sie sich im Raum befand und dies mitten im tiefsten Winter.

Kat öffnete die Tür und ihre Cousine dampfte förmlich an ihr vorbei und überrollte sie fast. Sie trug ein tief ausgeschnittenes, ärmelloses Kleid, auch wenn es draußen unter Null Grad war. Weiße Salzflecken bildeten hässliche Muster auf den braunen Stilettostiefeln. Ein übertriebener D&G-Reißverschlussanhänger baumelte an jedem Stiefel. Ja, das ist Hillary, wie sie leibt und lebt.

»Wo zum Teufel steckt mein Vater?« Hillary steuerte direkt auf die Schiebetür der Terrasse zu, schob ihre riesige Sonnenbrille auf ihre frisch frisierten und mit Haarspray fixierten Haare. »Was hast du mit ihm gemacht? Du hast ihn entführt!«

»Hillary?«, fragte Kat. »Was machst du denn hier? Warum sollte ich –?«

Jaces Kinnlade fiel herunter, als Hillary an ihm vorbei auf die Terrasse stürmte. Ein Schwall kalter Luft strömte herein.

Da sie niemand auf dem Balkon fand, marschierte Hillary wieder hinein, natürlich ohne die Schiebetür hinter sich zuzuziehen. Sie ging zum Schrank und riss die Tür praktisch aus den Angeln.

»Sag mir sofort, wo er ist!« Jetzt!«

Jace ging zur Terrassentür über und schob sie zu. Er sah Kat an, zog die Augenbrauen hoch und sagte nichts.

»Er ist nebenan. Was ist hier los?«, fragte Kat, immer noch unter Schock.

Hillary riss am Türknauf und weil sich die Tür nicht auf ihren Befehl hin öffnete, schlug sie gegen die angrenzende Tür.

»Dad! Öffne die Tür.«

»Hoppla, bleib cool«, sagte Kat. »Du wirst sie kaputt machen.«

Hillary blitzte sie nur böse an. Dann öffnete sich die Tür von der anderen Seite.

Harry tauchte völlig verschlafen auf.

»Hillary!« Er lächelte. »Was für eine schöne Überraschung.«

Kat suchte Jaces Blick. Letzterer warf Dolche auf Hillary, die dies aber nicht zu bemerken schien.

»Woher wusstest du, dass wir hier sind?« Als sie Teenager waren, hatte Kat manchmal den Eindruck, Hillary würde ihr hinterher-spionieren.

»Das wüsstest du wohl gerne.« Hillary blitzte Kat quer durch den Raum an.

Kat musterte Hillary. Dunkelbrauner Lidschatten umrahmte ihre Augen. Sie sahen aus wie ein Paar Steckdosen, die einen Kurzschluss erlitten hatten.

»Ich rufe die Polizei und verklage dich.« Hillary packte Harry am Arm. »Wenn ich mit dir fertig bin, wirst du nie wieder auch nur einen Tag in deinem Leben arbeiten.«

»Verklagen, weswegen?« Was zum Teufel wollte sie hier?

»Ihn gegen seinen Willen hierherzuschleppen.«

»Onkel Harry, habe ich dich gezwungen, hierher zu kommen?«

Hillary hielt Harry den Mund mit der Hand zu, als er sprechen wollte. Sie drehte sich wieder zu Kat um. »Sprich nicht mit ihm.« Du hast schon genug angerichtet.«

»Hillary, ich musste ihn mitnehmen.« Sie schaute Harry an und fragte sich, wie sie das jetzt Hillary erklären soll, ohne Harrys Gefühle zu verletzen. »Die Demenz – es wird immer schlimmer.«

Harry schaute sichtlich geknickt auf den Teppich.

»Es tut mir leid, Onkel Harry.«

»Nein, schon gut. Kat hat recht. Ich weiß, dass ich bin nicht mehr so scharfsinnig wie früher bin.«

»Er ist nicht sicher, wenn er allein ist, Hillary. Wenn du dich in den letzten Jahren gemeldet hättest, wüsstest du es.«

Hillary wusste nicht, dass Harry den Herd angelassen hatte und das Haus fast abgebrannt wäre. Auch wusste sie nichts davon, dass er seinen Lincoln durch die Frontscheibe von Carlucci's Pasta House gefahren hat. Oder doch? Harry sprach schon seit Monaten wieder von ihr und in der letzten Zeit immer häufiger. Dann war da noch die Rechnung von Tiffanys auf seiner Kreditkarte. Aber auch Hillary wäre doch nicht so tief gesunken, so etwas zu tun, oder doch?

Jedenfalls musste Kat auf Harry aufpassen. Das Herausziehen des Herdsteckers, Deaktivieren des Garagentoröffners und Abklemmen der Autobatterie, waren nur temporäre Maßnahmen. Harry brauchte Vollzeitpflege und Kat hatte keine Alternativen mehr. Hillary würde sicherlich nicht helfen. Plötzlich dämmerte es ihr – Hillarys Wiedererscheinen musste einen Grund haben. Harrys Demenz war offensichtlich – wollte Hillary einen Vorteil aus der Situation ziehen? Warum wäre sie sonst erst nach zehn Jahren zurückgekehrt?

»Du hast Dad gegen seinen Willen entführt. Schämst du dich nicht? Du bist kriminell.«

»Du solltest dich etwas schämen, nicht ich, Hillary. Du bist die Kriminelle – du hast Onkel Harrys und Tante Elsies Ersparnisse gestohlen.«

»Es war ein Geschenk.«

Kat verdrehte die Augen. »Mir egal.«

Harry starrte auf den Boden, ohne etwas zu sagen.

»Du verstehst das nicht, Hillary. Harry vergisst zu essen. Er ist hier, weil ich mich um ihn kümmere. Ich würde ihn niemals für ein paar Tage allein lassen.«

»Oh, ich verstehe, in Ordnung. Du hast ihn entführt, um einen Vorteil daraus zu ziehen. Dem setze ich jetzt ein Ende.«

Harry musste am Vorabend mit Hillary telefoniert haben. Offensichtlich hatte sie ihn auf seinem Handy angerufen. Harry würde sich nicht an den Namen des Ortes erinnern, aber er konnte immer noch lesen. Hillary brauchte ihn nur zu bitten, etwas zu finden, wo der Name des Hotels draufsteht.

»Entführt? Ist das dein Ernst?« Kat warf einen Blick auf Harry. Er war geistesabwesend, war sich dem Streit gar nicht bewusst. »Er wollte mitkommen.«

»Jetzt sind wir endlich alle wieder zusammen.« Harry lächelte. »Lasst uns zum Frühstück gehen und feiern.«

Kat war gerade dabei, zu erklären, warum sie es nicht konnten, als ihn Hillary unterbrach.

»Nein, Dad. Wir verschwinden von hier. Pack deine Sachen.« Hillary schob Harry zurück in den Nebenraum und schlug die Tür hinter sich zu.

Kat schaute Jace wie betäubt an. Eine Welle der Hilflosigkeit überkam sie, als sie daran dachte, dass Hillary mit Harry nach Hause geht. Würde Harry die Fahrt nach Hause überleben, bevor Hillary eine Kurzschlussreaktion hat und ihn auf jemanden anderes loslässt? Ob sie denn wirklich nach Hause ging?

»Lass sie gehen.« Jace umarmte sie. »Es wird ihm nichts passieren. Morgen sind wir wieder zu Hause.«

»Aber sie hat doch keine Ahnung, wie schlecht es ihm geht.« Hillary war zu egozentrisch, um mit seinen Medikamenten, Halluzinationen und Verwirrungen umzugehen.

»Das glaube ich noch nicht mal eine Minute«, sagte Jace. »Sie weiß genau, was los ist.«

»Warum sagt sie dann so etwas?«

»Um dich wütend zu machen. Um um alles Negative von ihr auf dich abzuwälzen. Um zu verbergen, was tatsächlich los ist.«

Kat zog sich zurück. »Ich weiß, dass sie egoistisch ist und ich weiß, dass sie ihn bestohlen hat. Aber sie kann doch nicht einfach behaupten, dass ich ihm schaden will«, sagte Kat. »Sie meint das nicht so.«

»Komm schon, Kat, alles dreht sich nur um sie und dass sie bekommt, was sie will. Du bist doch die Erste, die einen Betrugsfall erkennen sollte. Diese mysteriösen Barauszahlungen, die Kosten bei Tiffany's? Erkläre das.«

»Ja, ich habe auch schon über die Kosten bei Tiffany's nachgedacht. Aber ist das nicht ... zu offensichtlich?«

»Eine Reihe von Fehlern in Harrys Finanzen, sobald sie nach zehn Jahren wieder auftaucht? Zu viele Zufälle, wenn du mich fragst. Sprich sie darauf an – ich bin sicher, sie wird behaupten, dass das alles Geschenke waren.«

»Du glaubst, dass sie zurückgekommen ist, weil ich all diese Kreditkarten annulliert habe? Ihre Geldquelle war versiegt?« Kat setzte sich aufs Bett. »Sie würde doch nicht bis zum Äußersten gehen – es ist Betrug und missbräuchliche Ausnutzung älterer Menschen.«

»Mach die Augen auf, Kat, Harry geht doch nicht bei Tiffany einkaufen. Warum meinst du, ist sie zurück?«

Jace hatte recht. »Aber ihren eigenen Vater weiter zu bestehlen?«

»Die meisten Leute würden das nicht«, stimmte Jace. »Aber Hillary ist nicht die meisten Leute. Sie wird alles tun, dass sie damit durchkommt.«

»Jace, selbst wenn das wahr ist, es nichts mehr übrig. Ich habe alle Kreditkarten annulliert und sein ganzes Geld ist draufgegangen, um die Rechnungen zu bezahlen. Es gibt nichts mehr zu stehlen.«

KAPITEL 26

K at und Jace saßen zusammengekauert in warmen Parkas auf dem Balkon und nippten an ihrem Morgenkaffee. Die Sonne war gerade über den Horizont gestiegen und der Himmel glühte orangerot durch die hohen immergrünen Bäume. Gespenstisches Licht reflektierte vom frischen Pulverschnee und kontrastierte mit langen Schatten von den Bäumen.

Kat schluckte den letzten Bissen ihrer Toastscheibe. Ihre Grippe-Symptome waren über Nacht verflogen und sie war überrascht, wie hungrig sie war. »Glaubst du, dass es Harry gut geht? Hillary kann so jähzornig sein. Seine Demenz wird sie frustrieren.«

»Sie wird nicht lange bleiben, wenn sie feststellt, dass es kein Geld mehr zu holen gibt. Alles, was Hillary interessiert ist Hillary.« Jace stand auf und spähte über das Balkongeländer. Er gab Kat ein Zeichen, sich vorzubeugen.

Zwei Sicherheitsleute waren gerade aus der Hotelküchentür unter ihnen aufgetaucht. Sie sprachen so leise, dass Kat das Gespräch nicht hören konnte.

Kat hatte an diesem Morgen die zwei bulligen Dreißigjährigen vor dem Gebäude stehen sehen. Sie standen auf dem gefrorenen Boden und sicherten den Eingang. Alle paar Minuten redeten sie in ihre Ärmel hinein, offenbar ein Funkkontakt.

Die Sicherheit in Hideaway Bay hatte sich nach und nach mit der Ankunft der Tagungsteilnehmer materialisiert. Auch in Anzügen ähnelten die Sicherheitsleute eher einem Armee-Kommando. Ein starker Kontrast zu den älteren, übergewichtigen Tagungsteilnehmern, die sie bewachten.

»Allein auf dieser Seite des Hotels stehen mindestens ein Dutzend Jungs«, flüsterte Jace. »Ich werde einen Spaziergang machen – es kommt bestimmt gleich ein VIP.«

Kat hob die Hand, weil sie nicht riskieren wollte, von den Männern unter ihnen gehört zu werden. Aber Jace war bereits reingegangen, um sich den Anzug anzuziehen. Kat sprang auf, folgte ihm hinein und schob die Terrassentür zu.

»Muss ich wirklich diesen Anzug die ganze Zeit über tragen?« Jace saß auf dem Bett, während er in seine Schuhe schlüpfte.

»Du kannst nicht da rausgehen, Jace.« Kat ließ ihren Parka aufs Bett fallen.

»Warum nicht? Wenn ich wirklich ein Kundendiensttechniker bin, muss ich doch draußen sein, oder? Das Hotelpersonal muss sich schon fragen, warum wir noch nicht das Zimmer verlassen haben.» Jace stand auf und legte die Arme um ihre Taille. Er zog die Vorhänge zu.

Kat umfasste seine Hände. »Können wir nicht einfach nur entspannen und den Ort genießen? Sobald die Tagung beginnt, wird die Sicherheit ein wenig nachlassen. Gib ihnen ein paar Stunden, um sich einzugewöhnen.«. Sie fühlte sich alles andere als entspannt. Jetzt, da sie drinnen waren, wollte sie unter keinen Umständen riskieren, dass sie entdeckt würden.

»Du hast selbst gesagt, dass sie niemanden prüfen, der bereits drin ist.«

Seltsamerweise hatte es bisher keine Sicherheitskontrollen gegeben. Immerhin hatte es Hillary geschafft ins Zimmer kommen. Kat stellte fest, dass sie Glück hatten, einen Tag vor Beginn der Tagung angekommen zu sein. Andernfalls hätten sie vielleicht noch nicht einmal die Einfahrt zum Hotel hochfahren können.

»Ich mache mir Sorgen, dass du vielleicht Pinslett oder jemand anderen konfrontierst. Ich muss diesen Fall abschließen, um Zacharys Frist einzuhalten. Im Idealfall, bevor Edgewater morgen oder am Dienstag keinen müden Cent mehr hat. Wir können nicht riskieren, dass Nathan Barron einen Hinweis kriegt. Gefährde meinen Fall nicht, Jace.«

Jace schüttelte den Kopf. »Komm schon, Kat, du solltest mir ein bisschen mehr zutrauen. Natürlich werde ich das nicht – aber ich kann auch nicht auf die Möglichkeit meines Lebens verzichten. Kein Journalist war jemals zuvor in einer World Institute Tagung gewesen.«

»Außer Pinslett.«

»Er ist kein Journalist. Er besitzt nur einen Stall voller Journalisten. Ich will ihm die Meinung sagen, ihn büßen lassen.« Er schlug mit der Faust in seine Hand.

»Okay, eines ist jetzt sicher, du machst keinen Schritt nach draußen. Du bist zu aufgeregt. Du wirst Verdacht erregen und wir werden rausgeworfen.«

»Du hältst mich gefangen? Was ist, wenn ich etwas verpasse?«

»Jace? Ich weiß, was du meinst. Die wichtigsten Dinge zuerst. Lassen Sie uns den Beweis für Nathans Beteiligung erhalten. Sobald wir das haben, kannst du deinen großen Tag mit Pinslett und den anderen haben. Ich werde dir sogar dabei helfen. Das Problem ist, dass ich nicht zur Tagung gehen kann. Fast alle Teilnehmer sind Männer.«

»Und sie werden bald herausgefunden haben, dass ich nicht dazu gehöre.«

»Vielleicht ... vielleicht auch nicht.« Auf jeden Fall müssen wir einen Weg finden, um den Beweis zu erhalten, dass Nathan anwesend und involviert ist. Wenn wir keine Videobeweise haben, steht Aussage gegen Aussage.« Sie brauchte etwas Handfestes.

»Also, was tun wir?«, fragte er.

Kat zog sich schnell an und schlüpfte in ein paar Laufschuhe.

»Ich habe eine Idee!« Sie schob ihr langes Haar unter eine Basketballmütze. »Gib mir fünfzehn Minuten.«

Sie öffnete die Tür zum Flur und spähte nach draußen.

Niemand da.

Sie ging nach rechts, in die Richtung, aus der die wenigsten Gäste kamen. Nachdem Sie den Flur bis zum Ende gegangen war, machte sie kehrt, ging in einen anderen Flur und schaute um die Ecke. Ein Reinigungswagen stand auf halbem Weg zwischen ihr und der Treppe.

Sie schritt auf den Wagen zu, Kopf nach unten, falls sie jemandem begegnete. Sie durchsuchte den Wagen, und war momentan versucht, einen Haarconditioner zu stibitzen.

Alle Hotelzimmertüren waren geschlossen, was bedeutete, dass das Zimmermädchen in keinem davon war. Sie ging um die Ecke und sah die Tür mit der Aufschrift *Hauswirtschaft*. Die Tür war leicht geöffnet, und sie stieß sie auf. Wenn man sie entdeckte, würde sie so tun, als ob sie zusätzliche Kissen suchte.

Niemand war im Raum. Es dauerte nicht lange und sie fand, was sie suchte. Eine Zimmermädchenbekleidung hing hinter der Tür an einem Haken. Sie packte sie, zog sich schnell um und stopfte ihre Jogginghose und das T-Shirt in einen Wäschesack. Sie zog das zu enge Shirt stark nach unten, um zu versuchen, ihren Magen zuzudecken – egal, sie würde nicht lange auf dem Flur zubringen.

Der Flur war immer noch leer. Sie kam heraus und schlenderte in Richtung Reinigungswagen. Sie schnappte sich zwei Fläschchen Conditioner, als plötzlich etwas Hartes an ihrer Hüfte kratzte. Als sie es aus der Tasche zog, konnte sie ihr Glück kaum fassen. Nicht nur, dass sie eine Zimmermädchenbekleidung trug, sie war auch im Besitz einer Schlüsselkarte zu allen Räumen in Hotel.

Sie drehte sich um und raste davon, damit sie auch ja niemand entdecken würde. Sie erreichte die Teilung der beiden Gebäudeflügel mit den Aufzügen, als plötzlich ein Aufzug klingelte. Dann hörte sie eine Stimme! Eine Stimme, die sie schon mal irgendwo gehört hatte.

KAPITEL 27

Kat blieb sofort stehen und wäre fast gegen die Wand gelaufen. Sie kämpfte gegen den Drang an, den Kopf zu drehen. Es war zu spät. Sie hatte sie entdeckt.

Victoria Barron stand vor den Aufzügen und tippte ungeduldig mit ihrem Fuß in Gucci-Sandalen, während sie auf die Uhr sah. Ihr schmächtiger Körper war in einen dicken Hotelbademantel gehüllt. Irgendwie sah er an Victoria glamouröser aus als an ihr.

»Wagen Sie es ja nicht, vor mir wegzulaufen«, bellte Victoria.

Kat erstarrte. Sie warf einen Blick auf ihre abgewetzten Laufschuhe und fragte sich, was als Nächstes käme. Warum war Victoria hier? Das World Institute hatte das ganze Hotel gebucht, und Victoria gehörte nicht gerade zur Elite.

»Ignorieren Sie mich nicht! Ich gehe nicht weg, und ich kann Sie im Handumdrehen feuern lassen.«

Kat hob langsam den Kopf an und blickte Victoria ins Gesicht. War es möglich, dass Victoria sie in der Bekleidung eines Zimmermädchens nicht erkannte?

»Ihr kleinen Leute macht auch nie mehr als das absolute Minimum.« Victoria tippte Kat mit einem perfekt manikürten Nagel an. Der Farbton war genau auf ihren Lippenstift abgestimmt. »Es gibt zu viel Staub in meinem Zimmer und nicht genug Shampoo. Wissen Sie eigentlich, wie froh sie sein können, hier arbeiten zu dürfen? Sie würden nie einen Job wie diesen in ihrer Heimat bekommen, wo auch immer das sein mag. Ich wette, Sie sind noch nicht einmal legal hier.«

Kat hatte noch nicht einmal den Mund geöffnet und schon wurde sie von Victoria als faul, illegal, und inkompetent bezeichnet.

»Ja, Ma'am«, sagte Kat in dem, was sie hoffte, gleichen osteuropäischen Akzent, den sie am Vorabend benutzt hatte. »Ich bringe mehr Shampoo. Ihre Zimmernummer?«

»Zimmer 216. Ich gehe jetzt in die Sauna.« Die Aufzugtüren öffneten sich und Victoria ging hinein. »Ich erwarte Shampoo in meinem Zimmer, wenn ich zurück bin. Alles andere ist nicht akzeptabel.«

»Ja, Ma'am.« Die Aufzugstüren schlossen sich. Es war zwar eine Erleichterung, nicht erkannt worden zu sein, aber es war auch erniedrigend. Immerhin hatte sie Victoria vor Gericht konfrontiert – sie war sogar ihr Verhängnis gewesen. Sie fummelte in der Tasche herum, um die Master-Key-Card zu suchen. Jetzt, da Victoria weg war, könnte sie auch ihr Zimmer durchsuchen. Vielleicht würde sie ja herausfinden, was sie hier tat.

Kat stand vor Zimmer 216 und klopfte. Keine Reaktion. Sie schob die Schlüsselkarte in das Lesegerät. Ein blinkendes grünes Licht und ein Klick begrüßten sie. Sie öffnete die Tür und ließ sie hinter sich zuklicken.

Die Raumaufteilung des Zimmers ähnelte dem ihren, nur umgekehrt. Die Vorhänge waren zugezogen und zwei Koffer waren vor dem Fenster gestapelt. Selbst im schwachen Licht, sah sie überall verstreute Kleidung: auf dem Boden, auf der Bettumrandung, über der Schranktür hängend und auf dem Bügelbrett. Wie konnte Victoria hier Staub gefunden haben? Es gab gar keine blanken Oberflächen mehr, um sich darauf abzusetzen.

Sie ging zum Schreibtisch und stolperte fast über einen Haufen Pumps, die mitten auf dem Boden herumlagen. Überall waren Dokumente auf dem Schreibtisch verstreut. Sie schaltete die Lampe an und blätterte schnell durch. Sie traute ihre Augen nicht. Unter der Hotel

Check-in-Information lag eine Tagesordnung für die World Institute-Tagung. Sie schob sie nach unten.

Dann bemerkte sie den Rest der Dokumente, ein dicker Stapel, der von einem Briefklemmer gehalten wurde. Sie blätterte durch die Seiten. Obenauf lag der Bericht des letztjährigen Meetings, gefolgt von ein paar Finanzabschlüssen und anderen Papieren.

War Victoria tatsächlich eine Delegierte? Kaum zu glauben, aber warum sonst wäre sie hier? Und warum hatte sie eine Tagesordnung des World Institutes? Kat zog die Tagesordnung heraus und scannte sie. Keine Erwähnung von Victoria als Teilnehmerin. Sie sah auf die Uhr. Nach der Tagesordnung begann die Sitzung nicht morgen, sondern in 30 Minuten. Victoria würde sicherlich nicht im Bademantel hingehen.

Kat schob die geklammerten Dokumente in die gefalteten Handtücher unter ihrem Arm.

Sie erschrak, als sich die Badezimmertür öffnete. Herrenparfum und feuchte Duschenluft kam ihr entgegen. Schnell steckte sie die Tagesordnung in ihr Oberteil. Dann musste sie niesen.

»Was zum Teufel suchen Sie in meinem Zimmer?« Nathan Barron kam aus dem Bad heraus. Er war nackt, abgesehen von einem Handtuch, das er wie einen Lendenschurz um die Hüften trug. In Natura war er viel kleiner als auf seinen Wildererfotos. Natürlich waren seine Trophäen auf den Fotos tote Säugetiere, nicht lebende Menschen, daher war es schwer, das Größenverhältnis auszumachen.

Kat geriet ins Schwitzen. Nathan stand zwischen ihr und der Tür, versperrte ihr den Ausgang. Ihre Kehle schnürte sich zu und ihr Herz schlug bis zum Hals, als sie verzweifelt versuchte, eine Entschuldigung für ihre Anwesenheit zu finden. Dann erinnerte sie sich: sie hatte Nathan nur auf Fotos gesehen. Sie hatte ihn nie persönlich in Edgewater getroffen, als sie dort war. Er hatte sie niemals gesehen, daher wüsste er nicht, wie sie aussieht. Und in der Uniform eines Zimmermädchens hatte sie einen vollkommen plausiblen Grund, hier zu sein.

»Es – es tut mir leid, Sir. Ich dachte, das Zimmer wäre leer. Ich habe nur die Handtücher kontrolliert.«

»Legen Sie sie aufs Bett.« Er verschränkte die Arme und blickte an ihr herunter.

Das konnte sie aber nicht. Sie hatte doch die Dokumente in den Handtüchern versteckt, die sie gerade vom Schreibtisch genommen hatte. Sie versuchte, ruhig zu bleiben. »Diese hier sind schmutzig. Ich bringe Ihnen frische.«

»In Ordnung.« Nathan verzog das Gesicht, als er sich umdrehte. Er stürmte zurück ins Badezimmer und knallte die Tür hinter sich zu.

Kat stieß einen Seufzer aus und bemerkte, dass sie hatte den Atem angehalten hatte Sie wischte sich einen dünnen Schweißfilm von der Stirn und öffnete die Tür zum Flur. Diese Überraschungsbegegnungen stressten sie.

Nathan und Victoria waren Liebhaber. Warum sonst würden sie ein Zimmer teilen? Wusste Zachary, dass seine Ex-Frau eine Affäre mit seinem Vater hat?

Es lag nicht gerade innerhalb ihres Kompetenzbereichs, dies zu recherchieren. Dennoch, hatte er es nicht verdient, es zu erfahren? Auf der anderen Seite, wenn sie es ihm erzählen würde, wüsste er, dass sie in ihrem Hotelzimmer herumgeschnüffelt hat. Vielleicht gab es gute Gründe für Zacharys feindliche Gefühle seinem Vater gegenüber. Was für ein Mann ist das, der mit der Ex-Frau seines Sohns schläft?

Kat ließ ihre Gedanken schweifen. Die Tür klickte hinter ihr zu, als sie den Flur betrat. Ihre Kinnlade klappte herunter., als sie fast mit einer dünnen, blonden Frau in der Uniform eines Zimmermädchens zusammenstieß.

»Wer sind Sie?«, fragte sie mit starkem Akzent.

Russin, vermutete Kat. Die Frau war etwa ein Meter siebenundsechzig groß und wog schätzungsweise fünfzig Kilo. Ihre schlecht sitzende Uniform hing schlaff von ihren Schultern herunter. Sie war wohl für jemanden größeren gedacht.

»Ich bin neu.« Kat streckte ihr die Hand hin. »Ich bin Marcie. Heute ist mein erster Tag.«

Die Frau betrachtete sie, ohne etwas zu sagen.

Kat zog die Hand zurück und wischte sich die Handfläche an der schlecht sitzenden Uniform ab. Sie war für jemanden gedacht, der kleiner war als sie und sie brauchte keinen Spiegel, um zu erraten, wie lächerlich sie aussah. Sie zog die Bluse über ihren Bauch und streckte ihre Hand wieder aus.

Das Zimmermädchen warf einen Blick auf Kats Taillenbund und verschränkte leicht ihre Hand. »Angelika. Bist du hier für die Tagung? Dorothy hat dich gar nicht erwähnt.« Angelikas Englisch war gepfeffert mit fehlenden Fürwörtern und ausgelassenen Pluralen. Sie schaute nervös den Korridor hinunter und steckte eine blonde Strähne hinters Ohr.

»Ja, die Tagung.« Kat konnte nicht umhin, zu bemerken, wie hübsch sie war. Hohe Wangenknochen und durchscheinende elfenbeinfarbene Haut.

Angelika warf erneut einen Blick auf den Korridor.

»Suchst du jemanden?«

Angelika schüttelte den Kopf. »Nein, ich kontrolliere nur die Zimmer. Welches als Nächstes dran ist.«

»Sie haben mich erst heute Morgen angerufen.« Wie viele Zimmermädchen arbeiten in einer Schicht? Fünf? Zwei Dutzend? Eine von ihnen könnte gerade ihre Uniform suchen. »Mit der Tagung und alldem.«

Angelika sah sie immer noch verwirrt an.

»Ich bin nicht auf dieser Etage«, fügte Kat schnell hinzu. »Ich kam nur herunter, um zusätzliches Shampoo zu holen.« Hoffentlich würde Angelika nicht fragen, in welcher Etage sie arbeitete.

»Natürlich. Im Lagerraum steht ein Karton mit Shampoo.« Angelika lächelte und deutete durch den Flur in die Richtung, aus der Kat gerade gekommen war. »Bedien dich. Vertrittst du Annie?«

»Ja, Annie. Ich erinnere mich nicht an ihren Namen. Worum geht es eigentlich bei der Tagung?«

»Hat es dir Dorothy nicht erzählt? Wahrscheinlich nicht, weil du ja gerade die Vertretung übernommen hast. Es ist top, top secret. Wir dürfen mit niemandem darüber reden. Hast du die Vertraulichkeitserklärung unterschrieben?« Angelika lehnte sich an den Putzwagen und eine Schachtel mit Papiertüchern fiel auf den Teppich.

Kat bückte sich, um sie aufzuheben. »Noch nicht. Ich unterschreibe sie in meiner Pause.«

Sie reichte Angelika die Schachtel, ohne die Augen von den Schuhen des Zimmermädchens zu lassen. Ihre Designerschuhe mit fünf Zentimeter hohen Kitten Heels waren völlig unangebracht zum Reinigen von Hotelzimmern.

»Ich bin froh, wenn es Freitag ist«, seufzte Angelika. »Überall Sicherheitskräfte und die Gäste sind so anspruchsvoll.«

»Freitag?«

»Wenn die Tagung beendet ist. Dann ist alles wieder normal.«

Freitag war auch das Fälligkeitsdatum für Harrys nächste Hypothekenzahlung. Wenn er die Zahlung nicht leisten könnte, würde die Bank pfänden. Wie konnte sie sich jetzt mit seinem Darlehen befassen, solange sie Zacharys Fall noch nicht gelöst hatte?

Sie fürchtete den Freitag und gleichzeitig konnte sie ihn nicht erwarten.

Kats Gedanken wanderten zurück zu Onkel Harry, als sie zum Lagerraum ging. Was wird Hillary wohl tun, wenn sie herausfindet, dass Harry pleite ist? Ihre Rückkehr nach all diesen Jahren musste bedeuten, dass sie verzweifelt war. Wie weit würde sie gehen, um noch mehr von Harrys Geld zu bekommen?

Kat öffnete die Tür zum Lagerraum mit der elektronischen Schlüsselkarte. Sie öffnete die Tür und erstarrte, als sie Roger Landers ins Gesicht sah.

KAPITEL 28

Kat sprang zurück, als die Tür hinter ihr zuschlug. Die Handtücher fielen ihr aus der Hand und sie entfalteten sich, als sie auf den Boden stürzten. Der Briefklemmer musste irgendwo zwischen Nathans Zimmer und hier zerbrochen sein. Er zerfiel in alle Einzelteilen und landete mit den verstreuten Papieren auf dem Boden. Sie schob die Papiere mit dem Fuß unter die Handtücher.

»Klappe halten und keine Bewegung.« Roger Landers schwenkte den Besenstiel hoch über seinem Kopf, bereit, zuzuschlagen.

Kat blieb wie angewurzelt stehen, während ihr tausend Gedanken durch den Kopf rasten und sie versuchte zu überlegen, was sie als Nächstes tun kann. Sie packte den Türknauf. Landers war zwar nahe genug, um zuzuschlagen, aber nicht nahe genug, um sie zu packen. Wenn sie schnell handeln würde, könnte sie die Tür öffnen und über den Flur verschwinden. Landers würde ihr bestimmt nicht hinterherlaufen, vor allem, wenn er sich versteckt hielt. Aber das würde bedeuten, dass sie die Dokumente im Lagerraum lassen müsste.

Wie ist Landers hineingekommen? Da er die *unerwünschte Person* von früheren Tagungen war, hätte er es nie geschafft, unerkannt an der Sicherheit vorbeizukommen. Ganz zu schweigen von der Tatsache, dass er als ertrunken galt und sein lebloser Körper irgendwo in Howe Sound herumschwimmen müsste.

Vielleicht war er letztendlich doch zur Tagung eingeladen worden. Davon abgesehen, schien die Sicherheit recht nachlässig gewesen zu sein, bevor die stämmigen Burschen in ihren Anzügen erschienen sind. Schließlich hatten sie, Jace, Harry und Hillary ganz problemlos das Hotel betreten können. Jace hatte nur den Namen des A/V-Unternehmens angegeben.

»Ich dachte, Sie wären tot«, sagte Kat.

»Das hätten Sie wohl gern.« Landers versuchte immer noch, ihr Angst einzuflößen. Aber zumindest hatte er seinen Griff am Besenstiel gelöst.

»Ich bin völlig unparteiisch. Ich habe nur versucht, mit Ihnen zu reden.«, sagte Kat. »Warum sind Sie vom Schiff gesprungen? Sie kennen mich ja noch nicht mal.«

»Ich weiß, wen Sie vertreten.«

»Ich vertrete niemanden. Ich bin aus dem gleichen Grund hier wie Sie, ich will mehr über das World Institute erfahren.« Kat bückte sich, um die Handtücher aufzuheben, in der Hoffnung, dass Landers die losen Papiere nicht gesehen hatte.

Waren die Handtücher intakt, als sie den Lagerraum betrat? Was wäre, wenn der Briefklemmer vorher schon zerbrochen war? Zerstreute Papiere draußen im Flur wären ein untrügliches Zeichen gewesen.

»Ach, wirklich?«

»Ich recherchiere über einen der Mitglieder.« Kat hielt Landers' Blick für ein paar Sekunden stand, bevor er sich auf die Tür hinter ihr konzentrierte und einen besorgten Gesichtsausdruck machte. Der Raum war wie ein Schrank.

»Sie lügen.« Diese Typen lassen es nicht zu, dass man über sie recherchiert. Sie stehen über dem Gesetz.«

»Niemand steht über dem Gesetz.« Nicht einmal die Reichen und Mächtigen – oder selbst ernannten Töchter. Menschen katzbuckelten zu sehr vor der ersten Gruppe und gaben der zweiten freien Lauf.

Diese Doppelmoral kotzte sie wirklich an. »Schon gar nicht, dieser Kerl.«

»Na, das beweisen Sie mir mal.«

»Ich muss niemandem etwas beweisen. Außerdem ist es streng vertraulich.« Allerdings wollte sie auch nicht, dass Landers sie hochgehen lässt. Sie atmete aus und zuckte mit den Schultern. Besserer Landers als Verbündeten zu haben und nicht als Feind. »Er ist einer der Mitglieder des World Institute. Ich sage aber nicht, wer.«

Landers ließ die Schultern hängen. Sie sah diese entspannte Haltung als Zeichen dafür an, dass er ihr glaubte. Er hatte wahrscheinlich gedacht, dass sie mit ihm um eine Story konkurrierte. Dennoch hielt er immer noch den Besen über ihren Kopf. »Nennen Sie mir einen guten Grund, warum ich Ihnen vertrauen soll. Wie kann ich sicher sein, dass sie ihnen nicht sagen, dass ich hier bin?«

Kat seufzte. »Ich versuche, mit Ihnen zusammenzuarbeiten. Aber bitte schön, wenn sie das nicht wollen, auch gut. Ich gehe jetzt.«

Sie drehte sich zur Tür um, aber der Besenstiel kam vor ihr nieder und versperrte ihr den Ausgang.

»Einen Moment. Ich höre zu. Wer sind Sie und warum sind Sie hier?«

»Kat Carter. Ich bin eine Betrugsermittlerin.« Sie streckte ihm leicht ihre Hand entgegen. Landers nahm sie nicht, zumindest senkte er den Besenstiel.

Kat beschrieb, wie sie die Spur von den Edgewater-Zahlungen an Research Analytics zum World Institute geführt hatte.

»Research Analytics? Nie davon gehört.«

»Sie müssten den Namen kennen. Haben Sie nicht ein Buch über das World Institute geschrieben? Sicher haben Sie ihre Finanzen überprüft? Wenn ja, dann wüssten Sie, dass Research Analytics einer der größten Sponsoren des World Institute ist. Steht alles in ihrem Jahresbericht.« Kat war über die finanzielle Transparenz des World Institute überrascht gewesen, da sie alles andere geheim hielten. Sofern ihre geheime Agenda tatsächlich stimmte.

»Das World Institute veröffentlicht keinen Jahresbericht.«

»Doch, doch. Sie können ihn online finden. Haben Sie keine Kopie?«
Kat tätschelte ihre Brust. Nathans Dokumente waren sicher unter ihrer
Uniform verstaut. Sie konnte es gar nicht erwarten, sie zu lesen.

»Haben Sie das bei sich?« Landers zog die Augenbrauen hoch.
»Zeigen Sie es mir.«

»Ich habe es nicht hier. Aber was ich habe, ist sogar noch besser.«

Sie zog die Papiere soweit heraus, dass nur die oberen Ecken
sichtbar waren. Ihre Uniform war so eng, dass bei jeder Bewegung ein
Knopf abspringen konnte. Sie wurde rot. Ein Schweißfilm glänzte auf
ihrer Haut und hielt die Tagesordnung des World Institute fest. Eine
versteckte Agenda, dachte sie, und lächelte.

»Warum grinsen Sie so?«

»Insider-Wissen. Sind Sie dabei oder nicht?« Kat hatte zwar nur
einen kurzen Blick auf die Tagesordnung geworfen, konnte aber erraten, was daran befestigt war. Multi-Millionen-Dollar-Organisationen
hatten jährliche Abschlüsse, die wahrscheinlich dieser Tagesordnung
beigefügt waren. Diese Abschlüsse würden auf der Jahreskonferenz
diskutiert und die Delegierten bekämen eine Kopie davon. Sie konnte
es gar nicht erwarten, in ihr Zimmer zurückzugehen, um jede
einzelne Erwähnung von Nathan Barron und Edgewater zu
überprüfen.

»Wieso sollte ich mit Ihnen zusammenarbeiten? Sie werden nur
die Aufmerksamkeit auf mich lenken. Erst verfolgen Sie mich auf der
Fähre und jetzt hier.« Landers lehnte den Besenstiel gegen die Wand.
»Für eine Ermittlerin sind Sie eher extravagant.«

Kat lachte. »Es dreht sich alles nur um Sie, oder? Sie sind in einem
Versorgungsraum verschanzt und Sie denken, dass ich Ihnen
hinterher stiefele? Sie sind ja nicht ganz dicht.« Sie schlug die Hände
über den Kopf zusammen. Der Arm der zu kleinen Uniform riss ein
und sie fluchte.

Kat hatte gehofft, mit Landers zusammenarbeiten zu können. Sein
Wissen, das er seit zehn Jahren über das World Institute gesammelt
hatte, würde ihr helfen, Zeit zu sparen, aber offenbar wollte er nicht
kooperieren.

Landers musterte sie von oben bis unten. »Verrückter als Sie in diesem Outfit als dürftige Zofe gehts nicht. Machen Sie hier auch die Zimmer sauber?«

»Mehr oder weniger.« *Eher Zimmer ausfegen.* Die gestohlenen Papiere unter der Uniform klebten an ihrer Haut, als sie sich zur Tür drehte. Zur Hölle mit Landers. Sie brauchte seine Hilfe nicht. Sie zog ihre Schlüsselkarte aus der Tasche und ließ sie provokativ vor seiner Nase baumeln. »Dies ist ein Hauptschlüssel. Ich kann überall hingehen, bekomme fast alles. Sind Sie für oder gegen mich?«

»Das ist ein Argument«, räumte Landers ein. Er lehnte den Besen gegen die Wand. »Zwei Köpfe sind besser als einer.«

»Endlich werden Sie vernünftig. Nun, wie haben Sie es geschafft, an Land zu kommen, bevor die Hypothermie eingesetzt hat? Ich habe Sie von der Fähre springen sehen. Sie hätten es nicht länger als ein paar Minuten in diesem kalten Wasser ausgehalten.«

»Ah. Aber Sie haben mich nicht landen sehen – nur verschwinden.« Ein schwaches Grinsen huschte über sein Gesicht. Es wurde ebenso schnell durch einen mürrischen Ausdruck ersetzt.

»Wenn Sie nicht gesprungen sind, wo waren Sie?«

»Ich bin durch eine Seilöffnung am Heck geschlüpft. Dort gibt es einen Haltegriff und eine Leiste auf der anderen Seite. Sie haben einfach nur das Offensichtliche angenommen – dass ich ins Wasser gegangen bin. Sie haben nie etwas anderes in Betracht gezogen. Ich hing einfach nur ein paar Minuten dran, bis die Fähre angedockt hatte und bin noch vor den Autos und Fußgängern von Bord gegangen. Vor dem großen Verkehr. Ganz vorn an erster Stelle. Hat mir eine Menge Zeit gespart.«

»Klug.« Kat verstand noch immer nicht, warum er zunächst weggelaufen war. Sie nahm ihre Handtücher auf, stopfte die Papiere sorgfältig hinein, sodass Roger Landers sie nicht bemerken würde.

»Dachte ich mir auch.«

Sie verabredeten, sich in 30 Minuten wieder im Lagerraum zu treffen. Kat wollte ihm nicht sagen, dass sie im Hotel wohnte. Er hatte ihr Vertrauen noch nicht verdient.

KAPITEL 29

Jace hüpfte erschreckt im Bett auf und zog sich die Decke bis zum Hals. Seine Augen weiteten sich vor Panik.

»Ganz ruhig! Ich bin's doch nur.« Kat setzte sich neben ihn aufs Bett und warf einen Blick auf die LED-Anzeige des Nachttischweckers. Es war schon so viel passiert, dennoch war es erst halb neun Uhr morgens. »Bist du wieder ins Bett gegangen?«

»Was hätte ich denn sonst tun sollen? Du hast mich doch in diesem Hotelzimmer festgehalten. He, wie bist du denn angezogen?« Er entspannte seinen Griff an der Bettdecke und streckte den Arm nach ihr aus.

»Lange Geschichte.« Kat zog ihre Schuhe aus und ließ die Handtücher am Fußende des Bettes fallen. Dann kuschelte sie sich neben Jace aufs Bett. »Während du gefaulenzt hast, habe ich mich schlau gemacht.«

„»Hmmm, das ist nett. Erzähl mir mehr davon!« Jace zog sie an sich heran. Dann stockte er. »Moment mal, warum raschelst du wie Papier?«

Kat drückte mit beiden Händen und auf beiden Seiten ihre Brust zusammen. Es war die einzige Möglichkeit, wie sie dieses dicke Papierbündel aus ihrer zu engen Bluse entfernen konnte, ohne dass die Knöpfe absprangen. Sorgfältig zog sie die Dokumente heraus. »Siehst du was ich da habe?«

Jace starrte auf ihre Brust.

Kat pustete aus, endlich konnte sie wieder richtig atmen. Die Handtücher fielen auf den Boden, als sie sich auf dem Bett bewegte. Sie hielt die Papiere hoch, um sie Jace zu zeigen. Sie würde die Handtücher und den Rest der Papiere gleich aufheben.

»Lass mich mal sehen.« Jace nahm sie mit der ausgestreckten Hand entgegen und überflog die obere Seite. »Gordon Pinslett ist auf der Tagesordnung! Der Typ hat eine ganze Menge auf dem Kerbholz. Beispielsweise, warum er ein Delegierter ist, anstatt dieses Affentheater einer Institution zu decken. Ich werde mal ein Wörtchen mit ihm reden.«

»Nein, Jace.« Ein kleiner Hauch von Romantik wurde nun durch blinden Ehrgeiz ersetzt. »Eine direkte Konfrontation mit Pinslett würde meinen Fall gefährden. Außerdem hat dich seine Firma entlassen.«

Kat drehte sich auf die Seite, um Jace ins Gesicht zu sehen. »Es ist einfach eine schlechte Idee.« So wie sie befürchtet hatte: Jace roch eine Story und würde alles tun, um sie zu bekommen.

Jace Gesicht verdunkelte sich. »Dies ist ein perfektes Beispiel für Medien unter einer Decke mit der Wirtschaft.«

Kat strich mit den Fingern über seinen Arm. »Du meinst, so wie wir?«

Ein Hauch von einem Lächeln zeichnete sich auf Jaces Lippen ab, »Du weißt was ich meine. Pinslett und seine Kumpane übernehmen alles. Sie beeinflussen bereits die Regierung, machen Gesetze und kontrollieren den Handel. Pressefreiheit? Es funktioniert nicht, wenn die Presse mit den Politikern unter einer Decke steckt.«

Kat legte ihren Kopf auf Jaces Brust. »Ich werde es nicht zulassen, dass du diesen Raum verlässt.«

»Okay. Aber ich werde diesen Artikel in der Minute schreiben, in der wir dieses Hotel verlassen.«

»Keine Sorge – da wird es eine Menge geben, über das du schreiben kannst. Du wirst es nicht glauben, wen ich getroffen habe.«

Kat erzählt sie von ihrem Zusammenstoß mit Victoria, dann mit Roger Landers.

Gerade als sie Landers paranoides Verhalten beschrieb, klopfte jemand an der Tür. Beide erstarrten.

»Geh an die Tür, Jace.« Kat tauchte unter die Bettdecke. »Beeilung!«

»Ich bin nicht angezogen. Wer auch immer es ist, er wird wieder gehen.«

Die Tür klickte auf. »Zimmerservice.«

»Jace setzte sich kerzengerade ins Bett. »Hallo?«

Angelika das Zimmermädchen betrat den Raum. »Oh, es tut mir leid, Sir.«

Kat versuchte, sich so flach wie möglich zu machen und wünschte sich, sie hätte nicht so ausgiebig gefrühstückt. Würde Angelika ihre Umrisse unter der Decke bemerken? Sie zog ihre Bauch ein und hielt den Atem an.

Was war schlimmer – ein Zimmermädchen im Bett mit einem Gast oder ein Gast, der sich als Zimmermädchen verkleidet? Ganz egal, ihre Verkleidung würde sowieso über kurz oder lang auffliegen.

Kat hob die Decke nur so weit an, dass sie Sichtlinie hatte. Angelika stand am TV-Bildschirm am Fußende des Bettes.

»Oh, Sir.« Angelika legte die Hand an ihren Mund. »Es tut mir furchtbar leid. Ich dachte, sie wären schon zur Tagung gegangen.«

»Ich fühle mich ein bisschen krank. Ich werde hier bleiben und mich ausruhen.« Jace hustete. »Machen Sie sich keine Gedanken, Sie brauchen das Zimmer heute nicht zu reinigen.«

»Sind Sie sicher? Soll ich heute Nachmittag wiederkommen?« Das Zimmermädchen schien Zweifel zu haben, als sie sich im Zimmer umsah. Kleider hingen auf den Stühlen und lagen haufenweise auf den Koffern.

Kat entdeckte die zwei Kaffeetassen auf dem Tisch. Würde Angelika sie bemerken? Sie bewegte sich leicht unter der Decke, um eine bessere Sicht zu bekommen, als das Zimmermädchen wieder in Richtung Tür ging.

Plötzlich hielt Angelika an, als sie die Bewegung im Bett bemerkte.

Sie starrte auf das Bett, scheinbar verwirrt durch die zusätzlichen Hügel unter der Decke. Oder vielleicht war es alles nur Kats Fantasie.

»Nicht nötig, aber trotzdem vielen Dank«, sagte Jace.

»Okay, Sir.« Angelika bückte sich, um die auf dem Boden liegenden Handtücher aufzuheben.

Die Handtücher, in denen Kats Papiere versteckt waren. Papiere, auf die sie bisher nur einen kurzen Blick geworfen hatte.

Kat gab Jace Tritte unter der Decke.

»Autsch! Äh, lassen Sie die Handtücher liegen, bitte.«

Angelika blickte verwirrt drein. »Ich habe draußen auf dem Wagen frische. Ich bringe sie in einer Minute zurück.«

Kat trat Jace erneut.

»Nein! Ich meine, ich will diese dort. Lassen Sie sie einfach liegen.«

»Okay, Sir.« Angelika lächelte. Sie ließ die Handtücher am Fußende des Bettes fallen und ging zur Tür zurück. »Ich wünsche Ihnen gute Besserung.«

Nachdem sie zum x-ten Mal die Frage nach Seife und Shampoo gestellt hatte, verließ Angelika endlich das Zimmer. Kat sah auf die Uhr. Ihr Treffen mit Landers war in weniger als fünf Minuten.

KAPITEL 30

»**D**as war knapp.** Nun, wo waren wir stehengeblieben?«« Jace hob die Decke an und küsste Kats Kopf. »Bevor du mich getreten hast, meine ich.«

»Du wolltest dich gerade anziehen.« Sie würde gerne den ganzen Morgen in der luxuriösen Bettwäsche Verstecken spielen, aber dazu hatte sie jetzt keine Zeit.

»Das habe ich so nicht in Erinnerung.« Jace streichelte ihren Bauch und vergrub seine Lippen in ihrer Halsbeuge.

»Ich muss gehen.« Kat drückte sich hoch und rollte zu Jace rüber, um ihn zu küssen. Sie warf einen Blick auf den Radiowecker auf dem Nachttisch. »Landers wartet.«

Sie sprang aus dem Bett und holte den Rest der Papiere aus den Handtüchern. Sie trug sie zurück und legte sie unter die Tagesordnung und den anderen Papieren, die Jace auf den Nachttisch gelegt hatte.

»In Ordnung.« Jace seufzte und setzte sich auf. Er zog seine Beine über die Bettkante und drückte die TV-Fernbedienung. »Du bist besessen von diesem Kerl.«

»Wir werden später mehr Zeit haben.« Sie küsste ihn auf die

Wange und packte ihre Laufschuhe. Sie setzte sich aufs Bett, um sie zuzubinden. »Versprochen.«

»Ich werde warten.« Jace stand auf und nahm seine Kleider vom Schreibtisch. Er erstarrte vor dem Fernseher.

Kat folgte seinem Blick. Roger Landers stand vor der Hideaway Bay RCMP-Station. Die Kamera schwenkte zu einem Polizisten neben ihm, der ins Sonnenlicht blinzelte.

»Wann haben Sie festgestellt, dass Svensson ermordet wurde?« Landers hielt sein Mikrofon vor den Polizeibeamten. Er trug Jeans und eine geöffnete Gore-Tex-Jacke.

Kats Mund stand offen und sie schaute Jace erstaunt an. »Unmöglich. Wie kann Landers jetzt im Fernsehen sein? Ich habe vor einer halben Stunde mit ihm gesprochen, er versteckte sich im Lagerraum der Hauswirtschaft. Wir sind mindestens fünf Meilen von der Stadt entfernt.«

»Vielleicht war es vorher aufgezeichnet worden«, sagte Jace. »Er hätte es nie geschafft, sich ins Hotel zu schleichen und gerade jetzt wieder hinaus. Nicht mit den ganzen Sicherheitsleuten, die überall stehen.«

Jace drehte sich um und griff nach einem Stift und Papier vom Schreibtisch. Er begann zu kritzeln.

Kat schaute gespannt auf den Bildschirm.

Der Polizist wandte sich an Landers. »Wir hatten schon zu Beginn der Ermittlungen Mord vermutet, aber es fehlten uns noch die nötigen Beweise. Wir haben jetzt einige vielversprechende Leads und hoffen sehr bald, Anklage erheben zu können.« Offizier Kravitz schielte in die Kamera, weil er vom Sonnenlicht geblendet wurde, das auf sein Namensschild schien. Er stieß seinen Atem aus und justierte seinen Gürtel.

Kat drehte sich zu Jace um. »Zuerst Selbstmord und jetzt Mord? Ich frage mich, ob sie tatsächlich einen Verdächtigen haben?«

Jace ignorierte sie, denn er war durch das Fernsehen wie hypnotisiert.

»Ich wette, Hideaway Bay hat so etwas noch nie erlebt«, sagte Kat. »Zunächst eine Welttagung und nun all diese internationale Intrige mit dem Mord.« Sie konnte immer noch nicht glauben, dass das World Institute diesen verschlafenen Ort für ihre Tagung ausgewählt hatte. Aber vielleicht war es genau das, was sie suchten. Es war in der Nähe eines internationalen Flughafens, aber abgelegen und schwer zu erreichen, außer mit einem Privatjet. Unter Radarniveau.

»Das Motiv?«, fragte Landers Kravitz.

»Wir denken, es war Raub. Hideaway Bay ist ein sehr sicherer Ort, und ich möchte jeden versichern, dass –«

Jace schaltete den Fernseher ab. »Ich muss mit diesem Landers reden. Lass uns gehen.«

Angelikas unerwarteter Besuch hatte Kat verunsichert. Seit wann reinigten Zimmermädchen um acht Uhr dreißig die Zimmer? Die Nachricht über Svensson hatte auch eine neue Wendung hinzugefügt. Hatte es etwas mit seinen geldpolitischen Theorien oder so zu tun?

Als Kat aufstand, bemerkte sie mehrere Karten auf dem Teppich, die unter dem Bett herausragten. Sie bückte sich, hob eine Schlüsselkarte und eine Mastercard auf. Sie waren ihr wohl aus der Tasche gefallen, als sie die Schuhe zugeschnürt hatte.

Jace bemerkte sie gleichzeitig und bat Kat sie ihm zu geben. Sie gab ihm die Schlüsselkarte. Er glättete das Gummiband, das daran befestigt war. »Das ist nicht unsere Zimmerkarte. Sie hat eine andere Farbe. Woher hast du das?«

»Er war in der Tasche, als ich die Uniform anzog. Es ist ein Hauptschlüssel.« Kat hielt ihre Hand aus und bewegte die Finger. »Gib sie wieder her.«

»Woher weißt du, dass es ein Hauptschlüssel ist?« Jace reichte ihr die Schlüsselkarte und ging zum Schreibtisch. »Warte mal – brichst du in Zimmer ein?«

»Mit einem Schlüssel in ein Zimmer zu gehen, ist nicht einbrechen.« Ein Lächeln huschte über ihr Gesicht und sie hoffte, dass es ihr charmantestes Lächeln war. »Wie hätte ich denn sonst das ganze World Institute Material bekommen?«

»Du verbietest mir, herumzuschnüffeln, aber du kannst Dinge aus anderer Leute Zimmer entwenden? Das ist unfair.«

»Vergiss nicht, warum wir in erster Linie hier sind, Jace. Edgewater. Ich muss den Fall lösen. Ohne dass du großes Aufsehen erregst.«

»Du behauptest, dass *ich* fragwürdige Dinge tue ...« Jace stand mit verschränkten Armen an der Tür.

»Tu nicht so unschuldig mit mir. Du tust solche Sachen ständig, um deine Storys zu bekommen.«

Kat hatte nicht die zweite Karte in ihrer Tasche bemerkt. Sie untersuchte die Mastercard. Es stand kein Kundenname darauf. Winzige Schrift über dem Masterhologramm, auf dem stand: *Debitkarte.* Es war keine Kreditkarte, sondern eine Prepaid-Kreditkarte. Prepaid-Kreditkarten wurden oft von Personen ohne Einstufung der Kreditwürdigkeit oder Bankkonten benutzt. Sie fragte sich, ob und wie viel Bargeld auf der Karte wäre. Wenn ja, würde die Besitzerin nach ihrer Uniform suchen.

»Das stimmt nicht ganz, Kat.« Ich habe niemals weder eine Uniform noch Hauptschlüssel gestohlen. Du ermittelst in einem Verbrechen und begehst selbst eines.«

»Ich habe belastende Beweismittel gegen Nathan, nicht wahr?«

»Wie hast du sie bekommen? Du lässt eine Menge Einzelheiten aus. Selbst ich würde mich niemals für eine Story in das Zimmer von jemandem schleichen.«

»Es ist nicht so, wie ich geplant hatte. Das kam so ganz von selbst.« Immerhin hatte Victoria darauf bestanden, dass sie das Shampoo auffüllt. Was sie übrigens vergessen hatte, fiel ihr gerade ein. Zumindest hatte sie einen Vorwand, noch einmal in ihr Zimmer zu gehen.

»Dinge wie diese passieren nicht einfach.«

Kat tippte auf ihre Uhr. Ich erkläre es dir später. Wir sind spät dran.«

Zehn Minuten später kehrten Kat und Jace zusammen mit Roger

Landers ins Zimmer zurück. Landers setzte sich auf den Schreibtischstuhl und streckte seine langen Beine vor ihm aus. Jace und Kat setzten sich auf die Bettkante. Der Lagerraum war zu klein gewesen und ein Treffen dort erhöhte nur die Gefahr, entdeckt zu werden.

»Sagen Sie uns, was Sie über Svenssons Mord wissen«, sagte Kat.

Landers antwortete nicht. Stattdessen legte er den Kopf zurück und trank bereits seine zweite Tasse Kaffee in weniger als fünf Minuten.

Kat öffnete die Mini-Bar und holte eine Dose Pringles heraus. Sie warf sie ihm zu.

Landers fing die Dose mit einer Hand auf und riss den Foliendeckel ab. Er verschlang die Chips wie ein verhungerndes Tier. »Da gibts nicht viel zu sagen. Die Polizei sagt, dass es Raubmord war, was aber lächerlich ist. Eine zwei bis oder dreistündige Wanderung von der Mitte von Nirgendwo? Verbrecher ziehen in der Regel einfachere Ziele vor.«

»Wann haben Sie der Polizei erzählt?« Kat war sich sicher, dass das Interview früher aufgezeichnet worden war, aber wann? Gestern war es bewölkt und die Sonne bei Tagesanbruch hatte sich schnell in Wolken verwandelt.

»Vor einiger Zeit.«

»Können Sie sich noch präziser äußern? Setzt da Ihre Verschwörungstheorie ein?«

»Es ist keine Theorie, Katerina. Es ist eine Tatsache.« Landers stellte die fast leere Pringles-Dose auf den Tisch. »Svenssons Theorien sind die Grundpfeiler des Mandats des World Institute. Die Grundlage für seine Nobel-Nominierung. Bis er einen Rückzieher gemacht hatte. Vermutlich haben sie es nicht geschätzt, dass ihr Starökonom die Seiten gewechselt hat.«

»Sie denken, das World Institute ist an Svenssons Mord beteiligt?«, fragte Jace.

Warum hatte sie Jace einem Verschwörungstheoretiker wie Landers vorgestellt? Fataler Fehler. Jetzt rochen beide Journalisten eine Story und würden vor nichts zurückschrecken, sie zu bekommen.

»Wie sonst könnte man es sich erklären?«

»Es gibt viele Möglichkeiten«, sagte Kat. »Die Polizei nannte es einen Raub. Warum untersuchen sie Ihre Theorie nicht?« Sie kamen schnell ab vom Kurs. Die Vorstellung mit dem belastenden Material gegen Nathan Barron verpuffte genauso schnell wie Kats Geduld.

Landers prustete. »In diesem Kaff? Die Polizei hat doch keine Ahnung, wo man eine Mordermittlung beginnt. Hideaway Bays größtes Verbrechen sind gestohlene Kanus oder Einbrüche in Blockhäuser. Es ist der perfekte Ort für das World Institute, unbeschadet mit dem Mord davonzukommen.«

»Was ist das Motiv?«, fragte Jace.

»Um eine andersdenkende Stimme zum Schweigen bringen«, sagte Landers. »Svensson war Mitglied des World Institute, dennoch sprach er sich gegen ihre Organisation aus. Nicht nur, dass er das Prestige als Nobel-nominierter Ökonom hat – er ist auch der weltweit führende Experte in Sachen Währungsreform. Er ließ ihnen keine andere Wahl.«

»Keine andere Wahl?« Kat war überrascht, wie Landers den Mord an Svensson irgendwie rationalisierte.

»Nicht, wenn sie ihre Aufgabe zu Ende bringen wollen.« Landers zog seinen Pullover über den Kopf und es kam ein blau kariertes Hemd zum Vorschein. »Es ist stickig hier drin.«

Kat ging zum Thermostat und drehte ihn herunter. »Andere World Institute Mitglieder sind auch einflussreich. Sie hätten ihn einfach nur diskreditieren müssen. Das World Institute hat genug Geld und Macht, seinen Forderungen entgegenzuwirken. Sie hatten es nicht nötig, ihn zu ermorden.«

Kats Äußerungen stießen auf taube Ohren. Landers und Jace sahen sich gebannt eine Reportage im CNN-Kanal an. Jace hatte immer die Nachrichten an; sie bemerkte es schon gar nicht mehr. Sie seufzte und warf einen Blick auf den Fernseher.

Ein reicher Filmstar hielt ein äthiopisches Baby in ihren Armen. Sie konnte sich nicht an den Namen der Schauspielerin erinnern, nur an ihre jährlichen Adoptionsstreifzüge zu Kinderheimen in afrikanischen Ländern. Kat fragte sich, ob die Eltern das Kind wirklich abgeben wollten oder dazu gezwungen wurden. Wie wäre es, wenn man seinem Kind ein Leben mit unendlichem Reichtum vorenthalten würde? Manchmal war die Wahl einer Entscheidung nicht wirklich eine Wahl.

Sie warf einen Blick auf Landers und fragte sich, was wohl dazu geführt hat, dass er vom World Institute so besessen ist. Trotz seiner zehnjährigen Nachforschungen über das WI, war seine Arbeit weitgehend diskreditiert worden. Sie hatte viele negative Kritiken und Kommentare zu seinem Buch entdeckt, als sie nach dem Hintergrund des Instituts geforscht hatte.

Dann bemerkte sie Landers Hemd. Es war hellblau; das gleiche Hemd hatte er auf der Fähre getragen. Nicht das rote Hemd, das er im Fernsehen getragen hatte. Also war das Interview tatsächlich aufgezeichnet worden. Das, zusammen mit dem unterschiedlichen Wetter, war signifikant. Die Wolken hier standen im Kontrast zur Sonne während Landers Interviews mit dem RCMP-Offizier hatte. Hideaway Bay war nur ein paar Meilen entfernt, schon gar nicht genug, um einen solchen Wetterumschwung in Betracht zu ziehen.

Angesichts der Tatsache, dass das Interview vorher stattgefunden haben muss, wann genau hat die Ermittlung von Svenssons Todesursache vom Selbstmord in einen Mord gewechselt? Und warum hatte Landers das nicht schon vorher erwähnt? Trotz ihrer besten Bemühungen, wurde auch sie vom Thema abgelenkt.

KAPITEL 31

»Schauen Sie sich das an.« Jace nahm den Briefklemmer von den Dokumenten und verteilte sie auf dem kleinen Tisch. Er deutete auf den ersten Punkt der Tagesordnung. »Eine Weltwährung.«

Kat warf ihm einen missbilligenden Blick zu. Sie hatten nicht besprochen, was und wie viel sie Landers zeigen würden oder sollten und es ärgerte sie, dass sie ihm die Sitzungsunterlagen zeigte, ohne sie vorher gefragt zu haben. Fünf Stunden waren vergangen, seit Landers auf ihr Zimmer gekommen war und er hatte ihnen noch immer keine seiner eigenen Informationen enthüllt. Alles nehmen und nichts geben.

»Woher haben Sie das?« Landers beugte vor, um die Dokumente zu studieren. »Die können nicht echt sein.«.

»Natürlich sind sie echt.« Jace zog das Papier zurück, als ob ihn etwas gestochen hätte. »Direkt von einem Delegierten des World Institute.«

»Von wem?« Landers schaute auf. »Es war mir innerhalb dieser zehn Jahre nicht möglich, ihr Material vor einem Treffen zu bekommen.«

»Das ist vertraulich.« Kat riss die Papiere weg, gerade als Landers sie in die Hand nehmen wollte. Es war ein Fehler gewesen, Landers in ihre Suite einzuladen. Jetzt kannte er ihren Aufenthaltsort und hatte nichts als Gegenleistung geboten. Sie würde sich mit Sicherheit nicht selbst belasten, indem Sie zugab, dass sie die Papiere aus Nathan und Victorias Zimmer gestohlen hatte. Sie suchte Jaces Blick, aber er schaute wie gebannt auf die Tagesordnung.

»Auch wenn sie echt wären, so ist dies nichts Neues.« Landers aß eine weitere Handvoll Chips aus der Pringles-Dose. »Das Thema Weltwährung steht schon seit Jahren auf der Hitliste des World Institute.«

»Vielleicht als eine Theorie, aber jetzt sind bereit, sie umzusetzen«, sagte Jace.

»Das wissen Sie doch gar nicht.« Landers strich sich Chipskrümel von den Handflächen. »Auf der Tagesordnung stehen die Diskussionsthemen.«

»Wir haben Beweise.« Jace deutete auf einen der Stapel, der auf dem Tisch ausgebreitet war. Die Dokumente aus Nathans Zimmer waren eine Fundgrube mit Informationen – wenn Kat nur etwas Privatsphäre bekommen konnte, um sie durchzugehen. Sie hatte kaum einen Blick darauf werfen können. Aber Jace blätterte bereits durch die Unterlagen und Landers schaute interessiert zu. »Die haben hier eine ziemlich beeindruckende Medienkampagne. Sie planen eine Finanzkrise. Zunächst eine Schuldenkrise, die alle wichtigen Währungen abwerten wird. Zu Beginn in Europa, dann in Nordamerika. Sobald das dort läuft, folgen Asien und der Rest der Welt.«

»Lassen Sie mich mal sehen.« Landers streckte die Hand aus.

Jace sah Kat an.

Sie neigte den Kopf. *Nicht jetzt.*

Jace blätterte durch die Dokumente. »Sobald die Währungen ihren Wert verlieren, wird eine gemeinsame globale Währung viel schmackhafter sein. Am Rande der Katastrophe schreitet dann das World Institute ein und rettet sie alle. Niemand wird auch nur im Entferntesten vermuten, dass sie die ganze Sache selbst orchestriert haben, geschweige denn, sie infrage stellen. Es ist ein neuer wilder Westen. Jeder, der Ansprüche anmeldet, bekommt ein Stück.«

Landers drehte sich wieder zu Kat um. »Es ist genau das, was ich vorhergesagt habe. Verstehen Sie jetzt das Mordmotiv?«

Kat schüttelte verärgert den Kopf. Sie war doch kein naiver Sechstklässler. »Das muss die Polizei entscheiden. Ich bin hier, um einen Betrugsfall zu lösen.«

»Beides steht im Zusammenhang. Glauben Sie denn wirklich, dass diese Kaffpolizei das World Institute auf dem Radar hat?« Landers wartete nicht auf ihre Antwort. »Sie sind weder raffiniert genug, noch haben sie die entsprechenden Leute. Wir müssen sie auf die Spur bringen. Indem wir das WI-Mandat offenlegen.«

»Wir?«, fragte Kat.

»Er hat recht, Kat«. Jace deutete auf die Papiere. »Pinslett und seine Kumpane sind Teil einer kriechenden Medien-Übernahme. Sein Konglomerat besitzt bereits sechzig Prozent der großen Zeitungen in Nordamerika und Europa. Er besitzt Fernseh- und Radiosender. Er und ein paar andere Jungs steuern die meisten bedeutenden globalen Medien. Sie berichten nur über das, was sie wollen.«

»Nur über das, was wir erfahren sollen. Geld und Informationen sind zwei Schlüssel zur Macht«, fügte Landers hinzu. »Mit ihnen können sie Politiker, Regierungen und die Gesellschaft kontrollieren.«

Kat fühlte sich gemobbt. Sie hatte Jace an eine bescheuerte Verschwörungstheorie verloren.

»Zuerst haben sie die Europäische Union entwickelt, dann für den Euro plädiert«, sagte Landers. »Der nächste Schritt ist, das gleiche Prinzip in anderen Weltregionen zu entwickeln – Nordamerika, Asien und Südamerika.«

»Was ist mit Afrika?«, fragte Jace.

»Da braucht man nichts zu tun. Zumindest ist das die Ansicht des World Institute.« Landers nahm noch eine Handvoll Pringles. Seine Augen wanderten zu den Papierstapeln auf dem Couchtisch. »Es wird bereits – je nach der Politik ihres Landes – vom Rest der Welt kontrolliert oder ausgebeutet. Es gibt dort keine stabile, dominierende Währung abzubauen. Der Handel findet meist in US-Dollar oder Euro statt, und China hat ihre meisten Rohstoffe gesichert.

Alles, was Landers sagte, stand im Sitzungsbericht des letzten

Jahres. Aber warum fühlten sie sich als Retter der Welt? Vielleicht sollte sie Landers die Chips wegnehmen, damit er endlich ging. Angesichts des bereits fortgeschrittenen Gesprächs war es wahrscheinlich zu spät dafür.

»Svenssons argumentierte im vergangenen Jahr für eine gemeinsame Weltwährung«, sagte Jace. »Deshalb wurde er für den Nobelpreis nominiert. Dann, kurz bevor er starb, änderte er seine Meinung. Ein starkes Mordmotiv. Was ich nicht kapiere, ist, warum die Geheimhaltung? Der Euro funktioniert. Warum es nicht zur Abstimmung bringen?«

Kat wollte gerade etwas sagen, erkannte jedoch, dass ihre Antwort nur noch Stoff für weitere stundenlange Diskussionen wäre. Stattdessen ging sie zurück zur Mini-Bar. Sie durchsuchte die Snacks. Am Ende packte sie alles und warf alles in einem Haufen auf dem Tisch.

Landers schnappte sich einen Mars-Riegel und lächelte sie an. Der CNN-Nachrichtensprecher berichtete über Verschuldung der privaten Haushalte und sofortige Gratifikation.

»Nicht jeder ist dafür, Jace«, sagte Landers. »Die meisten Regierungen sind es nicht, da sie durch eine Weltwährung die Macht verlieren.« Nur die dominierenden Länder wollen sie, weil sie Handelsschranken beseitigt und Transaktions- und Devisenkosten senkt. Sie geben den Ton an, sodass die Regeln immer zu ihren Gunsten enden. Man wird praktisch in eine gemeinsame Währung gezwungen, wenn man diese Handelsschranken abbauen will. Aber dieser Wechsel kann zur drastischen Erhöhung der Preise führen. Plötzlich zahlen Sie die Löhne in einer stärkeren Währung. Das treibt die Inflation an.«

»Das macht Ihre einheimischen Waren teurer und weniger erschwinglich.« Jace trottete zum Fenster. Die Wolken draußen wurden immer dichter und der dunkle Himmel drohte, zu explodieren. »Ein gutes Argument, aber der Schmerz ist nur vorübergehend. Anstatt das Spielfeld auszugleichen, wird es auf lange Sicht ungleicher.«

»Deshalb hat Svensson seine Meinung geändert«, sagte Landers.

»Das mit dem Unfall, ich meine den Mord, ist wirklich dumm. Er war der Einzige mit diesem Argument.«

»Welche Beweise hat die Polizei für den Mord?« Jace kritzelte auf seinen Notizblock.

»Toxikologischer Bericht. Der Gerichtsmediziner sagt, dass er es mit dieser Menge Drogen im Körper bestimmt nicht bis nach oben geschafft hätte.«

»Vielleicht hat er die Drogen genommen, nachdem er dort angekommen ist«, sagte Jace.

»Nein. Ein anderer Wanderer hat ihn um vierzehn Uhr auf dem Gipfel gesehen.« Landers wickelte den letzten Schokoriegel aus und biss hinein. »Er war nicht beeinträchtigt. Der Bericht des Gerichtsmediziners besagt, dass er die Drogen gegen fünfzehn Uhr eingenommen haben muss. Basierend auf dem, was der Wanderer ausgesagt hat, der an ihm vorbeiging, war er zu diesem Zeitpunkt noch ein paar Wanderstunden von dem Ort entfernt, an dem er starb. Er hätte es unmöglich nach der Einnahme dieser Drogen bis nach oben geschafft. Sie waren zu stark.«

»Sonst hat ihn niemand gesehen?« Kat war schon oft mit Jace auf diesem Weg zu Kurts Blockhütte gewandert. In dieser Jahreszeit war die Schneedecke dort sehr dicht und sie gingen oft stundenlang, ohne andere Wanderer zu treffen.

»Nein, obwohl sich jemand daran erinnert, ihn am frühen Morgen zusammen mit einer Frau gesehen zu haben«, sagte Landers. »Ein weiterer Schneeschuhwanderer ist ihnen begegnet. Niemand hatte ihn am nächsten Tag als vermisst gemeldet. Erst als ein Suchtrupp seinen Schritten gefolgt ist und ihn gefunden hat. Ein Sturz von dreihundert Metern.«

»Ich kenn den Weg«, sagte Jace. »Wie steht es mit der Frau? Wer ist sie?«

»Niemand weiß es. Sie haben sie nie gefunden. Es standen keine Autos auf dem Parkplatz, sodass sie ihr offensichtlich nichts passiert ist.«, sagte Landers.

»Keine Vermisstenmeldung?« Kat wusste, dass man nur mit dem Auto zum Ausgangspunkt des Wanderwegs kam. Es war viel zu unpraktisch, von jemanden dort abgesetzt zu werden. »Brauchen Sie nicht einen Wanderpass dafür?«

»Ja, allerdings.«, sagte Jace. »Aber sie fragen nicht nach dem Namen. Es gibt auch kein System, das die Personen überprüft. Ich kenne einige des Such- und Rettungstrupps. Ich werde herausfinden, was sie darüber wissen.« Kurt leitete den Such- und Rettungstrupp von Hideaway Bay und würde bestimmt alle Details kennen.

»Warum würde sie den Ort verlassen, ohne Bescheid zu geben?« Kat fand das verdächtig. »Es sei denn, sie wäre in den Mord verwickelt.«

Landers holte Stift und Notizbuch aus der Gesäßtasche. Sein Stift wollte nicht schreiben, also stand er auf und nahm einen vom Schreibtisch. »Svenssons Sinneswandel war nicht gut gegangen. Seine Expertenmeinung war die Grundlage für ihre gesamte Argumentation zur Währungsreform. Ein Kandidat für den Wirtschaftsnobelpreis ist eine mächtige, einflussreiche Persönlichkeit.«

»Einer, der widerspricht sogar noch mehr«, sagte Jace. »Statt eine Bereicherung zu sein, ist er zu einem Hindernis geworden. Jetzt gibt es keine Debatten und keine Andersdenkenden mehr. So einfach ist das.«

KAPITEL 32

Nachdem sich Landers wie ein geretteter Geisel durch ihre Mini-Bar gefuttert hatte, blieb ihnen nichts anderes übrig, als den Zimmerservice zu bestellen. Er verschlang prompt ein Dinner mit einem zweihundertachtzig Gramm Steak und zwei Desserts in wenigen Minuten.

Ein Detail störte Kat noch immer. Landers war mit ihnen auf derselben Fähre in Hideaway Bay angekommen. Angenommen, dass das Interview vorher aufgezeichnet wurde, zu welchem Zeitpunkt? Während des Interviews hat die Sonne geschienen. Es war aber nicht sonnig gewesen, seit sie hier angekommen sind.

Dann wurde Svenssons Leiche entdeckt. Man hatte ihn erst gestern geborgen und die Autopsie heute abgeschlossen. Landers kam auf derselben Fähre an wie sie, und zwar bevor die Autopsie-Ergebnisse bekannt gegeben wurden. Wenn das Interview vor dieser Zeit aufgezeichnet wurde, wann haben Landers und die Polizei die Autopsie Ergebnisse erhalten?

Kat hatte es satt, Gastgeberin für einen Opportunisten wie Landers zu spielen. Nachdem sie ihn mit Nahrung und buchstäblich auch mit Informationen gefüttert hatten, bot er noch keine konkrete

Gegenleistung. Es war bereits dreiundzwanzig Uhr. Sie hatte sich den ganzen Tags über im Zimmer versteckt und konnte in Landers Anwesenheit nicht an ihrem Fall arbeiten.

Kat wandte ihre Aufmerksamkeit wieder dem Fernseher zu. Die Spätnachrichten waren eingeschaltet. Auch bei stumm geschalteter Lautstärke, sah sie, dass sich Paris im Belagerungszustand befand. Die Kamera schwenkte zum Quartier Latin, wo ein wütender Mob mehrere Autos in Brand gesetzt hatte, darunter ein Polizeiwagen.

»Frankreich wird als Nächstes zum Scheitern gebracht.« Landers folgte Kats Blick. »Es folgt den Spuren von Griechenland und Portugal. Die Menschen werden die Sparmaßnahmen, die sie vorschlagen, nicht akzeptieren. Schon gar nicht die Franzosen.«

Jace stellte lauter. Die Fernsehbilder schwenkten auf die Champs-Élysées, wo mehrere Männer mit Bandanas verkleidet, Schaufenster eintraten. Die Menschenmenge, die sich dahinter gebildet hatte, unterstützte sie mit Jubelrufen.

»Warum sind die so verrückt?«, fragte Jace. »Es ist ihre eigene Schuld, wenn sie sich finanziell übernommen haben. Jetzt müssen sie dafür bezahlen.«

»Irgendwie schon.«, sagte Kat. »Die Regierung und die Banken haben einen Teil der Schuld aufgrund ihrer Geldpolitik. Die Regierung, weil sie die Zinsen so niedrig hält. Die Banken, weil sie jedem ohne Einschätzung der Kreditwürdigkeit Geld leihen. Wenn die Leute dann zahlungsunfähig werden, gerät alles aus den Fugen. Es sind nicht nur die Menschen, die sich finanziell übernommen haben, es ist das Land selbst.« Kat verstand, warum Svensson seine Meinung geändert hatte. Eine gemeinsame Währung ergab theoretisch einen Sinn, sofern sie nicht durch ein paar eigennützig denkende Leute verwaltet wird. Machtkonzentration führte zu Korruption.

»Warum stoppten die Banken nicht die Kreditvergabe, wenn es brenzlig wurde?« fragte Jace.

»Sie verdienen zu viel Geld damit.«, sagte Kat. »Die Banken lagern ihr Risiko aus, indem Sie die guten und schlechten Kredite zusammenwerfen, um ein neues Anlageprodukt zu erstellen. Solange die meisten der Kreditpakete eine hohe Bonität haben, können sie diese hohe Bewertung für die Gruppe geltend machen. In Wirklichkeit sind die Kredite schon so oft neu verpackt worden, dass sich niemand mehr daran erinnert, für wen oder für was die Kredite sind.«

»Oder wer nicht zahlt«, sagte Landers. »Die Banken machen Geld auf dem Weg nach oben, indem sie jedem Beliebigen, der eine Adresse außerhalb eines Friedhofs nachweist, einen Kredit geben. Doch sie erwarten Staatshilfen, wenn die Leute in Zahlungsunfähigkeit geraten. Wenn man einem Saisonarbeiter mit null Rücklagen eine Hypothek auf ein Einmillionen Dollar-Haus gibt, muss man zwangsläufig mit einer Katastrophe rechnen. Wenn es implodiert, wollen die Banker auf dem Weg nach unten dann auch noch Geld machen.«

»An was genau arbeiten Sie *gerade*, Roger?«, fragte ihn Kat ohne Umschweife, sodass er die Frage nicht vermeiden konnte. Wenn sie diesen verschollenen Schiffbrüchigen schon durchfüttern musste, wollte sie auch eine Gegenleistung. Wie konnte sie ihm vertrauen, wenn alles, was er tat, nehmen, nehmen, nehmen, war?

»Sie hatten bisher noch nicht von mir gehört? Meine Arbeit ist sehr bekannt.«

Kat täuschte Ignoranz vor. »Nein, nicht bevor ich über das World Institute recherchiert und entdeckt habe, dass Sie ein World Institute Groupie sind.«

Jace zog die Augenbrauen hoch und sah Kat an.

Wenigstens hatte sie endlich seine Aufmerksamkeit. Er war Landers ja fast in den Hintern gekrochen, überzeugt davon, dass sie zusammen einen Artikel schreiben könnten. Kat war sicher, dass Landers niemals mit jemandem anderen den Erfolg teilen würde. Er war ein Ausnutzer, ein Nehmer. Warum sah das Jace nicht?

Landers prustete. »Katerina, ich bin Journalist, kein Groupie. Wenn Sie mein Buch gelesen hätten, würde Sie verstehen, wie ernst das alles ist.«

Kat ignorierte die Brüskierung. »Ist Ihre World Institute Theorie nicht ein bisschen übertrieben? Sie müssen doch zugeben, dass das ganze Zeug da, den Umsatz Ihres Buches steigert. Sie haben wahrscheinlich schon genug Füllstoff für eine Fortsetzung.« Landers’ Buchverkauf war erlahmt und ein bisschen Kontroverse würde seinen Buchverkäufen nicht schaden. Sein Ego zu verletzten könnte dazu führen, dass er sein wahres Gesicht zeigt.

Landers Gesicht rötete sich und er verschränkte die Arme. »Ich verzichte auf Ihre Meinung.«

»Ich gehe jetzt schlafen.« Kat drehte sich um und ging ins Badezimmer. Vielleicht würde Landers endlich verschwinden, wenn man ihn ignorierte.

Sie wollte gerade die Badezimmertür schließen, als Jace hinterherkam und hineinschlüpfte. »Kat warum reagierst du so? Es ist die Gelegenheit meines Lebens. Landers hat das World Institute seit zehn Jahren erforscht. Zusammen mit dem, was wir bereits haben, können wir diese Sache veröffentlichen. Es ist eine Wahnsinnsstory über Gier und Korruption.«

Kat schob sich an ihm vorbei zur teilweise offenen Badezimmertür. »Du lässt Landers da draußen allein, mit all den Unterlagen? Jace, wie konntest du nur?«

Jace blockierte sie und hielt seine Unterarme abwehrend hoch.

»Landers wird nichts tun«, flüsterte er. »Ich werde dafür sorgen.«

»Aber sicher wird er das. Er ist ein Opportunist.« Kat drehte den Wasserhahn auf, um ihr Gespräch zu dämpfen. »Siehst du nicht, wo uns das hingeführt hat? Er benutzt dich nur, bis er bekommt, was er will. Dann wird er dich fallen lassen und den ganzen Ruhm einheimsen.«

»Warum bist du immer so negativ?« Jace stand neben ihr am Waschbecken und schaute sie im Spiegel an.

»Ich bin nur realistisch.« Kat drückte wütend Zahnpasta auf ihre Zahnbürste. Ihr Kopf pochte und sie war verärgert, dass sich ihr Gespräch in einen Streit verwandelt hatte. Alles wegen Landers. Warum hatte sie nicht zuerst mit ihm gesprochen? Es gab bessere Wege, um Informationen zu erhalten und jetzt, da sie Jace mit hineingezogen hatte, würden die Dinge nur eskalieren. »Ich muss diesen Fall unter Dach und Fach bringen, bevor ich mich morgen Mittag mit Zachary treffe. Ich kann mir keine Komplikationen oder Verzögerungen leisten.« Zachary hatte bereits mehrere Nachrichten hinterlassen und sie brauchte konkrete Beweise, bevor sie die Verbindung mit dem World Institute enthüllte. Ansonsten würde es sich zu unglaubwürdig anhören.

»Kannst du mir nicht für irgendetwas Glauben schenken, Kat? Wir bleiben doch sowieso die Nacht über hier – was ist falsch daran, wenn man Vorteil aus einer Gelegenheit zieht? Ich gehe nach nebenan.« Jace drehte sich um und schlug die Badezimmertür hinter sich zu.

Hatte Jace denn keinen Blick dafür, wie Landers wirklich war? Kat biss die Zähne aufeinander und starrte in ihr Spiegelbild. Sie mochte die Person nicht, zu der sie geworden war.

Während sie Jace die Chance für eine Story gönnte, konnte sie es nicht auf Kosten ihrer eigenen Ermittlungen zulassen.

Kat drehte den Wasserhahn ihm Bad zu und drückte ihr Ohr an die Tür. Sie strengte sich an, um Gesprächsfetzen zu hören.

»Lassen Sie uns neben in die Suite gehen.«, sagte Jace zu Landers. »Kat ist müde, und wir können unsere Diskussion dort fortsetzen.«

»Gerne.«

»Sie können auch hier übernachten. Das Zimmer ist leer, und es ist besser als der Schrank im Lagerraum.«

Kats Kinnlade klappte herunter. Wie konnte es Jace wagen, Landers das Zimmer anzubieten? Auch wenn er vertrauenswürdig wäre, was Kat bezweifelte, würde eine weitere Person nur ihre Chancen erhöhen, entdeckt zu werden.

Sie spülte den Mund aus und öffnete die Tür, bereit, ihre Einwände zu äußern. Aber Jace und Landers waren schon weg. Die Unterlagen vom World Institute lagen auch nicht mehr auf dem Tisch.

Kat drückte ihr Ohr an die Tür der angrenzenden Suite und lauschte. Sie hörte sie im Nebenraum animiert reden, als würden sie ihre Diskussionen fortsetzen. Sie wollte erst klopfen, ließ es aber schließlich bleiben.

Soll Jace doch seine Story haben. Sie musste ihm mit den Papieren vertrauen. Obwohl sie nicht damit einverstanden war, Landers sämtliche Unterlagen zu zeigen, wusste sie auch, dass Jace niemals mit ihnen verschwinden würde. Solange es nicht in ihre Ermittlungen eingreifen würde, freute sie sich, Jace wieder so enthusiastisch zu sehen, nachdem er vom *Sentinel* entlassen worden war. Sie schlurfte zum Bett und ließ sich übermüdet fallen. Er würde heute Nacht bekommen, was er brauchte und morgen würden sie einpacken und verschwinden.

KAPITEL 33

Kat fuhr erschreckt hoch und war schweißgebadet. Ihr Herz klopfte und sie kämpfte ihre Beine aus der Bettdecke frei. Dann sah sie den blinkenden Rauchmelder an der Decke des Hotelzimmers. Ihre Panik ließ nach, als sie erkannte, wo sie war.

Sie hatte nur einen bösen Traum gehabt. Hillary hatte Harrys Haus abreißen lassen und ihn in einem Obdachlosenheim abgesetzt. Selbst Hillary würde nicht so weit gehen, dachte sie und rieb sich die Augen.

Sie schaute auf die Nachttischuhr. Drei Uhr morgens und das Bett neben ihr leer war. Dann erinnerte sie sich: Jace war mit Roger Landers nach nebenan gegangen. Ihre World Institute-Diskussion und ihr anschließender Streit kam ihr wieder ins Gedächtnis. Jaces neue Verbindung mit Landers war beunruhigend, aber sie hätte ihn nicht so anmachen sollen. Er hatte jedes Recht der Welt, alles zu verfolgen, was zu einer Superstory führen könnte und dennoch hatte sie ihm Steine in den Weg gelegt. Vertraute sie ihm nicht genug? Natürlich tat sie das. Sie schämte sich wegen ihrer Selbstsucht.

Sie zog sich ein T-Shirt und ein paar Jeans an und schlüpfte für alle Fälle in ihre Laufschuhe. Kat schlurfte zur Tür der angrenzenden Suite und lauschte. Keine Stimmen. Waren sie eingeschlafen? Nein — Jace wäre wieder ins Zimmer gekommen, trotz ihres Streits.

Sie klopfte sanft an die Tür und wartete.

Ein paar Sekunden später hörte sie leise Stimmen. »Jace?«

Sie versuchte, den Türgriff herunterzudrücken, aber er klemmte. Sie versuchte es ein zweites Mal. Die Tür öffnete sich einen Spalt. Ihr Nacken kribbelte, als sie sah, dass das Zimmer dunkel war. Es war zu dunkel, um zu sagen, wer von den beiden die schattenhafte Gestalt darstellte, Jace oder Landers.

»Jace? Bist du das?« Die Tür öffnete sich mehr. Plötzlich packte sie eine Hand und zog sie in die angrenzende Suite hinein.

»Hallo?« Starke Arme packten ihre Schultern und schoben sie weiter in den Raum. Sie stolperte vorwärts und wäre fast hingefallen, weil ihre Gummisohlen am Teppich hafteten. Jace würde das nicht tun. »Roger?«

»Halt's Maul.« Er schlug ihr ins Gesicht. »Jemand wird Sie hören.«

Kat fand wieder ihr Gleichgewicht und drehte sich zu ihm um. Ihr Instinkt war richtig. Landers war kein Freund. »Sie tun mir weh! Was machen Sie –?« Kat bekam nicht die Chance, ihren Satz zu beenden.

Landers schlug die Tür hinter ihr zu. Die Lichter schalteten sich ein und Kat starrte direkt in die Augen des Bösen.

Nathan Barron war diesmal voll bekleidet und trug einen schwarzen Smoking unter einem Trenchcoat. Auch er trug auch Latex-Handschuhe.

Kat Herz klopfte bis zum Hals, als sie seine Hände sah. Handschuhe bedeuteten nur eines: keine Fingerabdrücke und keine Beweise. Ihre Beine wackelten und sie stolperte einen halben Schritt zurück, bevor sie sich erholte.

»Da sind Sie also von so weit hergekommen, nur um nach Victoria zu sehen?« Nathan Barron packte sie und Roger Landers ließ sie los. Er stand neben dem Nachttisch und blockierte Kats Sicht auf eine dritte Person, die auf dem Bett saß. »Wie rührend.«

»Was wollen Sie von mir?« War es möglich, dass Nathan nichts über ihre Betrugsermittlung wusste? Kat sondierte den Raum.

Jace war nicht drin. Sie sah auch nicht die Unterlagen, die sie aus Nathans Zimmer entwendet hatte.

Landers blieb hinter ihr stehen und blockierte die Tür der angrenzenden Suite. Nathan bewegte sich leicht nach rechts und enthüllte die Person hinter ihm.

Victoria saß auf der Bettkante und grinste Kat an. Mindestens so viel Grinsen, wir ihr das Botox erlaubte. »Es hat eine Weile gedauert, aber ich habe Sie wiedererkannt. Wissen Sie was? Sind ein ziemlich lausiges Zimmermädchen.«

»Das muss jetzt nicht unangenehm werden, Ms Carter«, sagte Nathan. »Sie verlassen sofort das Hotel, stoppen die Ermittlung und wir zwei beide vergessen das Ganze.« Nathan versuchte, ein Lächeln aufzusetzen, aber seine kalten Augen durchbohrten sie. »Wenn Sie in vollem Umfang kooperieren.«

Kat erwiderte seinen Blick.

Ruhig Blut.

Sie atmete ein, zweimal langsam aus, um ihr Herzklopfen zu verlangsamen. Sie würde nicht auf seine Angstmacherei hereinfallen. Sie könnte sicher einen Weg aus diesem Schlamassel finden.

Hatte Nathan tatsächlich geglaubt, dass Sie wegen Zachary und Victorias Scheidung hier war? Nein. Das Urteil war bereits gefällt worden, also musste es ein Bluff sein. Landers hätte ihm bestimmt von ihrer Ermittlung erzählt.

»Kooperieren, inwiefern?« Wenigstens hatte sie Landers nicht gesagt, gegen welches World Institute-Mitglied sie recherchierte. Jace würde ihr Vertrauen nicht missbrauchen, aber Landers könnte in der Zeit, in der Kat und Jace im Badezimmer waren, andere Hinweise in den Unterlagen gefunden haben.

»Roger hat mir alles erzählt.« Nathan lockerte seinen Griff, ließ sie aber immer noch nicht los. »Damit kommen sie nicht davon.«

Nathan Barron war Geschäftsmann, kein Vollstrecker. Kat war sicher, dass er sich nicht mit einem unschönen Detail die Hände schmutzig machen würde. Aber ein Blick auf seine behandschuhten Hände belehrte sie das Gegenteil. Schlachtete er seine getötete Beute selbst oder hatte er jemanden, der die schmutzige Arbeit für ihn erledigte? Sie fühlte sich wie gefangene Beute.

»Davonkommen, mit was?« Aha, er wusste also von ihrer Ermittlung gegen ihn. Na und? Er konnte sie nicht einschüchtern. Sie durchsuchte das Zimmer nach Hinweisen zu Jaces Anwesenheit und entdeckte ihren Laptop mit dem eingeschalteten Bildschirmschoner.

Sie fluchte vor sich hin. Wie viele Dinge hatte Jace Landers anvertraut? Die Tatsache, dass ihr Laptop hier stand, bedeutete auch, dass Nathan, Victoria, und Landers möglicherweise auf die im Computer gespeicherten Edgewater-Dateien zugegriffen haben.

»Ihre Ermittlung, oder wie auch immer Sie Ihre idiotische Exkursion nennen wollen. Sie verschwenden Ihre Zeit und unsere. Aber ich mag sie. Ich helfe Ihnen aus diesem Schlamassel heraus, in den Sie sich selbst gebracht haben.«

»Wie?«, fragte Kat und versuchte zu verhindern, dass ihre Stimme zitterte. Hatte Nathan Barron von Jace das Gleiche verlangt? Und von Svensson?

Nathan ließ Kat los und sie schüttelte ihre Arme aus.

»Unterlassen Sie die Ermittlungen. Was auch immer Zachary bezahlt, ich werde es verdoppeln. Gehen Sie jetzt und geben Sie den Fall auf. Danach werden Sie für mich arbeiten.«

Die Seiten wechseln, um Ihr Honorar zu verdoppeln? Das Honorar, das ihr Zachary bot, war bereits großzügig. Das Doppelte wäre ein Jahresumsatz wert. Natürlich war es fast lächerlich, jetzt, da sie wusste, dass er kein Geld mehr hatte. Kein Wunder, dass Nathan und das World Institute ungestraft blieben. Und mit Mord davonkamen.

»Was genau wollen Sie von mir?« Svenssons Tod war irgendwie damit verbunden. Und es war eindeutig Mord. Sie bezweifelte, dass er sich selbst untreu geworden wäre. Aber Landers würde es.

»Sie sollen gegen Zachary wegen Betrugs ermitteln. Er hat ein Ponzi-Schema betrieben, und ich habe Beweise, um ihn zu überführen.«

»Sie würden Ihren eigenen Sohn für Ihre Verbrechen anklagen?«

Nathan kniff argwöhnisch die Augen zusammen. »Er ist schuldig, und ich habe den Beweis. Zacharys unvorsichtigen und aggressiven Geschäfte haben Edgewater fast ruiniert. Wir wären bankrott, wenn ich nicht seinen Zugang zu Bargeld eingeschränkt hätte.«

»Sie meinen, die Hunderte Millionen Dollar, die Sie veruntreut und an Research Analytics sowie an das World Institute weitergeleitet haben?« Es hatte keinen Sinn, Geheimnisse zu bewahren. Es war offensichtlich, dass Nathan wusste, dass er Gegenstand ihrer Ermittlungen war. Kat wandte sich an Landers. »Wo ist Jace?«

Landers lehnte sich gegen die Tür. Er blieb stumm, die Augen auf den Boden gerichtet.

Kat stürzte sich auf Landers, aber Nathan packte ihre Arme und zog sie zurück.

»Ihr Freund Jace hatte einen kleinen Unfall.« Nathan verstärkte seinen Griff. »Ist es das, was Sie wollen?«

»Damit kommen sie nicht davon. Die Polizei weiß, was Sie tun.«

»Die Polizei?« Nathan lachte. »Ich habe nichts Illegales getan.«

»Da bin ich ganz anderer Meinung.« Kat versuchte, keine Emotionen zu zeigen. Sie weigerte sich, ihm die Genugtuung zu geben.

Victoria lächelte sie an. Nur das Botox verformte ihren Mund eher in ein schiefes Grinsen.

»Sie denken, dass ich der Verbrecher bin?« Nathan schob sie aufs Bett. »Edegwater ist meine Firma, und ich gebe mein Geld aus, wie es mir passt.«

»Es ist das Geld der Investoren, nicht Ihres. Aber das kümmert Sie nicht, oder? Sie bescheißen nicht nur die Öffentlichkeit, sondern bezahlen auch noch mit fremdem Geld.«

»Das ist lächerlich!«

Kat setzte sich auf. »Ach, wirklich? Eine Weltwährung, gesteuert von einer Institution, die über der Regierung steht? Es ist einfach zu gefährlich, das geschehen zu lassen. Es ist der Untergang der Demokratie. Svensson dachte auch so, und dann brachte man ihn zum Schweigen, sodass Sie Ihren Plan durchführen können.«

Ihre Worte trafen ihn schmerzlich. Das ist genau das, was Jace versucht hatte, ihr zu erklären, aber sie hatte sich nur für ihre Ermittlungen interessiert.

»Was auch immer – es ist auch sowieso nicht mehr wichtig. Die Räder sind in Bewegung und es gibt nichts, was man tun kann, um sie aufzuhalten.«

Als sie Nathan ins Gesicht sah, fühlte sie Panik in ihr aufsteigen. »Lassen Sie mich gehen.«

Nathan verstärkte seinen Griff und drückte ihre Handgelenke zusammen. Er drückte sie mit Leichtigkeit wieder nach unten. »Wollen Sie die gleiche Behandlung? Machen Sie so weiter und Sie werden sie bekommen.«

Nathan hatte praktisch seine Beteiligung an Svenssons Tod zugegeben. Er hielt ihre Handgelenke fest, während er nach etwas in der Tasche fischte. Kordel. Die Nylonstränge verbrannten ihr die Haut, während er sie um ihre Handgelenke wickelte und sie straff zog. Er verknotete und zog sie so fest, bis sie aus Protest schrie. Kat Brust verengte sich, als ob sie die Zimmerwände erdrücken würden.

»Hast du die Nadel?« Nathan winkte Victoria heran, während er sich auf Kats Beine setzte, damit sie sie nicht bewegte.

Victoria stand auf. »Hab ich mein Schatz«, sagte sie in einer ekelhaft säuselnden Stimme. Sie wühlte in ihrer übergroßen Designertasche herum und holte eine Spritze heraus.

Kat versuchte, sich frei zu treten, aber es war zwecklos. Ihre Gedanken rasten durch alles, was Roger Landers am Vorabend gesagt hatte. War es von Anfang an Theater gewesen, oder hatte er zu einem Hai kapituliert, der in einem immer kleiner werdenden Becken herumkreiste?

»Wie viel hat er Ihnen gegeben, Roger? Was ist Ihr Preis?« Sie krümmte sich auf dem Bett, um Landers ins Gesicht zu sehen. Niemand schien ihn gegen seinen Willen zu halten.

Schweigen.

»Halts Maul, du Miststück.« Victoria schnipste mit einem ihrer manikürten Nägel an die Spritze. »Zeit für Ihre Medizin.«

Kat zuckte zusammen, als die Nadel in ihre Haut drang. Dann pumpte eisige Schärfe in ihren Bizeps und verteilte sich in den Adern. Es brannte in ihrer Brust, floss nach oben zu ihrem Hals und in den Kopf. Alles heiß, heiß, heiß, dann verschwanden die Stimmen. Kein Ton, keine Farbe und nichts zählte mehr.

KAPITEL 34

Kat schrie, als etwas Scharfes an ihren Brustkorb stieß. Sie rollte sich auf die Seite, sodass sie ihrem Angreifer ins Gesicht sehen konnte.

»Aufstehen«, sagte der Mann in stark akzentuiertem Englisch.

Kat zog die Ellbogen zum Schutz vor ihr Gesicht. Dann erkannte sie, dass ihre Handgelenke nicht mehr verschnürt waren. Nathan und Victoria waren verschwunden. Roger Landers war auch nicht mehr da. Stattdessen sah sie einen Sicherheitsbeamten mit Turban und in leuchtend gelbem Gore-Tex. Er stand über ihr und sah ungemütlich aus.

Kat blinzelte in den Lichtstrahl seiner Taschenlampe.

»Ich hab gesagt, Sie sollen weiterziehen, Miss. Jetzt.«

Kats Mund stand offen und sie blickte um sich. Stimmen hallten, während Menschen über den gefliesten Boden zu ihren Bestimmungsorten huschten. Sie lag auf einer ausgetretenen Eichenbank, eine von vielen, die die Freifläche begrenzten. Geschnitzte Wölbungen über kanadischen Landschaftsbildern von Bergen und Wäldern. Es dauerte einen Moment, bevor sie merkte, dass sie sich im Waterfront-Bahnhof in der Innenstadt von Vancouver befand. Den Horden von Pendlern nach zu urteilen, war es Rush-Hour, vielleicht sieben Uhr dreißig oder acht Uhr morgens. Montagmorgen. Nur noch ein paar Stunden bis zu Zacharys Frist am Mittag.

»Tut mir leid, Sir. Ich geh schon.« Kat stand auf und roch den köstlichen Duft von frischem Kaffee und Muffins, der vom Coffee-Shop in der großen Halle zu ihr hinüberwehte. Sie langte in ihre Hosentasche und suchte nach Kleingeld für einen Kaffee. Nichts. Sie blickte an ihrer Kleidung herab. Dieselbe Jogginghose und das T-Shirt von letzter Nacht. Gott sei Dank hatte sie Schuhe angezogen, bevor sie ins angrenzende Hotelzimmer gegangen war.

Sie langte in die zweite Hosentasche auf der Suche nach ihrem Handy, aber auch hier Fehlanzeige. Natürlich war alles noch im Hotel, zusammen mit ihrer Handtasche, dem Geld, Laptop und den Unterlagen über das World Institute. Hatten Nathan, Victoria oder sogar Landers ihren Edgewater-Bericht gefunden? Sie schauderte bei dem Gedanken.

Hätten Sie sie erwischt, wenn sie letzte Nacht nicht die glorreiche Idee gehabt hätte, in die Suite von nebenan zu gehen? Vermutlich. Landers wusste, wo sie war und kooperierte offensichtlich mit Nathan und Victoria. Dann war da auch noch Jace. Einfach weg, vielleicht hatte er ein noch schlimmeres Schicksal erlitten als sie.

Jace würde sie nie allein lassen und ohne sie verschwinden, auch wenn sie gestritten hatten. Die einzigen, die seinen Aufenthaltsort kannten, waren gestern Abend anwesend – Nathan und Victoria Barron sowie Roger Landers. Ob sie Jace auch irgendwo abgeladen haben? Plötzlich hatte sie wieder Hoffnung, dass sie ihn finden würde. Die Frage war nur, wo.

Kurts Blockhütte wäre eine klare Möglichkeit, da sie in Wanderdistanz von Hideaway Bay entfernt war. Unwahrscheinlich, weil die alpinen Temperaturen unter dem Gefrierpunkt Winterkleidung erforderten und er hatte seine Jacke nicht dabei. Hätten sie ihn vielleicht auch am Bahnhof abgesetzt? Dann wäre er womöglich schon zu Hause. Und würde versuchen, sie anzurufen, aber ihr Handy lag ja immer noch im Hotel. Jace zu Hause zu finden, war rein spekulativ, aber nicht unmöglich.

Ihre Stimmung hob sich, als sie merkte, dass sie gar nicht weit von zu Hause weg war. Sie brauchte nur den Bus oder das Taxi zu nehmen. Sie könnte eventuell etwas Kleingeld in ihrem Büro finden, das nur acht Blocks entfernt war.

Kat verließ den Bahnhof und ein Schwall kalter Luft kam ihr entgegen, als sie die schwere Tür aufstieß. Es war windig und der Regen peitschte seitwärts. Graupel stach ihr ins Gesicht und die Haare waren vom Wind verwüstet. Pendler stapften ihr entgegen, die Gesichter zum Schutz in den Mänteln vergraben. Sie zitterte, denn ihr dünnes T-Shirt hielt der eisigen Luft nicht Stand.

Ein Schnorrer pöbelte ein Paar an, das an ihm vorbeiging. Der Mann hielt eine Baseballkappe aus, in der Hoffnung, man würde etwas Kleingeld hineinwerfen. Das Paar beschleunigte sein Tempo und winkte ab. Kat ging über den Parkplatz zur Straße, auf der der Vagabund stand. Seine ausgestreckte Hand erinnerte sie daran, dass sie mindestens ein paar Dollar Busfahrgeld benötigte, um nach Hause zu kommen. Vergiss das Taxi.

Der Schnorrer fing ihren Blick auf und zog sofort seine Kappe zurück, vor lauter Angst, sie würde sie ihm stehlen. »Meine Ecke. Such dir deine eigene.« Er verzog das Gesicht und enthüllte ein paar fehlende Frontzähne.

»Hä?« Plötzlich dämmerte es ihr, dass er dachte, sie wäre auch eine Bettlerin. Konkurrenz. Sah sie wirklich so schlimm aus? Erst 8.00 Uhr, aber zum zweiten Mal an diesem Morgen fühlte sie sich völlig wertlos.

Kat ging die Water Street zum Gastown Bürogebäude entlang, die Arme zum Schutz gegen die Kälte verschränkt. Der Pflastersteinbelag des Bürgersteigs war wie Schmierseife unter ihren Laufschuhen, weil sich der Schnee nach und nach in Matsch verwandelte. Er sickerte in ihre Schuhe und erinnerte sie an ihre warmen Stiefel, die immer noch zusammen mit all den anderen Sachen in Hideaway Bay waren.

Trotz der Temperaturen über dem Gefrierpunkt biss der Wind und der Regen gefror sie bis auf die Knochen. Ihre Zähne klapperten und sie zitterte auf ihrem Weg zum Büro auf der verlassenen Straße. Die meisten Obdachlosen waren hineingegangen, hatten Schutz vor der feuchten Kälte gesucht. Sie ging am Café Marseilles vorbei, vor dem eine Gruppe Vagabunden am Gebäude lehnten und sich die Hände an Papiertassen mit Kaffee wärmten.

Als sie das Bürogebäude erreichte, war sie vollständig durchgefroren. Ihre Hände waren so taub, dass sie noch nicht einmal die Knöchel spürte, mit denen sie an die Glastür klopfte. Im Allgemeinen war das Gebäude vormittags geschlossen, vor allem im Winter, wenn Obdachlose Schutz vor der Kälte suchten.

Nach einer Weile, die ihr wie eine Ewigkeit schien, kam der Gebäudewachmann endlich aus der Seitentür, um dem Lärm nachzugehen. Er blickte schnell zu ihr hinüber und winkte sie weg.

»Marcus, ich bins – lassen Sie mich hinein.« Kat winkte ihm verzweifelt zu, aber er war bereits wieder im Eingang verschwunden. Carter & Associates war schon seit fast drei Jahren Mieter im Hudson House gewesen. Wieso hatte er sie nicht erkannt? Sie pochte erneut an die Tür, so laut sie konnte. »Marcus!«

Mehrere Passanten in Regenmänteln und Schirmen warfen Kat angewiderte Blicke zu und huschten vorbei. Sie mied ihre Augen, denn sie schämte sich für ihr Aussehen. Sie brauchte keinen Spiegel, um zu wissen, dass sie zerrissene Kleider trug, strähnige Haare hatte, und dass sie ohne Make-up wie eine Obdachlose aussah. Fühlt man sich so, wenn Menschen einen den ganzen Tag hassen?

Marcus tauchte schließlich wieder auf. Er stürmte zur Tür und riss sie auf.

»Hau ab oder ich rufe die –«

»Marcus, erkennen Sie mich denn nicht? Kat? Vom Obergeschoss?«

Etwas dämmerte ihm und er hielt inne. Seine Kinnlade klappte herunter. »Was zum Teufel ist denn mit Ihnen passiert?« Er hielt die Tür auf und winkte sie hinein.

»Ich kann jetzt nicht reden.« Kat huschte an ihm vorbei und schlurfte zum Aufzug, während sie langsam wieder Gefühl in ihre tauben Beine bekam. Sie drückte den Knopf nach oben und wartete mit dem Rücken zu Marcus. Sie war im Augenblick nicht in der Stimmung für Erklärungen, und er hatte es sowieso nicht verdient.

Er lief hinter ihr her. »Kat – es tut mir leid. Ich hatte keine Ahnung, dass Sie es sind.«

Sie ignorierte ihn und betrat den Aufzug. Marcus hatte sich von einer Seite gezeigt, die sie noch nie zuvor gesehen hatte, und sie mochte sie nicht. Sie drückte den Knopf für den vierten Stock.

Nathan und Victoria würden nicht ungeschoren davonkommen.

Was hatten sie mit Jace gemacht, und warum war er verschwunden, Landers aber nicht? Sie bezweifelte, dass Nathan Landers beim Wort nehmen würde, wenn er behauptete, dass ihm die Dokumente nicht gehörten. Nathan würde versuchen, beide loszuwerden, da sie die Einzigen waren, die die World Institute Pläne gesehen hatten. Es sei denn, Landers war bereits bei der Verschwörung dabei, oder was immer es war. Offensichtlich hatte Landers mit ihnen zusammengearbeitet. Mit egoistischen Zielen, wie üblich.

Nathan Barron hatte gesagt, dass Jace eine Art von Unfall gehabt hätte. Das klang bedrohlicher als das, was mit ihr geschehen war. Sie war relativ unbeschadet, mit Ausnahme von ein paar Prellungen und Kopfschmerzen, als Ergebnis von dem, was sie ihr injiziert hatten. Könnte Jace etwas Ähnliches wie Svensson zugestoßen sein? Trotz unterschiedlicher Berufe hatten sich beide sowohl gegen das World Institute als auch gegen die Machtelite ausgesprochen. War das Grund genug zum Sterben? Kat schauderte bei der Möglichkeit.

Svenssons Ende war fast unmittelbar, nachdem er seine Meinung geändert hatte und nicht mehr mit dem Dogma des World Institute einverstanden war. Jaces Verschwinden könnte mit seinem Exposé zum Hypothekenbetrug zu tun haben. Immerhin waren sie deswegen schwer angegriffen worden. Aber Jaces ist in Hideaway Bay verschwunden. Bedeutete dies, dass die Streichung seines Immobilienartikels etwas mit dem World Institute zu tun hatte? Wenn ja, wie? Oder vielleicht war das Ziel einfacher als man dachte – wie beispielsweise Unterdrücken von Einwänden gegen eines ihrer Mitglieder. Mit schweigenden Stimmen konnte das WI ungestraft weitermachen. So wurden solche Dinge in den Korridoren der Macht gehandhabt. Hindernisse beseitigen. Gier konnte die Menschen hässliche Dinge erleiden lassen.

Vielleicht waren sie auch gar nicht hinter den Unterlagen über das World Institute her. Obwohl sie genügend Schaden anrichteten, wollten sie nicht nur Jaces Artikel unterdrücken. Es war viel mächtiger als das. Es war seine Meinung, seine Stimme. Er war ein angesehener Journalist, dem die Menschen zuhörten, genau wie es bei Svensson der Fall war. Ihre Stimmen könnten nicht ausgeschlossen oder verweigert werden. Aber man konnte sie beseitigen.

Obwohl sie sich nie den Entwurf angesehen hatte, an dem er im Hotel gearbeitet hatte, wusste sie, dass sein World Institute Exposé alle Mitglieder darin verwickelte, auch wenn er Nathan und Gordon Pinslett ganz besonders ins Visier nahm – Nathan, weil er Mittel aus Edgewater abgezweigt hat, um den Auftrag des WI zu finanzieren und Gordon Pinslett, weil er seinen Artikel auf dem Titelblatt herausgenommen hat, weil er für das WI nachteilig war. Eine politisch ungenießbare Theorie durchzusetzen war eine Sache. Maßlos durch Währungsmanipulation und Insidergeschäften davon zu profitieren war eine andere. Dann war da noch die Pressezensur und der Betrug, der damit zusammenhing.

Eines stand fest. Diejenigen mit dem Mut zum Reden wurden zum Schweigen gebracht. Jace war gefeuert und seine Story vom *Sentinel* gestrichen worden, der zufälligerweise Gordon Pinslett gehörte. War Jace in mehr als nur einer Hinsicht zum Schweigen gebracht worden? Sie schauderte bei dem Gedanken.

Jace hatte recht. Es war in Ordnung, den Mund zu halten, bis es dir selbst passiert. Aber dann würde dich auch niemand verteidigen. Mit dem Schweigen riskierst du deine Freiheit, wirtschaftliches Wohlergehen und Recht auf freie Meinungsäußerung. Wenn sie sich nicht einsetzen würde, wer täte es dann?

Manche Dinge sind es wert, dafür zu kämpfen, koste es was es wolle.

KAPITEL 35

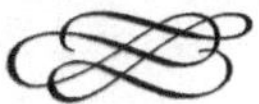

Hillary **stand an der Küchentür** und sah ihrem Vater zu, wie er das schmutzige Geschirr aus der Spülmaschine nahm. Eines nach dem anderen wanderte das Geschirr in den Schrank zurück: schmutzige Teller, Kaffeetassen und Gläser. Das Ein- und Ausräumen desselben ungespülten Geschirrs. Es war wie das Drücken der Rückspultaste, immer und immer wieder. Mannomann war der durchgeknallt. Ist es das, was man jetzt sein Leben nannte?

»Du musst umziehen, Dad.« Sie sah auf die Uhr. Es war schon nach eins und alles, was sie den ganzen Morgen getan hatten, war Kaffee mit Seifengeschmack zu trinken. An einem Montag hatte sie weiß Gott besseres zu tun. »In eines dieser Pflegeheime.«

»Pflegeheim? Nur über meine Leiche.« Harry ließ die schmutzigen Messer in die Besteckschublade fallen. »Ich brauche kein Pflegeheim. Es geht mir gut hier.«

»Schau mal – du bist ein verrückter alter Mann! Kannst ja noch nicht mal mit dem Geschirrspüler umgehen. Sieh dir doch diese Sauerei an!« Hillary gestikulierte zur überfüllten Küchentheke. »Es ist zu viel für dich.«

»Nein, ist es nicht. Es ist mein Chaos und ich mag es.« Er wischte sich mit dem Ärmel die Stirn. »Ich führe meinen Haushalt so wie ich es will.«

Nicht, dass sie etwas zu sagen hätte. So pathetisch – fing er jetzt wirklich an zu weinen? Hillary fuhr mit ihrem Arm über die Bücherstapel auf dem Küchentisch und schob sie auf den Boden. Verärgert setzte sie sich. Kann nicht seine Rechnungen bezahlen und schon gar nicht das Haus reinigen. Seit wann ist denn das eigentlich ihr Problem? »Ich habe noch nicht einmal Platz am Tisch, soviel liegt hier herum. Wie kannst du in diesem Saustall essen?«

»Oh Hillary, warum hast du das getan? Ich hatte dir gesagt, du sollst sie liegenlassen.« Harry schloss die Tür des Geschirrspülers und mit einem Küchenhandtuch über der Schulter schlurfte er zum Tisch. Sein Blick fiel auf die Bücher, die geöffnet in einem Haufen auf dem Linoleum lagen. Verwundete Soldaten, alle Seiten verknittert und aufgeplatzte Einbände.

»Weil du spinnst, Dad. Du lebst in einem Haufen Schrott.« Hillary verdrehte die Augen. Warum bereitete er ihr solche Probleme? Er glaubte doch wohl nicht im Ernst, dass sie für ihn kochen oder sauber machen würde?

»Das ist kein Schrott, Hillary. Einige dieser Bücher sind Sammlerstücke. Stell sie zurück«, sagte Harry. »Wir essen im Wohnzimmer.«

»Kommt gar nicht in die Tüte, dass ich hier esse. Das ist widerlich.« Hillary knallte ihre Kaffeetasse auf den Tisch. »Wie kannst du nur so leben?«

»Einfach. Ich mag meine Dinge genau so, wie sie sind. Du lebst nicht unter diesem Dach, also schreib mir nicht vor, was ich zu tun und zu lassen habe.«

»Was, wenn ich hier leben würde? Hätte ich dann etwas zu sagen?« Sein Gesicht hellte sich auf.

Genau die Wirkung, die sie beabsichtigt hatte. »Vielleicht ziehe ich wieder hier ein.«

»Wirklich? Das wäre wundervoll. Es ist echt einsam hier, seit deine Mutter gestorben ist.«

»Ich denk drüber nach. Aber wir brauchen ein paar Grundregeln.« Hillary stand vom Tisch auf und ging zum Kühlschrank. Sie würde es dort höchstens noch eine Woche aushalten, keine Minute länger. Nur die Zeit, die sie brauchte, um alles unter Dach und Fach zu bringen und die ausstehenden Raten für ihren Porsche zahlen zu können.

»Wir können etwas ausarbeiten«, sagte er.

»Gut.« Hillary nahm einen Krug mit Orangensaft aus dem Kühlschrank und goss sich ein Glas ein. Sie kippte einen Teelöffel voll Pulver hinein und rührte um, bis es sich aufgelöst hatte. Sie steckte das Fläschchen wieder in die Tasche und drehte sich zu Harry um.

»Hier. Trink das.« Sie reichte ihrem Vater das Glas. Eigentlich hätte sie sich das Getue sparen können. Sie hätte eine Granate durch die Küche jagen können, er hätte es nicht bemerkt. Echt blöd.

»Danke.« Er nippte am Saft und lächelte.

Hillary seufzte. In fünf Minuten würde er in seinem hässlichen karierten Sessel umkippen. Dann könnte sie beginnen, ein paar seiner Sachen in den Müll zu werfen. Sie würde mit Sicherheit nicht warten, bis er tot wäre. Diese Unordnung erstickte sie.

Er sorgte sich mehr über diese mit Trödel überfüllte Bruchbude als um sie, obwohl sie ihr Leben auf Eis gelegt hatte, um in dieses Drecksloch und diese beschissene kleine Siedlung zurückzukehren. Wofür? Nichts hatte sich in den letzten zehn Jahren verändert. Außer den Nachbarn, die älter und klappriger geworden waren und Kats Tentakel, die sich immer tiefer in fremde Angelegenheiten gruben. Kat gab vor, sich um Dad zu kümmern, aber Hillary wusste es besser. Von wegen. Er war nichts anderes als ein bekloppter alter Mann.

Kat war auf dem Holzweg, wenn sie dachte, dass sie auch nur einen Heller erben würde, nur weil sie Harry in den Hintern kroch. Deshalb hatte es keine Schecks mehr gegeben, weil Kat das ganze Geld für sich selbst behielt. Dessen war sie sich sicher. Warum sonst würde sie mit vierunddreißig Jahren um einen alten Mann herumscharwenzeln? War es nicht genug, dass ihre Eltern Kat aufgenommen hatten, nachdem ihr Vater das Weite gesucht hatte? Wer adoptierte schon vierzehnjährige? Das nächste, was Kat tun würde, wäre das Testament anzufechten.

Dem musst sie ein Ende setzen.

KAPITEL 36

Hillary verlagerte ihr Gewicht vom rechten auf den linken Fuß. Sie wagte es nicht, ihre Schuhe in dieser Absteige auszuziehen. Ihre Manolo Blahnik-Pumps mit zehn Zentimeter hohen Absätzen brachten sie fast um, aber sie konnte sie unmöglich ausziehen. Wer weiß, welches Ungeziefer hier in dieser Spelunke kreuchte und fleuchte?

»Iss das, Dad«, sagte sie und stellte noch ein Glas Orangensaft neben seinen Teller.

»Habe ich. Ich kann nicht noch mehr essen. Ich bin satt.« Harry saß am Küchentisch, mit der Gabel in der Hand und einer Serviette in den Hemdkragen geklemmt.

»Du musst aber. Iss das auf.« Hillary spürte, dass sie rot anlief. Er brauchte jeden Tag die gleiche Dosis. Es war kumulativ und einen Tag auslassen, würde bedeuten, wieder von vorn anzufangen. Sie würde hundertpro nicht eine Sekunde länger oder mehr Geld investieren, als sie bereits hatte.

»Habe ich, Hillary. Ich bin nicht mehr hungrig. Möchtest du den Rest?« Harry deutete mit der Gabel auf die Kartoffelpuffer.

»Ich habe schon gegessen.« Hillary stellte sich vor, wie ihr Leben in ein paar Wochen aussehen würde. Sie würde dieses Loch verkaufen und wäre endlich wieder flüssig. Vielleicht in der Schweiz Ski fahren, so wie die Angehörigen der königlichen Familie. Sie könnte sogar einen Prinzen kennenlernen.

»Wann? Ich habe dich nicht essen sehen.«

»Aber natürlich hast du das. Du hast es vergessen. Du hast Alzheimer, alter Mann.« Hillary zog mit dem Zeigefinger Kreise um ihr Ohr. »Du bist nicht ganz dicht, nicht wahr? Oder hast du das auch schon vergessen?«

Harry schüttelte den Kopf, und legte seine Gabel nieder.

Sie packte sie und schaufelte Essen auf die Gabel. Sie hielt die Gabel vor seinen Mund. »Mach auf. Iss.«

Harry streckte die Hand zum Protest aus.

»Ich sagte – ISS!« Hillary schob die Kartoffeln in den Mund ihres Vaters, als er ihn zum Widerspruch öffnete.

»Hör auf damit!«. Harry lenkte ihre Hand mit dem Unterarm ab. Er spuckte die Kartoffeln aus und verstreute die Kartoffelpuffer überall auf Tisch und Boden.

»Schau, was du angerichtet hast!« Hillary schrie und knallte die Gabel auf den Tisch. »Wer wird macht diese Sauerei jetzt weg? Du verdienst es nicht, jemanden zu haben, der sich um dich kümmert.«

Ihr Vater senkte den Arm und machte sich ganz klein. Es war die totale Zeitverschwendung. Das Haus war ekelhaft, voller Unordnung, Schmutz und Staub, fast so schlimm wie die Häuser in der Reality Show *Die Hamsterer*. Mit dem einzigen Unterschied, dass mit Ausnahme von Dads abgenutzten Sears-Möbeln noch etwas vom veralteten Dekor aus den Siebzigern zu sehen war. Es widerte sie an, mitten drin zu stehen.

Jeder Tag in dieser Denton-Bude war ein Tag mehr, den man ihr von ihrem neuen Leben stahl, ein Leben, das sie verdiente und auf das sie so lange gewartet hatte. Nachdem sie sich monatelang vor den Nachbarn und Kat versteckt gehalten hatte, schien ihr Plan perfekt zu funktionieren. Ein neues Leben wartete auf sie. Es war greifbar, jetzt, da sie den Mann gefunden hatte, mit dem sie es teilen würde.

Sie brauchte nur erst einmal Harry aus dem Weg zu räumen. Und ihn von dieser neugierigen Tussi, Kat, fernzuhalten. Sie durfte keine Zeit verschwenden.

KAPITEL 37

*H*illary **stand an der** Wohnzimmertür und beobachtete ihren Vater. Sein Schnarchen hallte durch das ganze Haus und konkurrierte in der Lautstärke mit dem CNN im Fernsehen. Er hing wie ein Schluck Wasser in der Kurve in seinem Relaxsessel, sein Kinn klebte an seiner Brust. Er wippte mit jedem Schnarchen auf und ab.

Der Reporter laberte über die Pariser Unruhen, interviewte einen weinerlichen Ladenbesitzer im Quartier Latin, während maskierte Schläger hinter ihm Schaufenster einschlugen. Es war Nacht und es regnete. Martinshörner heulten und die Blaulichter hinterließen Farbstreifen, während die Streifenwagen im Hintergrund vorbeirasten.

Hillary erschrak bei diesem Ton. Auf Zehenspitzen ging sie ins Zimmer und schnappte sich die Fernbedienung, die auf dem Arm des Relaxsessels lag. Sie drehte die Lautstärke herunter, weil sie befürchtete, Harry könnte aufwachen. Sie entspannte sich, als sie sich an die Dosis erinnerte, die sie ihm verabreicht hatte. Genug, um einen Elefanten auszuknocken.

Sie hatte mindestens ein paar Stunden Zeit. Wo sollte sie zuerst suchen? Im Safe? Sie entschied sich zuerst für das Schlafzimmer. Auf diese Weise wäre sie fertig, wenn Harry aufwachte. Sie könnte ihn davon überzeugen, nach oben zu gehen, um ein Nickerchen zu machen, während sie den Rest des Hauses durchsuchte.

Sie schlüpfte einen Fuß nach dem anderen in Sportschuhe, darauf bedacht, dass ihre Füße nicht den schmutzigen Fußboden berühren. Dann nahm sie zwei Treppenstufen auf einmal, um ins Schlafzimmer ihres Vaters zu gehen.

Sie suchte in den Schubladen seines Schreibtischs, dann im Schrank. Ihre Suche ergab nichts anderes als alte Kleidung, Schuhe und eine Schachtel mit Fotografien. Sie kippte den Inhalt des Kartons aufs Bett und durchforstete ihn. Babyfotos von ihr, dann Bilder von der ganzen Familie, später mit Kat. Sie öffnete einen Plastikmüllsack und warf die Fotos hinein. Harry würde sie dort nicht brauchen, wo er jetzt hinging. Bald würde er sowieso niemanden mehr von ihnen erkennen.

Es dauerte nicht lange und sie hatte gefunden, nach dem sie gesucht hatte; Sie schlurfte auf den Flur, beruhigt von den Schnarchgeräuschen ihres Vaters, die in den ersten Stock hinaufdröhnten. Sie öffnete den Wäscheschrank im Flur und fühlte an der Wand entlang, bis sie den Safe gefunden hatte. Sie zog an der Tür. Sie war nicht verriegelt. Sie öffnete den Safe und steckte die Papiere und fünfhundert Dollar in knackig neuen Fünfzigern ein. Sie würden früher oder später sowieso ihr gehören.

Sie musste Kat für ein paar Tage fernhalten, während sie ihren Plan einsetzte. Sie zog die schwarzen Plastikmüllsäcke paarweise die Treppe hinunter und brachte sie zur Hintergasse hinaus. Sechzehn Säcke, alle nur aus einem einzigen Zimmer. Der alte Mann würde den fehlenden Trödel noch nicht einmal bemerken. Sie kehrte in die Küche zurück und wischte sich den Schweiß von der Stirn.

Auf dem Küchenkalender was es immer noch Juni. Sie blätterte ihn auf Dezember um und riss Kats handschriftliche Notizen ab. Kats Telefonnummer, Jaces Telefonnummer, eine Einkaufsliste, und Erinnerungen an Speisen im Kühlschrank. Diese arschkriechende Zicke hatte ihre Griffel überall, und das hatte sie satt. Sie riss die Notizen ab und zerknitterte sie in eine Kugel.

Dann holte sie tief Luft und sagte zu sich selbst: Diesmal wird es anders. Sie musste einen kühlen Kopf bewahren, um ihren Plan erfolgreich durchzuziehen. Den alten Mann loswerden und sie wäre auf dem besten Weg in ein neues Leben.

Sie warf noch einmal einen Blick auf den Kalender. Das Dezember-Bild war ein dilettantisches Aquarell von Poinsettien, die aussahen, als wären sie von einem zweijährigen Kind gemalt worden. Welch ein Schrott. Als sie es von der Wand riss, entdeckte sie das, was sie gesucht hatte. Hinter dem Kalender war der Schlüssel. Der besagte Schlüssel, der ihr die Tore für die Zukunft öffnen würde.

KAPITEL 38

Kat rieb sich die Hände aneinander, als sie im vierten Stock den Aufzug verließ. Sie schlurfte zu ihrem Büro, dankbar der Kälte entrungen zu sein. Sie hielt inne, als sie ihre Bürotür sah. Sie stand einen Spalt offen, und die beschädigte Türzarge war ein klares Zeichen dafür, dass man sie sie gewaltsam geöffnet hatte. Es war eingebrochen worden.

Sie fragte sich, ob sie Marcus anrufen solle, bevor sie hineinging. Aber das würde nur mehr Fragen und Verzögerungen mit sich bringen. Dafür hatte sie jetzt keine Zeit. Zuerst musste sie sich umziehen, dann den Edgewater-Bericht von der Ferndatenspeicherung abrufen, Passwörter ändern, um den Zugriff von Nathan und Victoria zu begrenzen.

Vorsichtig drückte sie die Tür auf und lauschte. Da sie niemand hörte, trat sie ein und suchte herum, zunächst im Empfangsbereich, dann in der Küche und schließlich in den zwei Büros. Sie entspannte sich ein wenig, als sie feststellte, dass der Eindringling verschwunden war.

Das Büro sah genauso aus wie vorher, außer, dass Harry und Jace mit Abwesenheit glänzten. Der Gedanke an Harry gab ihr einen Stich. Immerhin war er mit Hillary zusammen.

Kat tippte Jaces Handy-Nummer ein. Ihre Angst wuchs, als sie keine Nachrichten von ihm auf ihrem Anrufbeantworter fand. Allerdings gab es da ein halbes Dutzend von Zachary. Verärgerte Nachrichten, er fragte, warum zum Teufel sie nicht angerufen hätte.

Eigentlich müsste sie Zachary sofort anrufen. Anrufe auf ihrem Handy würden jetzt unbeantwortet bleiben und in Anbetracht seiner dürftigen Finanzlage, hatte er jedes Recht auf eine Aktualisierung. Aber jetzt musste er bis zu ihrem Termin in ein paar Stunden warten. Im Augenblick hatte sie sich um dringendere Dinge zu kümmern. Beispielsweise Jace zu finden.

Jace würde eine Voicemail im Büro wie auch auf ihrem Handy hinterlassen, wenn er sie nicht erreichen könnte. Dessen war sie sich sicher. Sie hatte furchtbare Angst.

Nach einem dutzendmal klingeln legte sie auf und warf einen Blick auf den Notizblock neben dem Telefon. Die ganze Seite war voller wütenden, nicht entzifferbaren Kritzeleien. Die wenigen Worte, die sie lesen konnte, waren voller Fehler und wiederholten sich. Harry war immer ein Verfechter der schönen Schreibkunst gewesen, aber im Laufe der Demenz war er nicht mehr in der Lage dazu. Es brach ihr das Herz zu sehen, wie sein Verstand den Bach hinunterging.

Plötzlich fiel ihr eine quadratische kahle Stelle auf dem Schreibtisch auf. Harrys Desktop-Computer war verschwunden. Kat fluchte leise vor sich hin. Ohne ihren Laptop oder Harrys Computer konnte sie weder ihren Edgewater Bericht noch die Belege aus dem Ferndatenserver abrufen. Sie musste unbedingt nach Hause.

Kat rief zu Hause an, aber auch dort war nur Jaces Stimme auf dem Anrufbeantworter. Ihre Augen füllten sich mit Tränen, als sie sie hörte. Was, wenn sie ihn nie wiedersehen würde? Wo auch immer er war, er würde von ihr erwarten, ihn zu suchen.

Sie suchte die Rufnummer der Polizei von Hideaway Bay und wartete unruhig. Nach sechsmal läuten, wurde ihr Anruf an die Voicemail weitergeleitet. Sie ließ sich auf Harrys Stuhl fallen. Was ist das für ein Polizist, der den Hörer nicht abhebt? Sie hinterließ eine Nachricht und knallte wütend den Hörer auf. Jace wurde vermisst und sie wusste nicht mehr weiter.

Harrys Haustelefon und das Handy blieben auch unbeantwortet. Sie stellte fest, dass sie noch nicht einmal Hillarys Telefonnummer hatte. Harry erinnerte sich nicht mehr an Telefonnummern, daher war es unwahrscheinlich, dass er das Büro anrufen würde, auch wenn die Büronummer und das Festnetztelefon zu Hause in seine Telefone einprogrammiert waren. Er hatte Schwierigkeiten mit seinem neuen Handy, weil er sein altes Telefon vor paar Monaten verloren hatte. Vielleicht würde Hillary anrufen. Irgendwann würde sie den Geduldsfaden verlieren und ihn irgendwo absetzen wollen, damit sie sich auf ihr soziales Leben konzentrieren konnte.

Sie überlegte es sich anders und rief Zachary an, um das Meeting zu verschieben. Sie war erleichtert, als sie seine Mailbox und nicht ihn selbst an die Strippe bekam. Für einen Mann, der mit seinem Handy verheiratet war, schien Zachary überraschend unerreichbar zu sein. Also zog sie es vor, keine Nachricht zu hinterlassen. Sie hatte gerade noch genügend Zeit, um nach Hause und wieder zurückzugehen. Außerdem musste sie persönlich mit Zachary über Nathan und Victoria sowie über die Ereignisse des gestrigen Abends sprechen. Sie brauchte auch Zeit, um ihren Ansatz zu finden. Was wäre, wenn Nathans Anschuldigungen bezüglich Zachary Hand und Fuß hätten?

Wie sonst könnte Zachary mit fiktiven Geldbeträgen handeln und nichts davon wissen? Wie konnte er sich eines solch großen Ponzi-Schemas nicht bewusst sein? Man muss schon ziemlich dümmlich sein, nicht zu wissen, dass die Geschäfte in Realität gar nicht durchgeführt werden.

Sie sah auf die Uhr und bemerkte, dass sie sich beeilen musste, wenn sie rechtzeitig zurück sein wollte. Aber zuerst machte sie einen kurzen Gang durch das Büro. Nichts anderes schien zu fehlen.

Sie hielt am Badezimmerspiegel an. Ihr wirres Haar umrahmte ein schmuddeliges Gesicht voller Kratzer, ein schmerzliches Souvenir von ihrem Kampf mit Victoria. Sie konnte sich nicht erklären, wo der Schmutz auf ihrem Gesicht herkam. Kein Wunder, dass Marcus zurückgewichen war.

Sie durchwühlte den Weidenkorb, in dem sie ihre Laufkleidung aufhob und fand einen Trainingsanzug, Socken und eine alte Jacke. Genug, um ohne zu erfrieren nach Hause zu kommen.

Dennoch brauchte sie Geld für den Bus oder ein Taxi. Nachdem sie in ihrem Büro nichts gefunden hatte, ging sie durch den Flur zu Harrys Schreibtisch. Sie durchwühlte seine Schreibtischschublade, in der Hoffnung, genügend Kleingeld für den Bus zu finden.

Harrys oberste Schublade war das reinste Chaos. Gummibänder und Büroklammern in einem Klumpen verheddert. Sie zog alles eins nach dem anderen heraus und legte es auf den Tisch. Zwei Hefter, Klebeband, auf dem Sand haftete, drei Lesebrillen und ein Fläschchen mit Ibuprofen, dessen Verfallsdatum abgelaufen war. Sie öffnete die Flasche und nahm zwei Pillen heraus, in der Hoffnung, ihre Kopfschmerzen zu betäuben.

Kat nahm eine kleine Metalldose heraus, in der vorher Halsschmerztabletten waren und schüttelte sie. Sie war verrostet, aber der Klirrton war viel versprechend. Ein Papierband mit der Aufschrift *Kleingeld* klebte darauf. Sie öffnete die Dose und fand Kleingeld sowie zwei Zwanzig-Dollar-Scheine. Sie zählte es, steckte das Geld ein und legte einen Zettel als eine Art Schuldschein in die Dose.

Dann bemerkte sie die beiden Schlüssel. Der erste war ein Ersatzbüroschlüssel. Der andere schien Harrys Hausschlüssel zu gleichen – so wie der an ihrem Schlüsselbund. Plötzlich ging ihr ein Licht auf, denn sie hatte ja gar keinen Hausschlüssel, weil ihre Handtasche immer noch im Hotel war. Sie schnappte sich Harrys Schlüssel. Wenigstens konnte sie in Harrys Haus ihren eigenen Ersatzschlüssel holen, auch wenn er nicht zu Hause wäre.

Sie drückte die Schublade zu und öffnete die zweite. Sie war fast leer und ein scharfer Kontrast zu Harrys üblicher Unordnung. Eigentlich war hier so gut wie gar nichts zu finden. Völlig anders als seine anderen Schubladen. Seltsam. Sie erinnerte sich, dass Harry dort etwas aufbewahrt hatte, wusste aber nicht mehr genau, was es war. Es musste etwas Wichtiges gewesen sein, da Harry niemals etwas leer ließ. Genauso wie er einen Raum mit seiner Anwesenheit füllte, so war es mit seinen Sachen. Sie war sich dieser Leere nie bewusster als je zuvor gewesen.

KAPITEL 39

Zwanzig Minuten später bezahlte Kat den Taxifahrer und stapfte Onkel Harrys Treppe hinauf. Sie klopfte an die Tür und wartete.

Keine Reaktion.

Sie versuchte es erneut und spähte durch das Seitenfenster. Nichts. Sie ging die Treppe hinunter und in den Hinterhof. Harry könnte in der Garage sein und seinen Lincoln tätscheln. Oder vielleicht im Garten, auch wenn es Dezember war. Die Demenz hielt für sie keine Überraschung mehr parat.

Sie öffnete das Garagentor und erstarrte. Der Lincoln war verschwunden. Hatte Harry herausgefunden, wie man das Garagentor wieder an den Strom anschließt? In seinem mentalen Zustand wohl eher unwahrscheinlich. Jemand muss ihm dabei geholfen haben. Ihr Herz setzte bei dem Gedanken aus, Harry könne da draußen im Schnee herumfahren. Eine sichere Katastrophe wartete auf sie.

Hillarys Porsche war auch nicht da. Vielleicht war Harry noch immer mit ihr zusammen. Aber Hillary würde sich unter keinen Umständen in einem Lincoln aus den späten siebziger Jahren setzen, weder als Fahrerin noch als Beifahrerin. Kat drückte ihren Daumen auf den Öffner und das Tor öffnete sich. So wie sie befürchtete: Jemand hatte es wieder angeschlossen.

Sie ging durch das offene Garagentor in die Hintergasse, in der Hoffnung, dort jemanden anzutreffen. Stattdessen fand sie jede Menge Plastikmüllsäcke, die am hinteren Zaun gestapelt waren. Schrecken fuhr ihr in die Glieder, als sie sich das Ganze näher ansah. Abgewetzter brauner Schottenstoff lugte aus einer Ecke heraus. Sie hob einen Beutel an und warf ihn beiseite. Harrys Relaxsessel war vom Regen durchweicht und nahezu ruiniert. Warum stand sein Lieblingssessel hier draußen, mitten im Müll?

Kats Atem stand still. Ihr Onkel hätte sich nie von seinem Sessel getrennt. Der Sessel und seine andere Einrichtung sowie das Haus waren eins mit ihm, wie ein ausgelatschter Schuh. Kein Zweifel, Hillary musste die Finger darin im Spiel haben und auch für Lincolns Verschwinden verantwortlich sein. Hillary überschritt immer deutlich alle Grenzen und Kat war sicher, dass Harry keine Ahnung davon hatte, dass all seine Besitztümer im Müll gelandet waren. Er wäre untröstlich.

Der Müllwagen rumpelte die Gasse entlang und es dämmerte ihr, dass heute der Sperrmüll abgeholt wurde. Sie sah auf die Uhr. Die wichtigsten Dinge zuerst. Sie musste Harrys Sachen vor dem Sperrmüll retten.

Sie schnappte sich einen Müllsack nach dem anderen und schleifte sie von der Gasse bis in die leere Garage. Bei vier Dutzend Müllsäcken hörte sie auf zu zählen. Die Garage war proppenvoll, gerade noch eine kleine Öffnung, um Harrys Fernsehsessel hineinzuschieben. Es mussten hunderte von Säcken sein.

Wenigstens war sie zur rechten Zeit gekommen, um sein Hab und Gut zu retten, aber was nun? Sie würde sich später darüber Sorgen machen. Sie nahm die Sesselbeine in die Hand und zog den Sessel über den holprigen Asphalt zurück in die Garage, um ihn vor dem Regen zu schützen.

Gerade hatte sie den letzten Beutel in Harrys Garage geworfen, kam auch schon der Müllwagen um die Ecke. Sie blieb stehen und wischte sich mit dem Handrücken den Schweiß von der Stirn. Der

Regen hatte ihr Haar zu einem krausen Chaos verwandelt, aber das war ihr egal. Wenigstens hatte sie es geschafft, heute etwas richtig zu machen.

Der Müllmann winkte ihr zu. Sie hob den Arm in einer langsamen Bewegung, die aber eher wie Kapitulation aussah. Nicht einmal 9.00 Uhr und sie war schon müde. Jace war immer noch nicht aufgetaucht, sowie die Unterlagen zum World Institute, ihr Laptop und die Edgewater-Akten. Ihr Klient war wütend auf sie, obwohl es eigentlich umgekehrt sein müsste. Sie hatte angenommen, dass zumindest Harry noch mit Hillary zusammen war, aber jetzt stellte sie sich Fragen. Wie auch immer, sie musste unbedingt nach Hause.

Sie stapfte zurück in die Garage und tippte auf den Garagentoröffner, um das Tor hinter sich zu schließen. Es schloss sich knarrend, während sie mit der Hand über Harrys Werkbank fuhr, um ihren Ersatzhausschlüssel zu suchen. Sie atmete erleichtert auf, als ihre Hand das Metall berührte. Zwei Schlüssel. Ihre Ersatzhausschlüssel und ein weiterer Ersatzschlüssel von Harrys Haus. Wenigstens hatte Hillary das nicht in ihre Finger bekommen.

Sie steckte ihren Schlüssel ein, verließ die Garage und eilte zur Hintertreppe, die zu Harrys Küchentür führte. Sie klopfte, wartete eine Minute, nur für den Fall, dass er schlief. Sehr wahrscheinlich, sonst wären seine weltlichen Besitztümer nicht in der Hintergasse gelandet. Sie hatte ein ungutes Gefühl.

Ziemlich ungut. Was, wenn sie Harry verletzt auffinden würde oder sogar noch schlimmer? Sie schob den Schlüssel ins Schloss und öffnete die Küchentür.

Leer.

Tante Elsies Kochbücher waren aus den Regalen neben dem Kühlschrank verschwunden. Die Figuren über der Spüle waren auch verschwunden, genau wie der Kalender, mit dessen Hilfe Harry sein Leben geplant hatte.

Sogar der Küchentisch fehlte, obwohl sie ihn nicht in dem Stapel mit Möbeln gesehen hatte. Hatten Aasfresser bereits Harrys Sachen durchsiebt? Was zum Teufel ging hier vor?

Die Antwort lag auf der Hand. Ein Leben lang gesammelte, wenn auch einfache Besitztümer, hatten für Hillary keinerlei Bedeutung. Vor allem nicht solche eines sparsamen alten Mannes, der geknausert und gespart hat, um ihr das Beste von allem zu geben.

Hillarys Designer-Labels und teure Autos wurden auch regelmäßig weggeworfen und koste was es wolle durch die neuesten Statussymbole ersetzt. Alles und jeder war wegwerfbar, nachdem es oder er seinen Zweck erfüllt hatte. Ihre ganze Existenz drehte sich darum, ihr Image neu zu erfinden, sich als verfügbares weibliches Wesen einer bestimmten sozialökonomischen Klasse zu etablieren. Außer, wenn sie andere brauchte, um ihr Markenzeichen zu finanzieren.

Harrys Lieblingssessel und Erinnerungsstücke waren für sie schlicht und ergreifend Schrott, eine Erinnerung an ihre Herkunft. Daher kam alles auf den Müll, obwohl sie genau wusste, wie sehr er daran hing. Kat kochte innerlich. Hillary hatte nicht das Recht, zu entscheiden, was in Harrys Haus blieb und weggeworfen wurde. Auch wenn es überladen war, war es *seine* Unordnung, und er hatte ein Recht zu leben, wie er wollte.

Aber Hillarys egozentrische Natur war nur ein Teil des Problems. Kats größere Sorge war der eigentliche Grund für ihr Handeln. Wie passte das Wegwerfen von Harrys Sachen in Hillarys großspurige Strategie?

War sich Harry bewusst, was sie getan hatte? So oder so, es bedeutete nichts Gutes. Vertrautheit war für eine Person mit Demenz sehr wichtig. Die kleinste Störung in Onkel Harrys Routine könnte ihm den Rest geben. Sofern er anwesend war, als sie den ganzen Kram weggebracht hat. Kat schauderte bei dieser Möglichkeit.

Ihre Gedanken wanderten zum Lincoln zurück. Sie rannte zum Wohnzimmerfenster und schaute auf die Straße. Vielleicht hatte sie Hillarys Porsche übersehen. Nein. Das einzige Fahrzeug, das draußen stand, war der Pick-up vom Nachbarn.

Das Wohnzimmer war verdammt leer. Nicht nur der Fernsehsessel fehlte, auch der Rest war verschwunden. Das Haus war völlig kahl, von den Eichenböden bis zu den nackten Wänden. Ein leerer Eimer und Mopp standen am Kamin.

Ihr Verstand raste. Wenn das wirklich alles Hillarys Werk war, wo ist Harry? Es wäre schrecklich für ihn, sein leeres Haus zu sehen, aber noch schlimmer, wenn sie ihn in irgendwo abgesetzt hätte. Das plötzliche Auftauchen ihrer Cousine nach zehn Jahren war ein Schock. Für Hillary war diese Stadt und die Denton-Familie immer unter ihrer Würde gewesen. Jetzt war sie wie ein Fluch zurückgekehrt.

»Hallo?« Ihre Stimme hallte durch das leere Haus.

Sie ging nach oben. Was, wenn Hillary wieder verschwunden ist und Harry mitgenommen hat? Sie wies diesen Gedanken von sich. Das würde ihren Lebensstil beeinträchtigen.

Kat realisierte, dass sie an diesem Desaster schuld war. Durch das Sperren von Harrys Kreditkarten hatte sie Hillary zum Futtertrog zurückgebracht. Sobald sie etwas Geld bekäme, würde sie wieder verschwinden und Harry mit gebrochenem Herzen zurücklassen. Was bald der Fall sein würde, da Harrys Geldquelle erschöpft war.

Hillary war nicht in der Lage jemanden anderen als sich selbst zu lieben. Harry wusste das, dennoch gab er ihr immer noch Geld. Seine Art, die Wahrheit fernzuhalten, war eine Art des Nichtwahrhabenwollens.

Kat erschrak, als sie einen Klick im Schloss hörte. Sie waren zurück. Erleichtert atmete sie auf und lief die Treppe hinunter.

Aber weder Harry noch Hillary standen im Flur. Eine völlig fremde Person stand vor ihr.

KAPITEL 40

Der Mann war um die dreißig und glatt rasiert. Seine Anzugjacke spannte an den Kopflöchern und bedeckte einen Körper, der zu viele Geschäftsessen vertilgt hatte. Er steckte sein Handy in seine Jackentasche und starrte auf Kat zurück.

»Wer zum Teufel sind Sie? Wie haben Sie es geschafft, ins Haus zu kommen?« Er lächelte sie an, aber kalte Augen verrieten ihn. Ein Paar Anfang dreißig kam hinter ihm hinein und die Frau war offensichtlich schwanger.

Nur weil sie wie ein Vagabund aussah, gab es ihm noch lange nicht das Recht, so mit ihr zu reden.

»Ich könnte Sie das gleiche fragen. Ich bin Katerina Carter, Harry Dentons Nichte.« Harry war mit Sicherheit nicht informiert. Sie hatte ihn nicht aus den Augen gelassen, bis er gestern Morgen zusammen mit Hillary das Hotel in Hideaway Bay verlassen hatte.

Hillary.

Was hatte Hillary vor?

Warum musste sie sich gerade vor Fremden rechtfertigen?

»Denton? Oh, ja. Wollten Sie nicht gerade gehen? Ich bin nämlich dabei, das Haus zu zeigen.« Seine Pupillen waren so aufgebläht wie Dollar-Zeichen.

»Sind sind Immobilienmakler?« Kat verschränkte die Arme und blockierte den Flur. »Harrys Haus ist nicht zu verkaufen.«

»Es steht sehr wohl zum Verkauf, und Hillary sagte mir, es würde leerstehen. Wenn Sie uns jetzt bitte entschuldigen würden …«

Die Frau schniefte und streifte an der Wand entlang, als sie an Kat vorbeiwatschelte.

»Hillary gehört dieses Haus nicht.« Kat rührte sich nicht von der Stelle. »Es gehört Harry Denton. Es sei denn, Sie hätten eine schriftliche Erlaubnis von ihm, schlage ich vor, Sie verlassen das Haus auf der Stelle. Wir regeln den Rest später.«

»Katerina?« Der Immobilienmakler wartete nicht auf Kats Bestätigung. »Hillary – die Eigentümerin – hat dieses Haus zum Kauf angeboten und diese netten Leute hier – «, und er deutete auf das Paar, das bereits über die Kücheneinrichtung diskutierte, » – möchten es besichtigen.« Er nahm wieder das Handy heraus. »Ungestört besichtigen. Ich will keine Probleme, wenn Sie also bitte still und leise gehen würden …«

Jede Quäntchen Energie, das ihr noch geblieben war, verpuffte. Sie begann zu protestieren, aber sie war ausgebrannt. Also hatte sich Hillary jetzt auch schon das Haus unter den Nagel gerissen? Das könnte die Müllsäcke mit Harrys Besitztümern erklären. Eines war klar; der Immobilienmakler durfte keine Details enthüllen. Sie hatte sowieso zu viel Angst, sie zu hören.

Schließlich gab sie auf und verließ das Haus. Auch wenn es Harrys Haus war, sie hatte jetzt keine Zeit, darum zu kämpfen. Sie würde Hillary konfrontieren, aber im Augenblick hatte sie dringendere Sachen zu erledigen. Beispielsweise musste sie Jace suchen und die Wahrheit über Zachary herausfinden.

KAPITEL 41

at bog um die Ecke auf ihre Straße und atmete erleichtert auf, als ihr Haus in Sicht kam. Die alte viktorianische Villa war zwischen einem Bungalow aus den Vierzigern und einem Haus im Craftsman-Stil aus der Jahrhundertwende eingequetscht. Selbst von einem halben Block entfernt war es offensichtlich, dass Jace nicht zu Hause war. Sein Pick-up stand immer noch an derselben Stelle, an der er parkte, als sie nach Hideaway Bay gingen Eine kleiner Streifen halb geschmolzener Schnee glitt die Windschutzscheibe herunter. Das Fehlen von Reifenspuren in der Einfahrt bedeutete, dass der Subaru auch nicht hier gewesen ist. Niemand war seit ihrer Abreise gegangen oder gekommen.

Schweren Schrittes stapfte sie die Treppe zum Eingang hoch und große Befürchtungen machten sich in ihr breit. Harrys Haus, Jace weg, und dieser immer bedrohlichere Spannung des Edgewater Falls lastete auf ihr.

Jace hatte recht mit dem World Institute. Warum hatte sie es als unausgegorene Verschwörungstheorie abgetan? Diese WI-Unterlagen zum Beweis von Nathans Betrug hätten auf eine ganz andere Schiene führen können, aber das Endergebnis war das gleiche.

Mehr als alles andere, bereute sie, nach Hideway Bay gegangen zu sein. Landers hatte offensichtlich auch eine Funktion. Wenn sie nur nicht so erpicht darauf gewesen wäre, mit ihm zu sprechen.

Kat drehte den Schlüssel im Schloss um und stieß die Tür auf. Sie wappnete sich für einen weiteren Einbruch. Stattdessen lehnte die Vordertür gegen einen Stapel Post und Reklame und es war eindeutig, dass niemand hier gewesen war. Sie bückte sich, um die Post vom Tannenholzboden aufzuheben und plötzlich wurde ihr das Ticken der Küchenuhr bewusst. Diese Stille war ihr bisher noch nie aufgefallen.

Das Schweigen erinnerte sie an Jaces Abwesenheit. Vielleicht war er verletzt, oder noch schlimmer. Würde sie ihn jemals wiedersehen? Der Gedanke überkam sie wie Regen.

Jeder Zentimeter des Hauses war voller Erinnerungen an Jace. Vor allem die Holzschnitzerei und Täfelung, für deren Restaurierung er Stunden verbracht hatte, die jetzt die Narben von Brandschäden trugen. Ein paar Fäden des zerstörten Teppichs waren alles, was jetzt auf den Dielen lag, die sich durch die Wasserschäden verzogen hatten.

Kat schluckte den Klumpen in ihrer Kehle runter. Der Streit mit Jace über sein World Institute Exposé erscheint jetzt so sinnlos.

Sie ließ die Post auf den Beistelltisch aus Vogelahorn fallen und ging durch den Flur in die Küche. Schwarzmalerei würde jetzt nicht helfen. Sie musste etwas *tun*. Aber was? Jace als vermisst zu melden hatte die Polizei nicht vorangetrieben und sie konnte sich nicht leisten, noch länger zu warten.

Auch in der Küche war alles wie zuvor. Niemand war hier gewesen, einschließlich Jace. Es lag immer noch dasselbe Geschirr in der Spüle und die Zeitung war an der Stelle geöffnet, die Jace zuletzt gelesen hatte. *The Sentinel.* Jetzt rief diese Zeitung eher Wutgefühle als Gleichgültigkeit in ihr hervor.

Ihr Dringlichkeitsgefühl kehrte zurück, als sie an ihren fehlenden Laptop dachte. Auch wenn Nathan und Victoria seinen Inhalt noch nicht seziert hatten, würden sie es sehr bald tun. Sie musste unbedingt ihre Kennwörter ändern und ihre Daten aus der Ferndatenspeicherung abrufen, bevor Nathan oder Victoria darauf zugreifen würden. Zweifellos würden sie alle Dateien zerstören.

Kat raste nach oben ins Arbeitszimmer und fuhr den Desktop-

Computer hoch. Während sie wartete, rief sie Marcus, den Gebäudewachmann an und hinterließ ihm eine Nachricht über ihre beschädigte Bürotür.

Schließlich war der Computer hochgefahren und sie loggte sich
ein. Sie atmete erleichtert aus und wechselte schnell ihr Kennwort. Sie
klickte auf ihre Edgewater-Datei und stellte fest, dass der letzte
Zugriff vom Vorabend war, bevor sie zu Bett ging. Ihre Dateien waren
vorerst unangetastet und sicher. Sie wählte alle ihre Laptop-Dateien
und kopierte sie auf den Desktop-Computer, sowie auf ihre externe
Festplatte.

Während sie auf das Ende der Kopien wartete, fiel ihr ein, dass sie
einen Computer im Büro benötigte, da ihrer und Harrys aus dem
Büro entwendet worden waren. Sie schnappte sich Jaces Laptop
zusammen mit der externen Festplatte und steckte sie ihre Tasche.
Jetzt konnte sie den Edgewater-Bericht für Zachary beenden. Sie sah
auf die Uhr. Genau 40 Minuten bis zu ihrem Treffen mit Zachary.

Dreißig Minuten später war Kat wieder in ihrem Büro. Die Tür
war immer noch kaputt, also kritzelte sie eine Notiz für Marcus, in
der Hoffnung, er würde den Schaden sofort beheben. Sie fühlte sich
im Augenblick nicht wirklich in der Lage, persönlich mit ihm zu sprechen. Sie legte Harrys Schlüssel in seine Schreibtischschublade
zurück.

Plötzlich fiel ihr ein, was sonst noch fehlte. Harry hatte immer
einen Schlüssel hinter seinem Küchenkalender. Es war der Schlüssel
zu einer Metallschatulle in Harrys zweiter Schublade. Sowohl der
Schlüssel als auch die Schatulle waren verschwunden. Harry war zu
knauserig, die Bankgebühren für einen Safe zu zahlen, und bevor-
zugte es, wichtige Dokumente in der Metallschatulle aufzubewah-
ren. Die Box enthielt seinen Reisepass, das Testament und

Rechtsurkunden. Es enthielt auch die Eigentumsurkunde seines Hauses.

Harry hatte die zweite Schublade geöffnet, als sie sein Scheckheft kontrollierten. Sie war sicher, dass die Schatulle drinnen gewesen war.

Bei diesem Gedanken wurde Kat flau im Magen.

Harry konnte die Schatulle nur herausholen, wenn ihn jemand zum Büro begleitet hatte. Das bedeutete, dass Hillary mit ihm hier gewesen war.

Dann waren da auch noch die Anmerkungen des Maklers, dass das Haus Hillary und nicht Harry gehörte. Ihr Angstgefühl übermannte sie. Am besten wäre es, sie würde mit einem Anwalt sprechen. Harry brauchte Schutz.

Kat ließ Jaces Laptop hochfahren und rief auf Harrys Handy an, während sie wartete. Es schaltete sich sofort die Voicemail ein. Entweder ausgeschaltet oder eine leere Batterie. Kats Gefühl des Unbehagens wuchs. Harry und Hillary hatten das Hotel vor etwa vierundzwanzig Stunden verlassen. Zu lange her. Hillary würde innerhalb weniger Stunden von Harry genug haben. Wo waren sie?

Kat kopierte ihre Edgewater-Dateien von der externen Festplatte auf den Laptop. Und da entdeckte sie es. Mitten in ihren Edgewater-Ermittlungsakten war ein Dokument, das nicht ihr gehörte.

Ihr Herz machte einen Sprung vor Angst, als sie die Datei untersuchte. Die Datei war nach Mitternacht aktualisiert worden. Das war nachdem sie zu Bett gegangen war und Jace nach nebenan ging. Sie hielt den Atem an und klickte die Datei zum Öffnen an.

Es war Jaces Immobilienstory, die kurz vor Redaktionsschluss aus dem *Sentinel* genommen wurde:

GLOBAL FINANCIAL BETEILIGT an Immobilienbetrug
Global Financial, eine Holdinggesellschaft, verwendete betrügerische Immobilienbewertungen, die den Wert von Dutzenden von Gewerbeimmobilien in der Innenstadt von Vancouver zu hoch angesetzt haben. Die Holdinggesellschaft hat Immobilien erworben, die dann mehrmals an zahlreiche

Strohkäufer zu ständig steigenden Preisen übergegangen sind. Da die Käufer alle miteinander verbunden waren, wurden diese Preise künstlich aufgebläht.

Nachdem die Eigentumswerte beträchtlich hochgetrieben waren, erhielt die beschuldigte Gesellschaft große Hypotheken auf diese Immobilien und kam daran anschließend ihren Hypothekenverpflichtungen nicht nach. Das Ausmaß des Betrugs wird gerade ermittelt, wird aber bereits auf mehr als 400 Millionen Dollar geschätzt. Es konnte niemand bei Global Financial für einen Kommentar erreicht werden. Die eingetragene Anschrift der Firma lautete 422 Cedar Street, aber ein komplexes Netz von Holdinggesellschaften erschwert es, den eigentlichen Eigentümer ausfindig zu machen.

KAT FIEL FAST VOM STUHL. 422 Cedar Street war die Adresse der Baulücke, die sie ein paar Tage zuvor gefunden hatte. Dieselbe Adresse benutzte Nathan Barron für die Steuerprüfer von Edgewater und zu der Fredrick Svenssons Zahlungen geschickt wurden. Das brachte Jaces Immobilienbetrug mit Edgewater und Research Analytics in Verbindung, die wiederum direkt mit dem World Institute in Zusammenhang stehen. Kein Wunder, dass Jaces Artikel unterdrückt worden war.

Hatte Jace diese Verbindung auch hergestellt? Im Gegensatz zu ihr, hatte er nicht die Baulücke besichtigt. Sie bezweifelte, dass er auf die Adresse geachtet hätte, da er wusste, dass sie diese schon überprüft hatte.

Sie zitterte. Die World Institute-Mitgliedschaft war nicht das Einzige, was Gordon Pinslett und Nathan gemeinsam hatten.

Es könnte erklären, warum Jace zur Zielscheibe geworden ist. Allerdings gab es da ein Problem. Die Einzigen, die von Jaces Anwesenheit im Hotel wussten, waren Roger Landers, Hillary und Harry. Hillary war zu egozentrisch und Harry konnte man abhaken.

Blieb noch Roger Landers. Innerhalb von weniger als zwei Tagen war Jace als neuer Konkurrent einer Story aufgetaucht, an der Landers schon seit vielen Jahren schrieb. Zumindest war das wahrscheinlich Landers' Standpunkt.

Wie sie Jace kannte, hatte er wahrscheinlich Landers als Journalistenkollegen seine Meinung zum Hypothekenbetrug gefragt, nachdem er die Beecham-Verbindung aufgedeckt hatte. Hatte Landers Jaces Vertrauen missbraucht? Warum war Jace nicht zu ihr gekommen?

Kat fröstelte es und sie legte sich einen Pullover um die Schultern. Klang irgendwie weit hergeholt, oder nicht?

Dann war da noch die offene Frage der Zahlungen von Fredrick Svensson, ehemals Mitglied des World Institute, auch an dieselbe Adresse gebunden. Jemand hatte Svensson zum Schweigen gebracht. Würde man Jace auch zum Schweigen bringen?

KAPITEL 42

»**W**o zum Teufel waren Sie** gewesen?« Zachary tigerte mit wutentbranntem Gesicht in Kats Büro hin und her. »Seit zwei Tagen versuche ich, Sie zu erreichen! Zuerst prophezeien Sie mir, dass ich finanziell ruiniert bin, dann rufen Sie mich nicht zurück. Haben Sie eine Ahnung, was ich gerade durchmache?«

Zachary stand Milliarden-Dollar-Verlusten gegenüber, aber Kat hatte ihre eigenen Probleme. Nicht zu wissen, wo Jace war, oder wie man ihn finden könnte. Es war alles ihre Schuld. Nichts davon wäre passiert, wenn sie Jace nicht um Hilfe gebeten hätte.

»Es tut mir leid, Zachary. Ich hätte Sie angerufen, aber ich konnte nicht.« Kat erzählte ihm alles von A bis Z, beginnend mit Research Analysis und abschließend mit Nathan und Victoria.

»Sie waren nicht in der Lage, ein Telefon in die Hand zu nehmen?«

»Ich habe es versucht, aber –« War es ihm denn gleichgültig, dass sein Vater mit seiner Ex-Frau eine Affäre hatte?

»Ich habe keine Ahnung, wie weit Sie mit Ihrer Untersuchung sind, was bei Edgewater los ist – ob genügend Geld für einen weiteren Tag oder eine weitere Stunde übrig ist. Sie haben mich völlig lahm gelegt.«

»Man hätte mich fast umgebracht, Zachary. Und Jace fehlt nach wie vor. Feuern Sie mich, wenn Sie wollen – es liegt mir nichts mehr dran.« Kat geriet ins Schwitzen. Wie konnte sie so naiv sein und glauben, er würde sie verstehen? Edgewater und das World Institute war viel mehr, als sie erwartet hatte. Eigentlich müsste sie wütend auf Zachary sein. Wäre er nicht so blind für sein Umfeld gewesen, wäre es nicht dazu gekommen.

»Gut. Sagen Sie mir, was ich tun soll, und ich werde es tun. Aber halten Sie mich auf dem Laufenden.«

Hatte er überhaupt zugehört, was sie gerade gesagt hatte? Wie um alles in der Welt hätte sie ihn anrufen können, nachdem man sie unter Drogen gesetzt und ohne Geld oder ein Telefon auf einer Parkbank abgesetzt hatte?

»Kurz gesagt – Sie sind bankrott, Zachary. Sie müssen alle Zahlungen und Einlösungen stoppen und die Bankkonten einfrieren, sofern Sie dazu in der Lage sind.«

»Wie viel Zeit habe ich?«

»Gar keine. Sie müssen diese Dinge sofort stoppen.« Kat umriss Nathans gefälschte Ergebnisse mit den frisierten Kundenauszügen und den zu hoch angesetzten Anlagerenditen, dann die Umleitung der Mittel auf Research Analytics und die Verbindung zum undurchsichtigen World Institute.

»Wie kann man nur Nathan damit davonkommen lassen?« Zachary beugte sich vor und schlug auf den Tisch. »Warum haben das die Steuerprüfer nicht bemerkt?«

»Wie ich es bereits das letzte Mal erwähnt habe – diese Auditoren existieren eigentlich gar nicht. Beecham ist ein Unternehmen, das Nathan erfunden hat und Research Analytics scheint eine Tarnung für das World Institute zu sein. Nathan hat Geld aus den Kundenkonten entwendet und es durch Research Analytics geschleust. Er verbirgt die Kundentransfers, indem er ihre Anlagenabrechnungen fingiert. Haben Sie denn niemals auch nur einen Blick auf die Unterlagen geworfen? Das hätten Sie tun sollen.«

Zachary seufzte. »Ich weiß. Aber ich kann nicht überall sein. Außerdem hatten wir vereinbart, dass ich mich ganz auf dem Handel konzentriere, während Nathan das Backoffice verwaltet. Wenigstens habe ich astronomische Gewinne mit einem Eigenhandelsmodell gemacht.«

Kat holte tief Luft. »Was Ihr sogenanntes Eigenhandelsmodell anbelangt – es funktioniert nicht ganz so, wie Sie denken.« Jetzt würde er sie tatsächlich feuern.

»Was sagen Sie da?«

»Ich habe alle Ihre Geschäfte der letzten zwei Jahre rekonstruiert. Es sind nicht die berühmten durchschnittlichen zwölf Prozent Rendite, die Sie für Ihre Hedgefonds anpreisen. Es ist viel niedriger – eigentlich sind es Verluste.«

»Das ist doch lächerlich. Ich glaube Ihnen keinen Ton.«

Kat überreichte Zachary ihre Analyse. »In den letzten zwei Jahren haben Sie tatsächlich fünf Prozent verloren. Und es gibt noch mehr. Keine Ihrer Transaktionen wurde durchgeführt.« Sie machte eine Pause und wartete auf Zacharys Reaktion. »Keine einzige. Nathan hat sie nicht ausgeführt.«

Zachary stand zornig auf. »Das ist doch Wahnsinn. Ich wäre ein Idiot, wenn ich das nicht gemerkt hätte. Wie konnte das alles vor meinen Augen passieren?«

Die Wertentwicklung des Fonds schien Zachary am meisten zu beschäftigen, wesentlich mehr als die Tatsache, dass er bankrott war oder Nathan und Victoria liiert waren. Kat konnte nicht glauben, dass Zachary absolut keine Ahnung vom Betrug seines Vaters hatte, aber seine Schockreaktion war echt.

Sie reichte Zachary eine dicke Akte mit den Kontoauszügen. »Überzeugen Sie sich selbst. Die einzigen Transaktionen, die Sie finden, sind Kundeninvestitionen in den Fonds und ihre Rücknahmen. Sonst nichts. Keine Aufzeichnungen von Kauf oder Verkauf von Dollar, Yen, Pfund oder einer anderen Währung.«

Zachary öffnete die Akte und blätterte sie durch. Er ließ die Schultern hängen, und sagte nichts. Er sah niedergeschlagen aus. »Das darf doch alles nicht wahr sein.«

»Es ist ein Schneeballsystem, Zachary. Hier gibt es keine Transaktionen. Um genau zu sein, da läuft so gut wie gar nichts, mit Ausnahme der Tatsache, dass Nathan das ganze Geld abgezweigt hat.

Kein Wunder, dass alles reibungslos lief, wenn er so häufig auf Reisen war. Weil nämlich gar keine wirklichen Geschäfte stattfinden.«

Zachary Barron Gesicht rötete sich. »Ein Schnellballsystem? Das ist unmöglich.«

»Ich fürchte, doch.« Was unmöglich schien, war die Ahnungslosigkeit von Zachary über einen massiven Betrug, der unter seinen Augen stattfand. »Nathan hat Geld von den Kundenkonten abgezogen und auf das Konto der Research Analytics überwiesen. Das tut er schon Jahrelang.«

Sie beobachtete Zacharys Reaktion. »Solange es viele neue Anleger gibt, funktioniert das System perfekt. Die Anleger, die ihr Geld zurücknehmen wollen, zahlt Nathan einfach mit dem Geld neuer Investoren. Das Schema funktioniert gut, solange mehr Geld eingeht als ausgeht. Und es hat funktioniert, bis die Rezession kam. Plötzlich haben Anleger ihre Arbeitsplätze verloren, mussten Kredite aufnehmen oder Verluste anderer Investitionen decken. Sie brauchten Geld und waren sogar gezwungen, Anlagen mit den höchsten Renditen einzulösen. So wie mit Edgewaters Hedgefonds.«

»Wie konnte mir das passieren?« Zachary stand vor dem Fenster mit dem Rücken zu Kat.

»Sie hatten keinen Grund, irgendetwas in Frage zu stellen. Niemand tut das, wenn alles gut läuft. Nathans fingierte Auszüge gewährte den Kunden eine zwölf Prozent Rendite, sodass niemand jemals seine Anlagen zurückgenommen hat. Warum auch? Die Erträge waren besser als anderswo. Das heißt, bis zur Finanzkrise. Dann wurden viele Ihrer Investoren selbst mit einem Liquiditätsengpasses konfrontiert. Das veranlasste sie, sogar ihre Hochrendite-Anlagen einzulösen. So wie Edgewater. In diesem Moment ist der Kontostand gesunken.«

»Das kann doch nicht alles gefälscht sein. Sicherlich haben Sie etwas übersehen – ein Bankkonto, einige Buchungen. Beweisen Sie es mir.«

Kat nahm die manipulierten Kundenauszüge heraus. »Hier sind die Kundenauszüge. Nathan führt diesen Betrug nun schon seit mindestens zehn Jahren durch, wahrscheinlich noch bevor Sie zur

Firma hinzukamen. Solange der Einsatz neuer Investoren größer war als die Beträge, die eingelöst wurden, hat alles wie am Schnürchen funktioniert.« Kat schluckte. Sie erzählte gerade der weltweiten Nummer eins aller Hedgefonds-Manager, dass sein Erfolg nichts weiter als eine Lüge war.

»Ich fass es nicht. Was ist mit allen meinen Devisengeschäften? Ich gebe sie doch selbst ein – direkt in die Transaktionsterminals.«

»Es ist alles nur eine Farce, Zachary. Ein teurer, aufwendiger Betrug. Diese Terminals? Sie sind nicht mit irgendeiner Börse verbunden. Es ist ein ausgeklügeltes Software-Programm, das auf Edgewaters lokalem Netzwerk läuft. Geld ist kein Gegenstand, wenn Sie einen Milliarden-Dollar-Betrug vertuschen.«

Kat hatte die Software auf dem Transaktionsterminal eines Edgewater Computer gefunden. Ihr Verdacht bestätigte sich, als sie keinen Lieferanten für das eigens entwickelte Software-Programm gefunden hatte.

»Wollen Sie mir weismachen, dass das alles nur ein billiges Hütchenspiel ist?« Zachary knallte den Bericht auf Kats Schreibtisch und ging zur Tür. Er drehte sich zu Kat um. »Ich weiss nicht, was ich glauben soll. Entweder sind Sie komplett inkompetent oder ich bin der größte Depp der Welt.«

»Es tut mir leid, Zachary. Ich habe alles überprüft und abermals geprüft. Ich wünschte, ich hätte mich geirrt. Kat zuckte zusammen, als sie Zachary die Research Analytics-Datei aushändigte. »Das Geld geht zunächst an die Research Analytics. Dann wird es fast unmittelbar auf das Konto des World Institute übertragen.«

»Erzählen Sie mir gerade, dass Edgewater Teil einer globalen Verschwörung ist?« Zachary presste die Lippen zusammen, als ob er gleich explodieren würde. Aber er tat es nicht.

»Es scheint so. Ich denke auch, dass jeder darauf reinfallen könnte. Astronomische Rendite bedeuten glückliche Investoren. Glückliche Anleger stellen keine Fragen oder wollen ihre Investitionen einlösen. Solange neues Geld reinkommt, wird Nathan seinen Betrug ewig fortsetzen.«

Zachary setzte sich wieder auf den Stuhl gegenüber von Kat. Er sagte nichts, starrte nur leer vor sich hin. Schweißperlen glänzten auf seiner Stirn.

»Aber es gibt auch einen Hoffnungsfunken«, sagte Kat. »Ihre Scheidung beruht auf betrügerische Darstellung. Vielleicht können wir das Ganze umkehren.«

Zachary holte ein Taschentuch aus der Hosentasche und wischte sich die Augenbraue. »Darum kümmern wir uns später. Wo ist Edgewaters Geld jetzt in diesem Augenblick?«

»Das Geld ist auf den Kaimaninseln, zumindest wenn es nach wie vor in den Kassen des World Institute ist. Ob man es zurückholen kann ist eine andere Geschichte. Das Bankgeheimnis auf den Kaimaninseln erschwert die Verfolgung des Geldes.«

»Warum würde das World Institute Nathan als Mitglied haben wollen?« Zachary stand auf und ging zum Fenster. »Das ergibt keinen Sinn.«

»Überlegen Sie mal, wie viel Geld er einbringt«, sagte Kat. »Er kommt mit den weltweit mächtigsten Menschen zusammen.«

Mit einem verächtlichen Blick sagte Zachary: »Nathan spielt nicht in ihrer Liga. Er hat sich an mir bereichert. Wo ist der Beweis für das alles?«

Zachary konnte es einfach nicht begreifen. Kat packte einen Stapel Papier vom Drucker und reichte ihn Zachary. Er enthielt eine Zusammenfassung ihrer Erkenntnisse, aber leider nicht die Unterlagen, die sie in Nathans Hotelzimmer gefunden hatte. »Es gibt noch mehr, aber es ist immer noch in Hideaway Bay.« Sie beschrieb, was sie auf der World Institute Tagesordnung und in den Sitzungsprotokollen des letzten Jahres gelesen hatte. »Jace wird immer noch vermisst«, erinnerte sie ihn.

Zachary sagte nichts, als er Seite für Seite im Bericht blätterte. Seine Überraschung schien echt zu sein. Zehn Minuten später sprach er endlich.

»Sie sind Nathan tatsächlich gefolgt?« Zachary Augen weiteten sich.

»Nicht ganz. Ich folgte dem Geld – buchstäblich. Es führte mich zu ihm und dem World Institute. Da die Tagung in der Nähe war, war es nur natürlich, dass ich teilnehmen musste.«

»Nur natürlich.« Zachary hob die Augenbrauen an. »Sie tun sicher nicht nur als ob. Was passiert nun?«

»Wir brauchen Nathans Unterlagen – die Tagesordnung des World Institute, die Sitzungsprotokolle und den Jahresbericht. Wir müssen Nathans Betrug über die Buchungskontrolle beweisen. Nicht nur das – wir müssen auch beweisen, dass Sie nicht daran beteiligt waren. Ohne diese Dokumente werden die Leute annehmen, dass Sie mitgemischt haben.« Kat erwählte Zachary nicht, wie sie zu den Dokumenten gelangt ist. Sie war nicht gerade stolz darauf, in Nathans Hotelzimmer herumgeschlichen zu sein.

»Ich weiß nicht einmal, wo ich anfangen soll.« Er stützte die Ellbogen auf den Schreibtisch und legte den Kopf in die Hände.

»Keine Sorge, diesen Teil finde ich schon heraus.« Vielleicht hatte es Jace geschafft, mit den Dokumenten zu entkommen? Sie fühlte sich schlecht für Zachary. Seine ganze Welt und sein Selbstwertgefühl waren am Boden zerstört. Sie sah die Niederlage in seinen Augen. »Aber Sie können mir helfen: Jace ist verschwunden und ich denke, Nathan ist daran irgendwie beteiligt.« Sie zögerte. Konnte sie Zachary vertrauen? Sie hatte keine andere Wahl. »Ich vermute auch, dass Nathan etwas mit dem Mord an Fredrick Svensson zu tun hat.«

Zachary nickte. »Wenn das, was Sie sagen, wahr ist, würde er jeden zum Schweigen bringen, der etwas über ihn weiß.«

Nathans Welt war so rücksichtslos, dass die kleinsten Meinungsverschiedenheiten zu Mord führen könnten. Svenssons Tod schien diese Theorie glaubwürdig zu machen.

Kat klickte auf einen Podcast und drehte den Laptop-Bildschirm um, so, dass er Zachary gegenüber stand. In diesem Clip diskutierte Svensson über die Währungsreform. Er sprach anlässlich eines europäischen Wirtschaftsgipfels, nur wenige Tage, bevor er Schweden verließ, um nach Kanada zu reisen. Es war seine letzte öffentliche Rede, zehn Tage vor seinem Tod in Hideaway Bay.

Zachary winkte den Bildschirm weg. »Ich bin mit Svensson vertraut. Haben Sie die Geschichte im *Herald* gelesen? Dort stand, er habe seine Idee mit der Weltwährung zurückgezogen. Er sei letztendlich zur Besinnung gekommen.«

Kat zuckte mit den Schultern. »Seltsam, denn es war sein Lebenswerk.« Sie drehte den Bildschirm wieder zu ihr zurück. Sie erstarrte, als sie die zierliche Figur entdeckte, die hinter Svensson stand. Kat war die Menschenmenge um ihn herum schon ein halbes Dutzend Mal aufgefallen, als sie sich diesen Clip angesehen hatte, allerdings nur flüchtig. Aber diese Frau kam ihr bekannt vor. Kat vergrößerte das Bild, bis die Frau und Svensson den Bildschirm füllten.

Kat fror das Bild ein. Svensson schien unsicher zu sein und drehte sich zu dieser Frau um. Sie nickte ihm zu. Dieser Ausdruck war so intim, dass es Kat bewusst wurde, dass die beiden ein Liebespaar waren. Unverkennbar, genau wie die Identität der Frau. Ohne das Video hätte Kat die beiden auch in einer Million Jahren nicht in Verbindung gebracht.

KAPITEL 43

Kat hätte nie gedacht, dass sie Connor Whitehall so bald wiedersehen würde. Und dennoch saß sie am Montagnachmittag in seinem Büro, nachdem Zachary gegangen war. Zumindest standen sich Connor Whitehall und sie nicht wieder in einem Gerichtssaal gegenüber.

Sie hatte keine Alternativen mehr und die Zeit lief ihr davon. Abgesehen davon, dass er der einzige Anwalt war, sie ohne einen Termin zu empfangen, war Connor Whitehall auf das Recht älterer Menschen spezialisiert. Kat saß ihm gegenüber und schaute sich ihre Umgebung an, während er sein Telefonat beendete. Seine Bürowände waren hellgrün und es hingen Landschaftsaufnahmen daran. Mehrere Fotoalben lagen an der Ecke seines Schreibtisches. Sie hatte noch nicht einmal im Traum daran gedacht, dass ihre Widersacher vor Gericht auch ein Privatleben und andere Interesse haben könnten, geschweige denn eine künstlerische Ader.

»Entschuldigen Sie bitte.« Connor legte den Telefonhörer auf und lächelte sie an. »Ich erinnere mich an Ihren Onkel vom Gericht. Er ist ein bisschen, äh – vergesslich?«

Kat nickte. Dieser Anwalt war jetzt ganz anders, als der, den sie vor Gericht erlebt hatte. Im positiven Sinne. Sie beugte sich vor und holte Harrys Finanzaufzeichnungen aus ihrer Aktentasche. »Seine Demenz hat sich in den letzten Monaten verschlechtert. Ich habe mich in letzter Zeit mehr um ihn gekümmert – sein Scheckheft in Ordnung gebracht, darauf geachtet, dass er isst, usw. Bei dieser Gelegenheit habe ich dann gemerkt, dass er nicht seine Rechnungen bezahlt. Er ist nicht nur fast bankrott, sondern dabei, sein Haus zu verlieren.«

Kat erzählte ihm von dem Zwischenfall mit dem Immobilienmakler in Harrys Hause, von seinem Bankkredit und den ungewöhnlichen Kreditkartenbuchungen. Und von ihren Vermutungen über Hillary.

»Können Sie beweisen, dass Hillarys das Geld erhalten hat?« Connor spähte mit hochgezogenen Augenbrauen über seine Brille.

»Ja.« Kat war sich sehr wohl der parasitären Tendenzen von Hillary bewusst, aber sie hätte niemals gedacht, dass sie zu einem Betrug in der Lage wäre, aber Jace hatte ihr die Augen geöffnet. Sie reichte Connor Fotokopien von Harrys Kontoauszügen mit den zahlreichen Transfers, die scheinbar alle auf Hillarys Konto gegangen waren.

»Ich rief die Bank an, die das Geld überwiesen hat und gab mich für sie aus. Die Bestätigung hatte ich, als mir die Bank versprach, nach dem fehlenden Transfer zu suchen. Harrys Bank hatte den Transfer aufgrund unzureichender Mittel auf Harrys Konto abgelehnt. Hillary erschien auch vor etwa einer Woche, zur gleichen Zeit wie die verweigerte Überweisung.«

Whitehall runzelte die Stirn, als er Harrys Bankauszüge überprüft. »Harry kann mit seinem Geld tun, was er will. Einschließlich es zu verteilen, auch wenn es in Ihren oder meinen Augen selbstzerstörerisch ist. Werden diese Überweisungen noch immer durchgeführt?«

»Würden sie, wenn noch Geld auf seinem Konto wäre.« Sie erzählte ihm von Harrys Überziehungskredit und dem großen Darlehen. »Es sei denn, die Bank gewährt ihm noch mehr Kredit.« Sie schauderte bei dem Gedanken. Sie würden es wahrscheinlich ohne mit der Wimper zu zucken tun und das solange, bis sie den letzten Tropfen Eigenkapital aus seinem Haus gequetscht hätten.

»Nichts Illegales daran.«

»Ich muss dieses Gemetzel stoppen, Connor.« Kat berichtete ihm über die völlig überzogenen Kreditkarten, die alle innerhalb der letzten sechs Monate ausgestellt wurden. Sie schilderte die Tausende und Abertausende von Dollars, die für Bekleidung, Unterhaltung und Luxusreisen ausgegeben wurden. Sie fröstelte bei dem Gedanken, wie viele unkontrollierte Ausgaben Hillary gerade in diesem Moment machte. »Kann ihm denn kein Gericht der Welt helfen?« Können Sie nicht irgendetwas tun?«

»Das muss allein Harry entscheiden. Solange er uns nicht bestätigt, dass er diese Ausgaben nicht genehmigt hat, müssen wir annehmen, dass er es hat.«

»Aber er ist nicht bei Verstand. Wenn er das wäre, hätte er das nie zugelassen. Tatsächlich war Geld der Grund, warum Hillary verschwunden war. Er hatte ihr die Geldzufuhr gestoppt. Er würde niemals Schulden machen oder sein Haus verpfänden.« Kat warf die Arme nach oben. »Fünfzig Jahre Ersparnisse innerhalb von wenigen Monaten durchgebracht. Er braucht dringend Hilfe.«

»Schlechtes Urteilsvermögen reicht nicht, um die Angelegenheiten von jemandem zu übernehmen. Das ist ein ernster Schritt, Kat. Es gibt verschiedene Stufen von Alzheimer. Er wird als geschäftsfähig angesehen, solange nicht das Gegenteil bewiesen wird.«

»Aber es ist weit mehr als das. Er kann sich von einer Minute auf die andere an nichts mehr erinnern und er ist noch nicht einmal mehr in Sicherheit.« Sie beschrieb sein jüngstes Küchenfeuer, die Wahnvorstellungen und seine Bewusstseinstrübung. »Er braucht jemanden, der ihm auf Schritt und Tritt hilft. Er kann selbst die einfachsten Dinge nicht mehr verwalten. Und er hat auch niemals eine Handlungsvollmacht ausgestellt.«

»So einfach ist das nicht. Es gibt keinen Rechtsweg, es sei denn, Harry ist erwiesen unfähig, seine Angelegenheiten selbst zu verwalten. Es klingt so, als wäre das bald der Fall. Haben Sie mit ihm über seine Situation gesprochen?«

»Ich habe es versucht, aber es ist schwierig. Zunächst stritt er alles ab, aber als ich ihm die Kontoauszüge zeigte, erkannte er, was sie getan hatte. Es regt ihn auf, aber die Demenz verkompliziert die Dinge. Er vergisst unser Gespräch innerhalb von Minuten, und dann sind wir wieder am Nullpunkt angelangt. Inzwischen ist er dabei, alles zu verlieren. Sein Bankkonto wurde geleert und sogar seine Kreditlinie ist ausgereizt.«

»Die Bank sollte sein Konto einfrieren.«

»Darum hatte ich sie gebeten, aber sie hören nicht auf mich. Sie sagten, dass es von Harry selbst kommen muss, aber er versteht nicht, was los ist. Das ist ein Teufelskreis.«

Allein bei dem Gedanken an all die Schulden, die sich in Harrys Namen stapeln, ward Kat angst und bange. »Wie kann ihn seine eigene Tochter nur so bestehlen?«

Connor seufzte. »Das kommt in den besten Familien vor. Ich erlebe das ständig.«

Kat deutete auf Harrys Visakartenabrechnung. »Sein ganzes Leben lang hat er geknausert und gespart. Wofür? Also alles, für das er gearbeitet hat, kann für Schmuck von Tiffany, Reisen nach Las Vegas und Autoreparaturen beim Porsche-Händler vergeudet werden? Harry besitzt keinen Porsche. Aber Hillary. Jetzt ist er dabei, sein Haus zu verlieren.« Sie sah auf die Uhr. Wenn er es nicht schon hat. Es ist finanzieller Missbrauch.«

»Gut möglich. Traurig, wie weit verbreitet es ist.« Whitehall schaute über seine Brille. »Sie sollten mit ihm über seinen geistigen Zustand sprechen, bevor wir irgendwelche rechtlichen Schritte unternehmen.«

»Ihm was sagen? Dass er könnte entmündigt wird? Das wird ihn umbringen. Kat stand auf und starrte durch das raumhohe Fenster. Es bot sich ein spektakulärer Blick auf die Lions Gate Bridge mit den schneebedeckten North Shore Mountains im Hintergrund.

»Er verdient es, so viel wie möglich zu erfahren. Außerdem helfen Sie ihm damit.«

»Aber Harry ist so stolz auf seine Unabhängigkeit. Es würde ihn demütigen.«

»Kann sein. Aber die Alternative ist viel schlimmer.«

Kat wusste, dass Whitehall recht hatte. Aber Harrys erste Reaktion auf seine Alzheimer-Diagnose war, aus der Arztpraxis wegzulaufen und dann wäre er fast in einer Tiefgarage erfroren. Das konnte sie nicht noch einmal riskieren.

»Er muss von Ärzten behandelt werden, die mit geriatrischen Patienten vertraut sind. Sie werden ihn befragen und eine Reihe von Tests durchführen. Wenn sie der Meinung sind, dass er nicht geschäftsfähig ist, dann kann er für seine Handlungen als nicht verantwortlich erklärt werden. Das wird ihn in Zukunft schützen. Die Bank kann ihm kein Geld mehr leihen und Hillary kann auch keines mehr von ihm nehmen. Natürlich bedeutet das auch, dass er keine finanziellen Entscheidungen mehr für sich selbst treffen kann.«

Kat rieb sich die Stirn. Sie hatte bereits entsetzliche Kopfschmerzen. »Wie schnell können wir das erledigen? Es gibt bereits ein Angebot für sein Haus.« Zunächst hatte Kat Whitehalls ruhiges Verhalten als beruhigend empfunden, aber jetzt ging ihr der Mangel an Dringlichkeit allmählich auf den Geist. »Was können wir tun? Können wir nicht die Polizei alarmieren?«

»So einfach ist das nicht.«

»Mir scheint es sogar sehr einfach. Hillary nutzt ihn aus.«

»Wir haben es mit dem mentalen Zustand einer Person zu tun, Kat. Das Gesetz sagt, dass Harry das Recht hat, seine eigenen Angelegenheiten zu verwalten, solange er geistig dazu in der Lage ist. Ihm dieses Recht zu nehmen ist ein sehr ernster Schritt.«

»Es ist offensichtlich, dass er geistig unfähig ist. Eine vernünftig denkende Person würde das nie tun.«

»Mag sein, aber eine rechtliche Beurteilung von Harrys geistiger Kompetenz beruht auf den ärztlichen Gutachten von zwei Ärzten. Sein Hausarzt könnte einer davon sein.«

»Sein Hausarzt hat ihn als Patienten aufgegeben. Wo finde ich zwei Ärzte, die bereit sind, ihn kurzfristig zu untersuchen? Ich weiß nicht einmal, wo ich anfangen soll.«

»Ich kenne ein paar.« Whitehall tätschelte ihre Hand. »Ich werde ein paar Anrufe tätigen.«

Kat fühlte sich körperlich krank. »Was ist mit dem bereits zugefügten Schaden? Wird Hillary nicht strafrechtlich verfolgt? Muss sie das Geld nicht zurückzahlen?«

»Wahrscheinlich nicht, da es keinen Beweis für seine geistige Inkompetenz zum Zeitpunkt der Transaktionen gibt.«

»Sie kommt so mir nichts dir nichts damit davon?« Kat prustete. »Es ist leichter, als eine Bank auszurauben.«

Whitehall seufzte. »Das Gesetz mag nicht fair sein, aber Harrys Kompetenz muss objektiv und nachprüfbar sein. Vergangenes Unrecht kann nicht behoben werden. Es tut mir leid, aber finanzieller Missbrauch in Familien ist sehr verbreitet.«

»Ich dachte, Gesetze wären gemacht, um gefährdete Menschen wie Harry schützen.«

»Wenn die medizinischen Beurteilungen zeigen, dass er geistig unfähig ist, werden wir uns ans Gericht wenden, um ihn gesetzlich zu entmündigen. Das wird ihn in Zukunft schützen. Geschehenes kann man nicht ungeschehen machen. Es könnte in weniger als drei Wochen erledigt sein.«

»Drei Wochen? Bis dahin ist nichts mehr übrig.«

Whitehall betrachtete sie mitfühlend. »Ich mach so schnell ich kann. Wann steht Harry zur Verfügung?«

»Das ist ja das Problem. Ich habe keine Ahnung wo er sein könnte.«

KAPITEL 44

Draußen verwandelte sich der Regen in Hagel. Er klirrte gegen das Küchenfenster und Kat rührte die kochenden Nudeln im Crescendo. Das stetige Klopfen am Fenster wurde lauter und endete schließlich in einen explosionsartigen Lärm, der außer ihren Gedanken alles übertönte. Sie war dankbar, dass sie es noch vor dem Sturm bis nach Hause geschafft hatte.

Die niedrigen Wolken des späten Nachmittagshimmels verhießen nichts Gutes. Kat fröstelte und fragte sich, ob Jace irgendwo draußen allein umherirrte. Er würde nie weggehen, ohne ihr eine Nachricht zu hinterlassen. Und warum hatte sich die Polizei noch nicht gemeldet? Der Knoten in ihrem Magen wurde immer größer. War er verletzt? Oder noch schlimmer, hatte er ein ähnliches Schicksal wie Svensson erlitten? Sie wagte nicht darüber nachzudenken, dennoch hatte sie nur diesen einen Gedanken.

Kat erschrak, als sie ein lauter Knall aus den Gedanken holte. Vermutlich Zweige, die vom starken Wind abgebrochen waren. Sie drehte den Herd herunter und goss die Nudeln in ein Sieb, um sie in der Spüle abtropfen zu lassen.

Und wieder startete das Hämmern. Diesmal erkannte sie, dass jemand an der Haustür war. Ihr Herz machte einen Sprung vor lauter

Angst und sie rannte zur Tür. Vielleicht Jace oder noch wahrscheinlicher, Hillary. Bereit, Harry bei ihr abzuladen. Aber es war keiner von beiden.

Connor Whitehall wartete auf der Schwelle im triefenden Regenmantel. Sein Haar war nass, obwohl die Veranda nur ein paar Schritte von der Bordsteinkante entfernt war, wo er seinen Volvo geparkt hatte.

Kat bat ihn herein und hing seinen Mantel im Garderobenschrank auf, der, dem Himmel sei Dank, dem Feuer entkommen war. Sie gab ihm ein Zeichen, er solle ihr in die Küche folgen. »Ich mache gerade Abendessen. Können Sie bleiben?«

Connor betrachtete die verkohlte Täfelung und das Treppengeländer.

»Leider nein. Aber es gibt da etwas, was ich Ihnen unbedingt mitteilen wollte.« Connor starrte auf seine Schuhe. »Ich habe nach dem Besitzrecht von Harrys Haus gesucht.«

»Und?« Kat wurde kreidebleich. Es war bereits stark mit Hypotheken belegt und alles, was Harry übrig blieb. »Ist es bereits verkauft? Hat Hillary es verkauft?«

»Nicht genau. Hillary ist im Grundbuchamt eingetragen. Harry hat ihr das Eigentumsrecht übertragen.« Er betrachtete Kat. »Im Grunde genommen ist es bereits verkauft. An Hillary. Harry ist nicht mehr der Eigentümer.«

»Das ist unmöglich! Das würde er nie tun.« Solch einen unverhohlenen Betrug hatte sie nicht erwartet, auch nicht von Hillary. Auf der anderen Seite erklärte das einiges. Hillarys jüngster Einbruch in Kats Büro, Harrys fehlende Schatulle mit Harrys Eigentumsurkunde und die anderen Papiere sowie der fehlende Schlüssel hinter Harrys Kalender. Hillary war ein manipulatives Wesen, das wusste Kat, aber sie hätte nicht im Traum daran gedacht, dass sie so weit gehen würde.

Connor ließ seine Aktentasche auf den Küchentisch fallen und holte einen Umschlag heraus. Er zog ein Bündel mit Papieren heraus und sagte: »Schauen Sie mal rein.«

Kat untersuchte Harrys Unterschrift mit seinem geschnörkelten *y* und dem Schrägstrich über dem *t*. Es war seine zweifellos seine Unterschrift. Und es war vor zwei Tagen.

Es war tatsächlich zu spät.

»Aber er ist nicht bei Verstand. Er würde nicht verstehen, was er da unterzeichnet. Das kann doch nicht legal sein.«

»Oh doch, ich fürchte, das ist es. Ohne Beweis seiner Unzurechnungsfähigkeit oder einer Art von Zwangslage, ist es vollkommen legal.«

»Moment mal.« Kat hielt die Unterschrift gegen das Licht. Es war sehr wohl Harrys Unterschrift, allerdings die von vor einem Jahr oder zwei. Die Handschrift passte zu seinen Dokumenten und zur Identifizierung, aber nicht zu seinem Gekrakel von heute. Seit Monaten schon konnte sie seine Handschrift kaum entziffern. Das Gleiche gilt für die Kritzelei in seinem Scheckheft, das auch schon seit fast einem Jahr völlig unleserlich gewesen war. Auch unter seinen Renovierungskredit hatte er eine wackelige Handschrift gesetzt. »Diese hier ist zu perfekt. Es muss eine Fälschung sein.«

»Gefälscht? Wie können Sie sich da so sicher sein?«

»Harrys Hand zittert beim Schreiben. Diese Unterschrift ist glatt und flüssig, so wie er noch vor ein paar Jahren geschrieben hat.« Hillary war auf ein ziemlich niedriges Niveau abgesunken.

»Sind Sie sicher, dass Harry das nicht unterschreiben würde? Manchmal fügen Eltern ihre Kinder zum Haus dazu, um ihnen Erbschaftsgebühren zu ersparen. Hat er jemals so etwas erwähnt?«

»Nein, das würde er nie tun.« Schon gar nicht mit Hillary. Trotz der Liebe zu seiner Tochter, kannte Harry auch Hillarys dunkle, egozentrische Seite.

»Nun, ich bin wirklich traurig, der Überbringer einer solch schlechten Nachricht zu sein.« Connor Whitehall sah auf die Uhr. »Ich gehe jetzt am besten.«

Kat folgte ihm in die Halle und reichte ihm seinen Mantel. »Sie müssen sie unbedingt stoppen.«

»Zunächst müssen Sie Harry finden, Kat. Ich kann ihm erst helfen, wenn wir ihn untersuchen lassen.« Er drehte sich um und stieg die Treppe zu seinem Auto hinab.

Es war schon dunkel. Der Volvo fuhr davon und die Bremslichter reflektierten sich in Streifen auf dem nassen Asphalt. Der böige Wind ließ die nackten Äste vor der Straßenlaterne hin- und herschwanken. Es veränderte das Licht in intermittierende Wallungen, wie ein Morsesignal. Kat fror und schloss die Eingangstür hinter sich zu. Es war in der Tat zu spät, um Harry finanziell zu retten. Das einzig gute an der Demenz war die Vergesslichkeit. Man brauchte nicht zu wissen, in welch einem Schlamassel man sich befand. Letztendlich wäre es jedem gleichgültig.

KAPITEL 45

Am Dienstag kam Kat kurz vor 6.00 Uhr morgens ins Büro, das Gebäude war finster und gespenstisch still. Sie stieg die Treppe zu ihrem Büro hinauf und versuchte, den Türschlüssel im Dämmerlicht einzustecken, um die Tür zu öffnen. Marcus hatte die Tür zwar repariert, aber es bedarf mehrerer Versuche, den Schlüssel im Schloss zu drehen.

Sie war kein Frühaufsteher, aber nach einem unruhigen Schlaf und in diesem Haus schon zum zweiten Mal allein aufzuwachen, konnte sie nicht mehr ertragen. Alles erinnerte sie an Jace.

Svenssons Podcast von der schwedischen Tagung ging ihr auch nicht aus dem Sinn. Die Frau, die ihn begleitet hatte, sah Angelika, dem Zimmermädchen in Hideaway Bay, verdammt ähnlich. Eigentlich war sie sehr sicher, dass sie es war. Aber warum war sie in Schweden? Hatte sie etwas mit Svenssons Tod zu tun?

Kat schloss die Tür hinter sich und lehnte sich daran. Quer durch den Raum umrahmten die bodenhohen Fenster die Silhouette der North Shore Mountains. Ein paar Lichter funkelten auf dem Wasser, während die Sonne am Horizont aufging und der Hafen langsam zum Leben erwachte. Sie hatte schon zum zweiten Mal in Folge ein Treffen mit Zachary. Diesmal ging es darum, eine Strategie zu bestimmen, um den Anlegern und der Bank den Betrug offen zu legen. Sobald sie mit Zachary ihr Treffen am frühen Morgen beendet hatte, würde sie nach Hideaway Bay fahren.

Ihre zahlreichen Anrufe bei der Polizei waren unbeantwortet geblieben und sie verstand nicht, warum. Eine Polizeistation die Anrufe mit Anrufbeantwortern abschirmte? Jace wurde vermisst und sie verdiente eine Antwort, wenn auch nur zum aktuellen Stand der Ermittlungen. Es war schlicht und einfach nicht akzeptabel. Wenn die Polizei diesen Fall nicht ernst nähme, würde sie rechtliche Schritte unternehmen. Und sich selbst auf die Suche nach Jace machen.

Aber vorher musste sie ihren Suchbereich besser festlegen.

Kat untersuchte die Karte an der Wand. Was hatte sie versäumt? Die Karte von Hideaway Bay war einfach. Der einzige Zugang an Land war eine einzige Straße. Sie entstand an der Fähre, führte durch die Stadt und dann weiter zur Abzweigung zum Tides Resort. Zugang über Wasser oder Luft waren Möglichkeiten, aber weniger wahrscheinlich. Sie hatte während ihres Aufenthalts einen Hubschrauber landen hören. Ein zweiter Hubschrauber hätte ihre Aufmerksamkeit erweckt. Das bedeutete, dass Jace das Hotel zu Fuß oder mit dem Boot verlassen haben muss. Die hohe Böschung am Ufer machte weder Dock noch Anlegeplatz möglich, vor allem nicht in der Nacht. Eine Reihe von Pfaden, die zum Hotel führten, einschließlich des Gipfelpfads, der Svensson zum Verhängnis geworden war. Keine leichte Wanderung im Winter aber möglich mit der richtigen Ausrüstung und einer Kopflampe, wenn es dunkel ist. Hatte Jace ein ähnliches Schicksal wie Svensson erlitten?

Es gab noch ein anderes Szenario, an das sie dachte, was die Polizei wahrscheinlich nicht prüfen würde. Jace könnte in Kurts Blockhütte untergetaucht sein. Kat bezweifelte, dass Jace ohne die richtige Ausrüstung für eine Winter-Nachtwanderung dorthin gehen würde. Er hätte das Hotel niemals verlassen, ohne es ihr mitzuteilen. Es sei denn, er hatte keine andere Wahl.

Um das herauszufinden müsste sie selbst zu Kurts Blockhütte

wandern, weil das Mobilfunknetzwerk dort oben nicht funktionierte und es auch keine Festnetzverbindung gab.

War Landers Begeisterung eine Finte gewesen? Hatte er von Anfang an vorgehabt, Kat und Jace eine Falle zu stellen?

Kat steckte für jeden Pfad, der von der Hotelstraße abzweigte, eine Pinnadel in die Karte. Sie würde zurückfahren und die Wege überprüfen, die am ehesten infrage kamen. Ihr Herz rutschte ihr in die Hose, als sie die letzte Pinnadel steckte. War Jace noch am Leben?

Tageslicht durchflutete allmählich das Büro. Draußen reflektierte es am weißen Frost, der sich an allem festsetzte. Verkehrslärm, Maschinengeräusche und Stimmen drangen nach oben, während die Stadt erwachte. Kat schauderte. Endlich wurde es warm im Büro, aber es kam immer noch ein Luftzug durch die alten Fenster mit der Einfachverglasung.

Ein Kran im Hafen hob einen Maersk-Container von einem chinesischen Frachter und senkte ihn auf dem Werftdock ab. Die Container wurden jeweils drei übereinander gestapelt und waren gefüllt mit Elektronik, Möbeln, und wer weiß, was sonst. Der Hafenverkehr schien nie zu ermüden und wurde durch billige Importe und die unersättliche Nachfrage der Verbraucher angetrieben.

Kat erschrak, als sich die äußere Bürotür geräuschvoll öffnete.

»Zachary – hier bin ich.«

Aber es war nicht Zachary. Es war Hillary. Mit einem Klack-Klack-Geräusch ihrer Absätze erschien sie in Kats Büro. Obwohl sie Hillary lieber nicht sehen wollte, war es für sie die einzige Chance Harry wiederzufinden. Jetzt konnte sie die Räder in Bewegung setzen, um Hillarys finanziellen Missbrauch zu stoppen.

»Hallo Cousinchen.« Hillary wies auf die Karte und lachte. »Spielst du Kindergarten? Ist das wirklich alles, was du den ganzen Tag machst?«

»Hillary was willst du hier? Wo ist Harry?« Kat stand auf und ging auf Hillary zu, damit sie sich von der Karte wegbewegte. Sie stellte sich direkt davor, hielt ihren Arm hoch, um Hillary davon abzuhalten, eine Pinnadel aus der Karte zu zupfen.

»Kann ich dir denn nicht mal einen Besuch abstatten, ohne dass du dumme Fragen stellst?« Hillary hob den rechten Fuß an, dann den linken, um mit der Handfläche den Staub von den Sohlen ihrer Gucci-Schuhe zu wischen. Sie verzog das Gesicht, als sie eine Handfläche gegen die andere rieb. »Machst du hier jemals sauber?«

»Der Hausmeister reinigt hier jeden Abend.« Sie musste Hillary loswerden, bevor Zachary kam. Der Gedanke, dass Hillary einem ihrer Kunden über den Weg lief, gruselte sie. Sie war zu manipulativ und unberechenbar.

»Wo ist dein Vater, Hillary?« Zunächst würde sie noch nicht Harrys Haus erwähnen. Sie konnte es nicht riskieren, Hillary davonlaufen zu lassen, ohne ihr vorher zu sagen, wo sich Harry aufhielt.

Hillary ignorierte sie. »Dieses Büro ist verdreckt. Und deine Möbel sehen aus wie Sperrmüll. All diese Unordnung.« Sie nahm das halbe Dutzend Zeitschriften vom Beistelltisch hoch und warf sie in den Papierkorb. »Kein Wunder, das dich niemand ernst nimmt.«

»Mein Büro ist in Ordnung. Wo ist Harry?« Hillary war vor weniger als einer Minute gekommen und Kats Magen krampfte bereits. Sie erinnerte sich daran, dass nur eine von ihnen sechsstellige Vorschüsse bekam, und das war sicherlich nicht Hillary. Wenigstens verdiente sie ihren eigenen Unterhalt. »Ich habe ihn angerufen und er war nicht zu Hause. Er geht auch nicht an sein Handy.«

Sie hatte eine Million anderer Fragen, wie beispielsweise wo Hillary in den letzten 10 Jahre gewesen war. Aber jetzt war nicht die richtige Zeit dafür.

»Woher soll ich denn wissen, wo Dad ist? Ich bin nicht seine Aufpasserin. Vielleicht ist er einkaufen gegangen oder so.«

»Hillary, du weißt genauso gut wie ich, dass er weder einkaufen gegangen ist noch, dass er zu Hause ist. Du warst mit ihm zusammen.« War Hillary wirklich so unverantwortlich, oder stand da mehr auf dem Spiel? Immer wenn Kat Hillary den Vorteil des Zweifels einräumte, ging der Schuss nach hinten los. Jedenfalls war sie sicher, dass Hillary nicht aus Sorge um Harry wiederaufgetaucht ist.

»Warum glaubst du, dass er nicht zu Hause ist?« Hillary runzelte die Stirn und ihr Gesicht« verdunkelte sich.

Kat deutete auf den Ledersessel. Mit Hillary zu streiten hatte keinen Sinn, also änderte sie ihren Tonfall. »Setz dich. Du bist bestimmt müde.«

»Du erwartest von mir, dass ich mich auf diesen flohverseuchten Schrott setze?« Hillary strich ihr Haar mit einer perfekt manikürten Hand glatt. »Absolut nicht.«

»Der Sessel ist völlig in Ordnung. Aber wenn du unbedingt stehen willst, kein Problem.«

Hillary musterte Kat von oben bis unten, ihre Kleidung, Haare und ihr Make-up. »Du solltest wirklich mal an eine Verjüngungskur denken.« Sie machte Grimassen. »Von Kopf bis Fuß. Deine Kleidung ist schon seit 5 Jahren nicht mehr modern. Wie konntest du das Haus nur in dieser Aufmachung verlassen? Du brauchst unbedingt ein Upgrade.«

Kat sagte nichts und drehte sich zur Tafel um. Hillary konnte es nicht leiden, wenn man sie ignorierte.

»Was machst du mit diesen Reißzwecken?«

»Ich experimentiere.« Kat starrte aus dem Fenster. Innerhalb von wenigen Minuten war die Sonne durch niedrige Wolken verdeckt worden. Schneeflocken wirbelten am Fenster vorbei und sie konnte kaum die Berge am anderen Ende des Wassers sehen. Wo um alles in der Welt war Zachary?

»Irgendein Experiment.« Hillary holte ein Händedesinfektions- mittel aus ihrer Handtasche und spritzte einen Klecks auf ihre Hand. Sie rieb die Hände zusammen und starrte auf die Karte. »He, das ist doch der Ort, an dem du meinen Vater versteckt gehalten hast.«

»Hillary, hör auf damit. Ich habe ihn nicht versteckt und das weißt du ganz genau.«

»Natürlich hast du das. Ist es nicht in der Nähe von der Stelle, an der dieser Nobel-Ökonom verschwunden ist?«

»Fredrick Svensson?« Kat war schockiert, dass Hillary von ihm gehört hatte.

»Ja, dieser Typ. Ganz schön heiß für einen alten Kerl.«

Hillarys heiße Skala bezog sich auf das Vermögen, nicht auf das Aussehen. »Was auch immer. Er ist sowieso tot.« Svensson musste so um die Siebzig gewesen sein.

»Goldrichtig. Ich wusste nicht einmal, welcher Schlag ihn getroffen hatte.« Sie lachte über ihren eigenen Witz.

Genug – Jeder hat eine Grenze. Kat war bereit zu explodieren. »Wo ist er?«

»Der Nobel-Typ? Woher soll ich das wissen?«

»Harry, verdammt noch mal!« Kat massiert ihre Schläfen, denn es war eine böse Migräne im Anzug.

In der Bucht machte sich eine zweite Sturmfront in Richtung Hideaway Bay bereit. Kat zitterte trotz ihres dicken Wollpullovers und der Strumpfhosen. Sie musste so schnell wie möglich losfahren, bevor die Straßen gesperrt wurden. Jaces Pick-up parkte vor dem Haus und war mit warmer Kleidung, Outdoor-Ausrüstung, und allem, was sie eventuell brauchen könnte, beladen.

»Werde mal nicht zickig, Kat.« Hillary holte eine Nagelfeile aus ihrer Handtasche und begann, sich die Nägel zu feilen. Sie deute mit der Nagelfeile auf Kat und kniff die Augen zusammen. »Oder halt die Luft an. Woher soll ich denn wissen, wo Dad ist?«

»Das letzte Mal, dass ich ihn gesehen habe, war er mit dir zusammen. Wenn Harry nicht bei dir ist, wo ist er dann?«

Hillary zog die Augenbrauen hoch und verdrehte die Mundwinkel zu einem hämischen Grinsen. »Beruhig dich. Wieso interessiert dich das? Er ist mein Vater, nicht deiner.«

Die Worte waren bitter, egal wie oft Hillary sie aussprach. Die Dentons hatten Kat offiziell adoptiert, nachdem ihre Mutter gestorben war und ihr Vater sie verlassen hatte. Nachdem Hillary realisiert hatte, dass dieses Arrangement permanent war, tat sie alles, was sie konnte, damit sich Kat ausgestoßen fühlte.

»Kat – es geht dich nichts an, was Papa und ich tun. Hillary presste die Lippen zusammen. »Finde dich damit ab.«

»Oh, es geht mich sehr wohl etwas an.« Kat verschränkte die Arme. »Er ist nicht zu Hause. Er ist weder bei dir noch bei mir. Wo auch immer er ist, er ist verwirrt und verloren. Ich habe ein Recht darauf, es zu erfahren.«

»Du hast auf gar nichts ein Recht. Kümmere dich um deine eigene

Familie.« Hillary hielt die Hand vor den Mund. »Oops, das habe ich ganz vergessen. Du hast ja gar keine.«

»Hillary, Harry ist auch meine Familie. Ich habe mich in der Zeit um ihn gekümmert, als du weg warst. Du bist schon vor vielen Jahren aus seinem Leben verschwunden.«

»Nun, das wird sich bald ändern.« Hillary sah Kat böse an.

Die äußere Bürotür öffnete sich und ein paar Sekunden später stand Zachary mit dem Handy telefonierend in Kats Büro. Feiner Schneestaub lag auf den Schultern seines Wollmantels.

Hillarys Kinnlade klappte herunter und ihre Grimasse verwandelte sich langsam in ein zuckersüßes Lächeln.

»Hallo.« Hillary drehte sich zu ihm um, lächelte und sog die Wangen ein. Sie musterte Zachary von Kopf bis Fuß und bewunderte seine maßgeschneiderte Kleidung, die lederbesohlten Schuhe und den leeren Ringfinger.

Kat sah Dollar-Zeichen in Hillarys Sichtfeld tanzen.

Zachary schien Hillary nicht zu hören. Er stand wie gebannt vor Kats Fernseher. New Yorker Demonstranten hatten die Grand Central Station blockiert und forderten staatliche Interventionen und niedrigere Lebensmittelpreise. Der Bildschirm verblasste und gab den Weg für Reklame frei. Zachary schaute zu ihr rüber und bemerkte Hillary zum ersten Mal. Er beendete seinen Anruf. »Tut mir leid, wenn ich störe. Ich habe Sie gar nicht gesehen.«

»Sie brauchen sich nicht zu entschuldigen.« Hillary trat vor und streckte ihre Hand mit der Handfläche nach unten aus, als ob sie den Handkuss eines Prinzen erwartete. »Ich bin vorbeigekommen, um meine Cousine zum Frühstück abzuholen.«

Du glaubst es nicht, dachte Kat. Hillarys Theater galt Männern mit Vorteilen, sei es billige Autoreparaturen oder Einkommensquellen eines potenziellen Ehemanns. Letztendlich sehen die Männer immer klar, aber erst nachdem Hillary sie aufs Kreuz gelegt hatte.

»Wenn Sie beide bereits andere Pläne haben, komme ich selbstverständlich ein anderes Mal wieder.« Zachary lächelte Hillary zu, die plötzlich auf dem Ledersessel saß. Offenbar hatte sie ihre vorherigen Einwände bezüglich des Sperrmülls überwunden.

»Nein.«. Kat winkte mit der Hand ab. Sie musste auf der Stelle mit Zachary sprechen. »Hillary wollte gerade gehen.«

Hillary schlug ein Bein über das andere, sodass ihr Rock nach oben rutschte und etwas Bein zeigte. Sie schien gar nicht daran zu denken, aufzustehen und zu gehen.

»Warum gehen wir nicht alle zusammen zum Frühstück«, fragte Zachary. »Wir könnten den Fall diskutieren und zugleich essen.«

Kat stand auf. Diese Situation würde sich ganz schnell zu einem Albtraum entwickeln. Sie brauchte eine Stunde Zeit mit Zachary, bevor sie nach Hideaway Bay fuhr, denn die Schneeverhältnisse verringerten von Minute zu Minute ihre Chancen, dorthin zu gelangen. Noch weitere Verzögerungen und sie würde es überhaupt nicht schaffen. »Hillary – kann ich dich später anrufen?«

»Unsinn. Sie kann sich uns anschließen.« Zachary deutete mit dem Daumen auf den Flur.

Kat musste Hillary loswerden. Sie konnte weder den Fall noch Jaces Schicksal vor Hillary diskutieren. Sie wusste nicht warum, aber sie hatte das komische Gefühl, dass ihr Hillary Jaces Verschwinden zum Vorwurf machen würde. Warum sollte Zachary im Traum daran denken, seine persönliche finanzielle Situation vor Hillary, einer Fremden, zu diskutieren?

Sie blieb am Eingang stehen und sah Hillary an. »Ich dachte, du würdest deinen Vater abholen. Wo ist Harry eigentlich?«

»Der alte Mann mit dem Lincoln?«, fragte Zachary. »Er ist ein bisschen verwirrt, nicht wahr? Man sollte ihn nicht allein lassen.«

Hillary kniff argwöhnisch die Augen zusammen.

»Das habe ich gerade zu Kat gesagt. Kat, wo ist er?« Hillary drehte eine Haarsträhne um den Finger und sah Kat mit angehobenen Augenbrauen an, um ein besorgtes Gesicht zu machen.

Kat biss sich auf die Lippen und ballte eine Faust. Warum sah denn niemand wie infam diese Person ist? »Ich dachte, dass du ihn abholen würdest. Wo sagtest du noch, hast du ihn abgesetzt?«

Hillary warf Kat einen bösen Blick zu. »Im Seniorenheim. Da wollte ich gerade hinfahren.«

»Das hatte ich mir schon gedacht.« Wenigstens war Hillary gezwungen, sich vor Zachary korrekt zu verhalten.

»Ich komme gleich nach dem Mittagessen wieder.« Hillary lächelte Zachary an.

Gerade genügend Zeit für Kat, um Zachary zu informieren und sich auf den Weg nach Hideaway Bay zu machen.

KAPITEL 46

Kat schaute **ungeduldig und unzufrieden** aus ihrem Bürofenster, weil sie einfach keinen Fortschritt sah. Die Stadt war wieder einmal mit Schnee bedeckt und Zachary rührte sich einfach nicht.

»Wir sollten nicht alles an die Öffentlichkeit bringen, Kat. Ich weiß, dass ich das meiste Geld wieder zurückholen kann.«

Zachary war felsenfest davon überzeugt, dass sein Handelsmodell unfehlbar war. »Mit was wollen Sie handeln, Zachary? Sie haben kein Geld.«

»Ich habe Verbindungen – Leute, die mir Geld leihen werden. Genug, um ein paar Geschäfte zu machen und einen Teil der Verluste wettzumachen.« Zachary ließ ihren Bericht ganz oben auf den Stapel von Ordnern auf ihrem Schreibtisch fallen. Als er das tat, rutschte der Stapel und einige Akten landeten auf dem Boden.

Zachary bückte sich, um sie aufzuheben.

Kat winkte ihn weg. »Ich mach das später.« Sie stand auf. »Was ist mit den Anlegern, Zachary? Es geht hier um ihr Geld. Verdienen Sie es nicht, über den Betrug informiert zu werden?«

Er stand auf. »Sicher – aber zunächst hole ich ihre Verluste zurück, bevor sie es erfahren. Es ist in ihrem Interesse, auch wenn sie es jetzt noch nicht realisieren. Ich werde das Geld zurückholen und sie werden nicht einmal merken, dass es ein Problem gegeben hat. Nur ein paar gute Geschäfte und alles läuft wieder seinen normalen Gang.«

Was auch immer er als normal bezeichnete. Erstaunlich, zu was Menschen auf einem sinkenden Schiff in der Lage sind. »Nein, Zachary. Sie müssen dicht machen.«

»Kat, Sie haben selbst gesagt, dass uns ein paar Beweise fehlen. Wenn wir Nathan ohne Beweise warnen, gefährdet das den nicht den Fall? Er könnte klammheimlich verschwinden, noch bevor die Behörden genügend Beweise haben, um ihn zu verhaften.«

Zachary hatte recht. Warten bedeutete auch, eventuell in der Lage zu sein, Nathans fehlende Tagesordnung des World Institute und ihre Back-up-Dokumente zurückzuholen. Wenn sie Jace finden würde und er sie zufälligerweise noch hätte. Es war bestenfalls unwahrscheinlich. Und – es war einfach nicht richtig, den Betrug nicht sofort aufzudecken.

Auf der anderen Seite waren die Ermittlungen immer noch im Gange und wenn Nathan und gott weiß wer noch strafrechtlich verfolgt würden, müsste sie stichhaltige Beweise vorlegen und gut vorbereitet sein. Gerade jetzt, war das nicht der Fall. Und jetzt alles auffliegen zu lassen, würde Jace womöglich in eine prekäre Situation bringen, was auch immer das sein mochte. Es ließ ihr mehr Zeit, nach Jace zu suchen. Wenn sie ihn überhaupt finden könnte.

Sie seufzte und bückte sich, um die Akten aufzuheben. Warum musste Zachary immer über das Limit hinausgehen? Vermutlich war dies der Grund, warum er so reich war. Und unerbittlich.

Sie fühlte etwas festes in der Rille einer der Edgewater-Ordner. Sie öffnete den Ordner und fand ein Bündel Kreditkarten, die mit einem Gummiband zusammengehalten wurden. In ihrer Eile hatte sie sie vorher nicht bemerkt. Sie löste das Gummiband und untersucht die oberste Karte. Kein Name. Sie durchforstete den Rest. Es waren alle genau die gleichen Prepaid-Kreditkarten. Genau wie die Karte, die sie in der Uniform des Zimmermädchens in Hideaway Bay gefunden hatte. Gab es hier eine Verbindung?

Zwei Stunden später befand sich Kat endlich auf dem Weg. Sie fuhr nach Norden in Richtung Hideaway Bay und war für den Allradantrieb des Pick-up dankbar. Tiefe Furchen hatten sich in der Schneedecke auf der Autobahn gebildet und es schneite immer stärker und reduzierte ihre Sicht auf nur wenige Meter.

Auf der Straße zur Fähre verlangsamte sich das Verkehrsaufkommen ins Schneckentempo und sie verpasste das Boot. Glücklicherweise schaffte sie das nächste. Nach der Überfahrt folgte sie der Menge nach draußen und war endlich auf dem Weg nach Hideaway.

Hier gab es so gut wie keinen Verkehr. Trotz der holprigen Straßen und der schlechten Sicht, fühlte sie sich viel sicherer, ohne andere Autofahrer zu begegnen. Sie entspannte ihre Hände auf dem Lenkrad und biss in einen Apfel. Sie warf einen Blick auf den Rückspiegel und entdeckte einen Schneepflug in der Kurve, ein paar hundert Meter hinter ihr. Es war das einzige Fahrzeug, dass sie seit der Abzweigung gesehen hatte.

Ihre größte Sorge war die begrenzte Zeit, die ihr bis Einbruch der Dunkelheit blieb. Das Tageslicht verschwand in dieser Jahreszeit gegen sechzehn Uhr Das gab ihr nur ein paar Stunden Zeit, um Jace zu suchen. Er könnte sich verletzt haben und von der Straße abgekommen sein. Sie zitterte. Wenn überhaupt, dann wären die Überlebenschancen bei diesen eisigen Temperaturen nach ein paar Stunden so gut wie Null.

Kats Gedanken wanderten zurück zu Svensson und seiner Rede in Stockholm. Der Schneepflug war jetzt nur noch fünfzig Meter hinter ihr und wurde im Rückspiegel immer größer.

Svensson hatte seine Ansichten zur Weltwährung auf den Status Quo vieler dominierender Währungen geändert. Warum sollte Nathan Barron ein Problem damit haben? Das Ausnutzen von

Währungsschwankungen waren das tägliche Brot von Edgewater und brachte Geld ein. Das Ziel des World Institute einer Weltwährung hätte sein Business eher umgebracht als gefördert. Welches folgende Frage aufwirft: Warum würde Nathan einer Organisation beitreten, die seine finanziellen Ziele vereitelt?

Es gab keinen Zweifel, dass Svenssons Mord und Jaces Verschwinden mit dem World Institute und Nathan Barron verbunden waren.

War die Frau, die hinter Svensson stand wirklich Angelika, das Zimmermädchen? Eine logischere Erklärung wäre, dass ihr die Frau ähnlich sah. Schließlich stand sie hinter Svensson und leicht im Schatten. Von all den Milliarden von Menschen auf dem Planeten gab es bestimmt ein paar Doppelgänger. Oder war es rein zufällig?

Kat blickte in den Rückspiegel. Der Schneepflug war jetzt direkt an ihrer Stoßstange, vermutlich hatte es der Fahrer eilig, seine Arbeit zu beenden, um nach Hause zu gehen. Kat krampfte sich am Lenkrad fest, weil sie nicht schneller fahren wollte, stand aber unter Druck. Sie konnte nirgendwo nebenhin fahren. Eine Felswand rechts von ihr und auf der anderen Seite der Gegenfahrbahn war ein steiler Abhang, der ins Wasser führte. Konnte er sie nicht einfach überholen? Es gab keinen Gegenverkehr.

Plötzlich rammte der Schneepflug ihre Stoßstange.

Sie schlingerte. Der Apfel glitt aus ihrer Hand, fiel auf Beifahrersitz und schließlich auf den Fußboden. Sie packte das Lenkrad fest mit beiden Händen und ihr Herz pochte. Der Sicherheitsgurt zog sich fest, als sie krampfhaft versuchte, den Wagen aus einer festgefahrenen Spur zu ziehen. Die verschneite Autobahn war zu gefährlich für gewagte Unternehmungen. Die Manöver des Fahrers waren nichts anderes als selbstmörderisch auf dieser kurvenreichen Strecke im Schneesturm. Was zum Teufel sollte das? War er am Steuer eingeschlafen? Sie warf einen Blick in den Spiegel, aber das Führerhaus war zu hoch, um den Fahrer zu sehen.

Sie würde sich sein Autokennzeichen merken und ihn anzeigen. Die Hotelanlage war noch zehn Minuten entfernt – die erste und einzige Gelegenheit, die Straße zu verlassen. Sie lockerte den Sicherheitsgurt und atmete erleichtert aus. Der Schneepflug zog sich leicht zurück und sie konnte einen kurzen Blick ins Führerhaus werfen. Diesmal konnte sie den Fahrer sehen, aber nur vage. Ein schmächtiger Mann oder sogar ein Teenager? Eine Baseballmütze bedeckt seine Augen.

Die Lücke schloss sich wieder. Der Schneepflug griff wieder an und stieß noch stärker an ihre Stoßstange.

Ihr Pick-up schlängelte. Sie fuhr schnurstracks auf die Gegenspur zu. Plötzlich hatte sie eine Eingebung und ging in die Eisen. Sie wusste, dass es ein fataler Fehler war, noch bevor ihr Fuß das Pedal vollständig durchdrückte.

KAPITEL 47

Der Schneepflug streifte den Pick-up und schob ihn quer über die Autobahn. Kat krallte sich ans Lenkrad, während Jaces Pick-up kippte und jetzt nur noch auf zwei Rädern fuhr. Er taumelte kurz, bevor er wieder unsanft auf allen vier Rädern landete. Kats Hals wurde durch den Druck zurückgeworfen. Erneut suchte ihr Fuß nach dem Bremspedal. Aber es war zwecklos.

Der Pick-up machte eine 180-Grad-Drehung, wirbelte Kat auf dem Fahrersitz herum, während weiße Spritzer an die Windschutzscheibe geschleudert wurden. Sie wurde nach vorn gedrückt und schlug mit der Stirn am Rückspiegel an. Im Bruchteil einer Sekunde zog sich der Sicherheitsgurt fest und zog sie auf den Sitz zurück.

Der Pflug fuhr zurück und beschleunigte abermals. Er knallte gegen den Pick-up und zerbrach die Windschutzscheibe. Kat wurde vor und zurückgeschleudert, bis er endlich mit der Fahrerseite zur Böschung zum Halt kam. Kat wagte einen Blick durch das Seitenfenster. Sie war bedrohlich gegen die Leitplanke gedrückt. Noch so ein Stoß und sie würde überkippen und die Schlucht im freien Fall dreihundert Meter nach unten drudeln.

Sie wappnete sich für einen weiteren Stoß, während sich ihr Magen umdrehte.

Nichts.

Kat löste den Sicherheitsgurt und lauschte. Sie rutschte auf die Beifahrerseite. Der Pick-up knarrte und der Apfel rollte in die hinterste Ecke des Bodens.

Schweigen.

Der Motor war durch die Auswirkungen des Schocks abgewürgt.

Sie suchte durch die zerbrochene Windschutzscheibe nach dem Schneepflug.

Sie sah nichts.

Rein gar nichts. Nur weißer fallender Schnee.

Dumpfes Schweigen.

Sie drehte sich auf dem Sitz um und suchte nach dem Pflug durch die Heckscheibe.

Weg.

Nichts außer ihr, dem Pick-up und eine verbogene Leitplanke, die sie vor einem Sturz in die Tiefe schützte.

Sie rückte ihren Körper langsam wieder in eine aufrechte Position und merkte, dass der Pick-up sicher gegen die Metallleitplanke lehnte.

Solide. Trotz ihrer Befürchtungen standen die vier Räder des Pick-ups noch auf der Straße.

Sie war erleichtert und erschrocken zugleich. War der Pflug endlich weg – oder ist er über den Rand in die Tiefe gestürzt? Dann sah sie wieder aus dem Fenster. Die Leitplanke war noch intakt, zumindest was sie so sehen konnte. Sie hatte jedoch nicht die Absicht, auszusteigen, um das näher zu prüfen. Für den Fall, dass dadurch das Gewicht verlagert würde. Für den Fall, dass dieser Typ irgendwo lauerte.

Sie drehte die Zündung und startete den Pick-up. Langsam manövrierte sie ihn durch vorsichtiges Vor- und Zurückfahren, bis sich der Pick-up endlich von der Leitplanke gelöst hatte. Sie steuerte den Pick-up von der Felskante weg, sodass er wieder auf der richtigen Straßenseite stand.

Kat fuhr ein paar Kilometer die Straße entlang und bog in eine Forststraße ab, die im Winter leer und ungenutzt war. Ihre Hände zitterten immer noch, als sie das Lenkrad losließ. Sie atmete tief durch, griff instinktiv ihr Handy und wählte. Ohne darüber nachzudenken stellte sie fest, dass sie Jace angerufen hatte. Sie wollte schon auflegen, da antwortete plötzlich eine Frauenstimme.

»Jaaa?«

Kat versuchte, die Hintergrundgeräusche zu analysieren. Laut, wie Maschinengeräusche. Es könnte überall sein – eine Fabrik, eine Baustelle. Wo genau konnte sie nicht sagen.

»Wer ist da?« Aber die Frau legte auf, als sie Kat hörte. Die Stimme klang vertraut, aber sie wusste nicht genau woher. Es war schwer zu sagen, mit all dem Lärm im Hintergrund. Ein geschäftiger Ort, vielleicht ein Flughafen oder ein Einkaufszentrum.

Alle anderen Anrufe waren direkt an seine Voicemail gegangen. War sie vielleicht falsch verbunden gewesen? Unmöglich, da seine Rufnummer in ihrem Telefon eingespeichert war. Wer benutzte denn sein Handy und weshalb? War jemand an seinem Verschwinden beteiligt oder hatte jemand sein Handy gefunden?

Jedenfalls konnte sie nicht mitten auf der Straße stehenbleiben. Sie überlegte, ob sie nicht lieber wieder in die Stadt zurückfahren solle. Sie würde den Schneepflugfahrer bei der Polizei anzeigen. Auf der anderen Seite hatte sich die Polizei einen Dreck um Jace geschert, also war es reine Zeitverschwendung. Außerdem verzögert es nur ihre Suche.

Was würde passieren, wenn der Schneepflug weiter unten auf der Straße auf sie wartete, um noch mehr Ärger zu machen? Unwahrscheinlich dachte sie. Kein Ungeduldiger wie er würde warten. Vermutlich würde er seine Wut am nächsten Fahrzeug auslassen, das ihm in die Quere käme, wenn überhaupt.

Schließlich entschloss sie sich, weiterzufahren. Die Hotelanlage war nur wenige Minuten entfernt und dann wäre sie vor dem verrückten Fahrer sicher. Sie würde ihn morgen bei der Polizei melden, nachdem sie den Gipfelpfad und Kurts Blockhütte abgesucht hätte. Bis dahin könnten sie Jace bereits gefunden haben.

Kat fuhr langsam vom Straßenrand und suchte nach Beweisen für das Massaker durch den Schneepflug. Aber durch den Schnee waren schon alle Reifenspuren verweht. Eigentlich sah die Straße aus, als wäre der Schneepflug schon seit Stunden nicht mehr weggeschoben worden. Hatte der Fahrer denn nicht den Pflug abgesenkt? Sie konnte sich nicht daran erinnern.

Nichts wie weg, dachte sie, denn sie würde sich erst sicher fühlen, wenn sie die Straße verlassen hätte. Das Tageslicht schwand bereits und es blieb ihr nur noch wenig Zeit, um den Ausgangspunkt für die Wanderung zu Kurts Blockhütte zu erreichen. Zumindest wusste sie in der Wildnis wer ihre Feinde waren.

KAPITEL 48

Kat atmete schwer, während sie die letzten Meter des Gipfelpfads mit Schneeschuhen an den Füßen nach oben stapfte. Es war nur ein dreißigminütiger Abstecher vom Hauptweg zu der Stelle, an der sich Svensson in den Tod gestürzt hatte, aber ihr Umweg hatte nichts ergeben. Keine Spuren, die der Wirtschaftsnobel oder seine geheimnisvolle Begleiterin hinterlassen hätten. Noch nicht einmal Spuren von der Polizeiarbeit oder der Bergungsmannschaft.

Hatte Jace dieselbe Spur vor ihr verfolgt? Bei dem Neuschnee war es absolut unmöglich, das zu wissen. Außer ein paar Rehspuren auf beiden Seiten des Weges würden die Berge wohl das Geheimnis bewahren.

Sie hielt einen Moment inne und genoss den atemberaubenden Blick. Kein Ort, der zum Selbstmord inspiriert, wenn es überhaupt einen Ort gibt, der das tut. Er war auch sehr weit ab vom Schuss – hier hochzukraxeln, um sich das Leben zu nehmen, erschien unglaubwürdig. Nach zwei Stunden konstantem Aufstieg war sie hundemüde. Aber es war nicht die körperliche Anstrengung, die sie ermüdete. Es war die psychische Angst, nicht zu wissen, wo sich Harry oder Jace aufhielten. In solchen Fällen hatte sie sich immer an Jace gewandt, aber diesmal war er nicht da, um ihr zu helfen.

Nachdem sie in Hideaway Bay angekommen war, änderte sie ihre Meinung und beschloss, den Schneepflugfahrer sofort anzuzeigen. Aber die Polizeistation von Hideaway Bay war geschlossen und es hing ein Schild an der Tür mit der Aufschrift *Bin gleich zurück.*

Was ist das denn für eine Polizeistation, die ihre Tür absperrt? Dieselbe, die auflegen, wenn jemand anruft, um eine Vermisstenmeldung zu machen, dachte sie. Das ergab keinen Sinn. Na ja, allerdings war Hideaway Bay eine verschlafene Stadt. Anders als andere Urlaubsorte, in denen viel mehr los ist. Sie würde es morgen noch mal versuchen, aber zuerst wollte sie zu dieser einen Stelle gehen, an der sie Jace finden könnte.

Kat hatte immer noch ein Fünkchen Hoffnung, dass Jace in Kurts Blockhütte gegangen war. Kurt und Jace waren durch die Bergrettung enge Freunde geworden, auch wenn sie in unterschiedlichen Gebieten arbeiteten. Angenommen er wäre Nathan entkommen, dann war Kurts Blockhütte die einzige Zuflucht in erreichbarer Entfernung.

Jace wollte unbedingt Svenssons letzte Schritte zurückzuverfolgen. Sie hatten sogar darüber gestritten, weil Kat der Meinung war, es sei Zeitverschwendung. Jace hatte seine Bergrettungsausrüstung immer dabei, also schien es plausibel, dass er sie auf dem Hotelparkplatz aus dem Auto geholt hatte. Vielleicht hielt er sich in der Blockhütte versteckt? Sie spürte ein Fünkchen Hoffnung.

Kurt leitete das Sunshine Coast Bergrettungsteam war vermutlich vor Ort, als Svenssons Leiche geborgen wurde. Jace wäre mit Sicherheit versucht gewesen, mit ihm zu reden. Zur großen Blockhütte des Deutschen dauerte es noch etwa eine dreiviertel Stunde. Kat und Jace hatten dort oftmals auf ihren Wanderungen übernachtet. Auch diesmal müsste sie die Nacht dort verbringen, denn die Sonne ging bald unter. Selbst am neunundvierzigsten Breitengrad Nord kam die Dämmerung sehr schnell zu dieser Jahreszeit.

Kein Handy-Empfang bedeutete, dass sich die Person, die Jaces Handy hatte, ganz woanders aufhielt. Es war auch möglich, dass Jace hier gewesen war und keine Möglichkeit hatte, sie zu kontaktieren.

Sie fühlte einen Hoffnungsschimmer, als sie sich bückte, um die Schneeschuhe wieder anzuschnallen. Sie machte kehrt und stieg den Berg wieder hinab.

Der Abstieg ging viel schneller als der Aufstieg. Ohne Anstrengung schauderte sie jetzt in ihrer kaltfeuchten Kleidung. Ihre Gedanken wanderten zu Jace. Wenn er nicht darauf bestanden hätte, das World Institute in Beschuss zu nehmen, wäre ihr Edgewater Betrugsfall bereits ad acta gelegt. Mit diesen Dokumenten hatte sie alles, was sie brauchte, aber Jace hatte darauf bestanden, mit Roger Landers zusammenzuarbeiten. Sie hätte ihn nie mitnehmen sollen und wissen müssen, dass er für einen Artikel durch die Wand gehen würde. Vor allem nach er vom *Sentinel* entlassen worden war. Aber sie hatte das World Institute, ihre Macht und was es den Menschen antat, unterschätzt.

Endlich kam die Blockhütte in Sicht und es hätte kein willkommener Anblick sein können. Kurt hatte die Blockhütte selbst aus einheimischem Rundholz gebaut. Sie war rustikal, aber funktionell, komfortabel und beruhigend. Kat würde sie nicht für eine Luxus-Suite eintauschen. Als sie die Haustür erreichte, war sie völlig erschöpft. Sie konnte keinen Schritt mehr machen. Sie löste ihre Schneeschuhe und suchte den versteckten Schlüssel unter dem Tonblumentopf. Kat schimpfte immer mit Kurt, dass er vor einer Hütte umgeben mit Almwiese einen Blumentopf stehen hatte. Beide waren jetzt unter der schweren Schneedecke unsichtbar.

Sie öffnete die Tür und stapfte hinein. Ihre Knochen waren müde, obwohl es nach wie vor erst Spätnachmittag war.

Die kleine Hütte war in einer männlichen, funktionellen Art und Weise eingerichtet. In dem A-förmigen Haus führte eine Treppe zu einem Loft im Obergeschoss mit zwei Schlafzimmern. Sie hatte im letzten Sommer mit Jace in einem davon übernachtet. Sie suchte den Raum ab und der Kummer lag schwer auf ihren Schultern. Jace war weg, Harry verschollen und Hillary intrigierte und das konnte nur Ärger bedeuten. Sie hatte sich noch nie so allein gefühlt.

Kat seufzte und ließ ihren Rucksack auf dem großen Tisch aus Kiefernholz fallen. Sie bückte sich, um einen Arm voll Holz vom fein säuberlich gestapelten Haufen neben dem Holzofen zu sammeln. Der Ofen war kalt. Es musste schon länger niemand hier gewesen sein. Sie zündete den Ofen an und schürte das Feuer, bis es ständig brannte. Dann ging sie nach draußen, um das Anmachholz wieder aufzufüllen, bevor es dunkel wurde. Kalte Luft wehte ihr entgegen, als sie die Tür öffnete. Die Wärme des Ofens hatte sich noch nicht in der Blockhütte verteilt, aber die Bauweise des Hauses bot dennoch eine ausgezeichnete Isolierung vor Kälte.

Sie stapfte durch den Schnee und ging um das Gebäude herum, in der Hoffnung auf das kleinste Anzeichen von Jace, Kurt oder anderen Besuchern. Keine einzige Spur, weder von Menschen noch von Tieren. Auch die Holzscheite, die am Gebäude entlang gestapelt waren, schienen seit ihrem Besuch im letzten September unberührt geblieben zu sein.

Unberührt.

Ein Zweig schnappte hoch. Sie erschrak, als sie eine blitzartige Bewegung in ihrer Sichtweite bemerkte. Aber es war nur ein Kaninchen, das ein paar Meter weiter Schutz unter einem Busch suchte. Sie stand für einen Moment wie angewurzelt stehen, bis es um sie herum ganz still wurde. Schnee rutschte von den Ästen der großen Banks-Kiefern und landeten mit einem weichen Plumps am Boden. Die Bäume um die Blockhütte herum sorgten im Allgemeinen für eine gemütliche Atmosphäre. Aber am heutigen Spätnachmittag schienen sie eher unheimlich und zogen lange Schatten über die weiße Landschaft.

Sie legte das Holz auf die Arme, stapfte zur Haustür zurück und zuckte zusammen, als sie sich den Arm an der Türzarge stieß. Ihr Bizeps schmerzte immer noch von Victorias Nadelstich. Genug Brennstoff für die Nacht. Sie lud das Holz neben dem Ofen ab. Morgen würde sie auf einem anderen Weg zurückgehen, in der Hoffnung, Spuren von Jace zu finden. Vielleicht war er verletzt, nicht in der Lage, die Hütte zu erreichen. Eine weit hergeholte Vermutung, aber sie hatte keine Alternative.

Sie schlüpfte aus den Winterstiefeln und legte ihre nassen Kleider vor den Ofen, bevor sie in dem überdimensionalen Sessel vor

Erschöpfung zusammensackte. Eigentlich müsste sie etwas essen, aber sie konnte noch nicht einmal genug Energie aufbringen, um ihren Rucksack zu öffnen, der nur ein paar Meter von ihr entfernt auf dem Tisch lag. Stattdessen schloss sie die Augen und fühlte, wie die Hitze langsam ihre Knochen wärmte. Das Wandern in der Wildnis erinnerte sie immer daran, wie wahnsinnig groß die Welt war. Warum wurde sie von so wenigen Menschen kontrolliert?

at wurde durch ein Hämmern an der Blockhüttentür aufgeweckt. Jemand warf sich gegen die schwere Holztür und versuchte, sie mit Gewalt zu öffnen. Sie sprang aus dem Bett und schlug sich den Kopf an der niedrigen Dachbodendecke an. Sie fluchte, als sie sich daran erinnerte, wo sie war: In Kurts Blockhütte im zweiten Schlafzimmer im Obergeschoss. Ihr Herz schlug ihr bis zum Hals. Derjenige, der da draußen vor der Tür stand, wollte unbedingt hinein.

Sie ging ganz langsam in Richtung Leiter zum Erdgeschoss und spähte über den Rand. Selbst im Dunkeln gab ihr die Vogelperspektive vom Dachboden einen Vorteil gegenüber dem Eindringling. Die Eingangstür war bereits einen Spalt weit geöffnet und das Mondlicht beleuchte die Umrisse des Türrahmens. Sie saß in der Falle. Kein Fluchtweg.

Mit einem letzten Krachen gab die Tür nach. Ein Mann stürmte hinein und seine dunkle Gestalt zeichnete sich im Eingang gegen den mondbeschienenen Himmel ab. Kat hielt den Atem an, als er die Tür schloss.

Kurt hatte schon einmal einen Einbruch erwähnt. Durchreisende suchten manchmal Blockhütten, um dort Unterschlupf zu finden.

Dieser Kerl suchte vielleicht nur nach etwas zu essen und würde wieder verschwinden. Unwahrscheinlich mitten in der Nacht, da es viel zu dunkel war, um zu reisen und es gab in der Nähe keine andere Blockhütte. Er würde bis zum Morgen bleiben, was bedeutete, dass er die ganze Blockhütte durchsuchen würde, einschließlich den Dachboden. Sie sollte sich lieber darauf vorbereiten. Sie fühlte den Boden nach einer Waffe ab, fand aber nichts. Sie verfluchte ihre Dummheit, den Rucksack mit dem Taschenmesser unten gelassen zu haben.

Der Ofen. Auch wenn er nicht mehr brannte, würde er sich warm anfühlen, ein sicheres Zeichen, dass die Blockhütte besetzt war. Und ihr Rucksack stand mitten auf dem Küchentisch. Mit der geschlossenen Tür war es wieder dunkel, aber Kat konnte dem Schatten des Eindringlings folgen, als er die Hütte durchsuchte. Er durchquerte den Raum und ging direkt zur Bodentreppe. Er betrat die unterste Sprosse und zögerte, als er sich umsah.

Kat lief ins Schlafzimmer und griff nach einem Skistock von einem Paar Skier, die an der Wand hingen. Auf Zehenspitzen ging sie zur Leiter zurück und stellte sich auf die Seite. Sie wartete darauf, dass die Hände des Mannes die oberste Sprosse erreichten. Er wäre stärker als sie; das Überraschungsmoment war ihr einziger Vorteil. Ihr Puls beschleunigte sich, während sie wartete, weil sie wusste, dass sie nur diese einzige Chance hätte.

Sie stach auf den Fingerknöchel des Eindringlings ein, dann grub sie den Stock ins Fleisch und drehte ihn. Zu ihrem Entsetzen kletterte dieser Koloss weiter und erreichte die oberste Sprosse mit seiner freien Hand.

»He, was zum Te … « Er blieb abrupt stehen.

»Verschwinden Sie!«

Aber der Mann hatte bereits seine Hand frei gezappelt. Sie stach auf seine zweite Hand ein und er rutschte eine Sprosse nach unten. Plötzlich erkannten sie sich beide im selben Augenblick.

»Sie!« Landers starrte sie mit aufgerissenen Augen an. »Wie kommen Sie denn hier her?« Er machte eine Pause und schüttelte seine rechte Hand aus.

»Dasselbe könnte ich Sie fragen.« Kat stocherte mit dem Stock auf seiner anderen Hand herum. Diesmal ließ sie ihn dort und drückte fest mit der Stockspitze ins Fleisch. »Raus!«

»Kat, was soll das? Sie tun mir weh. Tun Sie das Ding aus meiner Hand.«

»Auf keinen Fall. Drehen Sie sich um und gehen Sie. Jetzt.«

»Beruhigen Sie sich – ich kann alles erklären.«

Sie grub die Spitze tiefer hinein. »Was erklären? Dass Sie uns verraten haben? Hauen Sie ab!«

»Ich kann nirgendwo hingehen, wenn Sie meine Hand nicht loslassen.«

Kat hob den Skistock ab und hielt ihn hoch, während Roger Landers wieder die Leiter hinunterstieg. Aber er stieg nur zwei Sprossen hinab, gerade genug, um außer Reichweite zu sein. »Weitergehen.«.

»Wir müssen zuerst reden.« Er betrachte sie.

»Da gibts nichts zu reden.« Sie richtete den Skistock auf ihn, hielt ihn aber nur aus seiner Reichweite.

Landers bewegte sich nicht. »Sie verstehen nicht. Kommen Sie einfach hier runter und wir reden.«

»Kommt gar nicht in Frage.« Er würde nichts von ihr erfahren.

»Ich weiß, wo Jace ist. Kommen Sie einfach runter, okay? Ich verspreche Ihnen, nichts zu tun.«

Kat senkte den Skistock. War es ein Trick, damit sie die Leiter herabstieg? Aber was wäre, wenn er Jace wirklich finden könnte? Landers war bis zu einem gewissen Zeitpunkt mit Jace im Zimmer gewesen. Sicherlich waren Nathan und Victoria an Jaces Verschwinden beteiligt. »Wo?«

»Eingesperrt. Im Hideaway Bay Gefängnis. Er sagte mir, ich solle hierher gehen, falls etwas schief liefe. Um mich vor Nathan zu verstecken.«

Also war Jace nur ein paar Meter von ihr entfernt gewesen, als sie das Polizeirevier aufsuchte?

Landers konnte nicht von Kurts Blockhütte wissen, es sei denn, Jace hätte ihm davon erzählt. Zumindest musste dieser Teil wahr sein. Kat senkte den Skistock und stieg langsam und vorsichtig die Treppe hinab, ohne Landers aus den Augen zu verlieren. Sie folgte ihm an den Tisch und er setzte sich. Sie blieb stehen und auf der Hut.

»Ich gebe Ihnen genau fünf Minuten, um mich zu überzeugen. Dann verschwinden Sie.« Sie wusste genau, dass sie ohne Waffe keine Gefahr für Roger Landers darstellte. Der Skistock funktionierte nur vom Dachboden aus, wo sie durch die Höhe einen Vorteil gehabt hatte. Dennoch war sie nicht bereit, einzulenken.

Hatte Kurt eine Pistole in der Hütte? Falls ja, wäre es besser, sie würde sie vor Landers finden. Auch wenn sie nicht wüsste, wie man sie bediente.

»Warum ist Jace im Gefängnis?«

»Nathan hatte ihn zum Verhör nach Hideaway Bay geschleppt.« Landers öffnete seine Jacke und legte sie auf den Stuhl neben der Tür, als ob er es sich gemütlich machen wollte.

»Wofür? Er hat sich nichts zu Schulden kommen lassen.« Nathan Barron mochte zwar mächtig sein, aber vorausgesetzt die Hideaway Polizei ist nicht korrupt, würden sie Jace nicht ohne Nachweis eines Verbrechens verhaften.

»Nathan will ihn des Diebstahls anklagen. Dafür, dass man ihm diese Dokumente aus seinem Hotelzimmer gestohlen hat.« Roger Landers saß am Tisch und hielt sich die Hand. »Sie haben mir die Hand gebrochen. Und sie blutet.«

Kat hatte momentan Schuldgefühle. Dann erinnerte sie sich an Landers Untätigkeit, als Victoria ihr die Spritze gab. Er hatte Victoria nicht davon abgehalten und Kat bewusstlos am Bahnhof abgeladen. Sie schuldete Roger Landers gar nichts, vor allem nicht Sympathie.

Eigentlich stand er in ihrer Schuld. Sie verschränkte die Arme und ignorierte ihn.

»Hallo, hören Sie mir nicht zu? Ich blute. Wo ist Ihr Erste-Hilfe-Kasten?«

Kat blitzte Landers an. »Warum wurden Sie nicht verhaftet? Sie waren doch auch im Zimmer.« Arbeitete er mit Ihnen zusammen? Jace war verschwunden und sie hatte einen Nadelstich. Nur Landers war unversehrt davongekommen. Viel zu viele Teile seiner Geschichte ergaben keinen Sinn.

»Jace sagte, dass er allein gehandelt habe. Ich habe keine Ahnung, warum sie mich da rausgelassen haben, aber wir müssen zusammenarbeiten. Konzentrieren wir uns darauf, Jace aus dem Gefängnis zu holen und die wirklichen Verbrecher hinter Gitter zu bringen.«

»Die wirklichen Verbrecher?« Er hatte ihre Frage nicht beantwortet.

»Nathan und das World Institute natürlich.« Er zuckte zusammen und wackelte mit den Fingern. »Das World Institute begeht das größte aller Verbrechen.«

»Bisher haben sie noch kein Gesetz gebrochen.«, sagte Kat. Nathan, Victoria, und das World Institute sind vielleicht widerwärtig, aber das World Institute selbst hatte nichts Illegales getan. Nathan hatte es durch den Betrug mit der Research Analytics. Nicht zu vergessen, dass er sie und wahrscheinlich auch Jace gewalttätig angegriffen hat. Vielleicht war das World Institute moralisch verwerflich, aber über die Weltherrschaft zu diskutieren war kein Verbrechen. Sie war Landers und seine Verschwörungstheorien leid. Dieses Chaos war allein seine Schuld.

»Sie werden es tun. Oder sie werden die Gesetze ändern, um sie an ihre Bedürfnisse anzupassen. Jetzt setzen sie ihren Plan in die Tat um. Die Schuldenkrise war nur der Anfang und von World Institute Mitgliedern orchestriert worden. Ihre Banken machten Schulden für riskante Kredite, ganz gleich ob sie versagten oder nicht. Bei so vielen faulen Krediten hatte die Regierung keine andere Wahl als ihnen aus der Klemme zu helfen. Warum? Sie versagen zu lassen hätte einen Kaskadeneffekt. Dieselben Leute, die in der Regierung sitzen, verwalteten auch die Banken. Alle diese Finanzminister und Zentralbankpräsidenten kommen von Banken. Es ist inzestuös.«

»Wollen Sie damit andeuten, dass die Bankpleiten absichtlich geschehen sind?« Kat ging zum Küchentisch und nahm ein Streichholz. Sie zündete damit die Petroleumlampe an und setzte sich ans andere Ende des Tisches. Sie wünschte sich, sie hätte ihn nie kennengelernt.

»Sicher. Ein paar machen Gewinne, aber die meisten bezahlen. Nicht nur, dass faule Kredite die Banker bereichern; sie fördern auch die Ziele des World Institute. Wenn Regierungen den Banken aus der Patsche helfen, erhöhen sie die Steuern, um solvent zu bleiben. Wenn sie die Steuern nicht anheben, drucken sie einfach mehr Geld. Bestenfalls wird die Währung abgewertet. Schlimmstenfalls wird sie wertlos. Egal, was sie tun, wir Steuerzahler zahlen letztlich die Rechnung. Wenn die Währung dann letztendlich wertlos wird, kommt das World Institute als großer, edler Retter daher.«

»Warum haben Sie das nicht alles Nathan Barron erzählt, als sie die Gelegenheit dazu hatten?« Da saß sie nun in einer Blockhütte, ohne Strom, ohne Handynetz. Hatte sie es mit einem Freund oder Feind zu tun? Was Roger Landers sagte, hatte Hand und Fuß, aber seine Handlungen sprachen dagegen. »Warum sollte ich Ihnen auch nur eine Sekunde lang zuhören? Sie haben mir im Hotel nicht geholfen.«

»Es ist kompliziert.« Landers lehnte sich zurück und pflegte seine wunde Hand.

»Was soll das heißen, kompliziert?« Genau das, was Leute sagten, wenn sie etwas vertuschen wollten.

»Wenn ich etwas zu früh sage, werden sie es unterdrücken. Sobald mein neues Buch veröffentlicht ist, sind sie nicht mehr in der Lage, es aufzuhalten. Es wird sie öffentlich anprangern und man kann sie verklagen.«

»Verklagen, weswegen? Es geht immer nur um Sie – Ihr Buch, Ihre Ermittlungen. Berühmt werden und die ganzen Lorbeeren kassieren.« Alle anderen waren Kollateralschäden. Genau wie Jace.

»Ich weiß nicht – die Anwälte werden das herausfinden.«

»Sie haben mir doch gerade erzählt, dass sie das Leben der Menschen ruinieren. Jedoch sind Sie bereit, sie weitermachen zu lassen, damit Sie Ihr zweites Buch veröffentlichen können?« Kat stand auf. Für heute Abend hatte sie genug Lügen gehört.

»Ich gebe keine jahrelangen Ermittlungen für nichts und wieder nichts auf. Das Buch ist eine Heimzahlung. Wenn andere Menschen dadurch geschädigt werden, kann ich nicht viel daran ändern.«

»Selbstverständlich können Sie das. Wenn das Schreiben einer Story die Antwort ist, wieso nicht sofort, damit alles so schnell wie möglich an die Öffentlichkeit gebracht wird? Je früher umso besser. Plötzlich fiel ihr ein, dass es genau das war, was Jace vorhatte. Jace war eine Bedrohung für Landers. Eine sofortige Veröffentlichung würde bedeuten, dass Jace Landers ausstechen würde.

»Noch ein paar Wochen oder Monate länger machen keinen Unterschied. Sie werden die Währungen und Regierungen nicht über Nacht auflösen. Wo ist dieser verdammte Erste-Hilfe-Kasten? Ich sollte wirklich meine Hand verbinden.«

Kat schüttelte den Kopf. Plötzlich wusste sie, was sie störte. Wenn sich Jace wirklich mit Roger Landers in der Hütte verabredet hätte, wieso wusste Landers nichts vom Schlüssel unter dem Blumentopf?

KAPITEL 50

Kat fühlte das Morgenlicht noch bevor sie die Augen öffnete. Sie blinzelte zum weichen Schimmer, der durch die Vorhänge des Dachfensters schien. Sie zitterte und zog sich die Decke über die Schultern. Oben gab es keine Wärme und das Holz im Ofen war über Nacht verbrannt. Die feste Matratze grub sich in ihren Rücken. Sie zuckte zusammen und drehte sich auf die Seite. Ihr Atem dampfte im kalten, feuchten Dachboden, während sie zum Fenster kroch. Sie wischte einen kleinen Kreis aus der dünnen Eisschicht frei, die sich auf der Innenseite des Fensters gebildet hatte und sie spähte hinaus. Genau derselbe Anblick wie gestern. Ruhig, trostlos und täuschend heiter. Zu ruhig für das Drama, dass sich gerade in ihrem Leben abspielte.

Sie hatte unruhig geschlafen aus Sorge um Jace. Erzählte Landers wirklich die Wahrheit über Jaces Aufenthaltsort, oder war es nur eine weitere Lüge? Er hatte ihr schon Ammenmärchen über das Treffen mit Jace in der Blockhütte erzählt. Hatte er auch sie auch über die Festnahme von Jace angelogen? Nur weil das Revier geschlossen war, als sie vorbeikam, bedeutete es noch lange nicht, dass niemand dort im Gefängnis saß. Sie wollte es gerne glauben, aber das war vielleicht naiv.

Was, wenn Landers die Wahrheit sagte? Dann würde sie Jace davon überzeugen, die Story zu vergessen, sie würde Zachary den Bericht in die Hand drücken und basta. Soll Landers doch seine Story haben. Nichts war das wert.

Sie zitterte, als sie unter der Decke hervorkroch. Je früher sie in Bewegung kam, umso eher könnte sie Jace sehen. Sie stand auf und zog schnell ihre Kleidung vom Vortag über. Am liebsten wäre sie gestern Abend noch losgegangen, aber Winterwetter und Gelände machten es unmöglich, im Dunkeln zu wandern.

Geschirr klirrte im Erdgeschoss und erinnerte sie daran, dass sie nicht allein war. Ihr Magen zog sich zusammen bei dem Gedanken, noch eine Sekunde länger mit Roger Landers verbringen zu müssen.

Sie lugte über den Dachbodenrand und spürte die Wärme aus dem Holzofen steigen. Der Geruch von Kaffee und Toast kam ihr entgegen und erinnerte sie an Onkel Harry. War er jetzt bei Hillary? Der Gedanke, dass Hillary ihm Frühstück machte, geschweige denn, länger als ein paar Stunden mit ihm zusammenzubleiben, erschien ihr äußerst unrealistisch. Sie schob den Gedanken weg und packte ihre noch feuchte Kleidung in den Rucksack.

Kat stieg mit ihrem Rucksack die Leiter hinunter.

Landers blickte vom Tisch auf und lächelte. »Kaffee?«

»Gerne.« Kat legte den Rucksack an der Tür ab. Wenn sie noch ein paar Stunden mit ihm verbringen müsste, um nach Hideaway Bay zu wandern, würde sie zumindest höflich sein. Und dann würde sie sich ein für alle Mal entscheiden, ob er Freund oder Feind ist.

Dreißig Minuten später wartete Kat vor der Blockhütte auf ihn. Landers hämmerte Nägel mit einer Axt in die zerbrochene Eingangstür. Kurt wird nicht sehr glücklich sein über Landers Abschlachten der handgeschnitzten Tür, auch wenn sie dadurch gesichert war. Sie würde sie reparieren lassen, bevor Kurt zurückkäme, wo auch immer er zurzeit sein mochte. Landers wäre mit Sicherheit nicht bereit, außer seiner primitiven Arbeit, die er gerade getan hatte, etwas anderes dazu beizutragen. Er war nicht die Art von Person, sich verpflichtend oder schuldig genug zu fühlen, um etwas richtig zu beheben. Er würde gut zu Hillary passen. Beide hatten dieses egoistische Anspruchsdenken, nie bereit, jemandem anderen zu helfen. Andererseits wäre er vielleicht sogar viel zu gut für sie.

»Nur eine Minute, ich habe etwas vergessen.« Kat stapfte um die Blockhütte herum und suchte in ihren Taschen nach Bleistift und Papier. Sie kritzelte eine Notiz und klemmte sie so in den Holzstapel, dass er herausragte und sichtbar war, jedoch nicht wegfliegen konnte. Egal, was passieren würde, sie hätte Jace oder Kurt eine Nachricht hinterlassen, dass sie hier gewesen ist.

Zehn Minuten später waren sie auf dem Weg. Es war ein klarer, eisiger Tag und nach dem ersten Hügel wurde der Weg flacher. Kat trat in ihre Schneeschuhspuren vom Vortag, die sich nicht verändert hatten. Kleine Tierspuren im Schnee führten von einer Tanne zur anderen, versteckt und außer Sichtweite von Kojoten oder Pumas.

Die Wanderung zurück nach Hideaway Bay ging meistens bergab mit ein paar technischen Abfahrten. Landers hatte sich Kurts Schneeschuhe angeschnallt und Kat fragte sich, wie er es ohne Schneeschuhe oder Ski geschafft hatte, den ganzen Weg bergauf zur Blockhütte zu wandern. Sie müsste unbedingt daran denken, Kurts Schneeschuhe zurückzubringen, wenn sie die Tür reparieren ließ.

Landers war jetzt schon kurzatmig. Sie hätte ihn in nullkommanichts abservieren können, allerdings war er ihre einzige verbleibende Chance, Jace zu finden. Nur er wusste, was in dieser Nacht tatsächlich mit Nathan und Victoria geschehen war. Aber jedes Mal, wenn sie davon anfing, vermied er geschickt das Thema. Er behauptete stur und steif, dass er genauso Opfer von Nathan und Victoria ist wie sie und Jace, obwohl er jegliches Detail dazu verweigerte.

»Demokratie interessiert Sie wohl nicht Kat?« Landers hielt an einer Weggabelung an und drehte sich zu Kat um. Schweißperlen standen ihm auf der Stirn und er hatte bereits seine Jacke geöffnet.

»Natürlich interessiert mich das. Aber das World Institute steht im Augenblick nicht an erster Stelle meiner Sorgenliste.« Als ob Landers tatsächlich an den ganzen Demokratieschrott glaubte. Wahrscheinlich würde er ihre Meinung nur als Futter für sein Buch verwenden. Während der gesamten Wanderung hatte er verzweifelt versucht, ihr eine Meinung zum World Institute aus der Nase zu ziehen. Man brauchte kein Genie sein, um zu erkennen, dass seine Handlungen nur dazu dienten, um zu erreichen, was für Roger Landers am besten war.

»Wie können Sie nur so etwas sagen? Geben Sie ihnen freien Lauf und sie kontrollieren die Währungen der Welt. Der Euro war nur der Anfang. Jetzt arbeiten sie an einer gemeinsamen asiatischen Währung. Danach ist Nordamerika an der Reihe. Die Regierungen werden nicht mehr in der Lage sein, Kontrolle auszuüben.«

»Was ist so verkehrt an einer gemeinsamen Währung?« Kat stocherte mit ihrem Skistock im Schnee. »Es gibt weniger Wechselkursschwankungen, weniger Währungsumrechnungskosten. Es profitiert der Verbraucher.«

»Theoretisch mag das richtig klingen. Aber es bedeutet auch, dass weniger Menschen die Währung kontrollieren. Anstatt Dutzende von Ländern und deren Zentralbanken, Tausende von Händlern und Spekulanten, würden sie auf wenige reduziert.«

»Und das ist schlecht?«

»Das ist es, wenn es sich um das World Institute handelt. Es sind die gleichen Männer, die den Welthandel kontrollieren, die globalen Medien, und –«

Kat unterbrach ihn. »Mir wurscht. Warum haben Sie mich nicht gegen Nathan und Victoria verteidigt? Sie kooperieren mit ihnen, nicht wahr?«

»Auf gar keinen Fall. Ich musste kooperieren oder sie hätten alle

Hebel in Bewegung gesetzt, um meiner Karriere ein Ende zu bereiten. Und sie versprachen, dass Ihnen nichts passieren würde.«

Kat konnte sich nicht vorstellen, dass weder Nathan noch Victoria solche Versprechen geben würden. Erwartete Landers wirklich von ihr, ihm diese Räuberpistole abzunehmen? »Sie stocherte mit dem Stock in einer Schneebank herum »Was ist mit Jace?«

»Das habe ich Ihnen bereits gesagt. Die Polizei hat ihn eingesperrt.«

»Warum Jace und nicht Sie?«

»Das war Teil unseres Plans. Sobald wir aufgeflogen wären, würde Jace den Kopf dafür hinhalten und ich sollte die Verschwörung aufgedecken.«

Kat versuchte, sich an das Bett im Nebenraum zu erinnern. Als Nathan sie aufs Bett geschoben hatte, war es gemacht und nicht zerknittert. Landers schien zu lügen. Sie wollte einfach, dass es so ist. Die Alternative – Jace würde sie für eine Story sitzenlassen – war undenkbar. So etwas würde er nie tun. Nicht einmal für eine Superstory auf der Titelseite. Oder doch?

»Ich glaube Ihnen keinen Ton. Hören Sie auf, mir all diesen Mist über das World Institute zu erzählen und sagen Sie mir, was wirklich mit Jace passiert ist. Sie waren im Zimmer. Wie konnte Nathan wissen, dass Sie beide dort waren? Haben Sie es ihm gesagt?« Kat zog den Stock aus dem hartgestampften Schnee und drehte sich zum Weitergehen um.

Landers folgte ihr. »Nichts – ich schwöre.«

»Ich glaube Ihnen keinen Ton.« Landers hatte wie die meisten Menschen seinen Preis. Sie wusste einfach noch nicht wie hoch. Warum würde sich Jace freiwillig für so etwas hergeben? Kat deutete ihm an, weiterzugehen. Wenn sie schon mit ihm wandern müsste, dann würde sie es ihm nicht zu einfach machen. »Erzählen Sie mir, was in diesem Zimmer passiert ist.«

»Ich habe niemandem etwas gesagt. Nathan ist einfach so hereingeplatzt.« Landers verlangsamte und fummelte mit den Handschuhen herum, um sie auszuziehen. »Es ist wärmer als ich dachte.«

Kat starrte auf seine bloßen Händen, sagte aber nichts. Der Frost könnte ihm eine Lektion erteilen.

»Nathan hatte einen Generalschlüssel. Zwei Polizisten waren bei ihm.«

»Polizei? Wieso?«

»Ich glaube, wegen seines Zimmereinbruchs. Ich weiß nicht genau – sie haben es nicht gesagt.«

Kat bemerkte ein Stocken in seiner Stimme. »Die Polizei kommt nicht zufällig. Jemand muss sie gerufen haben.« Warum sollten sie Jace aber nicht Landers festnehmen?

»Ich war das nicht. Ich habe keine Ahnung – aber sie kannten Jaces Namen.« Landers ballte die Hände, streckte sie wieder aus und zog schließlich die Handschuhe wieder an.

Eine Lüge, dachte Kat. Jace hatte sich noch nicht einmal identifizieren müssen. Bis auf das Personal an der Rezeption und Angelika, dem Zimmermädchen, hatte sonst niemand Jace gesehen. Und außer Kat kannte nur Roger Landers seinen richtigen Namen. Das Hotel hatte nur den Namen des audiovisuellen Unternehmens. »Warum ist Ihnen nichts geschehen? Sie waren doch auch im Zimmer.«

»Jace sagte ihnen, dass ich nichts damit zu tun hätte. Das gab uns die Möglichkeit, die Verschwörung aufzudecken.«

Oder davon zu profitieren. Landers konnte nicht zulassen, dass Jace den Artikel herausbrachte, bevor er sein Buch fertig hatte. Jace war direkte Konkurrenz. Wie weit würde Roger Landers gehen, um seine Story zu schützen? Würde er dafür töten?

»Wir müssen weitergehen.« Sie konnte nicht noch mehr Zeit vergeuden und außerdem hatte Landers keine Ruhepause verdient.

Kat zeigte mit ihrem Skistock auf die rechte Spur. »Ich glaube Ihnen kein Wort. Nathan hätte nie gewusst, wo er Jace finden würde. Oder hätte keinen Grund gehabt, ihn zu verfolgen. Es sei denn, Sie hätten es ihm gesagt.« Nur die Hotelangestellten wussten, welche Zimmer belegt waren, und es war verboten, Gästeinformationen an Dritte weiterzuleiten.

Landers seufzte und folgte ihr. »Denken Sie ich bin paranoid? Sie sollten sich mal hören. Warum sollte ich mit ihnen zusammenarbeiten? Ich stehe auf derselben Seite wie Sie.«

Kat sagte nichts, sondern beschleunigte das Tempo. Wenn Sie es wollte, könnte sie ihn abhängen. Er war nicht in Form und würde das Tempo in diesem schweren, nicht gespurten Schnee nicht lange durchhalten.

»Also gut. Es war ein Trick, um Nathan anzulocken. Ich tat so, als ob ich mit ihm zusammenarbeiten würde, um ihn zu bedrängen. Er versprach mir einen Artikel, wenn ich beweisen würde, dass sich jemand ins World Institute eingeschleust hatte und ihre Tagesordnung kannte. Natürlich war Jace mit dabei.« Landers Atem wurde schwerer, als er versuchte mitzuhalten.

»Ehrlich?« Kats Instinkt über Landers war richtig. Er log ganz offensichtlich. Wie viel hatte Jace Landers anvertraut?

»Ich verfolge Nathan Barron schon seit Jahren. Er ist sehr egoistisch. Als ich ihm sagte, dass ich einen Artikel über die mächtigsten Männer der Welt schreibe, war er damit einverstanden, interviewt zu werden.«

»Was hat Jace damit zu tun?«

Landers hustete. »Um etwas zu bekommen, musste ich etwas geben. Ich zeige ihm, wie sich Jace in die Tagung eingeschlichen hat, kaufe damit Nathans Vertrauen und bringe ihn dazu, über das World Institute zu sprechen. Wenn Nathan seine Existenz bestätigt, verleiht dies unserer Story Glaubwürdigkeit.«

»Jace war damit einverstanden?« Kat bekämpfte den Drang, diesen Mann mit dem Stock aufzuspießen. Es war schwer, weiter mit ihm zu reden, obwohl sie wusste, dass er Jace verraten hatte.

»Natürlich hat er das. Und unser Plan funktionierte. Nathan war so sauer darüber, dass sich Jace in die Tagung eingeschlichen hat, dass ihm ein paar Geheimnisse herausgesprudelt sind.«

»Wie zum Beispiel?« Der Weg ging scharf nach rechts auf eine Lichtung und der kleine Weiler Hideaway Bay kam in Sicht. Der Ort war weniger als ein Kilometer entfernt, aber mit den zahlreichen Serpentinen, bräuchten sie noch zwanzig Minuten, bevor sie die verschlafene Stadt erreichen würden.

»Lesen Sie das Buch. Bis dahin sind meine Lippen versiegelt.«

KAPITEL 51

Sie erreichten das Polizeirevier kurz nach Mittag. Kat schnallte ihre Schneeschuhe ab und stampfte mit den Füßen auf den Boden, um den verkrusteten Schnee von den Stiefeln und Gamaschen abzuschütteln. Sie zog am Türgriff und zu ihrer Erleichterung öffnete sich die Tür. Sie betrat den verlassenen Raum und Roger Landers direkt hinter ihr. Eine Stuhlreihe stand an einer Wand vor einem unbesetzten Empfangsschalter. Eine Radio-Talkshow plärrte aus einem Ghettoblaster, der am anderen Ende des Schalters stand. Rauschen.

»Hallo?« Keine Reaktion.

Der Radiokommentator plapperte etwas über die Weltwirtschaft.

Kats spitzte die Ohren, als sie hörte, dass Svenssons Namen zusammen mit dem Nobelpreis in Wirtschaftswissenschaften erwähnt wurde. Aufgrund Svenssons Tod war ein anderer Ökonom mit dem Preis ausgezeichnet worden. Ein Ökonom, der zufällig eine gemeinsame globale Währung unterstützte.

Sie warf einen Blick auf Landers, der das Gesicht verzog und sich gleichzeitig die Hände rieb, um sie zu wärmen. Er schien nicht zuzuhören. Umso besser, da sie keine Lust hatte, mit ihm über irgendetwas zu reden.

Sie hatten so sehr miteinander gestritten, dass sie nicht mehr miteinander redeten. Kat wusste nicht, was sie glauben sollte, denn Landers änderte seine Geschichte alle fünf Minuten. War Jaces Verhaftung noch eine weitere Lüge?

Landers stieß einen lauten Seufzer aus, als er sich auf einen der Vinyl-Stühle an der Wand plumpsen ließ. Kat beobachtete ihn aus dem Augenwinkel, während sie am Empfang stand. Sie suchte den Schalter nach einer Klingel ab, fand aber nichts. Mit Ausnahme, dass Beleuchtung und Heizung funktionierten, schien der Ort verlassen zu sein. Sie hatte keine Begrüßungsfeier erwartete, aber nach einer dreistündigen Wanderung bei minus zwanzig Grad wollte sie auch nicht mehr geduldig warten.

Eine einfache Holztür hinter dem Schalter führte zu dem, was Kat als Büroraum vermutete und was es auch immer hinter geschlossenen Türen eines Polizeireviers gab. Vielleicht eine Gefängniszelle mit Jace darin?

»Hallo?« Kat bewegte ihre müden Füße und lehnte sich an den Empfangsschalter. Schnee schlitterte von ihrer Schneehose und schmolz in Pfützen auf dem abgenutzten Linoleumboden. Sie warf einen Blick auf Landers, der noch immer mit schmerzverzerrtem Gesicht seine gefrorenen Finger aneinander rieb. Kondensation bildete sich an den Fenstern über ihm durch die feuchte Kleidung und einem Heizkörper, der auf vollen Touren lief.

Sie war stinksauer. Stinksauer auf Landers, dass er sie ausgetrickst hatte und es auch noch leugnete. Stinksauer auf Nathan und Victoria. Und sie wollte stinksauer auf Jace sein, weil er sich in dieser Geschichte völlig verrannt hatte. Aber sie konnte nicht. Sie wollte ihn nur zurückhaben.

Sie drehte sich zur Tür um. Sie erwägte, über den Empfang zu springen, als sich plötzlich die Tür öffnete. Ein übergewichtiger Polizist tauchte auf.

»Kann ich Ihnen helfen?« Seine Atemnot war offensichtlich, als er sich auf einen abgenutzten Vinylstuhl senkte. Die zwei unteren Knöpfe seiner Uniform waren so stark am Dickbauch angespannt, dass sie jeden Augenblick hätten abspringen können.

»Ich bin hier, um Jace Burton zu sehen.«

»Wen wollen Sie sehen?« Er errötete, als er sich mit einer Hand über die Stirn rieb. Er wischte sich die Hand an seinem Hemd ab, bevor er unter dem Schalter eine Akte hervorzog. Er öffnete sie und blätterte durch einen Haufen Seiten, bevor er sich wieder auf dem Stuhl zurücklehnte.

»Jace Burton. Er wurde im Tides Resort verhaftet.«

»Jason Burton?« Er lugte über seine Lesebrille. »Hier ist niemand, der so heißt. Warum glauben Sie, soll er hier sein?«

Kat las den Namen auf seiner Uniform. *Officer Kravitz.*

Derselbe Offizier wie bei Roger Landers TV-Interview.

»Jace Burton – Sie haben ihn verhaftetet. Vor ein paar Abenden. Ich habe gehört, dass Sie ihn hier festhalten.«

»Das ist mir neu«, sagte Kravitz. »Wenn ich jemanden verhaftetet hätte, würde ich es wissen.«

»Vielleicht ein anderer Polizeibeamter?«

Kravitz prustete. »Wohl unwahrscheinlich. Außer mir gibt es hier niemanden.«

»Roger, erzählen Sie ihm, was Sie mir gesagt haben.« Kat drehte sich zu Landers um, aber die Stühle waren leer. Alles, was auf dem Boden stand waren Kurts Schneeschuhe in einer Pfütze geschmolzenen Schnees. »Der Typ, der dort gesessen hat, erzählte mir, dass Sie Jace verhaftet hätten.«

»Da ist niemand.«

»Officer? Wie ist das möglich? Sie müssen ihn doch gesehen haben. Er hat doch gerade noch dort gesessen. Vor wenigen Sekunden.« Kat deutete auf die Stuhlreihe.

»Außer mir und Ihnen ist niemand da. Wie war noch Ihr Name?«

Officer Kravitz drehte das Radio lauter. Nun war statt der Nachrichten ein Talkshow-Moderator dran, der etwas über Verbraucherschulden dröhnte.

Kat rückte näher an Officer Kravitz heran und sagte laut: »Katerina Carter. Officer Kravitz, Roger Landers war gerade hier. Er ist der Journalist mit dem ... « Ihre Stimme verstummte, als sie bemerkte, dass ihr der Polizeibeamte zuhörte.

Kravitz ließ die Akte fallen, die er unter dem Arm getragen hatte und legte sie auf den Schreibtisch. Er zog ein Notizbuch aus der Brusttasche seines Hemdes heraus und schlug es auf. Er kritzelte etwas hinein und vermied Kat geflissentlich.

»Entschuldigen Sie, Officer Kravitz.«

»Reden Sie weiter, ich höre zu.« Er öffnete den Aktenordner und leckte sich die Finger jedes Mal, wenn er eine Seite umdrehte.

«Nein, das tun Sie nicht. Sie warten darauf, dass ich endlich meinen Mund halte und gehe. Aber ich werde nirgendwohin gehen. Jace muss hier sein. Ich möchte den Beweis dafür, dass er es nicht ist.« Auf der Uhr über Kravitz' Kopf stand 12.45. Fünfundzwanzig Minuten, bis zur Abfahrt der Fähre.

»Sind Sie die Ms Carter, die neulich eine Vermisstenmeldung aufgegeben hat?« Er blickte auf und hob die Augenbrauen an. Dann blätterte er wieder durch den Ordner. »Hier steht, es war Roger Landers. Jetzt haben Sie ihn schon wieder verloren und einen anderen Kerl noch dazu?«

»Ich bin wegen Jace hier. »Ist er nun hier oder nicht?«

Kravitz lächelte. »Die RCMP hat nicht die Angewohnheit, nachzuprüfen, wen sie in Gewahrsam hat oder nicht.«

Kat verschränkte die Arme und lächelte zurück, konnte jedoch kaum ihre Wut zügeln. »Dann werde ich hier so lange warten, bis Sie es tun.« Was hat denn eine Kleinstadtpolizei sonst zu tun? Kreuzworträtsel? Warum hatte es Kravitz denn so eilig?

»In Ordnung.«

Sie ging zur Stuhlreihe und warf ihre Sachen darauf. Sie machte so viel Lärm, wie sie konnte, in der Hoffnung, ihn zu ärgern.

Es funktionierte. Kravitz starrte sie an.

»Sie sind ja immer noch hier.« Er drehte das Radio leiser.

»Ich habe Ihnen doch gesagt, dass ich nicht ohne ein paar Antworten weggehe.«

Er spitzte die Lippen, sagte aber nichts.

Wenn Blicke töten könnten, dachte Kat. »Ich weiß, dass Sie Jace hier festhalten. Roger Landers hat beobachtet, wie Sie Jace verhaftet haben. Sie haben ihn hierher gebracht. Wo sollte er denn sonst sein?

Sein Gesicht rötete sich. »Er ist nicht hier und war auch nie hier.«

»Na, das beweisen Sie mir mal. Es ist das zweite Mal, dass ich hier bin. Ich gehe erst, wenn ich die Bestätigung habe, dass Jace nicht hier ist.«

Das Telefon klingelte. Offizier Kravitz antwortete beim ersten Klingeln. Er hob die Hand hoch, als er den Hörer abnahm.

Kat hörte gespannt zu. Etwas über einen Unfall und Autobahnschließung.

»Wie schnell kann man ihn da rausholen?« Lange Pause als Officer Kravitz demjenigen am anderen Ende der Leitung zuhörte. »Wann? Okay, ich komme hin.«

Er hörte zu.

»Verstanden. Ich gebe um fünf eine Pressemitteilung heraus. Bis dahin sollten Sie genug Zeit haben.«

Was könnte in dieser schnuckeligen kleinen Stadt zu einer Pressemitteilung führen? Ladendiebstahl im Gemischtwarenladen? Gestohlene Skier?

Die Pressemitteilung musste mit dem World Institute zusammenhängen. Wie hoch waren die Chancen einer anderen berichtenswerten Veranstaltung in diesem Ort?

Officer Kravitz starrte sie an, als er den Hörer auflegte. »Sie sind ja immer noch hier.«

»Ich habe Ihnen doch gesagt, dass ich nicht weggehe.« Alle Wege führten zu diesem Ort.

Andererseits wäre sie jetzt besser zu Hause aufgehoben. Wenn es einen Notfall gäbe, in den Jace verwickelt ist, würde man bei ihr zu Hause anrufen. Vor allem, da sie ihr Handy im Hotel gelassen hatte.

»Wenn ich es Ihnen zeige, hören Sie dann auf? Niemand ist hier in Haft. Tatsächlich ist schon seit Wochen niemand hier gewesen.« Er winkte sie zu dem Schwingtor neben dem Schalter. Irgendwie hatte sich durch den Telefonanruf alles geändert.

Sie trat durch das Tor und folgte Kravitz hinter den Schalter. Dort war ein großer Raum auf der anderen Seite, mit einer anderen Tür zu einer Einzelzelle. Sie war leer.

»Glauben Sie mir jetzt?« Er stand mit verschränkten Armen an der geöffneten Tür.

Kat starrte klein mit Hut auf die leere Zelle. Sie war so überzeugt davon gewesen, dass Jace hier war, dass sie keine Alternative in Betracht gezogen hatte. »Wann haben Sie ihn freigelassen?«

Officer Kravitz warf die Hände in die Luft. »Sagen Sie mal, hören Sie mir nicht zu? Er ist nicht hier. Ich weiß nichts über einen – wie sagten Sie noch, war sein Name?«

»Jace Burton. Und ich möchte eine Vermisstenmeldung machen.«

»Gut. Gehen Sie dann endlich?«

Kat antwortete nicht, als sie ihm wieder an den Empfangsschalter folgte.

Irgendjemand log, entweder Landers oder die RCMP. Sie wusste zwar nicht wer, aber eines war sicher. Roger Landers hatte bei Jaces Verschwinden die Finger im Spiel. Er hatte sich viel zu stark für seine persönlichen Angelegenheiten ins Zeug gelegt.

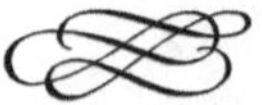

at lehnte sich gegen ihre vordere Eingangstür und drückte sie zu. Draußen heulte der Wind und rüttelte an den alten Einglasfenstern. Sie trat ihre Stiefel aus und schleppte sich erschöpft durch den Flur. Sie hatte es gerade noch geschafft, die letzte Mittwochs-Fähre zu bekommen und ihr Magen rumorte noch vom Seegang. Alle anderen Nachtfahrten waren annulliert worden und sie fragte sich, was wohl aus Landers geworden war. Sie hatte ihn nicht an Bord gesehen.

Sie ließ ihre Schlüssel auf den Flurtisch fallen und knipste das Licht an. Sie warf einen Blick neben die Tür, in der Hoffnung Jaces Schuhe oder ein anderes Zeichen seiner Gegenwart zu finden.

Nichts.

Der Flurkronleuchter beleuchtet die leere Stelle auf dem brandgeschädigten Kieferholzboden und löschte jede Hoffnung aus, ihn im Haus zu finden. Ihr Herz machte einen Sprung, als sie Jaces Sweatshirt am geschnitzten Mahagonigeländer hängen sah. Dann erinnerte sie sich: Es war noch an genau derselben Stelle, bevor sie nach Hideaway Bay aufgebrochen sind. Eine starke Erinnerung daran, dass sich nichts geändert hatte.

Das alte Haus knarrte, während es draußen stürmte. Sie ging ins

Schlafzimmer und schnappte sich die erste warme Kleidung, die sie finden konnte. Sie warf einen Blick durch das Schlafzimmerfenster, während sie in Fleece und Hausschuhe schlüpfte. Die Dämmerung hatte bereits eingesetzt und der Wind wehte die Blätter wie zu einem Zyklonentrichter nach oben. Sie war froh, drinnen zu sein, endlich im Warmen und Trocknen.

Kat stapfte zur Küche hinunter und stellte fest, dass sie seit dem Frühstück nichts mehr gegessen hatte. Sie öffnete den Kühlschrank und spähte hinein, aber der Anblick von Essen bescherte ihr nur Übelkeit. Sie schloss die Tür, ohne etwas herauszunehmen.

Sie ging wieder nach oben ins Arbeitszimmer zurück und ließ den Computer hochfahren. Jaces Verschwinden stand irgendwie in Zusammenhang mit Roger Landers. Sie musste nur herauszufinden, wie.

Eines war klar. Landers wollte Jace aus dem Weg räumen, weil er sein größter Konkurrent war. Oder gab es da noch einen anderen Grund? Vielleicht war Roger Landers überhaupt nicht hinter einer Story her. Vielleicht war er Teil der Geschichte, oder Teil der Vertuschung.

Kat suchte nach allem, was sie über Roger Landers finden konnte. Anders als mit seinem Buch von vor ein paar Jahren war nicht viel zu finden. Wenn er wirklich an einem Exposé schreiben würde, hätte sie zumindest noch ein paar Artikel mehr erwartet. Aber da war keiner.

Sie war so in ihrer Suche vertieft, dass sie nicht gemerkt hatte, dass es plötzlich dunkel im Haus geworden war. Sie schaltete die Schreib-tischlampe an, die flackerte, während der Wind draußen heulte. Sie dachte an Harry. Stürme machten ihn nervös und er wäre um sein Haus besorgt. Sie wählte Harrys Handy, es meldete sich aber niemand.

Hillary hatte bestimmt schon lange die Nase von ihm voll und würde daran denken, ihn loszuwerden. Würde sie ihn irgendwo in der Wildnis absetzen? Sie wählte die Rufnummer von seinem Haus. Auch dort meldete sich niemand und sie hatte Hillarys Handynummer nicht. Sie legte den Hörer auf und fragte sich, ob sie zu Hause bleiben und auf Nachricht über Jace warten oder sich auf den Weg zu Harrys Haus machen solle. Schließlich beschloss sie, zu Hause zu bleiben. Sie könnte eine Nachricht über beide verpassen, wenn sie das Haus verließ.

Die Lichter flackerten erneut und die Stromunterbrechung dauerten diesmal ein paar Sekunden länger.

Officer Kravitz hatte schließlich nachgegeben und eine Vermisstenakte für Jace angelegt. Im Grunde genommen eine reine Formalität, da er nicht davon überzeugt war, dass Jace wirklich vermisst wurde. Er würde sich bestimmt keine Mühe machen, nach Jace zu suchen.

War Kravitz, so wie Roger Landers behauptete, auch an Jaces Verhaftung beteiligt? Kat wusste nicht mehr, was sie glauben sollte und wem sie noch vertrauen konnte. Sie brauchte Jaces Story, um ein paar Beweise zu liefern. Das könnte sie jedoch erst, wenn sie Jace gefunden hätte.

Kat arbeitete noch eine Stunde lang am Edgewater-Bericht, konnte sich jedoch nicht konzentrieren. Es war eine Abwärtsspirale, dachte sie, als sie damit kämpfte, die Augen offenzuhalten. Die Blendung des Computerbildschirms, die trockenen Augen und ihre totale Erschöpfung forderten ihren Tribut. Sie hatte die Nase voll von Hideaway Bay, dem World Institute und Edgewater Investments. Sie hatte ihre eigenen Probleme zu bewältigen.

Sie wollte nur Jace wiederhaben und sicher sein, dass es Harry gut geht.

Das war natürlich dumm. Die Welt und die Tatsache, dass sie ihren Lebensunterhalt verdienen musste, würden nicht aufhören sich zu drehen, nur weil sie es so wollte. Je schneller sie Zacharys Bericht fertiggestellt hatte umso schneller könnte sie ihre gesamte Energie der Suche nach Jace und Harry widmen. Sie war so nahe dran – alles, was sie tun musste, war, die Erkenntnisse des Wochenendes in den Edgewater-Bericht aufzunehmen und die Tagesordnung anzuheften, um Nathans Beteiligung daran zu beweisen. Somit hätte Zachary genug Beweismaterial gegen Nathan, um ihn wegen Betrugs zu verklagen, auch wenn einige der wichtigsten Dokumente verschwunden waren. Letztendlich müsste er entscheiden, ob er es sofort melden oder noch zurückhalten wollte.

Aber etwas anderes nagte noch an ihr.

Zachary. Auf der einen Seite bezeichnete er Nathans Handlungen als skrupellos, aber er war nicht viel besser – Kapitalisierung auf dem Rücken anderer für seinen eigenen persönlichen Gewinn. Wie alle anderen hatte auch er nur im Sinn, sein Schäfchen ins Trockene zu bringen. Um jeden Preis.

Ihre Augenlider wurden schwer und sie kämpfte mit dem Schlaf. Sie musste den Bericht heute Abend beenden, wenn sie ihn Zachary am Morgen vorlegen wollte.

Der Wind peitschte gegen das Fenster des Arbeitszimmers und die Lampen flackerten, bevor sie sich endgültig ausschalteten. Der Desktop-Computer allerdings auch. Kat fluchte, als sie feststellte, dass sie vergessen hatte, die neueste Ausgabe ihres Berichts zu speichern. Es würde mindestens bis zum nächsten Morgen dauern, bis die Stromversorgung wiederhergestellt wurde. Am besten ging sie für ein paar Stunden schlafen.

Kat tastete sich den Flur entlang zum Schlafzimmer und brach erschöpft auf dem Bett zusammen, ohne sich auszuziehen. Sie fiel in einen tiefen Schlaf und träumte von Jace. Diesmal fand sie ihn in Kurts Blockhaus, aber jedes Mal, wenn sie näher kam, stellte sich jemand dazwischen.

KAPITEL 53

Kat wachte erschreckt auf. Jemand hämmerte an der Eingangstür im Erdgeschoss. Der Motor eines Autos lief und Reifen quietschten in der Ferne. Dann zerbrach Glas. Eine weitere Brandbombe? Oder noch schlimmer, jemand versuchte, einzubrechen?

Sie stolperte die Stufen hinab zum Hausflur. Sie rutschte auf dem Flurteppich aus, während das Glas zersplitterte. Wind heulte durch die zerbrochene Fensterscheibe der Haustür. Gerade als sie das zerbrochene Glas auf dem Holzboden entdeckte, durchbohrte etwas ihren Fuß.

»Autsch!« Kat verlagerte ihr Gewicht, aber die Glasscherbe grub sich nur noch tiefer ein. Sie hob den Fuß an und befühlte die Sohle. Ein Glassplitter steckte im fleischigen Teil des Fußballens fest. Sie zog ihn heraus. Etwas Klebriges sickerte und tropfte auf ihr anderes Bein. Blut. Sie hielt die Hand darunter, damit es nicht auf den Flurteppich tropfte. »Autsch! Was zur Hölle –?«

Sie packte das Einzige, was in ihrer Nähe war – Jaces Sweatshirt –, um den Blutfluss zu stillen. Als sie das Shirt um ihren Fuß wickelte, entdeckte sie das schnurlose Telefon auf dem Flurboden. Das Projektil, mit dem das Glas in der Haustür eingeschlagen wurde. Irgendwie war sie erleichtert – es war kein Brandbombe.

Draußen war es noch dunkel, daher konnte sie nicht länger als ein paar Stunden geschlafen haben. War immer noch Stromausfall? Sollte sie nicht besser die Polizei rufen? Ihr Instinkt setzte noch vor ihrem gesunden Menschenverstand ein. Sie drehte den Türgriff um, öffnete schwungvoll die Tür, in der Hoffnung, denjenigen noch zu erwischen, der das getan hatte.

Sie musste nicht lange suchen. Onkel Harry stand vor ihr, allein auf der Veranda, mitten im Wintersturm. »Onkel Harry? Was machst du denn hier?«

»Das ist ja eine nette Begrüßung, Kat. Meine Güte.« Er rieb die Hände aneinander und zitterte.

»Es tut mir leid, Onkel Harry. Ich – ich bin nur überrascht, dich hier zu sehen. Wo ist Hillary?« Die quietschenden Reifen müssen von Hillarys Porsche gekommen sein.

Kat rieb sich den Schlaf aus den Augen. Was, wenn sie die Fähre verpasst hätte und nicht hier gewesen wäre? Harry hätte nicht gewusst, was er tun sollte. Er hätte nicht mehr den Weg zu sich nach Hause gefunden, wäre die ganze Nacht allein in der Kälte geblieben.

»Ich sehe Hillary hier nicht, du vielleicht?« Harry winkte ab. »Also, darf ich reinkommen?«

»Selbstverständlich.« Kat führte ihn hinein. »Ich bin wirklich froh, dich zu sehen – ich war nur überrascht, das ist alles.«

Harrys Demenz hatte sich innerhalb von nur wenigen Tagen dramatisch verschlechtert. Lag es an der Aufregung, Hillary wiederzusehen? Der Arzt hatte sie vor wesentlichen Veränderungen gewarnt. Hillary hatte definitiv zu dieser signifikanten Veränderung beigetragen.

»Ich nehme an, du hast nicht gehört, dass ich geklopft habe. Was hast du gerade gemacht?« Harrys Zähne klapperten, als er im Flur anhielt.

»Ich habe oben im Arbeitszimmer gearbeitet.« Kat schloss die Tür hinter ihm. Es hatte keinen Zweck, Harry zu sagen, wie spät es war. »Hat dich jemand hierher gefahren?«

Onkel Harry trug eine leichte Baumwolle-Windjacke, Baumwoll-hosen, und keine Handschuhe. Seine Kleidung eignete sicher eher fürs späte Frühjahr als für einen Dezember in Vancouver. Trotz der Temperatur unter Null und dem gefrierenden Regen war seine nicht-wasserdichte Kleidung fast trocken. Etwas mehr als nur von der Bordsteinkante und er wäre völlig durchnässt gewesen.

»Nee. Ich bin nur rübergelaufen. Was hast du und Jace zum Abendessen vor? Ich dachte, wir könnten ausgehen.« Harry trat sich die Schuhe aus und hängte seine Jacke an die Flurgarderobe.

Kat ließ die Schultern hängen. Sie brauchte einen Kaffee zum Aufwachen. »Äh, das wäre schön, aber – Jace ist gerade nicht zu Hause. »Wie wärs, soll ich dir etwas zu essen machen?« Sie betrach-tete ihren Onkel. Harrys Gesicht war aschfahl. »Wie fühlst du dich?« Du siehst irgendwie nicht gut aus.«

»Mir geht es gut. Was ist mit deinem Fuß passiert?«

»Nichts Schlimmes. Ich bin nur gerade in diese Glasscherben getreten.« Sie deutete auf den Scherbenhaufen, der mitten im Eingang lag.

»Das ist nicht gut. Hättest du es weggeräumt, wäre es nicht soweit gekommen.«

»Ich weiß Onkel Harry.« Kat seufzte, als sie ihm folgte und versuchte, das Glas zu meiden. Wie war es möglich, dass er sich noch nicht einmal mehr daran erinnerte, fünf Minuten zuvor die Scheibe eingeschlagen zu haben?

»Bist du sicher, dass dich Hillary nicht hierher gefahren hat? Du warst doch mit ihr zusammen, schon vergessen?« *Schon vergessen* rutschte ganz natürlich aus ihr heraus, bevor sie sich zurückhalten konnte, aber Harry schien es nicht zu bemerken.

»Nein. Ich habe sie schon ewig nicht mehr gesehen.« Harry wischte sich die Stirn. »Wollen einen Happen essen gehen?«

»Äh, soll ich dir nicht lieber ein Sandwich machen? Komm, setz dich, während ich aufräume.« Sie führte ihn in die Küche, um sicher-zustellen, dass er nicht in die Glasscherben trat.

»Okay.« Harry schlurfte zum Küchentisch und setzte sich.

Kat hinkte nach oben ins Bad und versuchte zu vermeiden, dass

Blut auf den Teppich tropfte. Sie hielt den Fuß über ihrem Knie, während sie durch den Erste-Hilfe-Kasten im Badezimmer wühlte. Ein weiterer Glassplitter war während ihres Treppenaufstiegs immer tiefer ins Fleisch gedrungen, obwohl sie versucht hatte, nicht aufzutreten. Sie untersuchte die klaffende Wunde auf der Fußsohle. Sie war etwa sieben Zentimeter lang. Sie zuckte zusammen, als sie die Pinzette nahm, um die Scherbe zu entfernen.

Sie konnte sie durch das ganze Blut kaum sehen, aber schließlich zog sie einen zwei Zentimeter langen Glassplitter heraus.

Fünfzehn Minuten später, nachdem sie den Fuß gesäubert und bandagiert hatte, humpelte sie die Treppe hinunter in die Küche.

Harry stand auf. »Du hinkst – ist was passiert?«

»Nein, nein. Onkel Harry, warum hast du nicht einfach angeklopft?« Kat zog ihren bandagierten Fuß zum Kühlschrank und holte Käse und eine Tomate heraus.

»Habe ich, aber du hast nicht reagiert. Dann habe ich mir Sorgen gemacht. Tut mir leid wegen des Fensters.«

»Nein, schon gut.« Alzheimer war schon wirklich rätselhaft. Manchmal hatte Harry innerhalb von wenigen Minuten alles vergessen und plötzlich antwortete er auf dieselbe Frage, als ob er sich an alles erinnern würde. Sie schnitt Käse und Tomate in Scheiben und legte sie schichtweise auf zwei Scheiben Vollkornbrot.

»Bist du wirklich zu Fuß hierher gelaufen? Den ganzen Weg von deinem Haus bis hierher?« Ihr Fuß pochte jetzt und sie konnte sich kaum auf etwas anderes konzentrieren. Dunkelrote Kleckse sickerten durch die weißen Verbandsschichten.

»Hab ich doch gesagt, Kat. Oder hast du das schon vergessen?« Harry stand auf und lief auf und ab.

»Entschuldige. Ich bin müde und kann nicht richtig denken. Weißt du wirklich nicht wo Hillary ist?« Hillary musste ihn hierher gebracht haben, da sie ja nicht mehr in sein Haus zurückkehren konnte, nachdem sie es ausgeräumt und zum Verkauf angeboten hatte. Unabhängig von Harrys geistigem Zustand, würde er auf jeden Fall merken, dass all seine Sachen fehlten.

»Hillary? Sie ist auf der Arbeit.« Harry drückte sich an den

Küchentresen. »Ich muss mich setzen. Der Raum dreht sich und mir ist übel.«

Kat half ihm zum Küchentisch zurück. Was sie für Regentropfen auf Harrys Stirn gehalten hatte, waren in Realität Schweißperlen. Sie fühlte seine Stirn. Sie war warm, trotzdem er vor Kälte zitterte. »Du fühlst dich warm an. Ist alles in Ordnung?«

»Ja, kein Problem.« Harry atmete aus und plumpste auf den Stuhl.

»Sicher?« Sie goss ein Glas Wasser ein und reichte es ihm. Bei dieser Gelegenheit bemerkte sie, dass seine Stirn einen bläulichen Schimmer hatte. »Du siehst irgendwie nicht gut aus. Vielleicht geht es dir besser, wenn du ein Sandwich gegessen hast.«

»Ja, das wäre prima, ich bin am Verhungern. Ein Käse-Tomaten-Sandwich?«

»Ich denke, das ist machbar. Entspann dich.« Sie musste unbedingt einen häuslichen Betreuer finden. Sie schnitt Harrys Sandwich in der Mitte durch, brachte es zum Tisch und setzte sich vor ihn. Der dicke Verband um ihren Fuß war nun völlig mit Blut durchtränkt. Sie spürte immer noch Glassplitter in ihrem Fuß, sobald sie ihn aufstellte.

Harry nahm ein paar Bissen vom Sandwich und legte es wieder auf den Teller. Dann schob er ihn zurück. »Ich kann jetzt nichts essen, Kat. Ich kann es noch nicht einmal ansehen.«

»Aber du sagtest doch gerade, du wärest hungrig.«

»Nein, das habe ich nicht. Wieso sollte ich Hunger haben? Ich habe doch gerade zu Abend gegessen.«

Kat seufzte. So ist das mit der Demenz. In der einen Minute war er hungrig, in der nächsten wieder nicht. Es hatte keinen Sinn, mit ihm darüber zu argumentieren. »Okay, lass uns gehen.«

»Gehen, wohin?«

»Nur einen ganz kurzen Ausflug.« Der provisorische Verband reichte nicht aus, um die Blutung zu stillen. Die Wunde musste genäht werden. Nicht nur das, aber sie musste ja auch selbst ins Krankenhaus fahren. Wenigstens war es nicht der Fuß, mit dem sie das Gaspedal trat.

Als sie Jaces Pick-up-Schlüssel vom Flurtisch nahm, fixierte sie Harrys schnurloses Telefon. Das Projektil, mit dem er das Fenster eingeschlagen hatte, lag noch immer mitten im Eingang. Wie das Telefon Hillarys Ausräumaktion überlebt hatte, war für sie ein Rätsel, es sei denn, Harry hätte es permanent in seiner Hosentasche mit sich herumgetragen. Jedenfalls war es ohne die Ladestation unbrauchbar. Kat hob es auf und legte es auf den Flurtisch. Sie würde das Fenster am nächsten Morgen reparieren lassen. Sie dachte zunächst daran, es provisorisch zu sichern, hatte aber nicht die Kraft, um nach Isolierband zu suchen. Im Prinzip war das eigentlich egal. Es gab nichts mehr Wertvolles in diesem Haus. Alles, was ihr Lieb und Teuer gewesen ist, war weg – Jace, der alte Harry vor der Demenz, und eigentlich fast alles, was in irgendeiner Weise mit Hoffnung zu tun hatte. Sie war einfach zu erschöpft, um weiter zu kämpfen.

KAPITEL 54

Kat reckte den Hals um auf den Fernsehbildschirm zu sehen, der an der Wand in der Notaufnahme hing. Wie die gefärbten Stoffstühle, war auch das Fernsehgerät fest verschraubt. Scheinbar ohne ergonomische Überlegungen, da er ungeschickt angewinkelt war, fast in Deckenhöhe. Wie viele Notfallpatienten hatten Fernseher oder Möbel geklaut, um solche Maßnahmen zu rechtfertigen?

Onkel Harry starrte in die Leere, ohne auf das Hintergrundgeräusch eines schreienden Babys, auf randalierende Betrunkene oder den allgemeinen Lärm des überfüllten Wartezimmers zu achten.

Kat spitzte die Ohren, um trotz des Geplappers die Nachrichten zu hören. Die Schlagzeilen liefen am unteren Rand des Fernsehbildschirms ab, während die Updates am Seitenrand eingeblendet wurden. Auf dem, was noch auf dem Bildschirm sichtbar blieb, war eine Reporterin zu sehen, der vor dem Tides Resort in Hideaway Bay stand.

»Onkel Harry – da waren wir gerade!«, sagte Kat auf den Bildschirm zeigend, als die Kamera von der kleinen blonden Reporterin mit Gore-Tex Jacke und Logo des TV-Senders, abschwenkte. Während der Kamerawinkel breiter wurde, kam ein Mann in Sicht. Es war Roger Landers, der immer noch dieselbe Kleidung wie am Vortag trug. Es war immer noch dunkel. Es musste gefilmt worden sein, nachdem er von der Polizeistation verschwunden ist.

»Wie?« Harry drehte ruckartig den Kopf um.

»Im Fernsehen. Schau mal.« Kat deutete auf den Monitor.

»Auf was soll ich schauen?«

»Vergiss es.« Kat stand auf und hinkte an den Fernseher, sodass sie besser hören konnte.

»Ich habe gesehen, wie Svensson völlig unvorbereitet die Hotelanlage verlassen hat – in diesem Moment habe ich das Schlimmste vermutet.« Roger Landers deutet mit einer Hand hinter sich und hielt ein Exemplar seines Buches in der anderen hoch.

»Was?«, platzte Kat heraus.

Ein paar Frauen, die ihr gegenüber saßen, sendeten Kat vernichtende Blicke.

Lügner. Roger Landers war noch nicht einmal in Hideaway Bay gewesen, als Svensson verschwand. Er konnte unmöglich gesehen haben, wie Svensson das Hotel zu seiner verhängnisvollen Wanderung verlassen hat, da er auf derselben Fähre wie Kat angekommen war. Zu diesem Zeitpunkt war Svensson bereits tot.

Die Reporterin nahm dies als Stichwort für eine weitere Frage auf. »In diesem Moment haben Sie den Alarm ausgelöst? Und haben behauptet, dass es kein Selbstmord war.«

»Das ist richtig. Viele Leute haben Fredrick Svensson den Tod gewünscht. Seine Ansichten über die Währungsreform waren sehr umstritten.«

Die Kamera zoomte auf die Reporterin vor der Kamera. »Fredrick Svensson war für den Nobelpreis nominiert. Seine Forschungen über die Währungs- und Geldpolitik waren revolutionär und die Grundlage für die aktuellen Diskussionen über die Währungsreform. Er hatte während seiner gesamten dreißigjährigen Karriere für eine gemeinsame globale Währung plädiert und plötzlich seine Meinung geändert. Dies hat er kurz vor seinem Tod in einer Mitteilung geschrieben.«

Der Bildschirm blendete Svenssons Rede in Stockholm ein.

Wieder sah Kat die Frau hinter Svensson stehen. Diesmal war sie absolut sicher. Es war Angelika, das Zimmermädchen im Tides Resort.

Kat war immer noch erstaunt über Angelikas Verkleidung als Zimmermädchen. Wenn die beiden ein Liebespaar waren, so wie Kat zunächst angenommen hatte, würde es Angelikas Aufenthalt in Hideaway Bay erklären. War sie an Svenssons Mord beteiligt? Könnte sie die Frau gewesen sein, die man am Tag seines Verschwindens mit ihm zusammen gesehen hatte?

Hatte Angelika noch eine Rechnung offen in Hideaway Bay?

Kat wurde etwas anderes klar. Warum war Landers auf der Fähre nach Hideaway Bay vor ihr geflüchtet? Ihn auf der Fähre zu sehen, würde seine Kette von Ereignissen in Zweifel setzen. Landers konnte nicht behaupten, Svensson gesehen zu haben, wenn er überhaupt nicht vor Ort war. Nach Angaben der Polizei war Landers der einzige Zeuge neben der unbekannten Frau, die die Zeit von Svenssons Verschwinden genau bestimmten könnte. Das würde den Zeitablauf seines Verschwindens diskreditieren. Was ist, wenn er tatsächlich viel früher verschwunden war?

Kat hinkte zu den Stühlen zurück, weil sie plötzlich wieder das Pochen in ihrem Fuß spürte. Sie stützte ihn auf den Tisch vor ihr, ohne auf schmutzige Blicke eines Mannes mittleren Alters zu achten, der ihr gegenüber saß.

Landers versuchte, eine Story zu erfinden. War es vorgesehen, dass es mit den Hypothesen in seinem Buch übereinstimmte? Oder ging es gar um etwas ganz Anderes?

Die Reporterin hielt Roger Landers das Mikrofon hin.

»Seine plötzliche Meinungsänderung war ein Schock für alle«, sagte Landers. »Immerhin zerstörte er gerade seine eigene Theorie der Währungsreform. Die Grundlage für seine Nobel-Nominierung.«

»Hat die Polizei neue Hinweise zu Svenssons Mörder?«

Es kam Kat sehr seltsam vor, dass diese Fragen an Landers und nicht an die Polizei gerichtet wurden. Die Polizei eines so kleinen Ortes wäre bestimmt gerne einmal vor der Kamera. Svenssons Mord war die größte Sache, die seit Jahrzehnten in Hideway Bay passiert war, wenn nicht sogar noch nie. Also, wo war Officer Kravitz?

»Es gibt da eine ganz besondere Spur«, sagte Landers. »Ein anderer Mann verschwand um die gleiche Zeit wie Svensson.«

Landers hatte dies nicht erwähnt, als er mit ihnen im Hotelzimmer war.

Kat warf einen Blick auf Harry. Der döste mit dem Kopf an seine Brust gesenkt.

»Wer könnte das sein?« Der Reporter erschien Landers zu coachen, als ob sie bereits die Antwort kennen würde.

»Jace Burton. Er ist ein Freiwilliger der Bergrettung und mit der Umgebung vertraut. Er hat vor kurzem seinen Job verloren und war ziemlich verstört gewesen. Er kennt alle gefährlichen Bereiche, einschließlich der Felsüberhänge, von denen Svensson gestürzt ist. Oder er wurde gestoßen.« Auf dem Bildschirm erscheint ein Foto von Jace.

Kats Kinnlade klappte herunter. Landers klage Jace an? Landers wusste, dass Jace nicht auf diesem Weg gewesen war. Würde er so weit für einen Artikel gehen? War Landers deshalb in Kurts Blockhütte gelandet? Um Beweise zu schaffen?

Wenn überhaupt, dann war Landers der Verbrecher, weil er in Kurts Blockhütte eingebrochen ist. War er an Svenssons Verschwinden beteiligt, oder versuchte er, jemanden zu decken? So wie Nathan Barron?

Jace hatte recht.

Nichts zählt, bis es dir selbst passiert. Dann lohnte es sich immer, dafür zu kämpfen. Kat hoffte nur, dass es nicht zu spät war.

KAPITEL 55

»**Kat? Die Krankenschwester** ruft dich.« Harry zeigte auf die korpulente Krankenschwester, die vor den Doppelschwingtüren wartete. Ihre geblümte Uniform akzentuierte die Fettwülste, die rund um ihrer Taille schwabbelten. Sie verlagerte ihr Gewicht von einem Fuß auf den anderen und sah müde aus.

Kat konnte nicht glauben, dass sie im Wartezimmer eingenickt war. Schlafentzug und das Hin und Her nach Hideaway Bay machten sich jetzt bemerkbar. Sie stand auf, folgte der Krankenschwester und deutete Harry, ihr zu folgen.

Er schlurfte steif neben ihr her. Selbst mit ihrem verwundeten Bein war sie zu schnell für ihn.

Die Krankenschwester zog die Stirn in Falten und betrachtete Harry.

»Er kommt mit«, sagte Kat. Sie würde ihn nicht noch einmal irgendwo in einem Wartezimmer sitzen lassen.

Die Krankenschwester sah Kat an und nickte nach einem kurzen Blick auf Harry. Sie führte sie zu einer großen Krankenstation mit Betten an jeder Wand. Jedes Bett war durch einen Vorhang abgeteilt und bot die Illusion einer Privatsphäre. Stimmen hoben und senkten sich in Ton und Lautstärke, und Kats Ohren griff mehrere Gesprächsfetzen auf, während sie an den angrenzenden Betten vorbei humpelte.

Die Schwester blieb auf halbem Wege stehen und gestikulierte Kat zu einem Bett. Sie stützte Kats verletztes Bein mit Kissen und wickelte den Verband ab. Harry saß auf dem Plastikstuhl neben dem Bett und starrte ins Leere.

Wenige Minuten später erschien der Arzt. Er war um die Dreißig, dünn, mit käsiger Haut und Geheimratsecken. Kat schilderte den Unfall, während er ihren Fuß untersuchte.

Der Arzt hielt eine Glasscherbe hoch, die er mit der Pinzette herauszogen hatte. »Da haben wir ja den Übeltäter. Sie hatten immer noch ein Stück Glas im Fuß. Sie müssen genäht werden und bekommen eine Tetanusspritze.« Er lächelte und kritzelte etwas auf einen Notizblock. »Tragen Sie beim nächsten Mal Schuhe.«

Er wirbelte auf dem Stuhl herum und ließ die Pinzette auf ein Tablett neben ihm fallen. Er drehte sich um, aber diesmal schaute er Harry an. »Sie sehen aber gar nicht gut aus. Ist alles in Ordnung?«

Harrys Gesicht war gerötet und er schwitzte trotz der Kälte in dem großen Raum.

»Jep.« Harry wischte sich die Augenbraue. »Ich habe eine Magenverstimmung.«

Dr. X griff nach einem Zungenspatel und rollte mit dem Stuhl zu Harry. »Öffnen Sie bitte den Mund.«

Harry gehorchte.

»Wann haben Sie zum letzten Mal etwas gegessen?«

»Äh, das ist schon eine Weile her. Ich habe den ganzen Tag nichts gegessen.«

Kat unterbrach ihn. »Eigentlich hat er vor etwa eineinhalb Stunden etwas gegessen. Einen Bissen von einem Käse-Tomaten-Sandwich.« Sie zog sich im Bett hoch und lächelte den Arzt an. »Er vergisst so einiges.«

Harry starrte geradeaus und konzentrierte sich, als der Arzt mit dem Spatel die Zunge herunterdrückte.

Der Arzt wandte sich an Kat. Sein Gesicht glich nun einer Maske und das freundliche Geplänkel war verschwunden. »Ich möchte ihn gerne hierbehalten und ein paar Tests machen. Es könnte die Grippe oder etwas Ernsteres sein. Wir müssen ihn über Nacht hierbehalten.«

Harry spitzte die Ohren. »Ich bleibe nicht über Nacht hier. Ich muss nach Hause gehen.«

»Es geht Ihnen nicht gut, Mr Denton. Es ist nicht ratsam, nach Hause zu gehen.«

»Nun, in diesem Fall ...« Harry ließ die Schultern hängen. »Ich kann nicht nach Hause gehen, wenn es nicht ungefährlich ist.«

»Wir müssen nur ausschließen, dass es etwas Ernstes ist, Mr Denton.«

»Okay, Doc.« Harry zuckte mit den Schultern und sah Kat an.

Sie nickte zustimmend.

Der Arzt klopfte Harry auf die Schulter und ging hinaus, mied aber Kats Blick.

»Mach dir keine Sorgen, Onkel Harry. Ich gehe zu dir nach Hause und achte darauf, dass alles zugeschlossen ist. Morgen früh komme ich wieder und hole dich ab.« Harry sah in der Tat krank aus. Trotz Demenz hatte er sich seltsam verhalten. Eine gründliche medizinische Untersuchung wäre gut für ihn. Dies löste auch ein anderes Problem: sie konnte Harry nicht zumuten, sein leeres Haus zu sehen. Vielleicht konnte sie sogar Hillary aufspüren und mit ihr über die Hausangelegenheit diskutieren.

»Bist du sicher, Kat? Macht es dir nichts aus?«

»Natürlich nicht. Und das Krankenhaus ist der beste Ort, wenn man sich nicht wohlfühlt. Sie werden dich pflegen.«

Die korpulente Krankenschwester erschien wieder und winkte Harry zu sich. »Folgen Sie mir, Mr Denton.«

Harry drehte sich unsicher zu Kat um. »Okay, Kat. Ich denke, ich werde bleiben.«

»Okay, Onkel Harry. Bis bald.» Kat umarmte Harry und die Krankenschwester führte ihn weg. Aber nichts war in Ordnung. Harry war krank, alle seine Habseligkeiten waren verschwunden und seine Finanzen völlig außer Kontrolle. Jace wurde vermisst und des Mordes bezichtigt, zumindest von Landers. Was könnte sie denn jetzt tun? Ihr ganzes Leben zerbrach in tausend Stücke, so schnell, dass sie sie nicht mehr aufsammeln konnte.

KAPITEL 56

Kat verließ den Aufzug im zehnten Stock. Es war Donnerstagmorgen und trotz der wenigen Stunden ununterbrochenen Schlafes war sie etwas entspannter. Ihr Fuß fühlte sich viel besser, und sie hatte es geschafft, das zerbrochene Fenster mit Brettern zuzunageln. Es hatte sogar aufgehört zu regnen. Sie war soeben ins Krankenhaus zurückgekommen und hatte beschlossen, nicht zu Harrys Haus zu gehen, bevor sie mit Hillary gesprochen hatte.

Sie folgte den Schildern zur Station der Seniorenbetreuung. Sie entdeckte Harry auf einem Stuhl vor der Schwesternstation und war eifrig in ein Gespräch mit zwei Krankenschwestern vertieft. Sie lächelte und ging zu ihnen. Onkel Harry sah schon viel besser aus, und er war nicht mehr so blass.

»Onkel Harry? Da bin ich wieder.«

Harry drehte sich um und setzte ein breites Grinsen auf, als er sie sah. »Was machst du denn hier, Kat?«

»Ich komme dich besuchen. Wie fühlst du dich?«

»Mir geht es gut.« Harry senkte die Stimme. »Siehst du nicht, dass ich arbeite? Ich kann jetzt nicht reden.«

»Du bist im Krankenhaus, Onkel Harry.«

»Im Krankenhaus? Mach dich doch nicht lächerlich.« Harry deutete auf eine Stuhlreihe im Flur. »Warte dort bitte auf mich. Wir können in meiner Kaffeepause zusammen reden.«

Die beiden Schwestern beobachteten Kat, aber ihre Mienen blieben unverändert. Die ältere sagte etwas zu der zweiten Krankenschwester, dann erhob sie sich und marschierte auf Kat zu. »Dr Konig möchte mit Ihnen sprechen. Bitte warten Sie hier.«

»Okay.« Kat ging auf Harrys Stuhl zu, als eine schlanke Rothaarige um die Ecke raste und mit Kat und der Krankenschwester fast zusammenstieß.

»Äh, Dr Konig, das ist Harry Dentons Nichte. Sie hat ihn letzte Nacht hierher gebracht.« Die Schwester kehrte in die Schwesternstation zurück, sodass Kat in Ruhe mit der Ärztin reden konnte.

Die Ärztin nickte und musterte Kat. Sie sagte nichts.

Kat hielt ihre Hand hin, aber die Ärztin ignorierte sie und verschränkte stattdessen die Arme.

»Wir haben die vorläufigen Testergebnisse zu den Untersuchungen Ihres Onkels.« Die Augen der Ärztin durchbohrten sie, um eine Reaktion zu beobachten.

»Er hat immer noch die Grippe, nicht wahr?« Kat verlagerte ihr Gewicht von ihrem wunden Fuß auf den anderen. »Er kämpft schon seit ein paar Wochen damit, obwohl die Grippe irgendwie nie herausgekommen ist.«

»Nicht ganz. Er ist vergiftet worden.«

Kat fiel fast nach hinten. »Vergiftet? Das ist unmöglich. Sind Sie sicher?«

»Ja, ich bin sicher.« Die Ärztin nickte und verzog den Mund zu einer dünnen, harten Linie. »Das haben uns die Tests gezeigt. Harry sagt, er lebt allein – stimmt das?«

»Ja, das stimmt – aber ich verstehe nicht ganz. Ich bereite alle seine Mahlzeiten zu. Im Allgemeinen nehmen wir Frühstück und Mittagessen gemeinsam ein. Er kommt jeden Tag mit mir zur Arbeit und bleibt bei uns zu Hause zum Abendessen. Normalerweise. Er war aber für ein paar Tage weg gewesen.«

»Sie haben ihn ein paar Tage lang nicht gesehen? Ich dachte, Sie kümmern sich um ihn?« Sie schnaubte. »Wie oft sehen Sie ihn?«

Kat mochte den Tonfall der Ärztin nicht. »Wie ich schon sagte, jeden Tag. Aber ich war in den letzten Tagen auf Geschäftsreise. Es ließ sich nicht ändern. Aber wir essen das gleiche Essen. Müsste ich dann nicht auch krank sein?«

Die Ärztin musterte sie. »Theoretisch.«

Kat fühlte sich unwohl mit der Art und Weise, wie Dr Konig sie anstarrte. »Sie glauben doch wohl nicht etwa, dass ich – NEIN!« Kat machte einen Schritt zurück. »Sie denken, ich hätte ihn vergiftet? Das ist ja Wahnsinn.«

»Es spielt keine Rolle, was ich denke, Ms Carter. Ich habe meine medizinische Beurteilung an die Gesundheitsbehörden weitergegeben. Sie werden die nächste Vorgehensweise bestimmen.«

»Was meinst Sie mit nächste Vorgehensweise?«

Dr Konig blitzte Kat an und reichte ihr eine Visitenkarte. »Hier ist die Nummer. Ein Sozialarbeiter wird Sie in den nächsten Tagen anrufen. In der Zwischenzeit hoffe ich, dass Sie verstehen, dass wir Ihren Onkel nicht mehr in Ihre Obhut geben können. Darüber hinaus werden alle Ihre Besuche überwacht werden.«

Kat warf einen Blick auf Harry. Ein Wachmann stand plötzlich etwa zwanzig Meter entfernt, in der Nähe des Eingangs. Seine Augen trafen Kats, bevor er seinen Blick abwandte.

»Überwacht?« Kat krächzte. »Das ergibt keinen Sinn. Sie glauben doch wirklich nicht, dass ich – ich ihn vergiftet hätte?«

Dr Konig spitzte die Lippen, sagte aber nichts.

»Ich würde meinem Onkel niemals etwas zuleide tun. Da muss ein Irrtum sein!«

»Ich muss Vorsichtsmaßnahmen treffen. Wenn Sie mich nun bitte entschuldigen würden.« Dr Konig drehte sich um und ging weg. Kats Augen folgten ihr, als sie den Flur hinunterging.

»Sie verstehen nicht. Ich habe nichts getan.« Kat folgte Dr Konig. Sie stoppte, als sie den Wachmann auf sie zukommen sah. Kat schluckte den Kloß ihm Hals runter. Sie fühlte sich wie ein Verbrecher. Sie schrie der Ärztin hinterher. »Können Sie die Labortests bitte nicht noch einmal überprüfen? Es muss eine Verwechslung sein.«

Aber die Ärztin ging weiter. Sie verschwand um eine Ecke am Ende des Flurs.

Kat schüttelte sich. Wenn Harry wirklich vergiftet wurde, und sie es nicht war ... dann blieb nur noch eine Person, die rund um die Uhr Zugang zu Harry hatte. Hillary. Aber auch sie würde nicht so weit gehen. Oder doch?

»Kat?« Harrys hob die Stimme an und war sichtlich aufgeregt. »Bitte bring mich nach Hause.«

Der Wachmann blieb stehen, schaute auf seine Füße und vermied erneut Blickkontakt. Er stand in der Nähe der Schwesternstation, nur wenige Meter von Harry entfernt. Wahrscheinlich erwartete er von ihr, dass sie auf der Stelle ging.

»Ich kann nicht, Onkel Harry.« Kat errötete und sie kämpfte mit den Tränen. So sollte das Ganze nicht laufen. Einer nach dem anderen, man nahm ihr jeden weg, der ihr wichtig war. Sie starrte auf die Visitenkarte, die ihr Dr Konig gegeben hatte. Die Worte waren durch ihre Tränen vernebelt; irgendeine kommunale Gesundheitsorganisation mit einem langen Namen. Warum sollte sie ihr glauben? Sie drehte sich auf dem Absatz um, schämte sich, obwohl sie gar nicht wusste, wofür.

»Was soll das heißen, du kannst nicht?« Sein Gesicht rötete sich. »Verlass mich nicht, Kat. Du musst mich hier rausholen.«

»Es tut mir leid. Ich komme so schnell wie möglich wieder.« Kat drehte sich schluchzend ab. Harry würde es nicht verstehen.

Sie blieb abrupt stehen und blinzelte, um sicher zu gehen, dass sie nicht träumte. Nein, es war die absolute Wirklichkeit.

Hillary stolzierte mit klirrenden Armbändern den Flur hinunter. Sie trug einen langen maßgeschneiderten schwarzen Mantel und Designerstiefel mit zehn Zentimeter Absatz. Kein Zweifel, dass Harry auf ihr Konto ging. Hillary winkte in die Richtung der Schwesternstation und zeigte Kat ihre weißen Zähne. Kat ignorierte sie.

Hillary eilte zu Dr Konig. Sie grinste Kat zu, bevor sie mit Dr Konig in ein kleines Büro verschwand. Sie schloss die Tür hinter sich.

In diesem Augenblick erinnerte sich Kat an den bitter schmeckenden Orangensaft in Harrys Kühlschrank. Sie hatte ihn noch am selben Tag gekostet, an dem sie sich krank gefühlt hatte. Sie hatte gedacht, er wäre verdorben.

Harry hatte täglich ein paar Gläser getrunken, viel mehr als den kleinen Schluck, den Kat zu sich genommen hatte. Wie lange war er versetzt worden? Sie musste diesen Orangensaft in die Hände bekommen und testen lassen. Sie hoffte, dass es nicht zu spät war.

KAPITEL 57

Kat saß gegenüber von Zachary** Barron und war beschäftigt mit Harrys Prognose und Dr Konigs Anschuldigungen. Und vor allem mit dem Orangensaft in Harrys Haus.

Zachary lehnte sich auf seinem Ledersessel zurück, die Hände hinter dem Kopf verschränkt. »Haben Sie den Beweis gefunden?«

»Ja und nein.« Kat erzählte von den Ereignissen im Hotelzimmer mit Nathan und Victoria und ließ nichts aus. »Ich habe die Dokumente vom World Institute nicht mehr, aber es ist alles in meinem Bericht dokumentiert.« Sie hatte schnell die verloren gegangene Ausfertigung des Berichts wiederhergestellt, nach dem sie aus dem Krankenhaus zurückgekommen war. Der Teufel soll sie holen, wenn sie Zachary nicht endlich die Möglichkeit geben würde, Nathans Ponzi-Schema aufzudecken.

»Wenn Sie diese World Institute Dokumente von Nathans zurückhaben, werden wir die nächsten Schritte besprechen.« Zachary stand auf, damit sie endlich ging.

Kat ging aber nicht. Er konnte die Dokumente nicht als Vorwand benutzen, um das Unvermeidliche hinauszuzögern.

»Zachary, Sie können das nicht noch lange hinausschieben. Sie haben genügend Beweise ohne die World Institute-Dokumente, die nur noch eine weitere Untermauerung des Ganzen sind. Wir beide wissen, Edgewater ist ein Ponzi-Schema. Sie schulden es Ihren Investoren, sie sofort davon in Kenntnis zu setzen.«

»Ich bin mir nicht sicher, ob *schulden* das richtige Wort ist, Kat. Schauen Sie mal.« Zachary drehte seinen Computermonitor um, damit ihn Kat sehen konnte. »Ich bin seit gestern um zehn Prozent gestiegen. Zehn Prozent. Ich handle mit meinem eigenen Konto und werde all meine Gewinne dafür verwenden, die Verluste des Fonds aufzufüllen. Geben Sie mir noch eine Woche und die Investoren werden jeden Cent zurückbekommen und noch viel mehr. Ich mache alles wieder wett – als ob das alles niemals passiert wäre.«

»So etwas darf man nicht einfach unter den Teppich kehren.« Wie konnte Zachary in weniger als einer Woche Milliarden Gewinne machen? Selbst wenn es möglich wäre, warum hat er es nicht schon vorher mit dem Fonds getan? Keines seiner vorherigen Geschäfte hatte auch nur im Entferntesten einen Gewinn in dieser Höhe erzielt. Oder sie hätten es nicht erzielt, wenn sie tatsächlich ausgeführt worden wären. »Das ist kein Spiel, Zachary.«

»Natürlich ist das ein Spiel. Das gesamte Geldsystem ist ein Spiel. Die Währung jedes Landes wird manipuliert. Sie können doch nicht so naiv sein und noch an den Weihnachtsmann glauben? Ich werde Nathans Betrug anzeigen, aber erst, nachdem ich allen Anlegern das Geld zurückgezahlt habe.«

»Zachary, das sind echte Menschen. Mit echten Verlusten. Sie verdienen es, sofort davon zu erfahren. Jetzt – nicht in zwei Wochen.

»Meinen Sie, ich wüsste das nicht? Meine Investition in den Fonds ist größer als die von irgendjemand anderes.«

Aha, das war also der Grund. Jetzt ergab Zacharys Kehrtwendung einen Sinn. Es war alles nur Eigennutz.

Zachary ging um die Seite seines Schreibtisches herum. »Sehen Sie es doch mal so. Sobald wir Nathan anzeigen, werden sie den Fonds schließen, Edgewaters Vermögenswerte einfrieren, und die Verluste werden dauerhaft sein. Edgewater meldet Konkurs an und das ganze Chaos resultiert in jahrelangen Klagen und Gerichtsschlachten.«

Kat schüttelte den Kopf. »Das kann nicht Ihr Ernst sein.«

»Doch, doch, durchaus. Zunächst werde ich mein Geld zurückgewinnen. Nathan geht nirgendwo hin. Er wird angeklagt, aber zumindest werden die Anleger nicht finanziell ruiniert.«

»Wie können Sie so viel Geld innerhalb von nur zwei Wochen zurückgewinnen?«

»Es wird nicht einfach sein, aber es ist möglich. Das gesamte globale Finanzsystem ist alles künstlich. Mein Trading-Account, die Bewertung jeder einzelnen Währung eines jeden Landes. Auch die globale Währung des World Institute. Schon seit Jahrzehnten ist sie vom tatsächlichen Wert der Dinge weit entfernt. Schauen Sie sich das an.« Zachary zog sein Portemonnaie aus der Gesäßtasche und zog einen Dollar heraus. Er ließ ihn auf den Tisch fallen. »Was sehen Sie?«

Kat spielte mit. »Einen Dollar.«

»Das Gesicht zeigt Ihnen, dass es sich um einen Dollar handelt. Doch was ist ein Dollar? Es ist nur ein Versprechen zu zahlen. Ein extravaganter SCHULDSCHEIN von der Regierung. Eigentlich ist er wertlos.«

»Seltsam, so etwas aus Ihrem Munde zu hören. Sie handeln Währung für Ihren Lebensunterhalt.«

»Nein, seltsam ist, dass wir unser Papiergeld in erster Linie für Wertgegenstände umtauschen. Ganz früher wurde das Papier mit Gold gestärkt. Damit ist es jetzt vorbei. Vor dem Gold haben wir Tauschhandel mit Gütern und Materialien betrieben. Vielleicht sogar Gold für Lebensmittel. Etwas von Wert wurde im Austausch für etwas anderes gegeben. Alles anders, alles vorbei. Dieses Versprechen ist das Papier nicht wert, auf das es gedruckt ist. Das heute gedruckte Papiergeld übersteigt den Vermögenswert, den es unterstützt um ein tausendfaches oder mehr.«

»Was hat das mit Edgewater und Nathans Betrug zu tun?«

»Alles hat damit etwas zu tun. Nathans Betrug anzuzeigen, bedeutet ihn zu liquidieren. Wir sprechen über eine riesige Summe Geld, Kat. So riesig, dass es Auswirkungen hat, die weit über Edgewater und den Fonds hinausgehen. Geld wurde als Fremdkapital zum Ausgleich aufgenommen, in einer Höhe, dass niemand weiß, was eigentlich dahintersteckt – was damit geschieht. Plötzlich treten Erschütterungen auf und das gesamte Finanzsystem bricht zusammen.«

»Sie übertreiben. Edgewaters Fonds ist nur ein Bruchteil des Geldes, das sich im Umlauf befindet. Man kann nicht ernsthaft denken, es würde das globale Finanzsystem destabilisieren. Das wird bestimmt nicht geschehen.«

»Ich spreche nicht nur von Edgewater selbst, Kat. Schauen Sie mal, wo das ganze gestohlene Geld hingegangen ist. Zu einer Geheimorganisation, die die Weltwährung ersetzen will. Wenn die Menschen Wind davon bekommen, werden sie den Glauben an ihre Regierungen verlieren, an alle Währungssysteme. Sie werden ihre gesamten Investitionen zurückholen. Ein Run auf die Banken. Es gibt nicht genug Geld auf der Welt um dieses Phänomen zu stoppen.«

»Das können Sie nicht ernst meinen. Und benutzen Sie dies nicht als Vorwand, das Unvermeidliche hinauszuzögern«.

»Das tue ich nicht. Ich sage nur, dass alles miteinander in Verbindung steht.«

»Sie wollen mir erzählen, dass das globale Währungssystem aus dem Boden gestampft wurde?«

»So ungefähr. Es ist ein sehr großes Poker-Spiel. Jeder denkt, er hat ein gutes Blatt. Solange das der Fall ist, hält es jeder fest und alles ist in Butter. Aber in dem Moment, in dem sie aussteigen, geraten wir in Schwierigkeiten. Wir können es uns nicht leisten, dass alle auf einmal ihre Chips einkassieren wollen.«

»Aber Nathan hat Edgewater beraubt. Sie haben selbst gesagt, dass Sie ihn ruinieren wollen.«

Er entgegnete nichts.

In diesem Moment wurde Kat klar, dass Zachary genau das Gleiche wie Nathan wollte – absolute Macht. Er hatte nur ein anderes Mittel, um zum Ziel zu kommen. Nathan wollte das Geldsystem an sich kontrollieren. Im Gegensatz dazu verwendete Zachary seine Geschäfte als Mittel, dieses auszukosten. Beide hatten das gleiche Endergebnis. Die Werte für ihren eigenen persönlichen Gewinn manipuliert.

»Ich werde ihn von seinem Sockel stoßen. Aber nicht auf Kosten der Märkte und meiner Existenz. Zunächst werde ich mein Geld zurückgewinnen. Dann werde ich ihn anzeigen. Bemogeln Sie nicht Edgewaters Anleger, Kat. Sie werden es sich selbst auch vermasseln. Jedem.«

»Wer ruiniert es denn? Früher oder später müssen alle den Kopf hinhalten. Warten macht das Unvermeidliche nur schmerzhafter.«

»Nichts ist unvermeidlich.« Zachary drehte den Monitor zurück. »Wie viele Ponzi-Schemen sind derzeit am Laufen, was glauben Sie?«

Zachary wartete nicht auf ihre Antwort. »Hunderte? Nein – Tausende. Auf der ganzen Welt, groß und klein. Die meisten werden nie aufgedeckt, solange kein Geldmangel herrscht. Solange die Geldmenge immer wieder zurückkehrt und die Anleger weiter wachsen, wird es niemand jemals erfahren.«

»Genauso ist es mit dem globalen Währungssystem. Die Vermögenswerte, die es stützen, sind ein Bruchteil des Papiergelds, das umläuft. Es stützt sich auf all diejenigen, die nicht sofort ihre Chips einkassieren. »Solange niemand in Panik gerät, bleibt genug investiert und alles funktioniert reibungslos. Das Geld bleibt in den Banken und die Investoren halten ihr Geld in unseren Fonds. Wenn das kein Spiel ist, dann weiß ich nicht, was es ist. Es ist gefährlich, es darauf ankommen zu lassen, wenn die Dinge nicht zu Ihren Gunsten stehen.«

»Zachary, ich fass es einfach nicht. Was würde denn passieren, wenn Sie Nathans Betrug öffentlich machen?«

»Er wird bekommen, was er verdient. Nachdem ich die Verluste wettgemacht habe.«

Kat erschrak, als ihr Handy klingelte. Sie erkannte die Rufanzeige. Es war das Krankenhaus. Sie müsste sich später mit Zachary beschäftigen. »Ich muss den Anruf annehmen.«

Die Frau am Telefon klang in Eile. »Ich habe einen Patienten hier – er besteht darauf, Sie zu sehen. Wie schnell können Sie kommen?«

Onkel Harry schien sich besser zu fühlen. Diese Krankenschwester klang entschieden höflicher als die beiden von letzter Nacht. Sie hat wahrscheinlich nicht realisiert, dass Kat diejenige war, die Harry ins Krankenhaus gebracht hatte. »Wie geht es ihm?«

»Nicht schlecht. Obwohl er zusammenhangloses Zeug redet. Er stammelt etwas über Globalisierung und Geld.«

Seltsam. In der Regel lehnte Harry finanzielle Diskussionen ab. Jedenfalls war sie sicher, dass er nicht an daran erinnern würde.

»Ich hatte vor, ihn in ein paar Stunden zu besuchen«, sagte sie. Das Verhalten dieser Krankenschwester war das genaue Gegenteil von den überwachten Besuchen und verdächtigenden Blicken. Was hatte ihre Meinung geändert?

»Ich hoffe, Sie können früher hier sein, das beruhigt ihn vielleicht etwas. Er droht, das Krankenhaus zu verlassen, und ich kann ihn nicht aufhalten. Er braucht wirklich medizinische Versorgung.«

»Es ist die Demenz«, sagte Kat. »Er regt sich an unbekannten Orten leicht auf.« Kat war überrascht, dass Harry sich sogar an das World Institute und an Nathan Barron erinnern soll, geschweige denn daran, dass sie darüber gesprochen haben.

»Demenz? Nein, nein, ganz bestimmt nicht. Er scheint mir völlig normal.«

»Zunächst wirkt er normal, aber in wenigen Minuten fängt er an, sich zu wiederholen.« Wie kann medizinisches Fachpersonal solche Zeichen übersehen? Harry fällt innerhalb weniger Minuten durch verwirrte Gespräche auf.

»Bisher hat er das noch nicht. Ich garantiere Ihnen, dieser Mann leidet nicht unter Demenz. Dafür ist er viel zu jung.«

»Zu jung?« Onkel Harry sah ein paar Jährchen jünger aus als er ist, aber dennoch war er ein älterer Herr. »Er ist achtzig.«

Die Schwester lachte. »Achtzig? Nein, ganz bestimmt nicht. Reden wir über den gleichen Mann?« Sie wartete nicht auf Kats Antwort. »Er hat keinen Ausweis bei sich. Nur ein Handy. Daher habe ich Ihre Nummer. Es ist in sein Telefon als Notfallkontakt programmiert.«

Kats Herz machte Sprünge. »Braune Haare, blaue Augen? Etwa ein Meter neunzig?«

»Ja, das kommt hin.«

Er lebt. »Er heißt Jace. Jace Burton.«

KAPITEL 58

Kat raste in Rekordzeit ins Krankenhaus, trotz des stockenden Verkehrs, einem Autounfall, in den vier Autos verwickelt waren und kein Parkplatz. Sie parkte in einer Abschleppzone, obwohl sie bezweifelte, dass der Pick-up noch da stehen würde, wenn sie zurückkehrte. Schnurzpiepegal. Es lohnte sich, hier zu sein.

Jace starrte sie vom Krankenbett an. Die rechte Seite seines Gesichts war mit blauen Flecken bedeckt, sein Auge war geschwollen und geschlossen. »Bring mich nach Hause.«

»Wer hat dir das angetan?« Kat setzte sich auf die Bettkante und streichelte Jaces Stirn. »Nathan Barron?«

Jace zuckte zusammen. »Was hat Nathan Barron denn damit zu tun?«

»Hideaway Bay? Das Hotelzimmer? Erinnerst du dich nicht?« Du bist mit Roger Landers nach nebenan gegangen.«

Er kratzte sich am Kopf. »Alles, an was ich mich erinnere, ist, dass ich mit dir und Roger Landers im Zimmer war. Du warst wütend, weil er alles aus unserer Mini-Bar gefuttert hatte. Ich habe Nathan Barron nicht gesehen. Zumindest glaube ich das.« Jace zog die Augenbrauen hoch. »Wie bin ich hierher gekommen?«

»Ich weiß es nicht.« Kat schluckte den Klumpen in ihrer Kehle runter. »Aber du wirst seit Tagen vermisst. Ich dachte, ich würde dich nie wieder sehen.«

»Seit Tagen?« Er griff nach ihrer Hand und drückte sie.

»Erinnerst du dich nicht daran, nach nebenan gegangen zu sein?«

»Nein.« Jace schüttelte den Kopf. »Es ist alles eine große Leere.«

Kat erzählte ihm von ihrer Auseinandersetzung mit Nathan und Victoria. »Das gleiche ist dir wahrscheinlich auch passiert. Erinnerst du dich, ihn gesehen zu haben? Oder Victoria Barron?«

»Ich – ich weiß nicht. Irgendetwas Anderes ist passiert – ich kann mich nur einfach nicht erinnern, was.« Jace runzelte die Stirn. »Ich glaube, jemand klopfte an die Tür ...«

»Versuch dich zu erinnern, Jace. Du bist mit Roger nach nebenan gegangen und du hast die Dokumente vom World Institute und meinen Laptop mitgenommen. Der Laptop war immer noch da, als ich ins Zimmer kam. Weißt du, was mit den Dokumenten passiert ist? Hat sie Roger an sich genommen? Oder Nathan Barron?«

Jace blickte durch den Raum. »Ich versuche es ja, aber es will einfach nicht in mein Gedächtnis zurückkommen. Wo sind meine Kleider?«

Kat stand auf und es erfasste sie eine Woge der Hoffnung. Könnten die Dokumente vielleicht hier im Raum sein? Sie waren der Schlüssel zur Verknüpfung von Nathan Barron mit Research Analytics und dem World Institute. Die Tagesordnung und Sitzungsprotokolle waren besonders belastend, und ein kritisches Beweisstück für Zacharys Ermittlungen.

Sie schaute sich im kleinen Krankenzimmer um, aber nirgendwo waren private Sachen von Jace zu sehen.

»Du warst dabei, einen Artikel über das World Institute zu schreiben. Du hast mit Landers über das globale Währungssystem und den Plan des World Institutes zu einer Weltwährung diskutiert. Du hattest meinen Laptop und die Papiere.«

Und wir haben gestritten. Sie hoffte, dass sich Jace nicht an diesen Teil erinnern würde.

»Die Tagesordnung? Du wolltest sie Landers nicht geben.« Jace versuchte, sich in eine sitzende Position zu heben. Er fluchte und ließ seinen Kopf zurück auf das Kissen fallen.

Kat hielt ihre Hand hoch, um ihn aufzuhalten. Sie drückte den Knopf an der Seite des Bettes, um Jace in eine halbsitzende Position zu bringen.

»Du erinnerst dich! Was ist damit passiert?« Kat betrachtete den Raum und bemerkte mehrere eingebaute Schubladen in der Wand. Sie ging ums Bett herum und öffnete eine nach der anderen.

»Ich weiß es nicht.« Jace gähnte und streckte die Arme. »Ich erinnere mich ein wenig an das Zimmer, aber es ist alles verschwommen.«

Jace hatte seinen halb geschriebenen Artikel auch nicht erwähnt. Hatte er das etwa auch vergessen? »Ich habe herausgefunden, warum der *Sentinel* deinen Artikel über den Hypothekenbetrug herausgenommen hat. Schau mal.« Kat zeigte ihm den Artikel. »Schau dir die Adresse an – 422 Cedar Street.«

Jace sah sie erstaunt an.

»Die Anschrift der Global Financial ist 422, Cedar Street.«

»Ich kann dir immer noch nicht folgen.« Jace schnappte sich einen Plastikbecher von seinem Nachttisch und trank mit einem Strohhalm.

»Global Financial, die Firma, die du in deinem Artikel wegen Hypothekenbetrugs angeprangert hast, hat die gleiche Adresse wie Beecham, Edgewaters fiktive Wirtschaftsprüfer.« Obwohl Jace über Beecham recherchiert hatte, war Kat die Einzige, die in der 422 Cedar Street war.

»Sie gehören zusammen?« Jace saß plötzlich kerzengerade im Bett und hatte das Wasser aus dem Becher über sein Flügelhemd verschüttet. »Das ist eine Menge Aktivität für ein leeres Baugrundstück.«

»Du hattest recht mit Pinslett, Jace. Ich arbeite immer noch an den Details, aber es scheint, als ob der Hypothekenbetrug von Global Financial Pinsletts Beitrag zum World Institute war. Genau wie Nathan Barron Geld von Edgewater umgeleitet hat, so hat Pinslett das auch getan. Nur dass Pinslett Finanzierung von Global Financial stammt.«

»Du hast das Geld weiterverfolgt und bist auf ein Verbrechen gestoßen.« Jace entfernte das Wasser mit seiner Handfläche.

Kat nickte. »Die gleiche Adresse zu finden, war ein absoluter Glücksfall gewesen. Forensische Wirtschaftsermittler stoßen oftmals völlig zufällig auf etwas das viel tiefer liegt. Die Suche nach einem System in den zur Verfügung gestellten Daten liefert häufig Hinweise, in diesem Fall eine gemeinsame Adresse. Dies war der Katalysator, der alles ans Tageslicht gebracht hat. »Es beweist, dass wer auch immer hinter dieser Hypothek steckt, auch mit dem World Institute zu tun hat. Wer hat die erforderliche Autorität und den Wunsch, einen Artikel aus dem *Sentinel* zurückzuziehen und ist auch mit dem World Institute verbunden?«

»Gordon Pinslett.« Jace strampelte die Bettdecke zurück und schwang die Beine aus dem Bett. »Mein Artikel. Ich muss hier raus, und zwar sofort.«

»Du gehst nirgendwo hin, Liebling.«

Kat stoppte mit der Schubladensuche und drehte sich zur Tür um.

Eine plumpe Krankenschwester eilte hinein. Ihre Gummisohlen quietschten auf dem Linoleumboden, als sie auf das Bett zuging. »Jetzt legen wir uns mal schön wieder hin. Je mehr Sie sich entspannen, desto eher werden Sie entlassen.«

Die Schwester hielt Jaces Arm hoch. Derselbe Unterarm der voller Brandblasen durch das Feuer im Haus war, trug nun einen fünfzehn Zentimeter großen lila-blauen Fleck auf der Innenseite seiner Ellenbogenfalte. Genau die gleiche Stelle wie die auf ihrem Arm. Ein kleiner Grind verzierte die Spitze seines Unterarms. Entweder nachlässige Nadelarbeit oder Patientenwiderstand. Wahrscheinlich ein bisschen von beidem.

»Ich sehe, Sie haben Besuch.« Die Krankenschwester nickte Kat zu, als sie ums Bett herumging und Jaces unversehrten Arm anhob. Sie wickelte eine Blutdruckmanschette herum und pumpte ihn auf.

»Er stammelte zusammenhanglose Dinge, als wir ihn abgeholt haben. Er wusste noch nicht einmal wie er heißt.« Die Krankenschwester sah auf den Monitor und löste den Klettverschluss der Manschette. »Alles im grünen Bereich mit Ausnahme der Gehirnerschütterung. Sein Gedächtnis kommt wahrscheinlich in den nächsten Tagen zurück. Im Augenblick schwer zu sagen.«

Jace protestierte. »Mein Gedächtnis ist wieder da. Mir geht es jetzt gut.«

Die Schwester ignorierte ihn.

Kat auch. »Wie ist Jace hierher gekommen? Ins Krankenhaus, meine ich.«

»Genauso wie sie alle hierher kommen, Schätzchen. Mit dem Krankenwagen.«

»Woher wissen Sie das so genau? Ich meine, steht es in seiner Krankenakte oder haben Sie ihn reinkommen sehen?«

»Ich war nicht hier, aber man hat mir alles darüber erzählt. Sie wissen nichts davon?« Die Krankenschwester schien durch Kats Frage verärgert zu sein. »Es war überall in den Nachrichten.«

Die Krankenschwester bemerkte Kats Erstaunen und gab ihr einen missbilligenden Blick.

Kat schüttelte den Kopf. Sie war selbst genug damit beschäftigt gewesen, auf die Beine zu kommen, mit der Ausnahme, dass sie glücklicherweise mehr oder weniger unversehrt auf einer Bank im Waterfront-Bahnhof aufgewacht war. Aber die Krankenschwester würde sie für schwachsinnig erklären, wenn sie ihr das erzählen würde.

Die Zeitschiene der Krankenschwester stand auch mit Landers' Version der Ereignisse in Konflikt. Die ganze Gefängnisgeschichte war erstunken und erlogen und sie fühlte sich so naiv, an Landers Lügenmärchen geglaubt zu haben. Dieser Typ war ein pathologischer Lügner. Sie setzte ihre Schubladensuche fort.

»Ich weiß noch nicht einmal, was passiert ist«, sagte Jace. »Ich kann mich an nichts erinnern, bevor ich hier aufgewacht bin.«

Die Krankenschwester setzte wieder seine Krankenakte in die Hülle am Bett ein und drehte sich auf dem Absatz um. »Sie wurden auf dem Seitenstreifen der Autobahn gefunden, bewusstlos. Die Polizei sagte, jemand muss Sie dort abgeladen haben. Sie hatten Glück, dass sie nicht erfroren sind. Oder überfahren worden.« Sie drehte sich wieder zu Kat um. »Er ist erst vor einer Stunde aufgewacht.«

»Ich fühle mich nicht unbedingt mit Glück überschüttet.« Jace machte eine Grimasse und legte sich wieder richtig ins Bett.

Kat lächelte, als sie die unterste Schublade öffnete. Sie fand Jaces Kleidung. Kat holte eine Jacke heraus und klopfte die Taschen ab. Nichts. Sie legte sie wieder zusammen und ließ sie auf den Boden fallen.

»Glauben Sie mir, Sie haben Glück«, sagte die Schwester. »Milde Hypothermie, Erfrierungen an drei Fingern und eine Gehirnerschütterung. Es hätte wesentlich schlimmer sein können. Sie wären fast überfahren worden.«

Die Schwester drehte sich um und verließ mit quietschenden Schritten auf dem Linoleumboden den Raum.

Kat holte Jaces Hemd heraus und durchsuchte die Taschen. Auch nichts. Jetzt blieb nur noch seine Jeanshose. Sie hob sie aus der Schublade und steckte die Hand in eine Gesäßtasche. Dort fand sie ganz tief unten eine vierfach gefaltete Kopie des Sitzungsprotokolls des World Institute. Die anderen Dokumente fehlten. Landers oder Nathan Barron hatten sie wahrscheinlich an sich gerissen. Wer von den beiden spielte keine Rolle, da sie wahrscheinlich Mitverschwörer waren.

»Ich hatte eine Auseinandersetzung mit Nathan und Victoria.« Kat erzählte von den Ereignissen. »Landers stand nur da und tat nichts.«

»Die Ex-Frau deines Klienten?«

Kat nickte und ihr wurde klar, dass Jace eigentlich gar nicht wusste, wie Victoria aussah. Sie erklärte Victoria und Nathans Beziehung.

»Jetzt erinnere ich mich«, sagte er. »Sie war mit Nathan zusammen. Ich wusste gar nicht, dass sie Russin ist.«

»Russin?«

»Ja? Hat Angelika nicht einen russischen Akzent?«

»Angelika? Du meinst das Zimmermädchen im Tides Resort?«.

»Sie hat mir die Spritze gesetzt.« Er rieb sich den verletzten Arm. »Sie war mit Nathan im Zimmer. Und Roger.« Jace kniff die Augen zusammen. »Dieser Verräter.«

»Angelika?« Ist das Zimmermädchen deswegen so früh am Morgen in ihr Zimmer eingedrungen? Sie hatte nach etwas oder nach jemandem gesucht.

Jace nickte. »Hab ich doch gesagt.«

Svensson und Angelika. Angelika und Nathan. War Nathan in Svenssons Mord verwickelt?

Die Krankenschwester kam mit einem Pappbecher und einigen Pillen zurück.

Jace lächelte, als er die Pillen schluckte. Was auch immer die Pillen enthielten, machten ihn blind gegenüber dem World Institute, dem *Sentinel* und seinem Artikel.

Kats Puls beschleunigte sich. Die Prepaid-Kreditkarten. Nathan hatte ein Bündel davon gehabt und eine vom gleichen Typ wie diese steckte in der Uniform des Zimmermädchens. Eine Uniform in Angelikas Größe. War es eine Zahlungsweise? Wenn ja, wurden noch andere Leistungen erbracht?

Die Schwester unterbrach ihren Gedankengang. »Er wird noch eine Weile hierbleiben.«

Es war die beste Nachricht, die Kat seit langem gehört hatte.

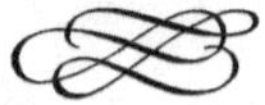

KAPITEL 59

Kat erreichte Harrys Haus erst nach Mittag. Es lag jede Menge Schnee auf dem vorderen Gehsteig, während alle Nachbarn alle Gehwege feinsäuberlich gefegt hatten. Sie stieg die vordere Treppe hinauf und klopfte. Mit etwas Glück hatte Hillary noch nicht den Kühlschrank geleert und sie könnte diesen angeblich vergifteten Orangensaft an sich nehmen. Aber es musste eine andere Erklärung dazu geben. Lebensmittelvergiftung vielleicht? Sie wollte den Saft testen lassen, um sicher zu gehen, dass Dr Konig mit ihrer Theorie recht hatte. Wenn der Saft verdorben wurde, dann war auch sie vergiftet worden.

Keine Reaktion. Kat stieß einen Seufzer der Erleichterung aus. Hoffentlich hatte Hillary das Haus noch nicht an das Paar oder an andere Personen verkauft. Es war sehr unwahrscheinlich, dass der Verkauf so schnell abgeschlossen würde, aber nichts war unmöglich bei Hillary. Vor allem, wenn sie dringend Bargeld brauchte.

Das Blockieren von Hillarys Bargeldversorgung war katastrophal. Dieser Umstand hat Hillary zurückgebracht, Harry finanziell ruiniert und ihm fast das Leben gekostet. Wenn Kat nicht Hillarys Zugang zum Bankkonto und zu den Kreditkarten kurzgeschlossen hätte, wäre das alles nicht geschehen. Es war alles ihre Schuld. Aber ist ihr etwas anderes übrig geblieben?

Sie hatte Angst hineinzugehen. Stattdessen klopfte sie erneut und zwang sich, noch eine Minute zu warten. Immer noch keine Reaktion. Sie lehnte sich gegen die Tür und hörte auf irgendein Anzeichen von Aktivität.

Harrys Diagnose einer akuten Vergiftung war so unfassbar. Da sie und Jace während des Zeitraums der Vergiftung zusammen in Hideway Bay gewesen waren, kam nur Hillary als Täterin infrage. Warum also wurde sie nicht verdächtigt? Wie hatte sie es geschafft, Harry unbeaufsichtigt zu besuchen? Es sei denn, sie hätte sich eine Geschichte zusammengebraut, in die sie Kat verwickelt hatte.

Kat schüttelte sich. Harry war in unmittelbarer Gefahr, da Hillary im Krankenhaus noch uneingeschränkten Zugang zu ihm hatte. Es gab einfach keine andere Erklärung als dass Hillary ihm das Gift verabreicht hat.

Kat spähte durch das Seitenfenster, während sie auf Harrys Veranda wartete. Immer noch keine Antwort und kein Zeichen von Aktivität durch die transparenten Vorhänge zu sehen. Das war gut.

Kat stieg die Treppe hinab und ging über den Gehsteig zur Rückseite des Hauses. Es waren keine Spuren im Schnee. Niemand war seit letzter Nacht gegangen oder gekommen.

Sie warf einen Blick durch das Küchenfenster. Ausgestorben. Keine Möbel, genauso, wie sie die Wohnung bei ihrem letzten Besuch angetroffen hatte. Selbst das gestapelte Geschirr neben dem Waschbecken war unberührt. Sie drehte den Schlüssel im Schloss um und ging hinein.

Sie ging schnurstracks auf den Kühlschrank zu und verzog das Gesicht, als sie sich an den Orangensaft mit dem beißenden Nachgeschmack erinnerte. Es wäre ihr überhaupt nicht in den Sinn gekommen, dass der Saft vergiftet und nicht einfach nur verdorben war. Sowohl ihr als auch Harry war kurz nach dem Frühstück mit dem Orangensaft übel geworden. Sie hatte nur einen Schluck getrunken, was die geringeren Vergiftungsanzeichen erklären könnte. Aber die Übelkeit nach dem Schluck war unverkennbar. Zusammen mit dem bitteren Geschmack. Kat erkannte, dass sie Harrys Orangensaft schon seit mehreren Wochen nicht mehr gemischt hatte. Er war bereits zubereitet gewesen, denn es stand eine volle Karaffe im Kühlschrank. Dies trotz der Tatsache, dass Harry nichts gegessen, nichts abgewaschen und keine Lebensmittel weggeräumt hatte.

Und während dieser Zeit hatte Harry über Magenschmerzen geklagt, aber sein Arzt hatte es ignoriert und sich auf seine Alzheimer-Diagnose konzentriert. Vergiftung erklärt so Einiges – seine Blässe, die Schweißausbrüche und das allgemeine Unwohlsein. Seine Symptome schwankten und waren nicht mit Grippe-Symptomen vergleichbar. Aber würde Hillary so weit gehen, Harry zu vergiften? Welche andere Erklärung gab es?

Kat öffnete den Kühlschrank. Die Regale waren leer. Wo sonst könnte sie nachsehen?

Kat fluchte leise vor sich hin.

Zweifellos hatte Hillary sofort nach Harrys Diagnose alle Beweise zerstört. Aber die Ergebnisse waren erst heute morgen gekommen. Das Fehlen von Spuren im Schnee Spuren bedeutete, dass die Flasche noch vor dem Schneefall der letzten Nacht entsorgt worden war.

Kat holte ihr Handy heraus und rief Connor Whitehall an. Sie brauchte unbedingt jemanden zum Reden. Jemand, der sie verstehen würde. Aber sie erreichte nur Connors Voicemail. Sie hinterließ keine Nachricht. Stattdessen fiel sie auf dem Küchenboden auf die Knie und vergrub ihr Gesicht in den Händen.

Sie hatte keine Ideen mehr, aber sie musste unbedingt etwas tun. Vergiftung schien weit hergeholt, doch das Krankenhaus hatte diese Diagnose bestätigt. Sie fühlte sich, als ob sie an einer dieser seltsamen Reality-TV-Shows teilnehmen würde, ohne es zu wissen.

Sie könnte eine Gegendiagnose von einem anderen Arzt anfordern und Harry noch einmal untersuchen lassen. Aber sie glaubte ja selbst an die Diagnose der Krankenhausärztin. Gift ergab einen Sinn. Das Problem war, dass sie Kat verdächtigten und noch nicht einmal nach einem anderen Schuldigen suchten;

Vielleicht war die Saftkaraffe im Mülleimer? Kat stand so schnell auf, dass ihr schwindlig wurde.

Nachdem sich ihr Kreislauf stabilisiert hatte, durchsuchte sie die Küchenabfälle.

Leer.

Sie öffnete die Küchentür und lief die Hintertreppe hinunter. An der Mülltonne angelangt hob sie den Deckel ab. Selbst in der Kälte wehte ihr der beißende Geruch von verwesendem Müll entgegen. Sie öffnete das Garagentor und schnappte sich Harrys Gartenhandschuh aus der Werkbank.

Dann machte sie sich an die unangenehme Aufgabe, die volle Mülltonne zu durchwühlen. Sie steckte ihre Hand hinein und durchsuchte Schicht für Schicht vermoderte Papiertüten und verschmutzte Plastikbeutel. Es dauerte nicht lange und eine Glasscherbe durchbohrte ihren Leinenhandschuh.

Sie hob die obersten Schichten vom Haufen ab und warf sie auf den Mülltonnendeckel auf dem Boden. Ein Viertel davon war ein Haufen Glasscherben. Es war die zerbrochene Orangensaftkaraffe.

Und jetzt? Selbst wenn sie den Behälter untersuchen lassen würde, wie würde ihr das weiterhelfen? Während es die Verdächtigungen der Ärztin erhärten könnte, würde es sicherlich nicht ihre Unschuld beweisen. Schlimmer noch, es inkriminierte sie wahrscheinlich noch mehr, da nur sie für das Krankenhaus als Täterin infrage kam. Jedenfalls dachte sie, es wäre besser, sie aufzuheben, anstatt die Mülldeponie zu verseuchen. Sie holte die einzelnen Scherben heraus und warf sie in einen Behälter.

Sie könnte Connor Whitehall um Rat fragen, was sie als Nächstes tun sollte.

Kat hatte den Eindruck, beobachtet zu werden und und sah Mrs Brantford auf der anderen Seite der Gasse stehen. Harrys Nachbarin stand an ihrem offenen Tor und beobachtete Kat mit einer Mischung aus Argwohn und Neugier.

Kat winkte ihr zu.

Mrs Brantford hob langsam ihren Arm hoch und blickte verunsichert drein. Sie winkte in Zeitlupe, kehrte um und schloss das Tor hinter sich.

Seltsam. Im Allgemeinen kam Mrs Brantford auf einen Plausch

herüber. Aber sie hatte sowieso keine Zeit zu verlieren. Sie kehrte in die Garage zurück und suchte nach einem geeigneten Behältnis, in das sie das zerbrochene Glas legen konnte. Sie fand einen kleinen Karton im Regal und als sie ihn mit etwas Mühe herunterzog, entdeckte sie auf der Werkbank drei Einkaufstüten vom hiesigen Gartenmarkt. Sie war sicher, dass sie neulich noch nicht dort gestanden haben.

Sie warf einen Blick in eine der Tüten. Fast ein Kilo schwere Päckchen mit Pestiziden. Sie nahm eines der Päckchen heraus und plötzlich fiel ihr das Giftsymbol mit dem Totenkopf auf. Benutzte Harry neuerdings Chemikalien in seinem Garten? Sie konnte sich nicht daran erinnern. Auf jeden Fall reichten sechs Päckchen aus, um alles auf einem kleinen Bauernhof zu töten, geschweige denn auf einem kleinen Vorstadtgarten.

Sie untersuchte die Quittung. Die Pestizide waren vor 2 Wochen gekauft worden, kurz vor Ladenschluss. Wo war Harry zu diesem Zeitpunkt? Hatte er die Pestizide gekauft? Sie bezweifelte es. Der Gartenmarkt war eine halbe Stunde mit dem Auto entfernt und sein Garagentor war zu diesem Zeitpunkt bereits deaktiviert. Das bedeutete, dass er niemals in der Lage gewesen wäre, den Lincoln aus der Garage zu bekommen. Der Kauf wurde um Abendessenszeit gemacht, aber da war er mit ihr und Jace zusammen.

Sie überflog das Etikett. Direkt unter dem Giftsymbol war die Liste mit der Zusammensetzung, alles unbekannte und unaussprechliche chemischen Bezeichnungen. Sie hatte noch nie von einer davon gehört.

Sie steckte die Quittung des Gartenmarkts in ihre Tasche. Wer zum Teufel kauft Pestizide im Dezember?

KAPITEL 60

Kat erreichte **Connor Whitehalls** Büro gerade noch kurz vor fünf. Sie raste an der Rezeptionistin vorbei und stürmte direkt in Connors Büro.

»Sie müssen mir helfen. Ich bin mir sicher, dass Hillary versucht hat, Harry zu vergiften.« Sie plumpste auf den Stuhl gegenüber von seinem Schreibtisch und stellte sich genauso schnell wieder hin.

Connor sah vom Computerbildschirm hoch. Er drehte sich um und betrachtete sie. »Nun, Ihnen auch einen guten Tag. Das ist eine starke Anschuldigung. Sind Sie sicher?«

Kat erzählte ihm von ihrem Verdacht mit dem Orangensaft und Hillary. »Das einzige Problem ist – er ist weg. Der einzige Beweis, den ich habe sind diese Glasscherben.« Sie hatte nicht das Pestizid erwähnt, weil sie sicher sein wollte, bevor Sie eine solche Anschuldigung machte. Sie würde erst einmal in den Gartenmarkt fahren. Vielleicht konnte sie herausfinden, wer es gekauft hat.

Sie reichte ihm den Karton mit der zerbrochenen Orangensaftkaraffe. Er enthielt mehrere zwei Zentimeter große Stücke des Glases zusammen mit einem Teil des Kunststoffgriffs. »Ich denke, sie versucht, ihn umzubringen.«

»Sie brauchen mehr Beweise als das hier.«

»Der Beweis liegt im Motiv, Connor. Sie braucht dringend Geld und Harry geht ihr auf den Geist. Sie will ihn aus dem Weg räumen. So kann sie bekommen, was noch von seinem Anwesen übrig ist.«

Connor schüttelte den Kopf. »Reicht nicht Wenn diese Stücke aus Glas auf Fingerabdrücke analysiert würden, wessen wären drauf? Wahrscheinlich Ihre, Harrys und Hillarys. Genau das, was man erwarten kann, wenn man ein Glas Saft eingießt. Sie brauchen umfangreichere Beweise, dass Hillary die Hand im Spiel hatte.«

»Aber wie? Ich bin mit meinem Latein am Ende.«

»Ich weiß nicht genau. Aber ich bin zuversichtlich, dass Sie einen Weg finden. Sie müssen. Das Krankenhaus wird wahrscheinlich Strafanzeige gegen Sie erstatten.«

»Verdächtigungen sind keine Fakten. Es gibt auch nichts, was mich eindeutig als Täterin überführt.«

Connor winkte ab. »Harry ist die ganze Zeit um Sie herum. Sie bereiten seine Mahlzeiten zu und nach Ihren eigenen Angaben ist Hillary nie da. Nähe ist Verdachtsmoment genug, um Sie zu beschuldigen. Was mich zum nächsten Problem führt. Ich bin kein Strafverteidiger. Wenn man Strafanzeige gegen Sie stellt, brauchen Sie einen guten, der Sie verteidigt.«

»Ich kann es einfach nicht glauben. Ich bin die Einzige, die Harry pflegt und auf ihn aufpasst, damit ihm nichts passiert. Und aus diesem Grunde beschuldigt man mich der Vergiftung!« Kat sprang vom Stuhl auf. »Das ist nicht fair!«

Connor winkte sie auf den Stuhl zurück. »Beruhigen Sie sich. Noch hat man keine Klage gegen Sie erhoben. Das medizinische Personal möchte das zwar, aber auch sie brauchen mehr als nur einen Verdacht, um jemanden zu beschuldigen. Ich bereite Sie nur auf das vor, was als Nächstes kommen könnte.«

Kat setzte sich. »Aber sie übersehen Hillary völlig. Warum werden denn ihre Besuche nicht überwacht? Sollten sie denn nicht alle Besuche als Vorsichtsmaßnahme überwachen?«

»Wahrscheinlich, aber niemand hat ihnen einen Grund gegeben, dies zu tun. Und irgendwie lenkt die Ärztin den Verdacht auf Sie. Haben Sie ihn vergiftet?« Whitehall schaute über seine Brille.

»Natürlich nicht!« Kat sprang wütend auf und stieß ein Glas mit Wasser um, das am Schreibtischrand stand. »Wie können Sie nur so etwas sagen?«

»Ich entschuldige mich, aber ich muss das fragen.« Connor stand auf und griff ein Golf-Shirt von seiner Garderobe. Er saugte das Wasser mit dem T-Shirt auf und warf es auf den Boden. »Sie müssen sich unbedingt beruhigen, Kat. Das macht die Angelegenheit nur noch schlimmer.«

»Entschuldigung.« Connor hatte recht. »Das mit dem Wasser tut mir leid.«

Er winkte ab. »Ich habe heute einen der Ärzte ins Krankenhaus geschickt, um Harry zu untersuchen. Es scheint ihm sichtlich besser zu gehen.«

»Weil Hillary ihn dort nicht vergiften kann.« Kat beugte sich vor und stützte die Ellenbogen auf den Schreibtisch. »Ich weiß, wie verrückt das klingt. Selbst ich kann nicht glauben, dass Harry vergiftet worden ist. Aber ich habe es nicht getan, und wer immer es getan hat, muss gefasst werden. Warum schiebt mir Ärztin das in die Schuhe?«

»Sie sind offensichtlich verdächtig. Sie haben ihn ins Krankenhaus gebracht. Sie haben selbst gesagt, dass Sie sich um ihn kümmern. Harry ist den ganzen Tag mit Ihnen im Büro zusammen und auch noch danach. Fast rund um die Uhr.«

»Das geht nicht anders. Harry darf man nicht allein lassen, Connor. Sie haben doch seinen Zustand selbst gesehen.«

»Ich weiß. Aber man kann den Verdacht der Ärztin verstehen. Sie muss auf Nummer Sicher gehen, wenn es ihre Patienten betrifft. Ganz gleich – ich konnte mit Harry über seine geistigen Fähig-keiten reden. Er behauptet stur und steif, dass er völlig in Ordnung ist.«

»Natürlich sagt er das. Er kapiert ja nicht, was los ist.« Kat schluckte den Klumpen in ihrer Kehle runter. Das war alles ein Teufelskreis.

»Immerhin hat er einer medizinischen Einschätzung zugestimmt. Um zu beweisen, dass diese Ärzte unrecht haben, so wie er es ausdrückte. Ich werde versuchen, das Resultat noch vor Ende der Woche zu bekommen.«

»So lange kann er nicht warten. Er ist verarmt, Connor. Ziemlich ernste Folgen für einen Familienzank. Niemand nimmt den finanziellen Missbrauch ernst. Wieso?« Hillary hat Harry zwar nicht mit vorgehaltener Waffe dazu gezwungen, aber sie ihn gleichermaßen genötigt und beraubt.

»Es ist nicht so, dass sie es nicht ernst nehmen würden, Kat. Es ist nur so, dass die Beweislast auf dem Opfer liegt.«

»Ein Opfer, das sich nicht mehr um sich selbst kümmern kann? Das ist so unfair.« Kat fühlte sich hilflos. Sie kann nichts tun, um das Haus zu retten, da Harry zum Zeitpunkt der offiziellen Übertragung des Eigentums nicht offiziell geschäftsuntüchtig war. Die gefälschte Unterschrift war eine Möglichkeit, aber die Anklage und ein Gerichtstermin waren in ferner Zukunft. Bis dahin wäre Hillary schon über alle Berge.

»Sicher kann die Polizei etwas tun.«

»Kat, Sie haben selbst gesagt, dass es keinen konkreten Beweis gibt.«

Kat schlug die Hände über den Kopf zusammen. »Er hat sein Haus verloren, Connor. Sein Bankkonto ist leer geräumt worden und er hat Darlehen, die er niemals zurückzahlen kann. Hillary gehört jetzt das Haus. Sie fährt einen Porsche und trägt den Schmuck, den er bezahlt hat. Schauen Sie selbst, wer davon profitiert. Wie offensichtlich muss das Motiv sein?«

»Ich weiß. Aber die Gerichte sind nicht schwarz und weiß. Das wissen Sie doch selbst. Sie benötigen einen handfesten Fall mit dem Beweis, dass sie ohne sein Wissen oder seine Zustimmung das Geld genommen hat. Oder Sie beweisen, dass er aufgrund seiner geistigen Unfähigkeit nicht in der Lage war, seine Zustimmung zu geben. Lassen Sie sich nicht durch Ihre Emotionen leiten, die nur Ihr Urteilsvermögen trüben.«

»Aber er hat nicht die Fähigkeit, zu verstehen, was er tut. Sie hat ihn ruiniert.«

Kann schon sein. Aber wir können etwas unternehmen, nachdem er offiziell als geistig unzurechnungsfähig erklärt worden ist.«

»Also bis zu diesem Zeitpunkt ist alles verloren? Sein Geld, sein Haus, alles? Ich kann es einfach nicht glauben. Wie kann das Gesetz so ungerecht sein?«

»Es könnte ungerecht erscheinen. Aber wir können nicht in die Vergangenheit zurückgehen und seine geistige Unfähigkeit in dieser Zeit oder an einem bestimmten Zeitpunkt beurteilen. Zu dieser Zeit gab es keine objektive Beurteilung seines Zustandes. Egal, an welchen Geisteszustand Sie sich erinnern. Ohne eine qualifizierte Beurteilung des Arztes, handelt es sich derzeit nur um eine persönliche Meinung.« Er tätschelte ihr die Hand. »Es tut mir leid. wirklich.«

Harrys Geld war weg, und jetzt war auch noch seine Gesundheit in Gefahr. Wie lange würde es dauern, was musste man tun, um Hillary zu stoppen? Wenn ihr niemand helfen würde, müsste sie es auf die harte Art und Weise tun. Der einzige Weg, ihre Unschuld zu beweisen, war, Hillarys Schuld zu beweisen.

KAPITEL 61

Zehn Minuten später parkte Kat auf dem Kiesparkplatz des Gartenmarkts. Es standen nur noch zwei andere Autos auf dem Parkplatz. Wer kaufte Pflanzen und Gartenbedarf im toten Winter?

Der Kies knirschte unter ihren Füßen, während Sie zur Eingangstür ging. Eine Windbö peitschte auf und prallte an ein zerrissenes Banner vor dem Ladenfenster. Sie öffnete ihre Jacke und ging hinein.

»Kann ich Ihnen helfen?«

Es war scheinbar nicht viel los im Laden. Die Frau um die fünfzig pöbelte sie schon an, obwohl sie noch gar nicht im Laden war. Sie trug ein grünes Golf-Shirt mit dem Logo des Gartenmarkts und einem Namensschild auf dem *Rosemary* stand. Sie wischte sich die Hände an den Oberschenkeln der locker sitzenden Jeans ab und lächelte Kat an.

Kat lächelte zurück und zog den Kassenbon aus ihrer Tasche. »Eigentlich schon. Ich bin auf der Suche nach Informationen.«

Rosemary runzelte die Stirn. »Ich fürchte, das ist grundsätzlich vom Umtausch ausgeschlossen. Das vierzehntägige Rückgaberecht ist bereits abgelaufen.« Ihre Augen suchten nach Kats Reaktion.

»Ich will es nicht umtauschen– ich frage mich nur, an wen sie es verkauft haben.« Kat hielt ihr den Kassenbon hin.

»Welchen Unterschied macht das?« Dennoch nahm Rosemary den Kassenbon. Sie zog die Brille vom Kopf nach unten und betrachtete ihn. »Ja, ich habe den Artikel selbst in die Kasse eingetippt. Ich erinnere mich an diesen Tag.«

Kats Hoffnung wuchs. »Erinnern Sie sich an die Person, die diesen Artikel gekauft hat?«

»Normalerweise nicht. Aber diese eine, an diese Person erinnere ich mich – an diesem Tag hatte ich Hochzeitstag. Ich habe den Laden ein wenig früher geschlossen. Eine Frau stürzte hinein – ich hatte noch nicht zugesperrt. Ich sagte ihr, wir hätten geschlossen, aber sie ignorierte mich. Sie wollte den Laden nicht verlassen, also gab ich auf. Sie kam bereits fünf Minuten später mit dem Produkt in der Hand und ich hatte meine Kasse noch nicht geschlossen. Also kassierte ich es ein. Es war der einfachste Weg, sie loszuwerden.«

Kat holte ein Foto von Hillary heraus. »Ist das die Frau, die Sie gesehen haben?«

»Ähem ... könnte sein. Vielleicht auch nicht. Ich kann mir Gesichter nicht gut behalten. Ich kann es nicht mit Sicherheit sagen.«

»Okay.« Kat ließ die Schultern hängen und ihre Hoffnung schwand dahin. Sie dankte Rosemary und ging zur Tür. Und da entdeckte sie es.

Der Gartenmarkt hatte eine Überwachungskamera, direkt über der Tür. Sie drehte sich um und zeigte auf die Kamera. »Rosemary, ist die Kamera die ganze Zeit an?«

»Eigentlich schon. Wieso?«

»Ich untersuche in einem Betrugsfall. Bitte speichern Sie das Material – nichts löschen. Es könnte für den Fall von Bedeutung sein.«

Rosemarys Augen weiteten sich. »Was für eine Art von Fall? Ein Kriminalfall?«

»Ja.« Es war nicht gerade eine Lüge. Soweit es Kat anging, war Hillary ein Verbrecher. Und Rosemary hatte nicht ausdrücklich gefragt, ob sie von der Polizei sei. Sie hatte auch nicht die Absicht, ihr das zu erläutern. »Jemand könnte in Gefahr sein. Ich nehme doch nicht an, dass – nein.«

»Was annehmen?« Rosemarys Augen leuchteten.

Genau das Funkeln, auf das Kat gewartet hatte.

Kat tippte auf ihre Uhr. »Nun, ich bin im Wettlauf gegen die Zeit, und ich habe mehrere Spuren zu verfolgen. Wenn ich nur einen kurzen Blick auf Ihre Videoaufzeichnungen werfen könnte, damit ich diese hier ausschließen kann. Aber egal, ich will Sie nicht in Schwierigkeiten bringen oder in etwas mit hineinziehen.«

Kat stieß einen tiefen Seufzer aus, in der Hoffnung Rosemarys Mitgefühl anzufachen.

Es funktionierte.

»Kein Problem. Ich bin die Besitzerin, also kann ich tun und lassen, was ich will. Es ist sowieso heute nichts los. Wir können die Aufnahmen auf meinem Computer ansehen.« Sie winkte Kat durch die Blumenabteilung zu einem Schreibtisch.

Knapp eine Minute später saßen sie vor Rosemarys Computer. Rosemary rief in nur wenigen Mausklicks ein Programm auf und sie schauten sich die Aufnahmen vom besagten Tag an. Noch so ein Tag, an dem die Geschäfte im Gartenmarkt nicht florierten. Rosemary gab den Film im Schnelldurchlauf wieder. Die Türen öffneten und schlossen sich, Leute kamen und gingen in schneller Bewegung. Weniger als ein Dutzend Kunden. Genau das, was man im Dezember erwarten kann.

»Halt. Gehen Sie eine Minute zurück.« Die letzte Frau war verschwommen, aber sie hatte etwas, das Kat bekannt vorkam. Kats Puls beschleunigte sich.

Rosemary verlangsamte die Aufnahmen.

Der Ton auf dem Band war verstümmelt, aber das Bild war klar. Eine Frau in Schwarz betrat den Laden und ging nach hinten. Rosemary folgte ihr und deutete auf die Tür und sagte etwas, das Kat nicht verstand. Wahrscheinlich protestierte sie, weil der Laden geschlossen wäre. Der Rücken der Frau stand zur Kamera und sie trug einen langen Mantel. Hillary trug immer schwarz.

Innerhalb der nächsten Minuten ging niemand in den Laden

hinein, niemand hinaus. Rosemary spulte das Band bis zu der Stelle vor, an der die Gestalt auf dem Weg zur Kasse war. Sie schob einen Einkaufswagen mit Tüten der gleichen Größe und Farbe wie die Pestizidtüten in Harrys Garage.

»Jetzt erinnere ich mich«, sagte sie. »Sie war anders gekleidet, wissen Sie? Die meisten Hobbygärtnerinnen tragen keine Highheels. Gelegentlich vielleicht mal eine, die schnell in der Mittagspause vorbeikommt oder auf dem Heimweg nach der Arbeit. Aber das war kurz vor Ladenschluss. Noch etwas – absolut niemand kauft Pestizide im Dezember.«

»Für was wird dieses Pestizid verwendet?«

»Es hat ein breites Wirkungsspektrum, was bedeutet, dass es alles tötet, ganz gleich was. Aber um etwas so Starkes zu verwenden, müssen Sie schon einen ziemlich starken Befall haben. Es tötet absolut alles, was damit in Berührung kommt.«

Kat schüttelte sich. »Sogar Menschen?«

Rosemarys Kinnlade klappte herunter. »Es ist Gift. Ist jemand gestorben?«

»Fast. Könnte ich vielleicht ich eine Kopie dieser Aufnahme haben?«

Nachdem sie es endlich durch den Stau in der Rushhour geschafft hatte, nach Hause zu kommen, saß Kat nun in ihrem Arbeitszimmer und fragte sich, wie sie das Pestizid in Harrys toxikologischen Bericht integrieren konnte. Einen Bericht hatte sie eigentlich nicht. Sie hatte eine CD-Kopie des Überwachungsbandes vom Gartenmarkt.

Hillary auf dem Band zu finden und zu sehen, wie sie das Pestizid kaufte, brachte sie einen großen Schritt voran. Es war zwar noch nicht genug, um Hillary anzuzeigen, aber es reichte aus, um sie zum

Reagieren zu bringen. Kat wollte, dass sie für ihre Handlungen verurteilt wird.

Am Vormittag würde sie Connor Whitehall in seiner Kanzlei aufsuchen, um ihm die Aufnahmen zu zeigen und über die nächsten Schritte zu diskutieren. Reichte der Kassenbon als Beweis aus? Auf keinen Fall wollte sie ihn einfach so der Polizei übergeben. Nach allem, was in Hideaway Bay passiert war, hatte sie kein Vertrauen mehr zur Polizei.

Nun konzentrierte sie sich wieder auf das Pestizid. Einen Bestandteil nach dem anderen, der auf dem Etikett stand, tippte sie in den Computer ein. Am liebsten wäre sie mit ihrem Verdacht sofort ins Krankenhaus gerast und zur Polizei, aber es war ihr bewusst, dass sie zunächst handfeste Beweise sammeln musste. Sonst würde ihr niemand glauben.

Obwohl sie ihr bekannt waren, schockierten sie die Hinweise auf dem Etikett:

Bitte kontaktieren Sie sofort die Giftnotrufzentrale und suchen Sie sofort ärztliche Hilfe auf, wenn das Produkt eingenommen, eingeatmet wurde oder mit Haut, Augen oder Schleimhäuten in Berührung gekommen ist. Es besteht Erblindungsgefahr.

Durch Verschlucken können gastrointestinale Beschwerden wie Magenkrämpfe, Übelkeit, Erbrechen, Blässe, Schwindel, Ohnmacht, epileptische Anfälle, Verwirrtheit, Delirium oder der Tod hervorgerufen werden.

Kat konzentrierte sich auf das letzte Wort. Die Zeit lief ihr davon. Und Harrys auch.

KAPITEL 62

Im strömenden Regen rannte Kat zu Harrys Haus. Nach dem Vorfall mit dem Schneepflug vermied sie es so gut es ging, mit Jaces Pick-up zu fahren. Allein der Gedanke an diesen gezielten Angriff auf ihren Wagen gruselte sie. Sie sprintete um die Ecke und war erleichtert, dass Hillarys schwarzer Porsche nicht davor stand. Es war auch weder Harrys Lincoln noch irgendein anderes Auto zu sehen.

Hoffentlich war es nicht zu spät. Sie verfluchte sich dafür, dass sie das Pestizid in Harrys Haus gelassen hatte. Ein großer Fehltritt, da es ein zusätzlicher potenzieller Beweis für die Ursache von Harrys Vergiftung war. Was tun, wenn es verschwunden wäre? Der Kassenbon allein reichte nicht als Beweis aus, dass jemand versucht hat, ihm zu schaden. Das Pestizid in Harrys Haus zu lassen bedeutete auch reichliche Versorgung für zukünftige Vergiftungen. Was hatte sie sich bloß dabei gedacht?

Hillary wäre schon lange über alle Berge, natürlich mit Harrys Geld, seiner Kreditlinie und allem anderen. Einschließlich seines Hauses, seinem letzten Wertgegenstand. Und sein Leben hing auch an einem seidenen Faden.

Kat fragte sich, warum Hillary einen solch extremen Schritt gehen würde. Sie hatte doch bereits sein ganzes Geld und sein Haus. Steckt mehr dahinter?

Plötzlich fiel ihr ein, dass es noch etwas anderes gab. Harry hatte eine Lebensversicherung. Sie raste die Einfahrt in Richtung Garage hinunter. Hillary würde nicht damit davonkommen. Nicht, wenn sie es verhindern könnte.

Der gefrierende Regen prasselte laut und hart herab und spritzte Schlamm auf ihre Laufschuhe. Kat zitterte und wünschte sich, sie hätte etwas Wasserdichtes angezogen.

Sie landete in einer Pfütze und zuckte zusammen, als das kalte Wasser in ihre Schuhe sickerte. Sie machten komische Geräusche während sie die letzten Stufen die Einfahrt zum Garagentor hinauf joggte. Sie steckte ihre gefrorenen Finger in die Tasche und fischte den Schlüssel heraus. Mit klammen Fingern versuchte sie, das rostige Schloss zu öffnen. Schließlich drehte es sich.

Sie öffnete die Garage und hing das Vorhängeschloss an den Türriegel. Sie seufzte erleichtert auf, als sie die Pestizidtüten noch unberührt auf dem Regal über der Werkbank stehen sah. Sie zögerte, war sich unsicher. War dies ein Tatort? Wenn ja, war das Entfernen der Tüte, Manipulation von Beweismaterial? Aber sie konnte es nicht zulassen, dass sich irgendjemand daran zu schaffen machte.

Der donnernde Regen stieg zusehends an, als sie die Garage betrat. Er übertönte ihre Gedanken wie das Crescendo eines Dirigenten. Kat warf einen Blick auf das offene Garagentor. Es war schwarz draußen, mit der Ausnahme des kalten Natriumlichts der Straßenlaterne. Der Regen glitzerte in der Beleuchtung und prallte wie leuchtende Pfeile auf den Boden. Sie sollte sich beeilen, sonst würde sie noch erfrieren.

Nun stellte sich die Frage: Pestizide mitnehmen oder Tüten hierlassen?

Am Ende beschloss sie, alles mitzunehmen. Natürlich könnte Hillary einfach eine neue Tüte kaufen, aber zumindest hatte sie die Giftquelle entfernt und Beweise aufbewahrt. Sie holte die Tüten eine nach der anderen herunter stellte sie auf die Werkbank.

Beweismittel. Sie starrte auf ihre Hände. Auch sie hatte die Tüten berührt.

Aber das Wichtigste war, das Gift zu entfernen. Vielleicht konnte sie diese speziellen Tüten irgendwie mit dem Video vom Gartenmarkt in Verbindung bringen. Die Seriennummern konnten Daten zugeordnet werden, usw. Natürlich beruhte diese Pestizidgeschichte nur auf ihrer Intuition. Nichts war damit bewiesen.

Sie bereute, dass sie nicht mit dem Pick-up gefahren ist. Der Gedanke, fünf Kilo Pestizide über mehrere hundert Meter hinweg zu schleppen, war nicht gerade ermutigend. Sie durchsuchte die Schubladen und Kisten in Harrys Garage nach einem Plastikbeutel, um die Tüten vor dem Regen zu schützen. Plastik würde auch die Fingerabdrücke auf der Tüte erhalten. Natürlich auch ihre eigenen.

Sie bückte sich und durchwühlte einen Eimer mit Plastikbeuteln.

Plötzlich blockierte ein Schatten das Licht von außen und Kat drehte sich zur Tür um.

»Was machst du denn hier?« Hillary Stimme war unverkennbar.

Kat erhob sich und sah Hillary ins Gesicht. Sie hätte sich ohrfeigen können, nicht daran gedacht zu haben, dass Hillary hier früher oder später auftauchen würde, um das Gift zu beseitigen. Und um ihre Spuren zu verwischen.

»Antworte mir! Warum bist du hier, Kat? Das ist nicht dein Haus.« Hillary stand mit verschränkten Armen an der Tür. Sie trug Jeans, Stiefel und einen schwarzen Pullover. »Du gehörst nicht hierher.«

»Ich – äh – ich habe gerade etwas für Harry geprüft.« Kat zitterte.

Hillary prustete, als sie die Garage betrat. »Geprüft? Was hast du geprüft? Harry braucht nichts. Sicherlich nicht von dir«

Kat warf einen Blick auf die Werkbank, und war froh, dass sie den Beutel noch nicht genommen hatte. Wenigstens hätte Hillary keine Ahnung, dass sie nach dem Pestizid gesucht hat. »Warum bist du hier, Hillary? Das ist auch nicht dein Haus.«

Hillary grinste, sagte aber nichts. Stattdessen schüttelte sie ihre Plastikwasserflasche und stolzierte in Richtung Werkbank.

»Ich habe keine Zeit für deine lächerlichen Anschuldigungen, Kat. Ich habe genug eigene Probleme, ohne dass du auf mir herumstocherst.« Hillary warf einen Blick auf ihre Uhr.

»Da wette ich was drauf, dass du die hast. Bist du spät dran? Oder vielleicht entwickeln sich die Dinge nicht so schnell, wie du gehofft hast?«

Hillary ließ die Wasserflasche, direkt neben der Pestizidtüte auf die Werkbank fallen.

Hillary trug Gartenhandschuhe. Hatte Hillary sie getragen, als sie Harry das Gift verabreichte?

Kat dachte an das Video vom Gartenmarkt. Auch an diesem Tag hatte Hillary Handschuhe getragen. Waren Kats Fingerabdrücke die einzigen auf der Pestizidtüte?

Sie schauderte. Vielleicht war sie einfach nur paranoid. Der Besuch im Gartenmarkt war eine Anomalie, die man nicht verleugnen konnte. Hillary hatte nie etwas mit Gärtnern am Hut gehabt. Sie war sicherlich nicht der Mensch, der etwas wachsen und gedeihen ließ, mit Ausnahme von Übel. Sie tötete alles.

»Ich denke, du solltest jetzt gehen.«, sagte Hillary.

»Ich gehe nirgendwo hin.« Kat blieb standhaft.

Hillary deutete auf Kat, als hätte sie eine Pistole in der Hand und lachte. »Ich gebe dir 30 Sekunden, um zu verschwinden … sonst setzt's was!« Sie marschierte auf Kat zu und blockierte das Licht von der offenen Tür.

Kat fühlte jeden Anschein von Selbstbeherrschung verschwinden. Genug war genug. »Wie konntest du das nur tun, Hillary?«

»Was tun?« Hillary zeigte ihre unnatürlich weißen Zähne. Aber ihr Lächeln war kalt.

»Denkst du, ich weiß nicht, warum du hier bist?« Kat erwähnte nicht das Gift. »Die Kreditkarten, die Rechnungen? Harrys Haus? Ein neues Tief, selbst für dich. Bist du so verzweifelt, dass du einem alten Mann die letzte Hoffnung auf ein komfortables Leben stehlen musst?«

»Wie kannst ausgerechnet *DU* es wagen, mich des Diebstahls zu bezichtigen! Du solltest es besser wissen. Du hast mir mein Leben gestohlen.« Hillary lehnte sich an die Werkbank, direkt vor der Pestizidtüte.

»Von was redest du?« Kat rückte etwas näher. »Du bist für dein eigenes Leben verantwortlich. Nichts, was ich tue, kann daran etwas ändern.«

»Er ist mein Vater Kat, nicht deiner. Ich habe den Rand gestrichen voll von deiner Stiefelleckerei und davon, dass ich immer nur mit der Hälfte abgespeist werde. Du hast kein Anrecht auf gar nichts.«

»Die Hälfte von was?«

Hillary antwortete nicht. Sie packte einen Schraubenzieher aus Harrys Werkbank und durchlöcherte die Pestizidtüte. Sie riss sie auf und hob sie über ihren Kopf an, wodurch Pulverstaub freigesetzt wurde. Dann attackierte sie damit Kat.

Pulverwolken kamen aus der Tüte und hüllten Kats Kopf und Gesicht ein. Kat keuchte, während sich das Pulver auf Gesicht, Hals und Schultern absetzte und in Nase und Lunge eindrang. Sie senkte den Kopf und schirmte ihre Augen mit den Armen ab. Aber es war zu spät. Das Pulver war überall. Es klebte an ihrer nassen Kleidung, bedeckte ihre Schuhe und beschichtete den Garagenboden. Sie würgte und atmete weiter das Pestizid in ihre Lungen ein. Sie fuchtelte mit den Armen und schlug um sich, da sie durch das Pulver momentan nichts sehen konnte.

Kats Augen brannten, als sie versuchte, sie zu öffnen. Sie rieb sich die Augen und taumelte nach vorn. Sie musste das Gift aus den Augen spülen, aber das nächste Waschbecken war im Haus.

»Alles hier gehört mir. Ist das klar?« Hillary drehte sich um und ging mit der halb leeren Tüte in der Hand davon.

Dann schlug die Tür zu und das Schloss klickte.

»Ach ja, noch etwas. Leider werde ich Dad sagen müssen, dass du dich verabschiedet hast.«

KAPITEL 63

Kat stolperte blind zur Werkbank und strich mit der Hand über die Oberfläche. Sie stieß einen erleichterten Seufzer aus, als sie Hillarys Wasserflasche berührte. Sie spritzte einen Tropfen auf den Finger und kostete, um sicher zu sein. Reines Wasser.

Warum hatte sie Hillary den Vorteil des Zweifels gegeben? Sie sollte inzwischen wissen, dass Hillarys Aktionen nur einer einzigen Person nutzen. Auch wenn sie dafür Kat, Harry oder jemand anderes verraten müsste.

Sie hielt die Flasche hoch und spritzte den Inhalt erst ins eine, dann ins andere Auge und spülte sie aus, bis das Brennen aufhörte. Mit dem restlichen Wasser versuchte sie, ihr Gesicht abzuspülen. Ihre Augen tränten noch, aber zumindest konnte sie sie öffnen.

Alle Tüten aus dem Gartenmarkt waren weg.

Kat drückte am Garagentor herum, obwohl sie wusste, dass es zwecklos ist. Sie hatte gehört, wie Hillary das Vorhängeschloss verriegelte. Wie konnte Hillary sie einfach hier lassen? Kat durchsuchte die Garage. Zunächst wollte sie das Fenster einschlagen, aber dann fiel ihr etwas ein. Der Garagentoröffner.

Sie drückte ihn. Eine Minute später stand sie draußen, schnappte frische Luft und ließ sich vom Regen berieseln, um das Gift von Haut und Kleidung zu waschen.

Sie hatte die Pestizidtüten nicht mehr als Beweisstücke. Hillary hatte sie jetzt. Unabhängig davon sollte sie etwas Pulver sammeln, um es analysieren zu lassen. Sie ging zurück ins Haus und nahm einen leeren Joghurtbecher aus dem Stapel, den Harry unter der Werkbank aufbewahrte. Sie nahm so viel sie konnte vom Garagenboden.

Sie rief Connor Whitehall an, aber er meldete sich nicht. Sie hinterließ eine Nachricht mit Anweisungen zum Abholen der Probe und des Videos bei ihr zu Hause sowie Angaben, wo er den Ersatzschlüssel findet. Sie hatte keine Zeit auf ihn zu warten. Sie musste noch vor Hillary im Krankenhaus sein.

Eine Stunde später stürzte Kat den Krankenhausflur hinunter, aber Hillary war schon da. Sie saß in einem Stuhl vor Harrys Zimmer und jammerte.

Trotz ihrer nassen Kleidung brach Kat in Schweiß aus. Hatte Hillary es getan? Hatte sie ihn umgebracht? Sie blieb wie angewurzelt vor Harrys Zimmer stehen. Was könnte sie denn jetzt tun?

In diesem Augenblick sah Hillary auf. Sie war schockiert, Kat zu sehen, aber sie zeigte es nicht. »Du gehörst nicht hierher.« Sie scheuchte Kat mit einer manikürten Hand weg.

Kat ignorierte sie und lief in Harrys Zimmer. Ein halbes Dutzend Krankenschwestern und Ärzte drängten sich um Harrys Bett mit Gerätewagen und Instrumenten. Eine Krankenschwester schaute sie an, als sie eintrat. Es war dieselbe Krankenschwester, die so schrecklich unhöflich gewesen war. Sie hielt ihre Hand hoch, um Kat zu stoppen.

Kats Herz stand still. War sie zu spät gekommen? Sie zog sich nach draußen zurück, wo Hillary mit versteinertem Gesicht saß.

Hillarys Publikum war verschwunden und ihre Tränen auch. Ihre Wangen waren trocken und ihr Make-up schien perfekt. Sie sollte Hillary eigentlich ignorieren, aber es war stärker als sie. »Was hast du mit ihm gemacht?«

Hillary lächelte. »Warum glaubst du, dass ich etwas getan hätte?«

»Ich glaube nicht, ich weiß, Hillary.«

Die Krankenschwester stürmte aus Harrys Zimmer. Sie ignorierte Hillarys Schniefen und starrte direkt auf Kat. »Es geht ihm immer schlechter.«

»Was??« Kat war schockiert, dass die Schwester sogar mit ihr sprach. Nicht nur das, aber ihre Augen täuschten Sorge vor. Warum erzählte sie das nicht Hillary? »Schlechter, wieso?«

»Er steht unter Schock. Alle seine Symptome sind zurückgekehrt, schlimmer als je zuvor. Er hat schon wieder Gift eingenommen.«

Aha, und ohne meine Anwesenheit. Plötzlich erkannte Kat, warum die Krankenschwester so sympathisch war. Sie hatte erkannt, dass Kat nicht die Schuldige ist. Aber hatte sie erkannt, dass es Hillary ist?

Die Krankenschwester verlagerte ihren Blick auf Hillary, deren Schniefen sich in Heulen verwandelt hatte.

Hillarys Gebrüll klang überzeugend, aber ihre Augen verrieten sie. Sie schossen zwischen der Krankenschwester und Kat hin und her, in der Hoffnung auf eine Reaktion.

Hillary musste Harry eine letzte Dosis verabreicht haben. Eine, die größer war als alle anderen zuvor. Während das medizinische Personal versuchte, Leben zu retten, tat Hillary das Gegenteil, sie löschte Leben aus. Und es war ihr fast gelungen.

Kat tippte Connor Whitehalls Nummer. Sie hoffte, dass er in der Zwischenzeit das Video vom Gartenmarkt sowie die Pestizidprobe abgeholt hatte. Wenn alles nach Plan lief, händigte Connor Whitehall das Ganze in diesem Augenblick der Polizei aus. Die Probe würde mit den Giftstoffen in Harrys Blut übereinstimmen und die Behörden wären gezwungen, Maßnahmen zu ergreifen.

Hillary stand vor dem Zimmer. Sie jammerte, lauter und lauter, wie die einzige Überlebende einer Katastrophe. Alle paar Sekunden blickte sie um sich, um ihr Publikum zu prüfen.

Innerhalb von einer Minute war der Flur völlig leer, da das gesamte verfügbare medizinische Personal in Harrys Zimmer geeilt war. Nur Hillary und Kat blieben draußen und durften nicht hineingehen.

Hillarys Krokodilstränen widerten Kat an. Hatte sie sich wirklich eingebildet, sie könnte alle täuschen?

»Warum hast du das getan, Hillary?«

»Was getan?« Ein verschmitztes Lächeln erschien auf Hillarys Lippen. »Ich habe keine Ahnung, wovon du redest. Selbst wenn ich es getan hätte, würdest du es nie erfahren. Niemand wird es.«

»Ich weiß es. Ich habe Beweise.«

Hillary zog die Augenbrauen hoch. »Wirklich? Was genau?«

»Sie wissen, dass du es warst, Hillary. Sie wissen über das Geld und das Gift.«

»Wer ist *sie*?«

»Die Ärzte, die Polizei. Blutuntersuchungen haben das Gift bestätigt, und die Polizei hat den Beweis. Es ist alles auf Video. Du im Gartenmarkt, du, als du den Orangensaft vergiftet hast. Damit kommst du nicht davon.« Kat hatte nur den Orangensaft hinzugefügt, um Hillarys Reaktion auf die Probe zu stellen.

»Du bluffst.«

»Die Polizei ist auf dem Weg hierher.« Auch wenn Connor die Aufnahmen der Polizei zur Verfügung gestellt hatte, bezweifelte sie, dass sie so schnell sein würden. Aber Hillary wusste das ja nicht.

»Sag nur noch ein Wort und es wird dir leid tun, dass du jemals gelebt hast«, flüsterte Hillary, als sie um die Ecke ging und in Harrys Zimmer spähte.

Aber niemand hörte sie außer Kat. Das medizinische Personal war intensiv mit ihrer Arbeit beschäftigt.

Hillary holte eine Puderdose aus der Handtasche und klappte sie auf. Sie tupfte mit einem Papiertuch an ihrem Mascara herum und blitzte Kat an. Verschwunden war Hillarys Hysterie, ausgeschaltet, so wie sie es immer tat, wenn ihr Publikum verschwunden war.

»Verlasse die Stadt nicht, Hillary. Du wirst ein paar Erklärungen abgeben müssen.«

Hillary starrte seelenruhig zurück. »Versuch ruhig, mich aufzuhalten.«

»Das habe ich gerade.«

Hillary blickte Kat wütend an und purer Hass brannte in ihren Augen. »Das zahle ich dir heim.«

»Dafür ist es zu spät.« Kat blickte Hillary in die Augen und fragte sich, warum sie immer solche Angst vor ihr gehabt hatte. Sie war auch blind für die Tatsache gewesen, dass Hillary unfähig war, für jemanden anderen außer sich selbst, zu sorgen. Mit dieser Erkenntnis hatte Hillary keine Macht mehr über sie.

Kat gehörte sehr wohl hierher und hatte jedes Recht dazu. Egal, was Hillary sagte oder dachte.

»Beschuldige mich für etwas und es wird dir leid tun.« Hillary sah Kat hasserfüllt an.

»Die Wahrheit wird herauskommen, Hillary. Eigentlich ist es schon geschehen.«

Hillary warf einen Blick auf Harrys Tür und rollte mit den Augen. Sie hielt einen Moment inne, drehte sich dann auf dem Absatz um und marschierte durch den Flur und die Doppeltüren der Krankenstation. Ihre Absätze hallten an den Wänden wider, gefolgt vom Läuten des Fahrstuhls.

Wenn Kat sie jemals wiedersehen würde, wäre es sehr bald.

<h1 style="text-align:center">KAPITEL 64</h1>

Ein paar Stunden später saß Kat in Zacharys Büro und war betäubt von dem, was er ihr gerade erzählt hatte.

»Sie haben alles gesetzt?« Kats Mund stand offen, erstaunt, dass Zachary alles auf eine Karte gesetzt hatte. »Wieso Zachary?«

Zachary stand mit aufgerollten Hemdsärmeln vor seinem Computerbildschirm. Kaffee befleckte die Vorderseite seines zerknitterten Hemdes, und er sah aus, als ob er tagelang nicht geschlafen hätte. Zum ersten Mal fühlte sich Kat besser gekleidet als er.

»Ich kann alles zurückholen, Kat.« Er lächelte. »Mein Modell funktioniert. Ich muss nur beweisen, dass –«

»Zachary, es ist zu spät. Es ist nicht mehr wichtig, ob Ihr Modell funktioniert oder nicht. Die Edgewater Investoren und die Behörden müssen über Nathans Ponzi-Schema erfahren. Jetzt.«

Zachary deutete auf seinen Trading-Bildschirm. »Das werden sie, nachdem ich das Geld zurückgeholt habe. Schauen Sie auf den Bildschirm. Der Euro ist gestiegen und ich habe schon einige Verluste wettgemacht. Fast eine Milliarde.« Zachary holte ein Taschentuch aus der Hosentasche und wischte sich die Augenbraue. »Eine Milliarde, Kat. Ich muss dieses Ding durchziehen, solange ich einen Lauf habe.«

Der Fernseher dröhnte hinter Zachary. Der Dollar war gegenüber dem Euro zusammengebrochen. Dutzende von gehetzt aussehende Trader klebten förmlich an ihren Monitoren, genau das Gegenteil der Szene, die sich gerade vor ihr abspielte.

»Es ist das Geld der Anleger, Zachary. Schränken Sie Ihre Verluste ein und steigen Sie aus, solange Sie es noch können.«

»Das ist verrückt. Ich mache ein hundert Millionen für jeweils zehn Basispunkte, den der Euro gegenüber dem Dollar zulegt. Warum jetzt aufhören?«

Hundert Basispunkte betragen ein Prozent beim Trading. Eine Milliarde Dollar entsprach etwa der Hälfte der Edgewater-Verluste aus Nathans Betrug. »Die Situation kann sich ganz schnell umkehren, Zachary. Hören Sie auf.«

Vorbei war die nackte Panik auf Zacharys Gesicht, als sie ihm von Nathans Ponzi erzählte. Sein Gesichtsausdruck hatte sich von verwundbar auf süffisant geändert.

Kat starrte auf die Grafik auf dem Bildschirm. Die Trendlinie des Euro war grün, heute bereits ein Prozent gegenüber dem Dollar gestiegen.

»Verkaufen Sie, Zachary. Steigen Sie aus, solange Sie noch dazu in der Lage sind und zeigen Sie den Betrug an. Die Anleger werden verstehen, dass es allein Nathans Schuld war und nicht Ihre.«

»Noch nicht.«

»Wollen Sie das wenige, das Sie jetzt gerade zurückgeholt haben, wieder verlieren? Es ist ein Glücksspiel, das Sie mit Sicherheit verlieren.«

»Verhexen Sie mich nicht. Das hier ist kein Glücksspiel. Mein Einsatz ist hoch genug, um den Währungsmarkt zu bewegen. Sobald er an Dynamik gewinnt, stehe ich innerhalb weniger Tage, wenn nicht sogar Stunden, wieder in den schwarzen Zahlen.«

»Das kann nicht Ihr Ernst sein. Erst beschweren Sie sich, dass Nathan Edgewater ruiniert und jetzt tun Sie das Gleiche.«

Zachary schnaubte. »Reiche Leute würden einen solch hohen Verlust nicht verstehen, Kat. Sie wollen Blut sehen, wenn sie erfahren, was Nathan getan hat. Sie werden annehmen, dass er für mich den Kopf hinhält. Oder, dass ich ein kompletter Idiot bin, zu dumm, um einen massiven Betrug direkt unter meinen Augen zu bemerken. Ich bin entweder inkompetent oder ein Dieb. So oder so, ich würde verlieren.«

»Mit genügend Beweisen werden sie Ihnen glauben.« Kat deutete auf den Monitor. »Diese Gewinne sind nicht blockiert. Sie können im Handumdrehen in die andere Richtung schwenken. Statt eines zwei Milliarden Verlusts, könnten Sie viel mehr verlieren. Entlasten Sie Ihre Position, Zachary und löffeln Sie die Suppe aus. Sie haben nichts falsch gemacht – noch nicht.«

»Und das werde ich auch nicht. Das ist absolut legal. Es steht nirgendwo im Fondsprospekt, dass ich das nicht darf.«

Technisch gesehen war es legal, aber war es richtig? »Aber sicher wollen Ihre Investoren nicht, dass Sie alles auf eine Karte setzen. Was würden sie tun, wenn sie davon Wind bekämen?«

Zachary reagierte nicht, also beantwortete Kat ihre eigene Frage. »Sie würden ihr Geld aus dem Fonds nehmen.« Das Kurvendiagramm des Euro fiel plötzlich wieder und kehrte alle Gewinne von vor ein paar Minuten um.

Zachary war genauso moralisch bankrott wie sein Vater – mit dem einen Unterschied, dass er nicht das Gesetz übertrat.

»Sie müssen es ja nicht erfahren«, sagte Zachary.

»Das ist kein Las Vegas Glücksspiel.« Kat starrte auf den Bildschirm. Das Kurvendiagramm war rot. Nun zeigte es ein Prozent Verlust. Fast alle Gewinne von gestern waren auch weg. »Genau wie ich es vorhergesagt habe – Sie sind dabei, zu verlieren.«

»Wollen Sie gefälligst den Mund halten!« Zachary wedelte mit den Armen in der Luft. »Es ist nicht nur so ein Gefühl – es ist mein Modell und es funktioniert. Zumindest tat es das, bevor Sie sich eingemischt haben.«

Er winkte sie auf einen Stuhl gegenüber von seinem Schreibtisch. »Sie lenken mich ab. Entweder setzen Sie sich oder gehen. Wenn Sie sehen wollen, wie Geschichte geschrieben wird, dann werden Sie bald verstehen, was ich meine.«

Kat seufzte und setzte sich. Das letzte, was sie sehen wollte, war Zachary, wie er Geschichte schrieb. Das Desaster nahm seinen Lauf, denn der Euro fiel um weitere hundert Punkte. Jetzt war der Verlust schon zwei Milliarden hoch.

Sie starrten schweigend auf den Tradingmonitor.

Dann, gerade als alles verloren schien, stoppte die Talfahrt des Euro. Langsam erholte er sich, stieg um ein paar Basispunkte an, dann ein Dutzend, dann dreißig. Jetzt belief sich der Verlust nur noch auf 1,7 Milliarden. Nur.

»Sehen Sie, dass, Kat?« Zacharys panischer Gesichtsausdruck von eben war nun selbstgefällig. »Das bin ich. Meine Wette funktioniert jetzt.«

»Wie können Sie sich da so sicher sein?« Für Kat befand sich das Kurvendiagramm in einem Winkel wie der steilste Aufstieg einer niemals endenden Achterbahn. In wenigen Sekunden würde es abstürzen und die wilde Fahrt der letzten 20 Minuten wiederholen.

»Momentum, Kat. Es dreht und wendet sich.« Zachary deutete auf eine scharfe Mulde im Kurvendiagramm. »Alles funktioniert, wenn der Einsatz hoch genug ist.«

In weniger als zehn Minuten war es wieder oben. Jetzt brauchte Zachary eine Milliarde.

»Wie kann das so einfach sein?«

»Es ist ein Nullsummenspiel. Was auch immer ich gewinne, verliert jemand anderes. Wenn mein Einsatz hoch genug ist, kann ich den Markt in jede Richtung bewegen, die ich will. Wenn er sich bewegt, ziehen andere mit.«

Das Kurvendiagramm stieg weiter an. Nun stand es wieder auf Grün und Zacharys Vermögen vermehrte sich wieder.

»Aber die Wirtschaftsexperten sagen voraus, dass – «

»Wen kümmert es, was die Wirtschaftsexperten denken? Die Trader machen die Märkte. Wer etwas anderes denkt ist ein Narr.«

»Was ist mit Svensson und den anderen Ökonomen? Wenn ihre Arbeit so sinnlos ist, wie Sie sagen, warum zeichnet man nicht die Trader mit Nobelpreisen aus?«

»Glauben Sie, dass die Märkte auf wissenschaftlichen Erkenntnissen beruhen?« Zachary lachte. »Es ist eher ein Pokerspiel. Sie können sich zu einem Vermögen bluffen.«

Zachary lehnte sich zurück. Er legte die Hände hinter den Kopf und lächelte.

Nach der grünen Linie zu urteilen, war Zachary um zwei Prozent gestiegen. Er hatte alle Edgewater-Verluste wettgemacht. Kat hätte nie gedacht, dass das so schnell gehen könnte. Aber es war Tatsache.

»Aber Ihr Modell – Sie sagten, dass es auf die Quantenspieltheorie beruht. Dass es unfehlbar wäre.«

Zachary lachte. »Reines Marketingblabla. Ich erzähle das, um die Leute zu beeindrucken, und es klappt wunderbar. Im Grunde genommen beruht meine Wette auf Habsucht. Niemand möchte sich ein sicheres Ding durch die Lappen gehen lassen.«

»Aber es ist alles andere als sicher.«

» *Im Gegenteil.* Wer ist Ihrer Meinung nach in erste Linie für die Währungsschwankungen verantwortlich? Wenn sie groß genug sind, dann kann ich sie einsperren. Ich verkaufe, sobald mir all die kleinen Leute folgen.«

»Genau wie das World Institute es tun würde? Auf Kosten der Edgewater-Investoren?«

»Erfahrene Investoren kennen ihre Risiken. Und wenn sie nicht erfahren sind, sollten sie die Finger davon lassen. So einfach ist das. Jeder ist nur auf Eigennutz aus. Es ist nur eine Frage, wessen Interesse den meisten Einfluss ausübt.«

»Alles ist reine Manipulation? Das Endergebnis eine ausgemachte Sache?«

»Natürlich. Alles ist entschieden, Kat. Genau wie in Las Vegas. Nur bin ich das Haus.«

Kat blieb stumm, starrte gebannt auf den Bildschirm. Der Euro setzte seinen Aufstieg fort, scheinbar unaufhaltsam. Zachary hatte nicht nur Nathans Verluste wettgemacht, sondern noch eine zusätzliche Milliarde gewonnen.

»Ich bin wieder zurück.« Zachary klatschte in die Hände und pfiff. »Nicht nur, dass ich den Fonds wieder gefüllt habe, sondern ich habe noch einen Gewinn gemacht. Und ein nettes kleines Entgelt für Edgewater. Na, wie gefallen Ihnen diese Gewinnchancen?«

Las Vegas Gewinnchancen. Zugunsten des Hauses natürlich.

Kat starrte auf den Bildschirm. »Ist es nicht höchste Eisenbahn, Ihre Gewinne zu sichern?«

»In ein paar Minuten.« Zachary drehte sich zu Kat um. »Nun zu meinem Scheidungsurteil. Wir werden die Zahlen überarbeiten müssen, um bei Gericht Revision einzulegen. Victoria wird keinen roten Heller bekommen.« Zachary war mehr besorgt über die Dollars als über Victoria und Nathans Affäre.

Da sich die Scheidungsvereinbarung auf gefälschte Zahlen stützte, würde Victoria noch weniger bekommen, als man ihr ursprünglich zugesprochen hatte. Aber wie könnte man Revision einlegen?

»Ich kann Ihnen für morgen etwas zusammenstellen.« Kat stand auf, um zu gehen.

Aber Zachary hörte nicht zu. Er hockte gebückt vor seinem Monitor und biss sich auf die Lippen, bis sie bluteten. »Was zur Hölle –?«

Kat stoppte und beugte sich vor, um auf den Bildschirm zu sehen. Obwohl es nicht ihr Geld war, fühlte sie sich immer noch körperlich krank. Das Kurvendiagramm hatte von grün auf rot gewechselt. Wieder einmal stürzte es in die falsche Richtung.

Diesmal war Zachary nicht das Haus. Edgewaters Umkehr des Schicksals war ebenso plötzlich wie die Gewinne. Jemand anderes hatte einen noch höheren Einsatz als er gemacht.

Und gewonnen.

KAPITEL 65

Kat stand im Foyer des Katasteramtes am späten Freitagnachmittag und sah auf die Uhr. Hillary hätte schon vor dreißig Minuten da sein sollen. Würde sie tatsächlich noch kommen, bevor das Büro fürs Wochenende geschlossen war? Natürlich würde sie das. Kats Plan ließ ihr keine andere Wahl, wenn sie eine strafrechtliche Verfolgung vermeiden wollte.

Nicht, dass dies Kats Wunsch gewesen wäre. Aber eine Klage wie diese würde Jahre dauern und zahlreiche Gerichtsverhandlungen erfordern. Vielleicht länger, als Harry noch zu leben hätte. Kat wollte nicht zu Erpressung greifen, aber es war der einzige Weg, rasche Gerechtigkeit für Harry zu schaffen.

Fünf Minuten später stapfte Hillary die Treppe hinauf und öffnete die Tür.

Kats Magen krampfte, so wie er es immer tat, wenn sie es mit ihrer Cousine zu tun hatte. Würde Hillary tatsächlich tun, was sie von ihr verlangt hatte? Hillarys Versprechungen waren leer, sodass Kat Schritte unternommen hatte, um ihre Zusammenarbeit zu garantieren.

»Hat dir das Video gefallen?« Kat hatte Hillary eine Kopie des Videos vom Gartenmarkt gemailt, mit Anweisungen sie hier zu treffen. Die Quittung für den Kauf des Pestizids und leere Behälter waren weitere Beweisstücke, um Hillarys Absicht zu untermauern, Harry zu vergiften.

»Droh mir bloß nicht.«, blökte Hillary. »Ich bin da. Reicht dir das nicht?«

»Es ist keine Drohung«, sagte Kat. »Es ist ein Versprechen. Wenn du jemals etwas Derartiges wiederholst, werde ich dich öffentlich anprangern. Meine Kopie geht an die Polizei.«

Bevor die Polizei Hillary verhaften würde, gäbe es noch etwas, was sie tun müsste. Die Räder der Justiz mahlten zu langsam, um einige Ungerechtigkeiten zu beheben, die sie in Ordnung zu bringen wollte.

Kat hatte darauf bestanden, dass Hillary ihren Namen aus dem Grundbucheintrag von Harrys Haus entfernen lässt. Das bedeutete nichts anderes als die offizielle Bestätigung, dass sein Eigentum in seinen alleinigen Besitz zurückgekehrt war. Sie hatte nicht die Absicht, Hillary beim Wort zu nehmen.

»Lass uns reingehen.« Kat hielt Hillary die Tür auf.

Zehn Minuten später waren alle Formalitäten abgeschlossen. Hillary hatte sich aus dem Grundbuch gelöscht und Harry war wieder als Eigentümer eingetragen.

Die Polizei würde sich mit dem Vermögen befassen, das Hillary von Harry gestohlen hatte. Nicht das Harry es jemals wiedersehen würde. Das Geld war bereits ausgegeben worden, und zu versuchen, es von Hillary zurückzuholen, wäre vergeblich. Aber zumindest hatte er sein Haus wieder.

Hillary stand an der Tür und fummelte in ihrer Handtasche herum. Sie sah chaotisch aus. Ihr schwarzes Haar war ermattet und durcheinander, und ihre Mascara verschmierten Augen schauten ständig auf die Uhr.

»Hast du was vor?«, fragte Kat.

Hillary kniff argwöhnisch die Augen zusammen. »Du solltest dankbar sein, dass ich unterschrieben habe. Ich hätte es nicht tun müssen.«

Natürlich musste sie. »Erwarte jetzt bloß keinen Dank.«

»Das wirst du noch bereuen, Kat.«

Kat bezweifelte es. Hillarys Drohungen hatten ihr früher Angst gemacht, jetzt nicht mehr. Hillary war voller leerer Versprechungen und leerer Drohungen. Genau wie Nathan Barron und Gordon Pinslett, war auch Hillary Denton völlig eigennützig. Sie kreisten wie Haie zum Töten, um ihre Beute zu berauben und jeden Vorteil daraus zu ziehen, den sie nur konnten. Nur wurden ihre Aquarien kleiner und kleiner, bis sie die einzigen Überlebenden waren. Haie konnten nicht lange allein überleben.

KAPITEL 66

Zwanzig Minuten später war Kat zu Hause angekommen, erschöpft, aber glücklich. Harry war auf dem besten Weg der Besserung und würde bald entlassen werden. Allerdings hatte er kein Geld mehr.

Obwohl sie es geschafft hatte, sein Haus zurückzubekommen, war es eine Tatsache, dass bis unters Dach mit Hypotheken belastet war. Es war wirklich tragisch. Die Tatsache, dass Hillary des Betruges angeklagt würde, war nur ein schwacher Trost.

Kat trat ihre Schuhe an der Haustür aus, hing ihren Mantel aufs Treppengeländer und ging die Treppe hinauf. Sie war immer noch erstaunt, dass Zacharys Tradingfiasco vom Vormittag alles ruiniert hatte, was noch von Edgewater Investments übrig gewesen war. Sie konnte nicht verstehen, warum er alles auch noch den letzten Rest verspielt hatte. Er hatte kaum den persönlichen Konkurs vermieden. Vielleicht war er es einfach nicht gewohnt zu verlieren. Zu dumm, denn er hatte mit dem Geld der Anleger gespielt.

Als Kat ganz oben an der Treppe ankam, erstarrte sie.

Jemand war im Arbeitszimmer. Der Stuhl knarrte, so wie er es tat, wenn jemand darauf saß und hin und her schwenkte. Wer auch immer es war, er tippte auch auf der Computertastatur.

Kat erblickte einen Besen im geöffneten Flurschrank und packte ihn. Sie hob ihn über dem Kopf an und spähte ins Zimmer.

Der Eindringling setzte sich an den Schreibtisch mit dem Rücken zu Kat.

Sie war gerade dabei, sich umzudrehen und wegzulaufen, als sich der Stuhl plötzlich umdrehte.

»Du bist hier!« Jace grinste und sprang aus dem Stuhl. Er blieb stehen und hielt seine Arme hoch. »Schlag mich nicht.«

Kat ließ den Besen fallen und stürzte auf ihn zu, um ihn zu umarmen. »Du bist aus dem Krankenhaus entlassen? Ich dachte, dass du noch ein paar Tage bleiben müsstest. Warum hast du mich nicht angerufen?«

Jace zog sich zurück und musterte Kat. »Ich wollte dich überraschen.«

»Sie haben sich also schon entlassen? Aber ich dachte –«

»Ich muss meinen Artikel rausbringen, Kat. Bevor es jemand anderes tut.« Er küsste sie.

»Du bist auf eigene Verantwortung raus? Mit einer Gehirnerschütterung?« Kat zog sich zurück und berührte seine Stirn. Jaces Prellungen färbten sich lila und er sah aus wie ein Unfallopfer.

Jace antwortete nicht.

»Jace, du hättest im Krankenhaus bleiben sollen.« Sie zog an seinem gesunden Arm. »Ich nehme dich wieder zurück. Sag mir einfach, was du brauchst, und ich werde es tun.«

Jace schüttelte den Kopf. »Ich fühle mich gut und außerdem muss ich – möchte ich – es selbst tun. Ich möchte Pinslett und den Rest dieser Typen auf der Anklagebank sehen.«

»Du bist doch sonst nicht so nachtragend.«

»Ich lasse sie nicht damit davonkommen, Kat. Man kann sie nicht weiter alles stehlen lassen, ohne dass sie dafür bestraft werden. Gesetze müssen von jedem befolgt werden – einschließlich der Reichen. Selbst Hillary.«

Kat konnte nichts dagegen sagen. »Ich weiß, aber du solltest dich wenigstens ausruhen. Wir können an deinem Artikel arbeiten, sobald es dir besser geht.«

»Zu spät.« Jace lächelte sie an. »Pinslett kann die Wahrheit nicht verbergen. Er mag viele Radio- und Fernsehsender und auch Zeitungen besitzen. Aber er kann die sozialen Medien nicht steuern. Schau mal.«

Er deutete auf den Monitor. Mein Artikel ist wie ein Virus, er ist überall. Pinslett kann seine Beteiligung am Hypothekenbetrug nicht leugnen. Ich habe den Beweis.«

Kat schaute auf den Bildschirm. Da hatte er recht. Pinslett hatte hastig eine Pressekonferenz organisiert. Plötzlich war der Medien-Tycoon in der Defensive.

»Und mein Artikel ist endlich veröffentlicht.« Jace lächelte. »Ich habe etwas zu sagen, und Pinslett kann mich nicht stoppen. Jetzt, da es in den Augen der Öffentlichkeit ist, sind die Behörden gezwungen, es zu untersuchen. Es sei denn, sie wollen eine öffentliche Empörung.«

Kat sah sich den Videoclip an, die Wiederholung einer Pressekonferenz vom Vormittag. Gordon Pinslett saß an einem langen Tisch mit mehreren seiner Handlangern aus den Medien. Das Logo des *Sentinel* wurde stolz an der Wand hinter ihnen präsentiert.

Ein trotziger Gordon Pinslett bestritt jede Beteiligung an dem Betrug und betonte, dass er weder etwas mit dem Hypotheken- noch mit dem Immobilienbetrug zu tun hatte.

Aber auch ohne den Beweis, konnte Kat einen Lügner erkennen. Er stotterte, als er verzweifelt versuchte, die richtigen Worte zu finden, um die Reporter loszuwerden.

»Ich sehe keine Veränderung. Er streitet immer noch alles ab.«

»Warts ab, Kat.«

Der Artikel ging zu einem zweiten Clip über, der erst ein paar Minuten zuvor gefilmt worden war. Kat blickte auf den Begleitkommentar des Reporters, während Pinslett in Handschellen aus der Eingangstür seines Medienkonglomerats geführt wurde. Ein halbes Dutzend Reporter standen am Eingang und stürzten mit Fragen auf ihn ein. Der in Ungnade gefallene Medien-Tycoon ignoriert sie. Er senkte den Kopf, als er in den wartenden Polizeiwagen geschubst wurde.

»Mein Artikel war während seiner Pressekonferenz herausgekommen. Sobald er veröffentlicht war, konnte er nicht mehr ignoriert werden. Auch die traditionellen Medien mussten darüber berichten. Niemand steht über dem Gesetz. Nicht nur das, aber Roger Landers hatte ebenso Belastungsmaterial gegen ihn. Offenbar hatte Pinslett Landers dazu aufgefordert, den *Artikel zu stoppen.*«

»Landers hat die Feuerbombe auf unser Haus geworfen? Ich bring ihn um.«

»Entspann dich, Kat. Pinslett hat ihn dazu aufgefordert, aber Landers tat es nicht. Er hat jedoch das Gespräch und Dutzend andere, die er mit dem Mann geführt hat, aufgezeichnet. Alles sehr belastend. Landers ist vielleicht eigennützig, aber zumindest verbirgt er es nicht. Er wollte nur den Artikel – ein Exposé über das World Institute, genau wie ich.«

»Was ist mit dem ganzen Gelaber über Svenssons Mord?«

»Ich vermute, dass er nach einem Artikel geangelt hat oder aber er wollte uns von der Spur abbringen. Auf jeden Fall wird das die Polizei herausfinden.«

Kat bezweifelte das. Genau wie sie es vermutet hatte, Landers wollte nur Jace den Artikel stehlen. Aber Jace hatte recht. Landers war wirklich harmlos im Vergleich zu Gordon Pinslett, Nathan Barron, und dem Rest des World Institute. Und da Jaces Artikel endlich öffentlich war, konnte Landers nichts mehr stehlen.

»Du hast das Richtige getan, Jace. Auch wenn es dich deinen Job gekostet hat.« Dann umarmte sie ihn. »Bist du Landers denn überhaupt nicht böse? Immerhin hat er uns sitzengelassen.«

»Vielleicht, aber irgendwie tut er mir leid. Er ist so ruhmsüchtig, dass er bereit ist, einen Artikel frei zu erfinden. Er ist als Journalist ruiniert. Wer wird ihn jetzt noch ernstnehmen?«

KAPITEL 67

Angelika lehnte sich in der ersten Klasse zurück und lächelte dem Mann neben ihr zu. Er strahlte und errötete, dass sie ihn so anhimmelte. Um die Fünfzig, zuversichtlich und versichert. Würde er seine Meinung ändern, wenn er ihr Geheimnis kennen würde?

In wenigen Stunden wären sie wieder in London, weg von Hideaway Bay, dem World Institute und Nathan Barron. Abseits des Mannes, der ihr Vertrauen gestohlen und sie verraten hatte.

Sie wischte sich die Hände mit dem feuchten Tuch, als die Flugbegleiterin ihre Tabletts entfernte. Sie hatte nie daran gezweifelt, dass sich Nathan schuldig bekennen würde, um seine eigene Haut zu retten. Er hätte sie innerhalb von einer Minute wie eine heiße Kartoffel fallen lassen, wenn es ein Vorteil für ihn gewesen wäre. Er hatte ihr keine andere Wahl gelassen, als ihn umzubringen. Sie hasste schmutzige Morde.

Inzwischen hätte ein Zimmermädchen bereits Nathans Leiche entdeckt, im Schrank, mit seinem eigenen Gürtel erhängt. Noch so ein gebrochener, ruinierter Mann. Noch so ein tragischer Selbstmord. Irgendwie war in Hideaway Bay eine Epidemie der Selbstmorde ausgebrochen.

War es das trübe Wetter? Nathan Barrons finanzieller Ruin?

Schuldgefühle, seinen Sohn betrogen zu haben? Das Ponzi-Schema hatte sie zwar überrascht, passte aber perfekt in ihren Plan. Unabhängig von der Ursache würde Nathans Selbstmord für monatelanges Rätselraten sorgen. Danach würde man ihn vergessen.

Sie hatte Nathan einen Gefallen getan. Statt Strafanzeigen und Horden von zornigen Anlegern, ruhte er jetzt in Frieden. Sie hatte ihn aus seinem Elend befreit.

Mord war so ein hartes Wort. Gnadentod würde eher passen.

Nathan? Wie hatte sie sich so sehr in ihm täuschen können?

Angelika hatte ihn im afrikanischen Flachland kennengelernt. Selous, Tansania, auf einem Jagdausflug. In diesem abgelegenen und wilden Ort hatte er ihr ein Ständchen gebracht. Sie war seinem Charme erlegen, von seinen Aufmerksamkeiten überwältigt und hatte sich in seinen Bann gezogen gefühlt. Sie hätte alles für ihn getan, sogar für ihn zu töten.

Und das hatte sie letztendlich auch getan.

Nathan verstand den Tanz zwischen Jägern und Gejagten. Jeder war notwendig, um Leben zu erhalten, um es zu leben. Wie die besondere Beziehung, die sie zu ihren Opfern hatte. Svensson hatte sie völlig vertraut, sogar im Augenblick des Todes.

Nach dem Hin und Her über Svenssons Todesursache hatte der Untersuchungsrichter letztendlich Selbstmord gelten lassen. Dies zog Angelika vor.

Keine unerledigten Dinge.

Angelika warf einen Blick auf ihren Sitznachbar. Er saß mit dem Rücken zu ihr und schaute aus dem Fenster. Der Himmel hatte eine indigoblaue Farbe angenommen und so flogen sie irgendwo zwischen Nacht und Morgen gen Osten.

Menschen schätzten das Alltagsleben nicht und dachten niemals darüber nach, wann oder wie es enden könnte. Die Jagd lehrte sie das.

Aber Nathan hatte sie irregeführt. Sie dachte, ihre Partnerschaft wäre etwas Besonderes; er als einer der mächtigsten Männer der Welt, und sie, die Berufskillerin, was niemand jemals erwartet hätte. Sie passte nicht in das Klischee, aber genau das war ein Teil ihres Erfolges. Niemand erwartete jemals eine weibliche Mörderin, schon gar nicht eine so junge und schöne.

Bis er ihr sie in London sitzenließ. Sie hatte Svenssons Tod zur Strafe verzögert. Sie hoffte auf einen panischen Anruf von Nathan, jedoch ohne Erfolg. So reiste sie mit Svensson nach Kanada, zu Nathans Tagung, in der Hoffnung, den Pokereinsatz zu erhöhen, bevor sie Svensson in Hideaway Bay ermordete. Es hatte etwas Intimes, mit einem Mann die letzten Stunden seines Lebens zu verbringen. Vor allem, da er nicht wusste, dass sein letztes Stündlein geschlagen hatte.

Nicht nur, dass Nathan sie links liegen ließ, er hatte ihr auch die letzte Rate für Svenssons Tod vorenthalten. Die Karten waren bequem und unauffindbar, nützlich um große Mengen von Bargeld über die Grenzen hinaus mitzunehmen. Nichtzahlung war schlimm genug, aber Victoria hatte das Fass endgültig zum Überlaufen gebracht. Hatte Nathan wirklich erwartet, dass sie seine ganze schmutzige Arbeit erledigt, während er sich mit der Botox-Tussi amüsiert? Angelika hatte nicht mit einer anderen Frau gerechnet.

Männer verließen Angelika nicht. Wenn sie es versuchten, war sie es, die entschied, auf welche Art sie diese Welt verließen.

Angelika sah aus dem Kabinenfenster. Sie nippte an ihrem Kaffee, als das Flugzeug durch den Sonnenaufgang jagte.

Alles in allem ein perfekter Tag. Und ein anderer am Horizont.

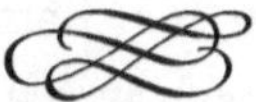

KAPITEL 68

Kat setzte sich an **Harrys** Küchentisch, und staunte über die Veränderungen ihres Onkels. Vorbei waren die leeren Blicke, der schlurfende Gang und die Vergesslichkeit. Es war wie ein Wunder.

Es gab eine Erklärung dafür, obwohl sie es immer noch schwer glauben konnte. Die Auswirkungen des Giftes hatten die Symptome der Demenz vorgetäuscht, die zu Harrys Alzheimer-Fehldiagnose führten. Harry war nicht an Demenz erkrankt.

Sicher, er war manchmal vergesslich, aber nicht mehr als alle anderen achtzigjährigen.

Jetzt, nach einer Woche im Krankenhaus, war das Gift vollständig aus seinem Körper gespült worden. Harry hatte sich überraschend schnell erholt, obwohl er sich nicht viel an die letzten Wochen und Monaten erinnern konnte. Seine Genesung war einfach umwerfend.

Kat sah auf den Stapel von Saatgutkatalogen, der auf dem Tisch lag. Harry hatte vor, den Garten im nächsten Jahr in Schuss zu bringen und wollte auch wieder mit seinen Rasenbowlern Kontakt aufnehmen.

»Hillary hat einen neuen Job, Kat. Außerhalb der Stadt.«

»Wie schön für sie«, sagte Kat und frage sich, was Harry von dieser

Geschichte tatsächlich glaubte. Oder glauben wollte, weil die Alternative undenkbar war.

Natürlich hatte Kat Hillary die Lügen im Laufe der Jahre abgekauft, weil sie Hillary den Vorteil des Zweifels lassen wollte. Aber jetzt war ihr klar, was für ein Mensch Hillary wirklich war. Ein Parasit.

Erstaunlich dachte Kat. Harrys finanzielle Albträume begannen mit den Alzheimersymptomen. Kat hatte natürlich genau wie Harrys Hausarzt gedacht, dass seine Wahnvorstellungen und die Vergesslichkeit von der Demenz kamen.

Im Nachhinein war Harrys Gesundheit den Bach hinunter gegangen. Als Kat seine Kreditkarten annulliert und sich mit der Bank auseinandergesetzt hatte, verschärfte sich die Situation. Sie hatte Hillary den Geldhahn zugedreht. Seine Krankheit hatte nicht den finanziellen Ruin verursacht, sondern umgekehrt. In ihren Bemühungen, Harry zu schützen, hatte Kat Hillary wieder aus der Versenkung auftauchen lassen.

Harry war idealistisch und hatte sich geweigert, zu glauben, dass ihn seine eigene Tochter erneut finanziell ausnutzen würde. Er glaubte weiterhin an ihre Ausreden und gab ihr Geld; immer und immer wieder schaffte sie es, sich aus ihrer gegenwärtigen Misere zu befreien.

»Ein oder zwei Eier?« Harry holte den Eierkarton aus dem Kühlschrank und knallte die Tür zu.

»Zwei.« Als das Geld nicht mehr floss, kehrte Hillary zurück, diesmal mit einem verzweifelteren Versuch, Harry zu beseitigen, um sein Vermögen einzukassieren.

»Orangensaft?« Harry hielt die Karaffe hoch.

Obwohl sich Harry kaum an die Monate erinnerte, in denen er durch die Hölle gegangen war, wusste Kat mit Sicherheit, dass Dr. Konig den versetzten Orangensaft erwähnt hatte. Aber sie konnte es ihm nicht verdenken, dass er es verdrängte, daran zu glauben, dass seine Tochter vorhatte, ihn zu vergiften. Diese Wahrheit wäre für jedermann zu schmerzhaft.

»Nein, lieber nicht.«

Harry drehte sich zu Kat um. »Sie ist nur ein bisschen rücksichtslos, Kat. Sie wird es noch lernen.«

Selbst jetzt sucht er noch immer nach Entschuldigungen für Hillarys Verhalten. Was blieb ihm anderes übrig? Zu denken, dass sie es vorsätzlich geplant hatte, ihn umzubringen, war einfach zu viel für ihn.

Kat entgegnete nichts. Sie wurde durch den Lärm abgelenkt, der vom Hauseingang kam.

»Bin gleich zurück.« Sie stand auf und schlurfte durchs Wohnzimmer. Als sie näher ans Fenster ging, beobachtete sie jemand, der sich vor dem Porsche bückte.

Ihr Herz blieb stehen, als sie sah, wie sich die Motorhaube von Hillarys Porsche bewegte. Hillary war wegen ihres Auto zurückgekommen, obwohl man ihr jeden Kontakt mit Harry verboten hatte.

Kat raffte sich zusammen. Warum verletzte Hillary die Bedingungen bereits nach einem Tag? Sie hatte bereits genügend Ärger, sie hatte eine Klage wegen versuchten Mordes und Betrugs am Hals. Die Polizei hatte sie trotz Harrys Beteuerungen angeklagt. Nun mussten die Gerichte über ihr Schicksal entscheiden.

Kat riss die Tür auf, um sie abzufangen, bevor Harry es tat.

Aber es war gar nicht Hillary.

Der Abschleppwagen hob das vordere Ende des Porsches an.

Kat rannte nach draußen. »Sie können doch nicht einfach dieses Auto abschleppen, es ist ganz legal geparkt und es hängt kein Strafzettel dran.«

»Natürlich kann ich. Die Bank hat es wieder in Besitz genommen. Überfällige Ratenzahlungen.«

»Oh.« Kat wich zurück, als er den Wagen anhob. So oder so wäre der Betrug herausgekommen. Wenn es von der Finanzierungsgesellschaft abgeschleppt wird, wäre es wenigstens vor Hillary sicher und in Verwahrung. Und die Zahlungsmitteilungen würden auch aufhören. »Schönen Tag noch.«

Der Abschleppwagenfahrer lächelte zurück. »Das ist etwas, was ich nicht oft höre.« Er zeigte den Daumen nach oben und sprang in die Fahrerkabine.

Der Abschleppwagen fuhr vom Straßenrand und zog den Porsche hinterher.

Kat beobachtete, wie der LKW den Berg hinauffuhr. Schließlich erreichte er die Spitze, dort, wo der Hügel den Himmel berührte, dort, wo die Welt von der Bildfläche verschwand.

Die Morgensonne glitzerte für einen Augenblick in der Stoßstange des Porsche. Dann tauchte sie langsam hinter dem Horizont ab und verschwand.

Diesmal würde sie nicht weglaufen.

* * *

Hat Ihnen *Spieltheorie* gefallen? Lesen Sie *Der Kult des Todes* das nächste Buch in dieser Reihe. Klicken Sie hier
Hier erhalten Sie alle Bücher von Colleen Klicken Sie hier

ANMERKUNG DES AUTORS

Obwohl es die meisten Orte in *Spieltheorie* tatsächlich gibt, ist Hideaway Bay eine Erfindung. Es besteht aus mehreren kleinen Gemeinden an der Sunshine Coast, einem Teil der kanadischen südwestlichen Küste. Das World Institute ist auch frei erfunden, aber sicherlich nicht außerhalb des Bereichs des Möglichen.

Da No-Gro Pestizid stammt auch aus meiner Fantasie. Wenn die Einsätze hoch sind, werden die Menschen für Geld und Macht zu Bestien.

Betrug fasziniert mich auch, und ich bin immer wieder erstaunt, was Menschen dazu motiviert, sich auf Kosten anderer zu bereichern. Trotz allem, was diese Verbrecher denken, ist es nur eine Frage der Zeit, bis sie erwischt werden. Früher oder später werden sie unvorsichtig oder selbstgefällig. Wirtschaftsermittler wie Kat haben eine Reihe von Methoden, um Betrüger aufzuspüren und anzuprangern, denn sie konzentrieren sich alle nur auf eine Sache. Das Geld zu verfolgen führt letztendlich zum Täter.

Ich hoffe, dass Sie genauso viel Spaß hatten, *Spieltheorie* zu lesen, wie mir, es zu schreiben. Wenn es Ihnen gefallen hat, bitte ich sie, mir eine kurze, nette Bewertung zu schreiben oder es an einen Freund weiterzuempfehlen. Mundpropaganda ist der beste Freund des

Autors! Solange Leser wie Sie meine Geschichten mögen, werde ich weiterschreiben. Wenn es Ihnen Spaß gemacht hat, *Exit Strategy* zu lesen, klicken Sie bitte hier, um andere meiner Bücher zu kaufen.

Meine Bücher wurden in zahlreiche Sprachen übersetzt. Besuchen Sie meine Website für die neuesten Release-Informationen.

Sie werden regelmäßig über meine aktuellen Neuerscheinungen auf dem Laufenden gehalten, wenn Sie meine Release-Newsletter abonnieren http://www.colleencross.com

Updates werden nur gesendet, wenn ich Neuerscheinungen habe und und umfassen exklusive Angebote für meine Abonnenten.

Nehmen Sie auch über die Social Media Verbindung mit mir auf.
Facebook: http://www.facebook.com/colleenxcross Twitter: @colleenxcrossGoodreads
http://www.goodreads.com/author/show/5315300.Colleen_Cross

AUSSERDEM VON COLLEEN CROSS

Verhexte Westwick-Krimis
Verhext und zugebaut
Verhext und ausgespielt
Verhext und abgedreht
Die Weihnachtswunschliste der Hexen
Hexenstunde mit Todesfolge

Wirtschafts-Thriller mit Katerina Carter
Exit Strategie: Ein Wirtschafts-Thriller
Spelltheorie
Der Kult des Todes
Greenwash
Auf frischer Tat
Blaues Wunder

Zu Neuigkeiten über Colleens Bücher, besuchen Sie ihre Website: http://www.colleencross.com

Einfach für den Neuerscheinungen Newsletter anmelden, um immer direkt über die Neuerscheinungen informiert zu werden!